BASTEI
LÜBBE

BASTEI LÜBBE DAVID GEMMELL IM TASCHENBUCH-PROGRAMM:

DIE DRENAI-SAGA
20 307 Band 1 Die Legende
20 320 Band 2 Der Schattenprinz
20 332 Band 3 Waylander
20 347 Band 4 Der Bronzefürst
20 359 Band 5 Im Reich des Wolfes
20 372 Band 6 Druss – Die Legende
28 314 Band 7 Die Augen von Alchazzar
28 317 Band 8 Winterkrieger

DIE PARMENION-SAGA
20 270 Band 1 Der Löwe von Macedonien
20 292 Band 2 Der dunkle Prinz

DIE STEINE DER MACHT
20 384 Band 1 König der Geister
20 402 Band 2 Das letzte Schwert

DIE FALKENKÖNIGIN
28 321 Eisenhands Tochter
28 324 Die Keltenkriege

20 296 Des dunklen Ritters Heldenlied

B

David Gemmell

Die Steine der Macht

Das letzte Schwert

Roman

Ins Deutsche übertragen
von Irmhild Seeland

BASTEI LÜBBE

BASTEI LÜBBE TASCHENBUCH
Band 20 402

1. Auflage: Dezember 2000

Vollständige Taschenbuchausgabe

Bastei Lübbe Taschenbücher
ist ein Imprint der
Verlagsgruppe Lübbe

Titel der englischen Originalausgabe:
Last Sword of Power

Lektorat: Alexander Huiskes / Stefan Bauer
Titelillustration: Luis Royo / Norma Agency, Barcelona
Umschlaggestaltung: QuadroGrafik, Bensberg
Satz: KCS GmbH, Buchholz / Hamburg
Druck und Verarbeitung:
Brodard & Taupin, La Flèche, Frankreich
Printed in France

ISBN 3-404-20402-6

ZUEIGNUNG

Dieses Buch widme ich voller Zuneigung den vielen Menschen, die meine Reisen nach Birmingham verzaubert haben: Rog Peyton, David Homes und Rod Milner von ANDROMEDA für den Spaß und den Schnaps, Bernie Evans und der Brum-Gruppe für die Magie des NOVACON, Chris und Pauline Morgan für die Geheimnisse des ›Chinesen‹ und dem Personal des Royal-Angus-Hotels, weil es auch im Angesicht schierer Verrücktheit immer ein Lächeln bereithielt.

DANKSAGUNGEN

Wie alle meine Bücher ist auch *Das letzte Schwert* das Ergebnis von vielen Monaten harter Arbeit eines guten Teams. Ohne diese Menschen wären meine kümmerliche Rechtschreibung, mein Talent für gespaltene Infinitive und meine lausige Zeichensetzung viel bekannter. An meine Herausgeberin Liza Reeves und meine Lektorin Jean Maund meinen herzlichen Dank. Mehr als dankbar bin ich auch meinen ›Lesern‹ Edith Graham und Tom Taylor und meiner Korrekturleserin Stella Graham. Meinem Schwiegervater Denis Ballard danke ich für seine Recherchen zur römisch-britannischen Geschichte.

Revelatio stand mit dem Rücken zur Tür und hatte seine breiten Hände auf die steinerne Fensterbank des schmalen Fensters gelegt, während seine Augen den Wald weiter unten absuchten, als ob er einen jagenden Habicht beobachtete, der unter den sich zusammenballenden Wolken seine Kreise zog.

»Es hat angefangen, Herr«, sagte der ältere Bote und verbeugte sich vor dem hochgewachsenen Mann in der Mönchsrobe aus brauner Wolle.

Revelatio drehte sich langsam um, seine rauchgrauen Augen hefteten sich auf den Mann, der wegschaute, unfähig, die Intensität dieses Blicks zu ertragen.

»Erzähl mir alles«, sagte Revelatio und ließ sich in einen mit Elfenbein eingelegten Stuhl vor seinem Eichenschreibtisch fallen. Er starrte abwesend auf das Pergament, an dem er gearbeitet hatte.

»Darf ich mich setzen, Herr?« fragte der Bote leise, und Revelatio sah mit einem Lächeln auf.

»Aber natürlich, mein lieber Cotta. Verzeih meine Melancholie. Ich hatte gehofft, die restlichen Tage meines Lebens hier in Tingis verbringen zu können. Das afrikanische Wetter bekommt mir, die Menschen sind freundlich, und mit Ausnahme der Berberüberfälle ist das Land friedlich. Und ich habe mein Buch fast beendet... aber solche Dinge stehen immer gegenüber der lebendigen Geschichte zurück.«

Cotta sank dankbar in einen hochlehnigen Stuhl. Sein kahler Schädel glänzte vor Schweiß, der Ausdruck seiner dunklen Augen kündete von Müdigkeit. Er war direkt vom Schiff gekommen – begierig, die schlechten Nachrichten loszuwerden, die er mitbrachte, und doch gleichzeitig unwillig, ihre Last dem Mann vor ihm aufzubürden.

»Es gibt viele Geschichten darüber, wie es begonnen hat. Alle sind widersprüchlich oder stark ausgeschmückt. Aber es ist so, wie du vermutet hast: die Goten haben einen neuen Anführer von unheimlicher Macht. Seine Armeen sind unbesiegbar, und er schlägt eine blutige Schneise durch die Königreiche des Nordens. Die Sicambrier und die Nordmänner mußten es noch nicht erleben, aber auch ihre Zeit wird noch kommen.«

Revelatio nickte. »Und was ist mit der Zauberei?«

»Alle Agenten des römischen Bischofs haben bezeugt, daß Wotan ein fähiger Geisterbeschwörer ist. Er hat junge Mädchen geopfert, indem er seine neuen Schiffe über ihre ausgestreckten Körper hat gleiten lassen. Es ist schändlich ... alles. Und er behauptet, ein Gott zu sein!«

»Worin zeigen sich die Kräfte des Mannes?« fragte der Abt.

»Er ist im Kampf unbesiegbar. Kein Schwert vermag ihn zu treffen. Es heißt sogar, daß er die Toten auferstehen läßt – und mehr als das. Ein Überlebender der Schlacht in Raetien schwört, daß am Ende des Tages die toten Goten sich inmitten ihrer Feinde erhoben, um weiter zu kämpfen und zu töten. Unnötig zu sagen, daß jede Gegenwehr erstarb. Ich habe nur das Wort dieses einen Mannes dafür, aber ich denke, er sprach die Wahrheit.«

»Und was sagen die Goten?«

»Sie sagen, daß Wotan einen Einmarsch nach Britannien plant, wo die Magie am stärksten ist. Wotan behauptet, Britannien sei die Heimat der Alten Götter, und das Tor zu Walhalla befinde sich in Sorviodunum, in der Nähe des Großen Kreises.«

»Und er hat recht«, flüsterte Revelatio.

»Wie bitte, Vater?« fragte Cotta. Seine Augen wurden groß.

»Entschuldige, Cotta. Ich habe laut gedacht. Der Große Kreis galt bei den Druiden – und anderen vor ihnen – immer schon als magischer Ort. Wotan hat völlig recht, es *ist* gewissermaßen ein Tor – und er darf es auf keinen Fall passieren.«

»Ich kann mir nicht vorstellen, daß es auch nur eine Armee gibt, die es mit ihm aufnehmen könnte – mit Ausnahme des Blutkönigs – und unseren Berichten zufolge wird er von Aufständen und Eindringlingen im eigenen Land schwer bedrängt. Sachsen, Jüten, Angeln und selbst britannische Stämme erheben sich regelmäßig gegen ihn. Wie sollte er es mit zwanzigtausend gotischen Kriegern aufnehmen, die zudem unter Führung eines Zauberers stehen, den niemand besiegen kann?«

Revelatio lächelte breit, seine rauchgrauen Augen zwinkerten plötzlich vor Humor. »Man sollte Uther nie unterschätzen, mein Freund. Auch er ist noch nie besiegt worden ... und er führt das Schwert der Macht, Cunobelins Klinge.«

»Aber er ist inzwischen ein alter Mann«, sagte Cotta. »Fünfundzwanzig Jahre Krieg müssen ihren Tribut gefordert haben. Und der Große Verrat ...«

»Ich kenne die Geschichte«, unterbrach ihn Revelatio harsch. »Schenk uns etwas Wein ein, während ich nachdenke.«

Der Abt sah zu, wie der ältere Mann zwei Kupferbecher mit dunkelrotem Wein füllte und nahm einen davon mit einem Lächeln entgegen, um seiner letzten Bemerkung die Schärfe zu nehmen.

»Stimmt es, daß Wotans Kundschafter nach Jungfrauen mit besonderen Talenten fahnden?«

»Ja. Geisterseherinnen, Heilerinnen, Sprecherinnen in Zungen... es heißt, er freit sie alle.«

»Er tötet sie«, sagte Revelatio. »Daraus bezieht er seine Macht.«

Der Abt stand auf, ging zum Fenster und betrachtete das Feuer des Sonnenuntergangs. Hinter ihm zündete Cotta vier Kerzen an, dann wartete er schweigend ein paar Minuten lang. Schließlich sprach er. »Darf ich fragen, Herr, warum dir Ereignisse am anderen Ende der

Welt so am Herzen liegen? Kriege hat es immer schon gegeben. Es ist der Fluch des Menschen, daß er seine Brüder töten muß, und manche sagen, daß Gott selbst ihm dies als Strafe für Eden auferlegt hat.«

Revelatio wandte sich von dem prachtvollen Sonnenuntergang ab und ging zurück zu seinem Stuhl.

»Das ganze Leben, Cotta, ist im Gleichgewicht. Licht und Dunkelheit, Schwäche und Stärke, Gut und Böse. Das ist die Harmonie der Natur. In ewiger Dunkelheit würden alle Pflanzen sterben, in ewigem Sonnenlicht hingegen welken und verdorren. Das Gleichgewicht bedeutet alles. Wotan muß bekämpft werden, sonst wird er zu einem Gott – einem dunklen und bösartigen Gott, einem Bluttrinker, einem Seelenräuber.«

»Und du willst ihn bekämpfen, Herr?«

»Ich *werde* ihn bekämpfen.«

»Aber du hast keine Armee. Du bist weder ein König noch ein Kriegsherr.«

»Du weißt nicht, was ich bin, alter Freund. Komm, schenk noch einmal ein, und wir wollen sehen, was der Gral uns zeigt.«

Revelatio ging zu einer Eichentruhe und goß Wasser aus einem Tonkrug in eine flache Silberschale, die er behutsam zum Schreibtisch trug. Er wartete, bis sich das Wasser nicht mehr kräuselte, dann hielt er einen goldenen Stein über das Wasser und ließ ihn langsam kreisen. Die Kerzenflammen flackerten auf und erloschen ohne einen Windhauch, und Cotta beugte sich vor und starrte in das nun samtdunkle Wasser der Schale.

Das erste Bild, das erschien, zeigte einen jungen Burschen mit roten Haaren und wildem Blick, der mit einem Holzschwert die Luft zerteilte. In der Nähe saß ein älterer Krieger. Über dem Stumpf, wo seine rechte Hand hätte sein sollen, trug er eine Ledermanschette. Revelatio beobachtete die Szene genau, dann fuhr er mit der Hand über die Schale. Jetzt konnte man blauen Himmel sehen und ein junges Mädchen in einem hellgrünen Kleid, das an einem Gebirgssee saß.

»Das sind die Berge von Raetien«, flüsterte Cotta. Das Mädchen flocht sein Haar langsam zu einem schweren Zopf.

»Sie ist blind«, sagte Revelatio. »Hast du bemerkt, wie sie ohne zu blinzeln in die Sonne schaut?«

Plötzlich wandte das Mädchen ihnen sein Gesicht zu. »Guten Morgen«, sagte es. Die Worte formten sich lautlos in den Köpfen der beiden Männer.

»Wer bist du?« fragte Revelatio leise.

»Wie seltsam«, erwiderte das Mädchen, »deine Stimme wispert wie die Morgenbrise und scheint so weit fort zu sein.«

»Ich bin weit fort, mein Kind. Wer bist du?«

»Ich bin Anduine.«

»Und wo lebst du?«

»In Cisastra, bei meinem Vater Ongist. Und du?«

»Ich bin Revelatio.«

»Bist du ein Freund?«

»Das bin ich.«

»Das dachte ich mir. Wer ist da bei dir?«

»Woher weißt du, daß jemand bei mir ist?«

»Es ist eine Gabe, die ich habe, Master Revelatio. Wer ist es?«

»Er heißt Cotta und ist ein Mönch des Weißen Christus. Du wirst ihn bald kennenlernen, auch er ist ein Freund.«

»Das wußte ich, ich kann seine Freundlichkeit spüren.«

Wieder bewegte Revelatio seine Hand über dem Wasser. Jetzt sah er einen Reiter mit langem, rabenschwarzem Haar, der eine schöne Herde sicambrischer Pferde in die Täler hinter Londinium führte. Der Mann war noch jung, sah gut aus und hatte ein feinknochiges Gesicht mit einem kräftigen, glattrasierten Kinn. Revelatio studierte ihn angespannt.

Erneut schimmerte das Wasser, dieses Mal aber von allein – man sah eine dunkle Gewitterfront heranjagen, blitzdurchzuckte Finsternis, und alles in gespenstischer

Lautlosigkeit. Eine fliegende Kreatur mit ledernen Schwingen und einem langen, keilförmigen Schädel löste sich aus den schwarzen Wolken. Auf ihrem Rücken saß ein Krieger mit blondem Bart. Er hob die Hand, und Blitze rasten auf die Beobachter zu. Revelatios Arm schoß gerade in dem Augenblick auf die Schale hinab, als sich das Wasser teilte. Weißes Licht durchbohrte seine Hand, und der Gestank von brennendem Fleisch erfüllte den Raum. Das Wasser dampfte und blubberte und wurde zu einer Dampfwolke. Die silberne Schale schmolz und zerfloß auf dem Tisch, ein zischender schwarz-silberner Strom, der das Holz entflammte. Cotta zuckte zusammen, als er Revelatios geschwärzte Hand sah. Der Abt nahm den goldenen Stein und hielt ihn an das versengte Fleisch. Es heilte augenblicklich, doch selbst die Magie konnte die Erinnerung an den Schmerz nicht löschen, und Revelatio sackte in seinem Stuhl zusammen, sein Herz hämmerte, auf seiner Stirn stand kalter Schweiß. Er holte tief Luft und blickte auf das glimmende Holz. Die Flammen erstarben und der Rauch verschwand, als die Kerzen wieder aufflammten.

»Er weiß von mir, Cotta. Aber da er mich angriff, erfuhr ich etwas über ihn. Er ist noch nicht ganz bereit, die Welt in Dunkelheit zu stürzen, er braucht noch ein Opfer.«

»Wofür?« flüsterte der alte Mann.

»In der Sprache dieser Welt? Er will die Tore zur Hölle aufstoßen.«

»Kann man ihn aufhalten?«

Revelatio zuckte die Achseln. »Das wird sich weisen, mein Freund. Du mußt dich nach Raetien einschiffen und Anduine suchen. Du wirst sie nach Britannien bringen, nach Noviomagus. Wir treffen uns dort in drei Monaten. Wenn du angekommen bist, sieh nach einem Gasthaus im Südviertel – es heißt, glaube ich, ›Im Zeichen des Bullen‹. Geh jeden Mittag dorthin und warte eine Stunde. Ich komme, sobald ich kann.«

»Das blinde Mädchen ist das Opfer?«

»Ja.«

»Und was ist mit dem rothaarigen Jungen und dem Reiter?«

»Das weiß ich noch nicht. Freunde oder Feinde ... die Zeit wird es an den Tag bringen. Der Junge sah vertraut aus, aber ich kann ihn nicht einordnen. Er trug sächsische Kleidung, und ich bin nie bei den Sachsen gewesen. Was den Reiter angeht, ich kenne ihn. Er heißt Ursus und stammt aus dem Haus der Merowinger. Er hat einen Bruder, glaube ich, und er sehnt sich nach Reichtum.«

»Und der Mann auf dem Drachen?« fragte Cotta leise.

»Der Feind von jenseits des Nebels.«

»Und er ist tatsächlich Wotan, der graue Gott?«

Revelatio nippte an seinem Wein. »Wotan? Er hat viele Namen gehabt. Für einige war er Odin der Einäugige, für andere Loki. Im Osten nannte man ihn Purgamesch oder Molech oder sogar Baal. Ja, Cotta, er ist göttlich – unsterblich, wenn du so willst. Und wo er geht, folgt das Chaos.«

»Du sprichst, als ob du ihn kenntest.«

»Ich kenne ihn. Ich habe schon früher gegen ihn gekämpft.«

»Und was geschah?«

»Ich tötete ihn, Cotta«, antwortete der Abt.

Grysstha beobachtete, wie der Junge sein Holzschwert kreisen ließ, mit ihm in die Luft hieb und stach. »Deine Füße, Junge, denk an deine Füße!«

Der alte Mann räusperte sich und spie ins Gras, dann kratzte er den juckenden Stumpf an seinem rechten Unterarm. »Ein Schwertkämpfer muß lernen, sein Gleichgewicht zu halten. Es reicht nicht, ein rasches Auge und einen guten Arm zu haben – fallen heißt sterben, mein Junge.«

Der Junge stieß die hölzerne Klinge in die Erde und setzte sich neben den alten Krieger. Schweiß glitzerte auf seiner Stirn, seine himmelblauen Augen funkelten.

»Aber ich werde besser, ja?«

»Natürlich wirst du besser, Cormac. Nur ein Dummkopf würde das nicht.«

Der Junge zog die Waffe aus der Erde und wischte den Schmutz von der geschnitzten Klinge. »Warum ist es so kurz? Warum muß ich mit einer römischen Klinge üben?«

»Du mußt deinen Feind kennen. Denke nicht zuerst über seine Schwächen nach, die findest du schon, wenn du einen scharfen Verstand hast. Zuerst mußt du seine Stärken kennen. Die Römer haben den Erdkreis erobert, mein Junge, und zwar mit genau solchen Schwertern. Kannst du dir denken, warum?«

»Nein.«

Grysstha lächelte. »Such mir ein paar Stöcke, Cormac. Stöckchen, die du leicht zwischen Zeigefinger und Daumen zerbrechen kannst.« Als der Junge grinsend im Wald verschwand, sah Grysstha ihm nach. Jetzt ließ er sich seinen Stolz auch anmerken, wo der Junge ihn nicht von nahem sah.

Warum gab es nur so viele Narren auf der Welt, dachte

er, als der Stolz seinem Zorn wich. Wie konnten sie nur die Anlagen des Jungen übersehen? Wie konnten sie ihn für etwas hassen, an dem er keine Schuld trug?

»Sind die hier gut?« fragte Cormac und ließ zwanzig fingerdicke Stöckchen vor Grryssthas Füße fallen.

»Nimm einen und zerbrich ihn.«

»Das ist doch einfach«, sagte Cormac und zerbrach einen.

»Weiter, Junge. Zerbrich sie alle.«

Als der Knabe das getan hatte, zog Gryssthá ein Stück Schnur aus seinem Gürtel. »Jetzt nimm zehn davon und binde sie hiermit zusammen.«

»Wie bei einem Signalfeuerstoß?«

»Genau. Binde sie fest zusammen.«

Cormac machte eine Schlinge aus der Schnur, sammelte zehn Stöckchen auf und band sie fest zusammen. Er hielt das zehn Zentimeter dicke Päckchen Gryssthá hin, doch der alte Mann schüttelte den Kopf.

»Zerbrich es«, befahl er.

»Es ist zu dick.«

»Versuch's.«

Der Junge mühte sich ab, sein Gesicht wurde rot, die Muskeln an Armen und Schultern traten unter dem roten Wollhemd hervor.

»Vor ein paar Augenblicken hast du zwanzig von diesen Stöckchen zerbrochen, aber jetzt schaffst du es nicht einmal mit zehn.«

»Aber sie sind zusammengebunden, Gryssthá. Selbst Calder könnte sie nicht zerbrechen.«

»Das ist das Geheimnis der Römer und ihrer Kurzschwerter. Der Sachse kämpft mit einer langen Klinge, die er weitausholend schwingt. Seine Kameraden können nicht dicht neben ihm kämpfen, da sie von seinem Schwert getroffen werden könnten, also kämpft jeder allein, auch wenn insgesamt zehntausend in der Schlacht stehen. Aber der Römer mit seinem Gladius schließt seinen Schild mit denen seiner Kameraden zusammen, und seine Klinge stößt zu wie eine Viper.

Ihre Legionen waren wie dieser Stapel, fest zusammengebunden.«

»Und wieso sind sie dann gescheitert, wenn sie so unbesiegbar waren?«

»Eine Armee ist nur so gut wie ihr General, und der General ist nur ein Spiegelbild des Herrschers, der ihn ernennt. Rom hatte seine Blütezeit. Jetzt kriechen Maden in seinem Körper, Würmer wühlen im Hirn, Ratten nagen an den Sehnen.«

Der alte Mann spie wieder aus, seine blaßblauen Augen funkelten.

»Du hast gegen sie gekämpft, nicht wahr?« fragte Cormac. »In Gallien und Italien?«

»Ich habe gegen sie gekämpft. Ich sah, wie ihre Legionen vor den blutigen Klingen der Goten und Sachsen auseinanderbrachen und davonrannten. Ich hätte weinen mögen, keine Spur mehr von den Römern von einst! Sieben Legionen wurden zermalmt, ehe wir auf einen Feind trafen, der es wert war, gegen ihn zu kämpfen: Afrianus und die Sechzehnte. Ach, Cormac, welch ein Tag! Zwanzigtausend kampflustige Krieger, trunken im Siegestaumel, gegen eine Legion von fünftausend Mann. Ich stand auf einem Hügel und blickte auf sie hinunter, sah ihre Bronzeschilde schimmern. In der Mitte, auf einem weißen Hengst, Afrianus selbst. Er war damals sechzig Jahre alt und, anders als seine Mitstreiter, bärtig wie ein Sachse. Wir warfen uns auf sie, aber es war wie ein Tropfen auf dem heißen Stein. Ihre Linie hielt. Dann rückten sie vor und schlugen uns in Stücke. Nicht einmal zweitausend von uns entkamen in die Wälder. Was für ein Heerführer! Ich wette, er hatte Sachsenblut in den Adern.«

»Was geschah mit ihm?«

»Der Kaiser rief ihn nach Rom zurück, und dort wurde er umgebracht.« Grysstha lachte leise. »Würmer im Hirn, Cormac.«

»Warum?« wollte der Junge wissen. »Warum sollte man einen fähigen General töten?«

»Denk darüber nach, mein Junge.«

»Ich sehe keinen Sinn darin.«

»Das ist das Geheimnis, Cormac. Suche nicht in der Geschichte nach einem Sinn. Suche in den Herzen der Menschen. Und jetzt verschwinde und laß mich sehen, wie diese Ziegen sich den Bauch vollschlagen, und kehre wieder zu deinen Pflichten zurück.«

Die Miene des Jungen verdüsterte sich. »Ich bin gern hier bei dir, Grysstha. Hier finde ich ... Frieden.«

»Das ist es, was Freundschaft bedeutet, Cormac Daemonsson. Ziehe Kraft daraus, denn die Welt versteht meines- und deinesgleichen nicht.«

»Warum bist du mein Freund, Grysstha?«

»Warum fliegt der Adler? Warum ist der Himmel blau? Geh jetzt. Sei stark.«

Grysstha sah dem Jungen nach, der traurig von den Hochweiden zu den tiefer gelegenen Hütten wanderte. Dann richtete der alte Krieger seinen Blick zum Horizont und den tiefhängenden Wolken. Sein Armstumpf schmerzte, und er zog die Ledermanschette vom Handgelenk und rieb sich die vernarbte Haut. Er zog die hölzerne Klinge aus der Erde und dachte dabei an die Zeit, als sein eigenes Schwert noch einen Namen und er eine Geschichte und – mehr noch – eine Zukunft hatte.

Aber das war vor jenem Tag vor fünfzehn Jahren, als der Blutkönig Südsachsen durchstreifte, brennend und mordend, den Menschen das Herz herausriß und es in seiner gepanzerten Faust hochhielt. Er hätte sie alle töten sollen, doch das tat er nicht. Er ließ sie einen Bündniseid schwören und lieh ihnen Geld, um ihre zerstörten Höfe und Siedlungen wieder aufzubauen.

Grysstha hätte es in dieser letzten Schlacht beinahe geschafft, den Blutkönig zu töten. Er hatte sich einen Weg in das Schildviereck freigeschlagen, sich einen Pfad zu dem flammenhaarigen König gebahnt, als ein Schwert auf sein Handgelenk niedersauste und ihm fast die Hand abtrennte. Dann hämmerte eine andere Waffe auf seinen Helm, und er fiel benommen zu

Boden. Er hatte versucht aufzustehen, aber in seinem Kopf drehte sich alles. Als er schließlich das Bewußtsein wiedererlangte, schlug er die Augen auf und sah den Blutkönig, der neben ihm kniete. Gryssthas Finger wollten dem Mann an die Kehle – doch da waren keine Finger mehr, nur ein blutiger Verband.

»Du hast hervorragend gekämpft«, sagte der Blutkönig. »Ich grüße dich!«

»Du hast mir die Hand abgeschlagen!«

»Sie hing nur noch an einem Faden. Sie war nicht mehr zu retten.«

Grysstha zwang sich auf die Füße, taumelte und sah sich um. Überall lagen Tote auf dem Schlachtfeld, und sächsische Frauen gingen zwischen ihnen umher und suchten nach ihren verlorenen Liebsten.

»Warum hast du mich gerettet?« knurrte Grysstha, sich wieder dem König zuwendend.

Der Mann lächelte nur und machte auf dem Absatz kehrt. Flankiert von seiner Leibwache, schritt er vom Schlachtfeld hinüber zu einem blutroten Zelt an einem Bach.

»Warum?« brüllte Grysstha und fiel auf die Knie.

»Ich glaube, daß er es selbst nicht weiß«, sagte eine Stimme. Grysstha blickte auf.

Auf einer schön geschnitzten Krücke aus dunklem, schimmerndem Holz lehnte ein Britannier mittleren Alters, mit dünnem graublondem Bart über einem spitzen Kinn. Grysstha sah, daß sein linkes Bein verdreht und mißgestaltet war. Der Mann bot dem Sachsen die Hand, doch Grysstha ignorierte sie und erhob sich.

»Manchmal verläßt er sich auf seine Intuition«, sagte der Mann freundlich. Seine hellen Augen verrieten, daß er keineswegs beleidigt war.

»Du bist von den Stämmen?« fragte Grysstha.

»Brigant.«

»Warum folgst du dann dem Römer?«

»Weil das Land sein ist, und er ist das Land. Ich heiße Prasamaccus.«

»Also lebe ich wegen einer Laune des Königs?«

»Ja. Ich war an seiner Seite, als du den Schildwall angriffst. Das war tollkühn.«

»Ich bin ein tollkühner Mann. Was hat er jetzt mit uns vor? Uns verkaufen?«

»Ich denke, er wird euch in Frieden lassen.«

»Warum sollte er so dumm sein?«

Prasamaccus hinkte zu einem großen Stein und setzte sich. »Ein Pferdetritt«, meinte er leichthin, »und mein Bein war schon vorher nicht kräftig. Wie geht es deiner Hand?«

»Brennt wie Feuer«, antwortete Grysstha und setzte sich neben den Stammeskrieger. Sein Blick blieb auf die Frauen geheftet, die noch immer das Schlachtfeld absuchten, während die Krähen über ihnen kreisten und kreischend ihren Hunger verkündeten.

»Er sagt, daß ihr ebenfalls zum Land gehört«, sagte Prasamaccus. »Er regiert seit zehn Jahren. Er hat gesehen, wie Sachsen und Jüten und Angeln und Goten auf dieser Insel des Nebels geboren wurden. Sie sind keine Eindringlinge mehr.«

»Glaubt er, wir wären hergekommen, um einem römischen König zu dienen?«

»Er weiß, weshalb ihr kamt – um zu plündern, zu morden und reich zu werden. Aber ihr seid geblieben und Bauern geworden. Welche Gefühle hegst du für das Land?«

»Ich bin nicht hier geboren, Prasamaccus.«

Der Brigant lächelte und streckte die linke Hand aus. Grysstha sah auf sie hinunter, dann packte er sie, wie Krieger es taten, Handgelenk an Handgelenk.

»Ich finde, das ist fürs erste eine gute Verwendung für deine linke Hand.«

»Sie wird auch lernen, ein Schwert zu führen. Ich heiße Grysstha.«

»Ich habe dich schon einmal gesehen. Du warst auch bei der großen Schlacht bei Eboracum, an dem Tag, an dem der König nach Hause kam.«

Grysstha nickte. »Du hast ein gutes Auge und ein noch besseres Gedächtnis. Es war der Tag der Zwei Sonnen. Ich habe so etwas nie wieder gesehen und möchte es auch nicht. Wir kämpften an diesem Tag Seite an Seite mit den Briganten und König Eldared, dem Feigling. Warst du bei ihm?«

»Nein. Ich stand mit Uther und der Neunten Legion unter den zwei Sonnen.«

»Der Tag des Blutkönigs. Seitdem ist nichts mehr so, wie es sein soll. Warum kann man ihn nicht besiegen? Woher weiß er immer, wo er zuschlagen muß?«

»Er ist das Land, und das Land weiß alles.«

Grysstha schwieg. Er hatte nicht erwartet, daß der Mann ihm das Geheimnis des Königs verraten würde.

Von siebentausend Sachsenkriegern, die in die Schlacht gezogen waren, hatten nur elfhundert überlebt. Von diesen verlangte Uther, vor ihm zu knien und einen Blutschwur zu leisten, daß sie sich nie mehr gegen ihn erheben würden. Dafür würde das Land ihnen gehören wie zuvor, nur von nun an rechtens und nicht durch Eroberung. Er ließ ihnen auch ihren eigenen König, Wulfher – Sohn von Orsa, Sohn des Hengist. Es war ein kühner Zug. Grysstha kniete mit den anderen im Morgengrauen vor dem Zelt des Königs und beobachtete Uther, der mit dem Knaben Wulfher dort stand.

Die Sachsen lächelten selbst in der Niederlage, denn sie wußten, sie knieten nicht vor dem Eroberer, sondern vor ihrem eigenen souveränen Herrscher.

Und der Blutkönig wußte das ebenfalls.

»Ihr habt mein Wort, daß unsere Freundschaft so stark ist wie diese Klinge«, sagte er und hielt das Schwert von Cunobelin hoch in die Luft, so daß die Sonne wie Feuer auf dem Stahl glitzerte. »Aber Freundschaft hat ihren Preis. Dieses Schwert wird keine anderen Schwerter in den Händen von Sachsen akzeptieren.« Ein zorniges Murmeln lief durch die Reihen der Knienden. »Steht zu eurem Wort, und dies wird sich vielleicht ändern«, sagte der König, »aber wenn ihr nicht Wort haltet, werde ich zurückkehren und nicht ein Mann, nicht eine Frau und nicht ein weinender Säugling wird von Anderida bis Venta am Leben bleiben. Ihr habt die Wahl.«

Innerhalb von zwei Stunden waren der König und seine Armee aufgebrochen, und die verblüfften Sachsen versammelten sich im Wotansrat. Wulfher war erst zwölf und hatte noch keine Stimme, und Calder wurde zu seinem Vormund ernannt, um ihm regieren zu helfen. Den Rest des Tages widmeten sie der Wahl der Männer in den Rat. Nur zwei von den ursprünglichen achtzehn hatten überlebt, aber bei Anbruch der Nacht waren die Lücken wieder gefüllt.

Zwei Stunden nach Einbruch der Dämmerung trafen sich die Achtzehn, und jetzt begann die eigentliche Arbeit. Einige wollten nach Osten ziehen und sich mit Hengists Sohn Drada verbünden, der immerhin Wulfhers Onkel und Blutsverwandter war. Andere schlugen vor zu warten, bis sie eine neue Armee zusammenhatten. Wieder andere waren dafür, jenseits des Kanals um Hilfe zu bitten, wo die Merowingischen Kriege Kämpfer freisetzten.

Zwei Ereignisse brachten die Wende. Um die Mittagsstunde kam ein Karren an, der mit Gold und Silber als Geschenken des Königs beladen war und die so verteilt werden sollten, ›wie der Rat es für richtig hält‹. Diese Geschenke allein bedeuteten, daß sie für den kommenden grimmigen Winter Lebensmittel kaufen konnten, sowie Decken und Handelsgüter von den Merowingern in Gallien.

Das zweite Ereignis war eine Rede von Calder, dem Vormund des Königs und damit Regent, die noch lange in den Köpfen, wenn nicht den Herzen seiner Zuhörer nachhallte.

»Ich kämpfte gegen den Blutkönig, und von meinem Schwert tropfte das Blut seiner Wachen. Aber warum kämpften wir gegen ihn? Fragt euch das einmal. Ich behaupte, weil wir fühlten, daß wir ihn besiegen und Venta, Londinium, Dubris und all die anderen Handelsstädte plündern könnten. Aber jetzt wissen wir es besser. Er läßt sich nicht besiegen … nicht von uns … vielleicht nicht einmal von Drada. Ihr habt den Wagen gesehen – mehr Geld als wir in einem ganzen Raubzug hätten erbeuten können. Ich sage, wir warten und handeln nach seinen Worten: Wir kehren auf unsere Höfe zurück, setzen alles instand und bringen die Ernten ein, so gut wir können.«

»Männer ohne Schwerter, Calder. Wie sollen wir so nach Walhalla eingehen?« rief ein großer Krieger.

»Ich selbst bin ein Anhänger des Weißen Christus«, sagte Calder, »deshalb interessiere ich mich nicht für Walhalla. Aber wenn es dir Kummer macht, Snorri, dann schließe dich Drada an. Jeder Mann, der kämpfen will, sollte das gleiche tun. Man hat uns Freundschaft geboten – und es gibt gewiß Schlimmeres, was man von einem Eroberer erhalten kann als einen Wagen voll Gold, oder?«

»Das tut er nur, weil er Angst vor uns hat«, sagte Snorri und sprang auf. »Ich sage, wir nehmen sein Gold, um damit Männer anzuheuern und Waffen zu kaufen, und dann marschieren wir nach Camulodunum.«

»Vielleicht nimmst du ja deine Scheune mit auf den Feldzug«, sagte Calder. Gelächter folgte seinen Worten, denn es war allgemein bekannt, daß sich Snorri vor den Römern unter einer Decke in der großen Scheune versteckt hatte und erst hervorgekommen war, als die Römer sie in Brand steckten. Er war nur wegen seines Landbesitzes in den Rat gewählt worden.

»Ich war abgeschnitten vom Rest des Heeres und konnte mich entweder verbergen oder sterben«, sagte Snorri. »Ich nehme mein Gold und schließe mich Drada an.«

»Niemand nimmt hier Gold«, sagte Calder. »Das Geschenk galt dem Rat, und wir werden über seine Verwendung abstimmen.«

Schließlich schlossen sich Snorri und vier weitere Landsleute mit mehr als zweihundert Männern Drada an. Die übrigen blieben, um sich ein neues Leben als Vasallen des Blutkönigs aufzubauen.

Für Grysstha hatte die Entscheidung schal geschmeckt. Aber er war Calders Gefolgsmann und hatte geschworen, ihm zu gehorchen, und die Entscheidungen der Großen kümmerten ihn nur selten.

In jener Nacht, als er allein auf dem Hohen Hügel stand, kam Calder zu ihm.

»Hast du Kummer, mein Freund?« fragte der Regent.

»Die Tage des Blutes werden wieder kommen. Ich kann es im Flüstern des Windes spüren. Die Krähen wissen es auch.«

»Kluge Vögel, diese Krähen. Die Augen Odins.«

»Ich hörte dich sagen, du wärst ein Anhänger des Weißen Christus?«

»Glaubst du, der Blutkönig hatte keine Ohren bei unserer Versammlung? Glaubst du, Snorri und seine Männer werden am Leben bleiben, um sich Drada anzuschließen? Oder daß einer von uns am Leben geblieben wäre, hätte ich nicht so gesprochen, wie ich es tat? Nein, Grysstha. Ich folge den alten Göttern, die die Herzen der Menschen verstehen.«

»Und was ist mit dem Vertrag mit Uther?«

»Wir werden ihn einhalten, so lange es uns paßt, aber eines Tages werden wir Rache dafür nehmen, daß du deinen Schwertarm verloren hast. Letzte Nacht hatte ich einen Traum, und ich sah den Blutkönig allein auf einem Berg stehen, all seine Männer lagen tot um ihn herum, sein Banner war zerbrochen. Ich glaube, Odin hat mir diesen Traum gesandt, als sein Versprechen für die Zukunft.«

»Es wird noch viele Jahre dauern, ehe wir wieder so stark sind.«

»Ich bin ein geduldiger Mann, mein Freund.«

Der Blutkönig stieg langsam ab und reichte die Zügel seines Schlachtrosses einem stillen Knappen. Überall lagen die Toten, wo sie gefallen waren, unter einem drückenden Himmel und dunklen Gewitterwolken warteten die Krähen darauf, ihr Festmahl zu beginnen.

Uther nahm den Bronzehelm ab, so daß der Wind sein Gesicht kühlen konnte. Er war jetzt müde, müder als er irgend jemanden merken lassen wollte.

»Du bist verwundet, Herr«, sagte Victorinus, dessen Gestalt sich aus der Düsternis schälte. Er kniff die dunklen Augen besorgt zusammen, als er das Blut sah, das aus der Stichwunde im Arm des Königs rann.

»Es ist nichts. Wie viele Männer haben wir verloren?«

»Die Männer mit den Tragen sind noch unterwegs, Herr, und der Arzt ist zu beschäftigt, um zu zählen. Ich würde sagen, etwa achthundert, vielleicht auch weniger.«

»Oder mehr.«

»Wir treiben den Feind an die Küste. Hältst du daran fest, ihre Schiffe nicht zu verbrennen?«

»Ja. Ohne Schiffe können sie nicht abziehen. Es würde uns fast eine Legion kosten, ihre Armee vollständig zu vernichten, und ich habe keine fünftausend Männer übrig.«

»Laß mich deinen Arm verbinden, Majestät.«

»Hör auf, mich zu bemuttern, Soldat! Die Wunde ist schon verschorft – na ja, fast. Sieh dir lieber jene dort an«, sagte der König und deutete auf das Feld zwischen dem Fluß und dem See und auf die Hunderte von Toten, die verkrümmt dort lagen. »Sie kamen, um zu plündern. Jetzt werden die Krähen ihnen die Augen aushacken. Aber werden die Überlebenden etwas daraus lernen? Werden sie sagen ›Meidet das Reich des Blutkönigs?‹ Nein, sie werden zu Tausenden wiederkommen. Was hat dieses Land, das sie so anzieht?«

»Ich weiß es nicht, Majestät, aber wann immer sie kommen, werden wir sie töten«, sagte Victorinus.

»Loyal wie immer, mein Freund. Weißt du, welchen Tag wir heute schreiben?«

»Natürlich, Herr. Es ist der Tag des Blutkönigs.«

Uther lachte leise. »Der Tag der Zwei Sonnen. Hätte ich damals geahnt, daß ein Vierteljahrhundert des Krieges folgen würde ...« Er verfiel in Schweigen.

Victorinus nahm seinen Federbuschhelm ab, so daß sein weißes Haar im Abendwind flattern konnte. »Aber du siegst immer, Herr. Du bist eine Legende von Camodudunum bis Rom, von Tingis bis Byzanz: der Blutkönig, der noch nie besiegt wurde. Komm, dein Zelt ist fertig. Ich schenke dir etwas Wein ein.«

Das Zelt des Königs war auf der Anhöhe über dem Schlachtfeld aufgeschlagen worden. Drinnen glomm ein Feuer im Kohlebecken neben dem Feldbett. Uthers Knappe Baldric half ihm aus Kettenhemd, Brustplatte und Beinschienen, und der König sank dankbar auf die Pritsche.

»Heute spüre ich mein Alter«, sagte er.

»Du solltest nicht immer mitten im dichtesten Getümmel kämpfen. Ein einziger verirrter Pfeil, ein Glückstreffer ...« Victorinus zuckte die Achseln. »Wir ... Britannien ... könnte ohne dich nicht bestehen.« Er reichte dem König einen Becher verdünnten Wein, und Uther setzte sich auf und trank in tiefen Zügen.

»Baldric!«

»Ja, Herr.«

»Reinige das Schwert – und sei vorsichtig, es ist schärfer als die Sünde.«

Baldric grinste, nahm das große Schwert von Cunobelin und trug es aus dem Zelt. Victorinus wartete, bis der Bursche gegangen war, dann zog er sich einen stoffbezogenen Hocker heran und setzte sich neben den Monarchen.

»Du bist müde, Uther. Überlaß den Trinovanten-Aufstand Gwalchmai und mir. Jetzt, wo die Goten vernichtet sind, werden die Stämme nur wenig Widerstand leisten.«

»Nach einer Nacht voll Schlaf bin ich wieder in Ordnung. Du machst ein Getue um mich wie ein altes Weib!«

Victorinus schüttelte belustigt den Kopf, und der König legte sich zurück und schloß die Augen. Der ältere Mann blieb reglos sitzen und betrachtete das Gesicht seines Monarchen – das flammendrote Haar und den silberblonden Bart – und dachte zurück an den Knaben, der die Grenzen zur Hölle überschritten hatte, um sein Land zu retten. Jetzt war das Haar mit Henna gefärbt, und die Augen wirkten älter als die Zeit.

Fünfundzwanzig Jahre lang hatte dieser Mann das Unmögliche geschafft, hatte die Flut von barbarischen Eindringlingen zurückgehalten, die das Land des Nebels zu überschwemmen drohte. Nur Uther und das Schwert der Macht standen zwischen dem Licht der Zivilisation und der Finsternis der Horden. Victorinus war ein reinblütiger Römer, aber er hatte ein Vierteljahrhundert an der Seite Uthers gekämpft, hatte Rebellionen niedergeschlagen und Invasionstruppen von Sachsen, Nordmännern, Goten und Dänen zerschmettert. Wieviel länger noch konnte Uthers kleine Armee sich behaupten?

So lange der König lebte. Und darin lag der große Kummer, die bittere Wahrheit. Einzig Uther hatte die Macht, die Stärke, die persönliche Ausstrahlung. Sollte er eines Tages nicht mehr sein, würde auch das Licht erlöschen.

Gwalchmai betrat das Zelt, blieb aber schweigend stehen, als er sah, daß der König schlief. Victorinus stand auf und legte eine Decke über den Monarchen, dann gab er dem alten Canti-Krieger ein Zeichen und verließ das Zelt.

»Er ist todmüde«, sagte Gwalchmai. »Hast du ihn gefragt?«

»Ja.«

»Und?«

»Kannst du es dir nicht denken, mein Freund?«

»Wenn er stirbt, sind wir verloren«, sagte Gwalchmai. Er war groß, mit harten Augen unter buschigen grauen Brauen, und sein langer, silberner Bart war nach der Sitte seiner Canti-Vorfahren geflohen. »Ich habe Angst um ihn. Schon seit dem Verrat…«

»Schscht, Mann!« zischte Victorinus, packte seinen Kameraden am Arm und führte ihn in die Nacht davon.

Im Zelt schlug Uther die Augen auf, warf die Decke weg und goß sich noch einmal Wein ein, diesmal aber ohne Wasser.

Der Große Verrat. Sie sprachen immer noch davon. Aber wessen Verrat war es, fragte er sich. Er stürzte den Wein hinunter und füllte den Becher erneut.

Er konnte sie selbst jetzt sehen, auf diesem einsamen Berg …

»Gütiger Jesus!« flüsterte er. »Vergib mir.«

Cormac ging durch die verstreuten Hütten zur Schmiede, wo Kern eine Pflugschar hämmerte. Der Knabe wartete, bis der schwitzende Schmied das heiße Metall in den Trog tauchte, dann ging er auf ihn zu.

»Hast du Arbeit für mich?« fragte er. Der kahle, stämmige Kern wischte sich die Hände an seiner Lederschürze ab.

»Heute nicht.«

»Ich könnte doch Holz holen?«

»Ich sagte: Heute nicht«, fuhr der Schmied ihn an. »Und jetzt verschwinde!«

Cormac schluckte schwer. »Ich könnte den Lagerraum säubern.«

Kerns Hand schoß auf den Kopf des Jungen zu, doch Cormac wich aus, so daß der Schmied ins Taumeln geriet. »Es tut mir leid, Meister Kern«, sagte er und blieb stocksteif stehen, um den zornigen Schlag zu erwarten, der sein Ohr traf.

»Raus! Und komm morgen nicht wieder.«

Cormac ging mit steifem Rücken aus der Schmiede,

und erst als er außer Sichtweite war, spuckte er das Blut aus. Er hatte Hunger und war allein. Familienleben, wohin er auch sah – Mütter mit ihren Säuglingen, kleine Kinder, die mit ihren Brüdern und Schwestern spielten, Väter, die ihren Söhnen das Reiten beibrachten.

Der Töpfer hatte ebenfalls keine Arbeit für ihn, auch der Bäcker oder der Gerber nicht. Mütterchen Althwynne lieh ihm eine Axt, und er hackte den größten Teil des Nachmittags Holz, wofür sie ihm ein Stück Pastete und einen sauren Apfel gab. Aber sie ließ ihn weder ins Haus, noch schenkte sie ihm ein Lächeln oder sprach mehr als nur ein paar Worte mit ihm. In seinen ganzen vierzehn Jahren hatte Cormac Daemonsson nicht eins der Häuser im Dorf von innen gesehen. Er war längst daran gewöhnt, daß die Menschen das Zeichen des Schützenden Horns schlugen, wenn er in ihre Nähe kam, und daran, daß nur Grysstha ihm in die Augen sah. Aber Grysstha war auch anders ... Er war ein Mann, ein wahrer Mann, der nichts Böses fürchtete. Ein Mann, der in ihm einen Jungen sah und nicht den Sohn eines Dämons. Und Grysstha allein hatte mit dem Jungen über den seltsamen Tag vor fast fünfzehn Jahren gesprochen, als er und eine Gruppe von Jägern in die Höhle von Sol Invictus kamen und einen großen schwarzen Hund neben vier winselnden Welpen fanden – und neben ihnen einen rothaarigen Säugling, der noch naß von der Geburt war. Der Hund griff die Jäger an und wurde zusammen mit seinem Wurf erschlagen, aber keiner der Sachsen machte sich die Mühe, das Kind zu töten, denn sie wußten, daß es von einem Dämon gezeugt war, und keiner wollte sich den Haß der Höllenbewohner zuziehen.

Grysstha hatte das Kind aus der Höhle getragen und fand unter den gefangenen britannischen Frauen eine Amme für ihn. Aber nach vier Monaten war sie plötzlich gestorben, und danach wollte niemand mehr das Kind anrühren. Grysstha hatte es mit in seine eigene

Hütte genommen und es mit Kuhmilch gefüttert, die es aus einem Lederhandschuh saugen konnte, in den er mit einer Nadel ein Loch gestochen hatte.

Das Kind war sogar Thema einer Ratsversammlung gewesen, in der darüber abgestimmt wurde, ob es am Leben bleiben durfte oder sterben mußte. Nur Calders entscheidende Stimme rettete den jungen Cormac – und das auch nur nach einem besonderen Einspruch von Grysstha.

Sieben Jahre lang lebte der Knabe bei dem alten Krieger, aber Gryssthas Behinderung bedeutete, daß er nicht genug verdienen konnte, um sie beide zu ernähren, und so war das Kind gezwungen, im Dorf nach zusätzlicher Nahrung zu suchen.

Mit dreizehn erkannte Cormac, daß seine Verbindung mit dem verkrüppelten Krieger Grysstha zu einem Ausgestoßenen gemacht hatte, und er baute sich seine eigene Hütte außerhalb des Dorfes. Es war eine kärgliche Behausung, ohne Möbel bis auf ein Feldbett, und Cormac verbrachte nur wenig Zeit dort, außer im Winter, wenn er trotz des Feuers fror und eisige Träume hatte.

Grysstha kam auch an diesem Abend an seiner Hütte vorbei und klopfte an den Türpfosten, wie er es immer tat. Cormac bat ihn herein und bot ihm einen Becher Wasser an. Der alte Mann nahm freundlich an und setzte sich mit verschränkten Beinen auf den festgestampften Lehmboden.

»Du brauchst ein neues Hemd, Cormac, aus dem da bist du herausgewachsen. Und die Hosen werden dir bald nur noch bis zum Knie reichen.«

»Für den Sommer reichen sie noch.«

»Wir werden sehen. Hast du heute etwas gegessen?«

»Althwynne gab mir ein Stück Pastete – ich habe Holz für sie gehackt.«

»Ich habe gehört, daß Kern dich geschlagen hat?«

»Ja.«

»Es hat eine Zeit gegeben, da hätte ich ihn dafür

umgebracht. Heute würde mir der Versuch nur meine gute Hand brechen.«

»Es war nichts, Grysstha. Wie war dein Tag?«

»Die Ziegen und ich hatten viel Spaß. Ich erzählte ihnen von meinen Feldzügen, und sie erzählten mir von ihren. Sie langweilten sich viel früher als ich.«

»Du bist nie langweilig«, sagte Cormac. »Du bist ein großartiger Geschichtenerzähler.«

»Erzähl mir das, wenn du mal einem anderen Geschichtenerzähler zugehört hast. König zu sein ist leicht, wenn niemand sonst in deinem Land lebt.«

»Ich habe mal einen Sagendichter gehört. Ich saß draußen vor Calders Halle und lauschte Patrisson, der vom Großen Verrat sang.«

»Das darfst du niemandem erzählen, Cormac. Es ist ein verbotenes Lied – es zu singen bedeutet Tod.« Der alte Mann lehnte sich gegen die Wand der Hütte und lächelte. »Aber er sang es gut, nicht wahr?«

»Hatte der Blutkönig wirklich einen Großvater, der ein Gott war?«

»Alle Könige wurden von Göttern gezeugt – jedenfalls möchten sie, daß wir das glauben. Bei Uther bin ich nicht sicher. Ich weiß nur, daß seine Gemahlin mit ihrem Liebhaber erwischt wurde, daß beide flohen und er sie verfolgte. Ob er sie fand und sie in Stücke hieb, wie es in dem Lied heißt, oder ob sie entkamen, weiß ich nicht. Ich sprach mit Patrisson, aber auch er wußte es nicht. Allerdings erwähnte er, daß die Königin mit dem Großvater des Königs davonlief, und das klingt nach einer reichlich komischen Beziehung.«

»Warum hat der König keine neue Frau genommen?«

»Ich werde ihn fragen, wenn er mich das nächste Mal zum Abendessen einlädt.«

»Aber er hat keinen Erben. Wird es denn keinen Krieg geben, wenn er jetzt stirbt?«

»Es wird auf jeden Fall Krieg geben, Cormac. Der König herrscht jetzt seit fünfundzwanzig Jahren und hat noch nie Frieden gekannt … Aufstände, Eindringlinge, Verrat. Seine Gemahlin war nicht die erste, die ihn verriet. Die Briganten erhoben sich vor sechzehn Jahren wieder, und Uther schlug sie bei Trimontium. Dann überrannten die Ordovicer den Osten, und Uther vernichtete ihre Armee bei Viriconium. Schließlich die Jüten, vor zwei Jahren. Sie hatten einen Vertrag wie wir und brachen ihn. Uther hielt sein Versprechen und ließ jeden Mann, jede Frau und jedes Kind töten.«

»Selbst die Kinder?« flüsterte Cormac.

»*Jeden*. Er ist ein harter, kluger Mann. Jetzt werden sich nur wenige gegen ihn erheben.«

»Möchtest du noch etwas Wasser?«

»Nein, ich muß ins Bett. Morgen gibt es Regen – ich fühle es in meinem Armstumpf – und ich brauche meine Ruhe, wenn ich den ganzen Tag bibbern muß.«

»Nur noch eine Frage, Grysstha.«

»Nur zu.«

»Bin ich wirklich der Sohn einer Hündin?«

Grysstha fluchte. »Wer hat das gesagt?«

»Der Gerber.«

»Ich habe dir schon gesagt, daß ich dich in der Höhle neben dem Hund fand. Das ist alles. Irgend jemand hat dich dort zurückgelassen, und die Hündin hat versucht, dich zu verteidigen wie ihre eigenen Jungen. Du warst noch keine zwei Stunden alt, aber ihre Welpen schon mehrere Tage. Bei Odins Blut! Die Männer hier haben weniger Hirn als ein Huhn. Versteh mich richtig, Cormac, du bist kein Dämonenkind, das verspreche ich dir. Ich weiß nicht, warum du in der Höhle zurückgelassen wurdest oder von wem. Aber auf dem Pfad an der Klippe lagen sechs tote Männer, und sie wurden ganz sicher nicht von einem Dämon getötet.«

»Wer waren sie?«

»Wackere Krieger, ihren Narben nach zu urteilen. Alle von einem Mann getötet – einem furchteinflößenden Mann. Die Jäger, mit denen ich unterwegs war, waren überzeugt, daß ein Höllenbewohner los war, als sie dich sahen, aber das liegt nur daran, daß sie jung waren und noch nie einen wahren Krieger in Aktion gesehen hatten. Ich versuchte es ihnen zu erklären, aber Angst macht blind. Ich glaube, der Krieger war dein Vater, aber er war zu Tode verwundet. Deswegen bliebst du dort zurück.«

»Und was ist mit meiner Mutter?«

»Ich weiß es nicht, mein Junge, aber die Götter wissen es. Eines Tages geben sie dir vielleicht ein Zeichen. Aber bis dahin bist du Cormac der Mann, und du wirst dich gerade halten. Denn wer immer dein Vater war, er war ein Mann. Und du wirst dich als sein Sohn bestätigen – wenn auch nicht als meiner.«

»Ich wünschte, du wärst mein Vater, Grysstha.«

»Ich auch. Gute Nacht, mein Junge.«

2. KAPITEL

Flankiert von Gwalchmai und Victorinus, ging der König auf die Koppel hinaus, um seine neuen Pferde zu begutachten. Der junge Mann neben dem verkrüppelten Prasamaccus starrte den legendären Krieger gespannt an.

»Ich dachte, er wäre größer«, flüsterte er. Prasamaccus lächelte.

»Du dachtest, du würdest einen Riesen sehen, der andere Menschen um Haupteslänge überragt. Ach, Ursus, gerade du solltest doch den Unterschied zwischen Menschen und Mythen kennen.«

Ursus' helle graue Augen studierten den König, während er näher kam. Der Mann war etwa vierzig Jahre alt und bewegte sich mit der zuversichtlichen Anmut eines Kriegers, der nie auf einen ebenbürtigen Gegner gestoßen war. Sein Haar, das ihm bis auf die kettengepanzerten Schultern fiel, war rot, wenn auch sein dichter, eckig gestutzter Bart mehr golden war, mit grauen Fäden. Die beiden Männer an seiner Seite waren älter, vielleicht in den Fünfzigern. Der eine war offensichtlich Römer, mit Hakennase und stählernen Augen, der zweite trug sein Haar geflochten wie ein Stammeskrieger.

»Ein herrlicher Tag«, begrüßte der König Prasamaccus, ohne den jüngeren Mann zu beachten.

»Allerdings, Herr, und die Pferde, die du gekauft hast, desgleichen.«

»Sind sie alle hier?«

»Fünfunddreißig Hengste und sechzig Stuten. Darf ich dir Prinz Ursus aus dem Hause der Merowinger vorstellen?«

Der junge Mann verbeugte sich. »Es ist mir eine Ehre, Majestät.«

Der König schenkte ihm ein müdes Lächeln und ging an ihm vorbei. Er nahm Prasamaccus am Arm und ging mit ihm auf die Koppel hinauf. Bei einem grauen Hengst von etwa einem Meter siebzig Schulterhöhe blieb er stehen.

»Die Sicambrier verstehen etwas von Pferdezucht«, sagte Uther und strich dem Tier über die glänzende Flanke.

»Du siehst erschöpft aus, Uther.«

»So fühle ich mich auch. Die Trinovanten lassen wieder einmal ihre Muskeln spielen, ebenso die Sachsen im Mittelland.«

»Wann brichst du auf?«

»Morgen, mit vier Legionen. Ich habe Patreus mit der Achten und der Fünften geschickt, aber er wurde in die Flucht geschlagen. Berichten zufolge verloren wir sechshundert Männer.«

»War Patreus unter ihnen?« fragte Prasamaccus.

»Wenn nicht, wird er sich bald wünschen, er wäre es gewesen«, fauchte der König. »Er hat versucht, einen steilen Hang aufwärts einen Schildwall anzugreifen.«

»Wie du selbst vor nur vier Tagen gegen die Goten.«

»Aber ich habe gewonnen!«

»Du gewinnst immer, Herr.«

Uther grinste, und für einen Augenblick kam der einsame Knabe wieder zum Vorschein, den Prasamaccus vor einem Vierteljahrhundert kennengelernt hatte. Dann war der Knabe wieder fort, die Maske des Königs wieder da.

»Erzähl mir über den Sicambrier«, bat der König und betrachtete den jungen, dunkelhaarigen Prinzen, der ganz in schwarz gekleidet war.

»Er kennt seine Pferde.«

»Das habe ich nicht gemeint, und das weißt du genau.«

»Ich kann es nicht sagen, Uther. Er scheint ... intelligent, kenntnisreich.«

»Du magst ihn?«

»Ich denke schon. Er erinnert mich an dich – vor langer Zeit.«

»Ist das positiv gemeint?«

»Es ist ein Kompliment.«

»Habe ich mich so verändert?«

Prasamaccus schwieg. Vor einer Ewigkeit hatte Uther ihn zum Königsfreund ernannt und ihn gebeten, ihm immer aufrichtig zu raten. In jenen Tagen hatte der junge Prinz den Nebel durchquert, um das Schwert seines Vaters zu suchen, hatte gegen Dämonen und die Hexenkönigin gekämpft, hatte eine Armee von Geistern zurück in die Welt der Lebenden gebracht und die Frau aus den Bergen, Laitha, geliebt.

Der alte Brigant zuckte die Achseln. »Wir alle verändern uns, Uther. Als meine Helga im letzten Jahr starb, hatte die Welt für mich alle Schönheit verloren.«

»Ein Mann ist besser dran ohne Liebe. Sie macht ihn schwach«, sagte der König, und ging davon, um die Pferde zu mustern. »In wenigen Jahren werden wir eine bessere, schnellere Armee haben. All diese Pferde sind mindestens zwanzig Zentimeter größer als unsere eigenen Pferde, und sie sind auf Schnelligkeit und Ausdauer gezüchtet.«

»Ursus brachte noch etwas mit, das dich interessieren könnte«, sagte Prasamaccus. »Komm, sieh es dir an.« Der König wirkte nicht überzeugt, aber er folgte dem humpelnden Briganten zurück zum Tor der Koppel. Hier verbeugte sich Ursus erneut und führte die Gruppe zur Rückseite der Unterkünfte der Pferdehirten. Im Hof hinter dem Gebäude hatte man ein hölzernes Gestell errichtet – ein geschwungenes Holz, das an einem geraden Stück befestigt war und einen Pferderücken darstellen sollte. Darüber legte Ursus eine steife Lederdecke. Ein zweites Stück wurde vorn um das Gestell gelegt, der Prinz befestigte es und kehrte zu den wartenden Kriegern zurück.

»Was zum Hades ist das?« fragte Victorinus. Ursus nahm einen Kurzbogen und legte einen Pfeil auf die Sehne.

Mit einer geschmeidigen Bewegung schoß er den Pfeil ab. Der traf das Hinterteil des ›Pferdes‹, konnte aber nicht tief eindringen, glitt ab und fiel zu Boden.

»Gib mir den Bogen«, sagte Uther. Er spannte die Sehne so stark, wie die Waffe es zuließ, und schoß. Der Pfeil durchstieß das Leder und blieb darin stecken.

»Seht es euch an, Majestät«, sagte Ursus und trat an das ›Pferd‹. Uthers Pfeil war lediglich einen Zentimeter tief eingedrungen. »Er hätte ein gutes Pferd zwar gepiekt, aber nicht außer Gefecht gesetzt.«

»Was ist mit dem Gewicht?« fragte Victorinus.

»Ein sicambrisches Pferd könnte es tragen und trotzdem noch einen vollen Tag ebenso gut arbeiten wie jedes britannische Schlachtroß.«

Gwalchmai war nicht beeindruckt. Der alte Canti-Krieger räusperte sich und spie aus. »Es wirkt sich auf jeden Fall auf die Schnelligkeit des Angriffs aus – und das ist es, was uns durch die Feinde trägt. Gepanzerte Pferde? Pah!«

»Würdest du daran denken, ohne deine eigene Rüstung in die Schlacht zu reiten?« fuhr der Prinz auf.

»Du unverschämtes Früchtchen!« grollte Gwalchmai.

»Genug!« befahl der König. »Sag mir, Ursus, was ist mit Regen? Wird dadurch nicht das Leder aufgeweicht und sehr schwer?«

»Ja, Herr. Aber nicht, wenn jeder Krieger etwas geöltes Bienenwachs bei sich trägt und damit jeden Tag seine Decke einreibt.«

»Jetzt müssen wir unsere Pferde genauso polieren wie unsere Waffen«, sagte Gwalchmai mit einem spöttischen Grinsen.

»Laß zehn von diesen … Pferdeschürzen … machen«, sagte Uther. »Dann sehen wir weiter.«

»Danke, Majestät.«

»Danke mir nicht, bis ich dir einen Auftrag erteile. Das ist es doch, was du willst, oder?«

»Ja, Majestät.«

»Hast du dir diese Rüstung ausgedacht?«

»Ja, Herr, wenn auch mein Bruder Balan das Problem mit dem Regen gelöst hat.«

»Und er erhält den Gewinn aus dem Wachs, das ich bestelle?«

»Ja, Herr«, sagte Ursus lächelnd.

»Und wo ist er im Augenblick?«

»Er versucht, die Idee in Rom zu verkaufen. Es wird schwierig sein, denn der Kaiser legt noch immer großen Wert auf die Legionen zu Fuß, obwohl seine Feinde beritten sind.«

»Rom ist am Ende«, erklärte Uther. »Du solltest an die Goten oder die Hunnen verkaufen.«

»Das würde ich gerne, Majestät, aber die Hunnen kaufen nichts – sie nehmen es sich einfach. Und die Goten? Sie haben noch weniger Vermögen als ich.«

»Und deine eigene Merowingische Armee?«

»Mein König – lang möge er regieren – wird in militärischen Angelegenheiten von seinem Haushofmeister, dem mayor palatii, beraten, und er denkt nicht gerade originell.«

»Aber er wird auch nicht von allen Seiten und aus dem Inneren angegriffen«, sagte Uther. »Kämpfst du ebenso gut, wie du redest?«

»Nicht ganz.«

Uther grinste. »Ich habe meine Meinung geändert. Mach zweiunddreißig; Victorinus erteilt dir das Kommando über eine Turma. Bei Petvaria wirst du zu mir stoßen, dann wird sich herausstellen, ob deine Pferderüstung gegen einen echten Feind hält, was sie verspricht. Wenn sie sich bewährt, wirst du reich, und – was du dir sicher gedacht hast – alle anderen kämpfenden Könige werden Uthers Beispiel folgen.«

»Danke, Majestät.«

»Wie schon gesagt, danke mir noch nicht. Du hast mein Angebot noch nicht gehört.«

Damit drehte sich der König um und ging davon. Prasamaccus legte Ursus einen Arm um die Schulter.

»Ich glaube, der König mag dich, junger Mann. Enttäusche ihn nicht.«

»Würde er mir ansonsten den Auftrag nehmen?«

»Nein, dein Leben«, erklärte Prasamaccus.

Lange nachdem Grysstha in seine eigene Hütte im Schatten der Langhalle zurückgekehrt war, wanderte Cormac, der nicht schlafen konnte, hinaus in die nächtliche Kühle, und beobachtete die Fledermäuse, die im Licht der Sterne um die Bäume kreisten.

Alles war still, und der Junge war wahrhaftig, wunderbar, vollkommen allein. Im zauberischen Licht des Jägermondes gab es keine Entfremdung, keine finsteren Blicke, keine barschen Worte. Der Nachtwind zerzauste ihm das Haar, während er zu den Felsklippen über dem Wald aufsah und an seinen Vater dachte, jenen namenlosen Krieger, der so gut gekämpft hatte. Laut Grysstha hatte er sechs Männer getötet.

Aber warum hatte er den Säugling Cormac allein in der Höhle zurückgelassen? Und wo war die Frau, die ihn geboren hatte? Wer würde ein Kind sich selbst überlassen? War der Mann – so tapfer er im Kampf auch war – im Leben so grausam?

Und welche Mutter würde ihr Kind allein in einer einsamen Höhle zum Sterben zurücklassen?

Wie immer fand er keine Antworten, aber die Fragen ketteten Cormac an dieses feindselige Dorf. Er konnte nicht fortgehen und eine Zukunft für sich suchen, solange seine Vergangenheit noch ein solches Geheimnis barg.

Als er jünger gewesen war, hatte er geglaubt, daß sein Vater eines Tages kommen und ihn holen würde, daß er mit einem Schwert an der Seite, einem gehämmerten Helm auf dem Kopf in die lange Halle schreiten würde. Aber seine Kinderträume boten ihm nicht mehr länger Trost und Hoffnung. In vier Tagen würde er ein Mann sein … und dann? Betteln um Arbeit in der

Schmiede oder der Mühle, der Bäckerei oder dem Schlachthaus?

Wieder in seiner Hütte, schlief er unruhig unter seiner fadenscheinigen Decke, stand vor Morgengrauen auf und nahm seine Schlinge mit in die Berge. Hier tötete er drei Kaninchen und häutete sie geschickt mit dem kleinen Messer, das Grysstha ihm im Jahr zuvor geschenkt hatte. Er zündete in einer geschützten Senke ein kleines Feuer an und briet das Fleisch. Er genoß das seltene Gefühl, einen vollen Bauch zu haben. Aber Kaninchenfleisch war nicht sehr nahrhaft, und Grysstha hatte ihm einmal erklärt, daß man verhungern konnte, wenn man sich nur von solcher Kost ernährte. Cormac leckte sich die Finger ab und wischte sie dann am langen Gras sauber, während er an das Donnerfest im vergangenen Herbst dachte, bei dem er beim offenen Bankett Rindfleisch gekostet hatte, als König Wulfher seinen früheren Verwalter Calder besucht hatte. Man hatte Cormac gezwungen, sich von der Menge um den Sachsenkönig fernzuhalten, aber er hatte seine Rede gehört, angefüllt mit den bedeutungslosen Plattheiten eines schwachen Mannes. Mit seinem Kettenhemd aus Eisen und inmitten seiner mit Äxten bewaffneten Leibwächter sah er zwar nicht so aus, aber sein Gesicht war weich und weibisch, und seine Augen fixierten einen Punkt hoch über der Menge.

Aber das Rindfleisch war großartig gewesen. Grysstha hatte ihm drei Scheiben gebracht, dick und saftig vom Blut des Bullen.

»Früher«, sagte der alte Mann zwischen zwei Bissen, »haben wir jeden Tag so gegessen! Damals waren wir Räuber, und unsere Schwerter wurden gefürchtet. Calder versprach uns einst, wir würden wieder so sein. Er sagte, wir würden uns am Blutkönig rächen, aber sieh ihn dir jetzt an – fett und zufrieden neben dem Marionettenkönig.«

»Der König sieht aus wie eine Frau«, meinte Cormac.

»Er lebt auch wie eine«, schnaubte Grysstha. »Man

darf gar nicht daran denken, daß Hengist sein Großvater war! Möchtest du noch mehr Fleisch?«

In jener Nacht hatten sie wie die Könige geschmaust.

Jetzt deckte Cormac sein Feuer zu und wanderte in die Berge, entlang der Klippen über dem ruhigen Meer. Hier blies der Wind kräftig und kühl trotz der Morgensonne, die von einem wolkenlosen Himmel strahlte.

Cormac blieb unter einer ausladenden Eiche stehen und sprang hoch, um sich an einen dicken Ast zu hängen. Hundertmal zog er sich hoch, bis sein Kinn den Ast berührte, spürte, wie die Muskeln in seinen Armen und Schultern anschwollen und brannten. Dann ließ er sich leicht zu Boden fallen. Auf seinem Gesicht glänzte der Schweiß.

»Wie stark du bist, Cormac«, sagte eine spöttische Stimme. Er fuhr herum und sah Calders Tochter Alftruda, die neben einem Korb voll Beeren im Gras saß. Cormac wurde rot und sagte nichts. Er hätte einfach weggehen sollen, aber ihr Anblick, wie sie dort mit überkreuzten Beinen saß, der wollene Rock hochgerutscht, so daß er ihre milchweißen Beine entblößte... »Bist du so schüchtern?« fragte sie.

»Deine Brüder werden nicht gerade erfreut darüber sein, daß du mit mir sprichst.«

»Hast du etwa Angst vor ihnen?«

Cormac dachte über die Frage nach. Calders Söhne hatten ihn jahrelang gequält, aber meistens konnte er vor ihnen in seine Verstecke im Wald davonlaufen. Agwain war der schlimmste, denn er hatte Freude daran, anderen Schmerzen zuzufügen. Lennox und Barta waren nicht so offen grausam, aber sie folgten Agwain in allen Dingen. Aber hatte er Angst?

»Vielleicht«, gab er zur Antwort. »Das Gesetz besagt, daß zwar sie mich schlagen dürfen, doch daß es meinen Tod bedeutet, wenn ich mich wehre.«

»Das ist der Preis, den du dafür zahlen mußt, daß du einen Dämon zum Vater hast, Cormac. Kannst du zaubern?«

»Nein.«

»Nicht einmal ein bißchen, mir zuliebe?«

»Nicht einmal ein bißchen.«

»Möchtest du ein paar Beeren?«

»Nein, danke. Ich muß zurück, ich habe zu arbeiten.«

»Jage ich dir Angst ein, Cormac Daemonsson?« Er blieb abrupt stehen, seine Kehle war trocken.

»Ich fühle mich ... nicht wohl. Niemand spricht mit mir, aber daran bin ich gewöhnt. Ich danke dir für deine Höflichkeit.«

»Findest du mich hübsch?«

»Ich finde dich schön. Vor allem hier, in der Sommersonne, wenn der Wind dir durchs Haar fährt. Aber ich will dir keinen Ärger machen.«

Alftruda erhob sich geschmeidig und ging zu ihm. Instinktiv wich er zurück, aber die Eiche versperrte ihm den Rückzug. Er fühlte, wie sich ihr Körper gegen den seinen preßte, und seine Arme umschlangen ihren Rücken und zogen sie an sich.

»Nimm deine Hände von meiner Schwester!« brüllte Agwain, und Alftruda machte einen Satz zurück. In ihren Augen flackerte Angst.

»Er hat mich verzaubert!« rief sie und rannte zu Agwain. Der große blonde Jugendliche schleuderte sie beiseite und zog einen Dolch aus der Scheide.

»Für diese Schweinerei wirst du sterben«, zischte er und machte einen Schritt auf Cormac zu.

Cormacs Blick zuckte von der Klinge zu Agwains zornigem Gesicht, in dem seine Absicht zu lesen stand, seine Blutrünstigkeit. Er sprang nach rechts – und prallte gegen die große Gestalt von Lennox, dessen muskulöse Arme sich um ihn schlossen. Triumph leuchtete in Agwains Augen auf, doch Cormac hieb Lennox seinen Ellbogen in den Bauch und brach ihm mit einem zweiten Hieb die Nase. Lennox taumelte, nahezu blind, nach hinten. Dann lief Barta aus dem Gebüsch herbei, einen dicken Ast wie eine Keule über dem Kopf schwingend. Cormac sprang ihm mit den

Füßen voran entgegen, seine Ferse landete mit aller Kraft an Bartas Kinn und schickte ihn bewußtlos zu Boden.

Cormac rollte sich auf die Füße und sah sich Agwain gegenüber. Sein Arm blockte den Dolchstoß ab, der auf sein Herz gezielt war. Er schmetterte Agwain die Faust an die Wange, dann trat er mit dem linken Fuß seinem Feind in die Leisten. Agwain schrie einmal auf und fiel auf die Knie, wobei er den Dolch fallen ließ. Cormac hob ihn auf, packte ihn bei den langen blonden Haaren und riß seinen Kopf zurück, so daß die Kehle freilag.

»Nein!« schrie Alftruda. Cormac blinzelte und holte tief Luft, bis er wieder ruhig atmen konnte. Dann stand er auf und schleuderte den Dolch weit aufs Meer hinaus.

»Du verlogene Schlampe!« sagte er und ging auf Alftruda zu. Sie sank auf die Knie, die Augen vor Angst weit aufgerissen.

»Tu mir nichts!«

Plötzlich mußte er lachen. »Dir etwas tun? Ich würde dich nicht mal *anrühren*, und wenn mein Leben davon abhinge. Vor ein paar Augenblicken warst du schön. Jetzt bist du häßlich und wirst es immer bleiben.«

Ihre Hände flogen an ihr Gesicht, ihre Finger berührten die Haut – tasteten suchend nach ihrer Schönheit. Cormac schüttelte den Kopf. »Ich rede nicht von einem Zauber«, flüsterte er. »Ich habe keine Zauber.«

Er drehte sich um und betrachtete seine Gegner. Lennox saß an der Eiche, Blut strömte aus seiner gebrochenen Nase. Barta war noch immer bewußtlos, und Agwain war fort.

In seinem Sieg lag kein Gefühl des Triumphes oder der Freude.

Denn indem er diese Burschen besiegt hatte, hatte Cormac sich selbst zum Tode verurteilt.

Agwain ging zum Dorf zurück und berichtete seinem Vater Calder von Cormacs Angriff. Dieser rief die Dorfältesten zusammen und verlangte Gerechtigkeit. Nur Grysstha sprach für Cormac.

»Du fragst nach Gerechtigkeit. Jahrelang haben deine Söhne Cormac gequält, und er hatte keine Unterstützung. Aber er hat es getragen wie ein Mann. Und jetzt, wenn drei Kerle über ihn herfallen und er sich verteidigt, erwartet ihn die Hinrichtung? Jeder Mann hier, der so abstimmt, sollte sich schämen.«

»Er hat meine Tochter belästigt«, sagte Calder. »Oder vergißt du das etwa?«

»Falls er das getan hat«, entgegnete Grysstha und erhob sich, »dann folgte er dem Vorbild jedes halbwegs gesunden Burschen im Umkreis von einem Tagesritt!«

»Wie kannst du es wagen?« tobte Calder.

»Wagen? Sprich du nicht zu mir von Wagnissen, du fettes Schwein! Ich bin dir dreißig Jahre lang gefolgt, nur auf deine Versprechen hin. Aber jetzt sehe ich dich so, wie du bist – ein schwacher, gieriger, kriechender Stiefellecker. Ein Schwein, das drei Kröten und eine geile Hure gezeugt hat!«

Calder warf sich quer durch den Kreis von Männern, doch Grysstha's Faust traf ihn krachend am Kinn und sandte ihn zu Boden. Danach brach die Hölle los, bis einige der Ratsmitglieder Grysstha und andere ihren aufgebrachten Anführer packten. In der folgenden Stille bemühte Calder sich, seine Wut ihm Zaum zu halten und bedeutete den Männern, die ihn festhielten, ihn loszulassen.

»Du bist hier nicht mehr willkommen, alter Krüppel«, sagte er. »Du wirst dieses Dorf als Vogelfreier verlassen. Ich schicke Nachricht an alle Dörfer in Südsachsen, und du wirst nirgendwo willkommen sein. Und wenn ich dich nach dem heutigen Tage noch einmal sehe, werde ich dir meine Axt in den Hals rammen. Geh! Such den Hundesohn und bleib bei ihm. Ich möchte, daß du dabei bist und siehst, wie er stirbt.«

Grysstha schüttelte die Arme ab, die ihn hielten und schritt aus der Halle. In seiner Hütte packte er seine mageren Habseligkeiten zusammen, steckte die Handaxt in den Gürtel und marschierte aus dem Dorf. Evrin der Bäcker kam auf ihn zu und steckte ihm zwei Laibe Schwarzbrot zu.

»Geh mit Gott«, flüsterte Evrin.

Grysstha nickte und marschierte weiter. Er hätte schon vor langer Zeit gehen sollen – und Cormac mitnehmen. Aber Loyalität war stärker als Eisen, und Grysstha war durch Bluteid an Calder gebunden. Jetzt hatte er sein Wort gebrochen und war in den Augen des Gesetzes vogelfrei. Niemand würde ihm je wieder trauen, sein Leben war wertlos.

Doch trotzdem begann sich im Herzen des alten Kriegers Freude zu regen. Die schweren, abstumpfenden Jahre als Ziegenhirte lagen nun hinter ihm, ebenso wie sein Bund mit Calder. Grysstha füllte seine Lungen mit reiner, frischer Luft und wanderte zur Höhle von Sol Invictus hinauf.

Dort wartete Cormac auf ihn. Er saß auf dem Altarstein, die Knochen seiner Vergangenheit zu seinen Füßen.

»Schon gehört?« fragte Cormac und rückte beiseite, damit der alte Mann sich auf dem flachen Stein niederlassen konnte. Grysstha brach ein Stück von dem dunklen Brot ab und reichte es dem Jungen.

»Ist zu mir gedrungen«, antwortete er. Cormac warf einen Blick auf die Deckenrolle, die Grysstha neben den alten Knochen des Kampfhundes hatte fallen lassen.

»Gehen wir?«

»Allerdings, mein Junge. Das hätten wir schon vor Jahren tun sollen. Wir gehen nach Dubris und suchen uns Arbeit – genug, um uns eine Passage nach Gallien zu verdienen. Dann zeige ich dir meine alten Feldzugspfade.«

»Sie haben mich angegriffen, Grysstha. Nachdem Alftruda ihre Arme um mich gelegt hatte.«

Der alte Krieger sah dem Jungen in die traurigen blauen Augen. »Noch eine Lektion im Leben, Cormac: Frauen bringen immer nur Ärger. Aber falls es dich tröstet: Agwains Gang nach zu urteilen, wird er noch eine ganze Weile nicht einmal an Mädchen denken. Wie hast du es geschafft, alle drei zu besiegen?«

»Ich weiß nicht, ich tat es einfach.«

»Das ist das Blut deines Vaters. Wir machen noch etwas aus dir, mein Freund!«

Cormac sah sich in der Höhle um. »Ich war noch nie hier. Ich hatte immer Angst. Jetzt frage ich mich nach dem Grund. Nur alte Knochen.« Er stieß mit dem Fuß in die weiche Erde und sah etwas glitzern. Er beugte sich vor und grub seine Finger in den Staub. Er kam mit einer goldenen Kette zum Vorschein, an der ein runder Stein hing. Er sah aus wie ein Goldklumpen mit dünnen schwarzen Adern.

»Ein gutes Omen«, murmelte Grysstha. »Wir sind erst seit einer Stunde freie Männer, und schon findest du einen Schatz.«

»Ob es meiner Mutter gehört hat?«

»Alles ist möglich.«

Cormac hängte sich die Kette um den Hals und steckte den goldenen Stein unter sein Hemd. Er fühlte sich warm auf seiner Brust an.

»Hast du auch Ärger, Grysstha?«

Der Krieger grinste. »Ich habe vielleicht ein, zwei Worte zuviel gesagt, aber sie trafen ins Schwarze!«

»Dann jagen sie uns also beide?«

»Morgen, mein Junge. Dann werden wir uns darum sorgen. Jetzt ruh dich aus.«

Cormac ging zur Rückwand der Höhle und legte sich auf den staubigen Boden, den Kopf auf die Arme gebettet. Grysstha streckte sich auf dem Altar aus und war in wenigen Minuten eingeschlafen.

Der Junge lauschte auf das tiefe, durchdringende Schnarchen des Kriegers, dann glitt er in einen seltsamen Traum hinüber. Ihm war, als schlüge er die

Augen auf und setze sich hin. Neben dem Altar lag ein schwarzer Kampfhund mit fünf Welpen, und hinter dem Hund eine junge Frau mit Haaren aus gesponnenem Gold. Ein Mann kniete neben ihr und barg ihren Kopf in seinem Schoß.

»Es tut mir leid, daß ich dich in eine solche Lage gebracht habe«, sagte er und strich ihr übers Haar. Sein Gesicht war markant, sein Haar dunkel und glänzend wie Rabenflügel und seine Augen so blau wie der Winterhimmel.

Sie streichelte ihm über die Wange und lächelte trotz ihrer Schmerzen.

»Ich liebe dich. Ich habe dich immer geliebt ...«

Draußen klang ein Hornsignal durch die Morgenluft, und der Mann fluchte leise, stand auf und zog sein Schwert. »Sie haben uns gefunden!«

Die Frau stöhnte, als ihre Wehen einsetzten, und Cormac ging zu ihr, aber sie sah ihn nicht. Er versuchte, sie zu berühren, doch seine Hand glitt durch ihren Körper wie durch Rauch.

»Laß mich nicht allein!« flehte sie. Das Gesicht des Mannes verriet seine Qual, doch wieder erklang das Horn, und er drehte sich um und war nicht mehr zu sehen. Die Frau schrie auf, und Cormac mußte untätig zusehen, wie sie darum kämpfte, ihr Kind zur Welt zu bringen. Schließlich kam das Kind blutverschmiert und seltsam still.

»O nein! Lieber Herr Jesus!« stöhnte die Frau, hob das Kind hoch und gab ihm einen Klaps auf das winzige Hinterteil. Es zeigte nicht die leiseste Regung. Sie legte das Kind in ihren Schoß, nahm eine goldene Kette von ihrem Hals und schloß die winzigen Finger des Kindes um den Stein, der daran hing. »Lebe!« flüsterte sie. »Bitte, lebe!«

Aber es rührte sich nicht ... kein Zeichen von Leben.

Aus der sonnenbeschienenen Welt draußen kam das Klirren von Schwert auf Schwert, die Schreie der Verwundeten, die wütenden Rufe der Kämpfenden. Dann

Stille, bis auf die Vögel, die in den Bäumen des Waldes sangen. Ein Schatten fiel über den Eingang, und der große Mann taumelte hinein. Blut strömte aus einer Wunde in seiner Seite und einer zweiten in seiner Brust.

»Das Kind?« flüsterte er.

»Es ist tot«, antwortete die Frau.

Als er außerhalb der Höhle etwas hörte, drehte der Mann sich um. »Es kommen noch mehr. Ich kann ihre Speere in der Sonne funkeln sehen. Kannst du gehen?« Sie mühte sich auf, fiel jedoch wieder hin, und er ging zu ihr und nahm sie in seine Arme.

»Euer Kind lebt!« rief Cormac, mit Tränen in den Augen. »*Ich* lebe! Laßt mich nicht allein!«

Er folgte ihnen hinaus in den Sonnenschein und sah zu, wie der verwundete Mann sich zum höchsten Punkt der Klippen kämpfte, ehe er auf die Knie sank und die Frau aus seinen Armen glitt. Ein Reiter galoppierte in Sicht, und der Krieger zog sein Schwert, doch der Reiter zog an den Zügeln und wartete ab.

Aus dem Wald humpelte ein zweiter Mann heran, sein linkes Bein war verdreht und mißgebildet. Der große Krieger zog sein Schwert und schleuderte es in die Bäume, wo es in einem dicken, mit Efeu bewachsenen Stamm steckenblieb. Dann nahm er die Frau wieder auf die Arme, drehte sich um und starrte auf das Meer, das Hunderte von Metern unter ihnen schäumte.

»Nein!« schrie der verkrüppelte Mann. Der Krieger warf einen Blick zu dem Reiter, der reglos auf seinem Pferd saß. Sein Gesicht zeigte keine Regung, seine Hände ruhten auf dem Sattelknauf.

Der Krieger machte einen Schritt über den Rand der Klippe hinaus und verschwand aus dem Blickfeld, die Frau mit ihm.

Cormac sah, wie der Krüppel tränenblind zu Boden sank, doch der Reiter wendete lediglich sein Pferd und verschwand wieder im Wald. Ein Stück weiter den Pfad hinab konnte Cormac sehen, wie die Jagdtruppe sich der Höhle näherte. Er rannte wie der Wind, und als er ankam, sah er, wie der Stein in den Händen des Kindes glühte wie eine brennende Kerze, und eine Aura aus weißem Licht über der Haut des Kindes schimmerte. Dann stieß es den ersten lustvollen Schrei aus. Die Jäger kamen, und die schwarze Hündin sprang sie an, nur um von Messern und Äxten niedergestreckt zu werden.

»Bei Odins Blut!« sagte einer der Männer. »Die Schlampe hat ein Kind geboren.«

»Töte es!« schrie ein anderer.

»Ihr Idioten!« sagte Grysstha. »Glaubt ihr, der Hund hat die Römer erschlagen?«

Cormac konnte es nicht länger ertragen zuzuschauen und schloß die Augen, als Grysstha nach dem Säugling griff ...

Als er sie wieder aufschlug, drang das erste Morgenlicht durch den Höhleneingang, und Grysstha schlief noch immer auf dem Altar. Er stand auf, ging zu dem alten Mann und rüttelte ihn wach.

»Es dämmert«, sagte er, »und ich habe meine Mutter und meinen Vater gesehen.«

»Immer mit der Ruhe, mein Junge«, murmelte der alte Krieger. »Laß mich erst mal Luft holen.« Er streckte sich und setzte sich auf, dann rieb er sich die Augen und stöhnte über die steifen, kalten Muskeln im Nacken. »Reich mir den Wasserschlauch.«

Cormac gab ihn ihm, und Grysstha zog den Stöpsel heraus und nahm einen tiefen Schluck. »So, wie war das jetzt mit deiner Mutter?«

Der Junge erzählte ihm von dem Traum, aber Grysstha's Augen verrieten erst dann wirkliches Interesse, als er den Verkrüppelten erwähnte.

»Beschreib mir sein Gesicht.«

»Helle Haare, dünner Bart. Traurige Augen.«

»Und der Reiter?«

»Ein Krieger, groß und stark. Ein kalter, harter Mann mit rotem Haar und Bart. Er trug einen Bronzehelm, der mit einem Eisenring eingefaßt war.«

»Wir sollten besser gehen, Cormac«, sagte der alte Krieger plötzlich.

»War mein Traum wahr, was meinst du?«

»Wer weiß, mein Junge? Wir reden später weiter.«

Grysstha schwang sich sein Deckenbündel auf den Rücken und trat aus der Höhle. Plötzlich blieb er stocksteif stehen und ließ das Bündel fallen.

»Was ist?« fragte Cormac, als er in den Sonnenschein hinaustrat. Grysstha bedeutete ihm zu schweigen und musterte prüfend das Gebüsch unter den Bäumen.

Cormac konnte nichts erkennen, doch plötzlich erhob sich ein Mann hinter einem dichten Busch. Auf seinem Bogen lag ein Pfeil, die Sehne war gespannt. Cormac erstarrte. Grysstha schlug dem Jungen mit dem Arm gegen die Brust, so daß er aus dem Weg geschlagen wurde, gerade als der Bogenschütze schoß. Der Pfeil drang durch Gryssthas Wams und durchbohrte die Lungen. Ein zweiter Pfeil folgte. Der alte Mann schützte Cormac mit seinem Körper, während ihm das Blut aus dem Mund sprudelte.

»Lauf!« röchelte er und sank zu Boden.

Ein Pfeil zischte an Cormacs Gesicht vorbei, und er warf sich nach links. Weitere Pfeile sausten vorbei, dann rollte er sich herum, sprang auf und rannte. Die Männer, die sich im Unterholz verbargen, stießen ein lautes Gebrüll aus, und das Geräusch laufender Füße ließ Cormac schneller werden, während er über einen umgestürzten Baum sprang und zu den Klippen sprintete. Pfeile zischten über ihn hinweg, und er wich ihnen hakenschlagend aus, hastete über den Waldweg und suchte nach einem Versteck.

Es gab zahlreiche hohle Bäume, in denen er sich früher vor Agwain und seinen Brüdern versteckt hatte. Jetzt, wo er den Abstand zwischen sich und seinen Verfolgern etwas vergrößert hatte, fühlte er sich etwas zuversichtlicher.

Aber das Gebell der Kampfhunde brachte neue

Angst. Die Bäume würden ihm jetzt keine Zuflucht mehr bieten.

Er tauchte oben auf den Klippen wieder auf und drehte sich um, in Erwartung der dunklen, heranjagenden Gestalten von Calders Hunden, die ihre Zähne gebleckt, hatten, um sie in seine Kehle zu graben. Aber noch war nichts zu sehen. Er zog sein schmales Ausbeinmesser, seine Augen suchten die Bäume ab.

Ein riesiger schwarzer Hund hetzte heran. Als er ihn ansprang, ließ Cormac sich auf die Knie fallen, rammte ihm die Klinge in den Bauch und schlitzte ihn auf, während das Tier über ihm war. Das verwundete Tier landete ungeschickt, seine Pfoten verfingen sich in den eigenen Gedärmen. Cormac achtete nicht darauf und rannte zurück zu den Bäumen. Er nahm nicht den Pfad, sondern zwängte sich durch das dichteste Unterholz.

Plötzlich blieb er stehen, denn dort, im efeuberankten Stamm einer ausladenden Eiche steckte das Schwert aus seinem Traum. Er steckte sein Messer in die Scheide, packte den Elfenbeingriff und zog die Klinge heraus. Das Schwert hatte Armeslänge, und in den fünfzehn Jahren, in denen es hier verborgen gewesen war, hatte sich nicht eine Spur von Rost angesetzt.

Cormac schloß die Augen. »Danke, Vater«, flüsterte er.

Der Griff war lang genug, um das Schwert beidhändig zu führen, und der Junge schwang die Klinge einige Male, um ein Gefühl für ihr Gewicht zu bekommen.

Er trat ins Freie, gerade als der zweite Hund heranhetzte, um sich auf die schmale Gestalt zu stürzen. Die Klinge traf seinen Hals und trennte ihm fast den Kopf vom Rumpf. In Cormacs Augen loderte nie gekannte Wut, als er den Pfad hinablief, seinen Verfolgern entgegen.

In der Nähe einer Ulmengruppe hörte er sie, verließ den Pfad und versteckte sich hinter einem dicken Baumstamm. Vier Männer kamen in Sicht – voran Agwain, gefolgt von seinen Brüdern, und zum Schluß der Grobschmied Kern, dessen kahler Schädel vor Schweiß glänzte.

Als sie an Cormacs Versteck vorbei waren, holte er tief Luft, dann sprang er mit einem Satz dem verblüfften Kern in den Weg. Der Schmied trug eine kurze doppelköpfige Axt, hatte aber keine Zeit mehr, sie zu benutzen, denn Cormacs Schwert zuckte hoch und durchtrennte dem Mann die Kehle. Kern taumelte rücklings, die Axt entglitt seinen Händen. Seine Finger griffen an die Wunde, als ob er sein verströmendes Lebensblut eindämmen wollte.

Cormac rannte wieder in den Wald und folgte den anderen. Agwain und Lennox waren nicht mehr zu sehen, doch Barta ächzte schwerfällig weit hinter ihnen drein. Cormac holte ihn rasch ein und tippte ihm auf die Schulter, so daß der blonde Jüngling sich umdrehte.

Cormacs Schwert fuhr durch das wollene Wams in den Bauch des Jungen und durchbohrte Lungen und Herz. Wütend drehte er die Klinge, um sie freizubekommen. Barta starb ohne einen Laut.

Wie ein Geist verschmolz Cormac mit den Schatten der Bäume und begab sich auf die Suche nach den letzten seiner Jäger.

Derweil hatte Agwain auf der Klippe die erschlagenen Hunde gefunden. Er machte kehrt und rannte zurück, um seine Brüder zu warnen, daß Cormac jetzt bewaffnet war; zusammen mit Lennox eilte er den Weg zurück, bis sie Bartas und Kerns Leichen fanden.

Zusammen flohen die Überlebenden aus dem Wald. Cormac trat zwischen den Bäumen hervor und sah, wie sie zurück ins Tal rannten.

Zuerst wollte er sie bis in die Große Halle verfolgen, aber sein gesunder Menschenverstand behielt die Oberhand, und als sein Zorn verebbte, kehrte er in die Höhle zurück. Grysstha hatte sich gegen die Wand gelehnt, sein weißer Bart war blutbefleckt, sein Gesicht blaßgrau.

Als Cormac neben dem alten Mann niederkniete und seine Hand nahm, schlug Grysstha die Augen auf.

»Ich kann die Valkyren sehen, Cormac«, flüsterte er, »aber sie beachten mich nicht, denn ich habe kein Schwert.«

»Hier«, sagte der Junge und drückte dem Krieger den Elfenbeingriff in die linke Hand.

»Erzähl … nie … niemandem … von deiner … Geburt.« Gryssthа rutschte seitwärts zu Boden, das Schwert entglitt seinen Fingern.

Eine Weile blieb Cormac schweigend bei dem Toten sitzen, der sein einziger Freund gewesen war. Dann stand er auf und trat ins Sonnenlicht hinaus. Er betrachtete das Dorf tief unten im Tal.

Am liebsten hätte er seine Wut in den Himmel geschrien, aber er tat es nicht. Einer von Gryssthas Sprüchen kam ihn in den Sinn: Rache ist ein Gericht, das man am besten kalt serviert.

Er steckte das Schwert in seinen Gürtel, sammelte Gryssthas Habseligkeiten ein und brach nach Osten auf. Auf der Kuppe der letzten Anhöhe drehte er sich noch einmal um.

»Ich werde zurückkehren«, sagte er leise. »Und dann sollt ihr wahrhaftig den Dämon sehen, das schwöre ich!«

Prasamaccus streckte die Beine vor dem Holzfeuer im Kamin aus und nahm einen Schluck von dem mit Honig gesüßten Wein. Seine Tochter Adriana bot Ursus einen Becher an, den er mit strahlendem Lächeln entgegennahm.

»Vergeude deinen Charme nicht«, sagte Prasamaccus. »Adriana ist mit Gryll, dem Sohn des Hirten, verlobt.«

»Liebt sie ihn?«

»Wieso fragst du sie das nicht selbst? Sie steht schließlich direkt neben dir.«

»Gewiß. Ich bitte um Entschuldigung, meine Dame.«

»Du mußt meinem Vater verzeihen«, sagte sie. Ihre Stimme war tief und rauchig. »Er vergißt, daß seine Gäste selten dieselben Sitten haben wie wir. Kaufen und verkaufen die Sicambrier noch immer Frauen?«

»Das ist etwas übertrieben. Den zukünftigen Ehemännern wird eine Mitgift gezahlt – aber das ist auch in Uthers Britannien noch immer der Fall, nicht wahr? Und eine Frau ist die Dienerin ihres Mannes. Alle Religionen stimmen darin überein.«

»Mein Vater hat Gryll erklärt, es gebe keine Mitgift. Wir werden beim Mittwinterfest heiraten.«

»Und, seid ihr verliebt?«

»Ja, sehr.«

»Aber keine Mitgift?«

»Ich glaube, Vater wird einlenken. Er hat jetzt schon zuviel Geld. Und jetzt mußt du mich bitte entschuldigen, ich bin sehr müde.«

Ursus stand auf und verbeugte sich, während Adriana Prasamaccus' bärtige Wange küßte und aus dem Zimmer ging.

»Sie ist ein braves Mädchen, aber sie scheint zu glauben, ich würde senil! Sie wird sich über den Hof schleichen und sich bei den Ställen mit Gryll treffen. Wie schmeckt dir dein Wein?«

»Ein bißchen süß für meinen Geschmack.«

Prasamaccus beugte sich vor und warf ein Scheit aufs Feuer. »Honig hilft dem Verstand und reinigt den Magen. Außerdem vertreibt er böse Geister.«

Ursus lachte leise. »Ich dachte, das täten bittere Zwiebeln?«

»Die auch«, gab der Brigant zu. »Und Misteln und schwarze Hunde mit weißen Schnauzen.«

»Ich glaube, du hast ein bißchen zuviel Wein getrunken, mein Freund.«

»Ein Fehler von mir an einsamen Abenden. Weißt du, ich war mit dem König zusammen, ehe er der König war – als er noch ein verfolgtes Kind in den Bergen war und er das Tal des Todes zu einer anderen Welt durchquerte. Damals war ich jung. Ich sah, wie er zum Mann wurde, ich sah, wie er sich verliebte, und ich sah, wie sein großes Herz langsam starb. Er war immer ein Mann mit eisernem Willen. Aber jetzt ist das alles, was er noch hat: das Eisen. Sein Herz ist tot.«

»Du spielst auf seine Frau an?«

»Die schöne Laitha. Gian Avur, Kitz des Waldes.«

»Soweit ich weiß, ist das Lied hier verboten. Für einen König, der von einem Verwandten Hörner aufgesetzt bekam und der von einem Freund verraten wurde, ist das wohl auch verständlich.«

»Es steckt mehr dahinter, Ursus. Viel mehr. Das ist immer so. Culain lach Feragh war ein Krieger, der seinesgleichen suchte, ein Mann von großer Ehre. Aber sein schwacher Punkt war, daß er der Liebe entsagt hatte. Er hatte Laitha aufgezogen, und sie hatte ihn seit ihrer Kindheit geliebt, aber sie waren zum Untergang verdammt.«

»Es klingt fast so, als ob Menschen keine Wahl hätten.«

»Manchmal haben sie das auch nicht. Culain wäre lieber gestorben, als Uther oder Gian etwas anzutun, aber der König wußte, daß seine Gemahlin Culain immer geliebt hatte, und böse Gedanken wucherten in ihm wie ein Flächenbrand. Er war immer auf irgendwelchen Feldzügen unterwegs, und er fand Gefallen am Leben mit der Armee. Er redete nur selten mit Gian und ernannte Culain zu ihrem Streiter. Er brachte sie zusammen, und schließlich gaben sie ihrem Begehren nach.«

»Wie fand er es heraus?«

»Es war ein offenes Geheimnis, und die Liebenden wurden sorglos. Man konnte sie händchenhaltend oder Arm in Arm im Garten spazierengehen sehen. Und Culain besuchte oft spät in der Nacht die Gemächer der Königin und kam erst bei Morgengrauen heraus. Eines Nachts stürmte die Leibgarde des Königs in das Schlafzimmer der Königin, und Culain war dort. Sie wurden vor den König geschleppt, der sie beide zum Tode verurteilte. Culain entkam. Drei Tage später griff er die Truppe an, die die Königin zum Schafott führte, und ihnen gelang die Flucht.«

»Aber das ist noch nicht das Ende der Geschichte?«

»Nein. Ich wünschte, es wäre so.« Prasamaccus verfiel in Schweigen, sein Kopf sank zurück, bis er auf der hohen Lehne des Sessels ruhte. Der Becher entglitt seinen Fingern, und Ursus griff danach, ehe er auf den Teppich fallen und der Wein das Ziegenfell besudeln konnte. Dann lächelte der Prinz und stand auf. Auf einem Hocker an der Tür zum Schlafzimmer lag eine Wolldecke. Er nahm sie und deckte Prasamaccus damit zu, dann ging er in sein eigenes Zimmer.

Adriana lächelte und schlug einladend die Decken zurück. Er schlüpfte aus seinen Kleidern und legte sich zu ihr, strich ihr das goldene Haar aus der Stirn.

Sie schlang die Arme um seinen Hals und zog ihn zu sich herunter.

Ursus wusch sich in dem Faß mit kaltem Wasser an der Rückseite der Blockhütte. Er genoß die frische Morgenluft auf seiner nackten Haut. Keine Träume hatten seinen Schlaf gestört, und die Zukunft versprach Gold. Wenn der legendäre König seine Pferderüstung übernahm, würden alle anderen kriegführenden Monarchen folgen, und Ursus konnte sich in einem Palast im Tal des Großen Flusses mit einer Schar von Konkubinen zur Ruhe setzen.

Mit zwanzig hatte Ursus klare Vorstellungen von seiner Zukunft. Obwohl er aus dem Haus der Merowinger stammte, waren Balan und er nur sehr entfernte Verwandte von Merowech und hatten keinen Anspruch auf die Krone. Und das Leben eines Soldaten war für einen Mann wenig reizvoll, der seine Jugend in den Vergnügungspalästen von Tingis verbracht hatte.

Er rieb sich mit einem weichen, wollenen Handtuch trocken und zog ein frisches schwarzes Hemd und sein geöltes Wams an. Aus einem kleinen Lederflakon schüttete er ein paar Tropfen Parfüm in seine Handfläche und fuhr sich damit durch das lange, dunkle Haar. Der Gestank der Ställe war abscheulich, und er wanderte auf die Felder hinaus und genoß den Duft der wilden Rosen, die bei dem uralten Kreis aus aufrechten Steinen wuchsen.

Prasamaccus gesellte sich zu ihm. Der ältere Mann wirkte nervös.

»Was ist los, mein Freund?« fragte Ursus und setzte sich auf den flachen Altarstein.

»Ich habe mich betrunken wie ein alter Narr, und jetzt dröhnt ein Hammer in meinem Kopf.«

»Zuviel Honig«, meinte Ursus. Er gab sich Mühe, nicht zu grinsen.

»Und eine zu lose Zunge. Ich hätte nicht so über den König und seine Angelegenheiten sprechen sollen.«

»Mach dir keine Sorgen, Prasamaccus. Ich kann mich sowieso an nichts erinnern. Soweit ich noch weiß, sprachst du von König Uther als dem besten König der Christenheit.«

Prasamaccus grinste. »Der er auch ist. Ich danke dir, Ursus.«

Ursus antwortete nicht. Er starrte auf die unregelmäßige Reihe bewaffneter Männer, die in der Ferne über die Hügel schwärmten.

»Ich will hoffen, daß sie zu uns gehören«, flüsterte er.

Prasamaccus beschattete seine Augen, dann fluchte er. Er erhob sich und humpelte zum Haus, dann brüllte er, so laut er konnte, und deutete auf die jetzt angreifende Reihe. Hirten und Pferdeburschen kamen mit Bögen bewaffnet aus den Ställen gerannt, während die zwanzig regulären Legionäre sich mit Schwertern und Schilden im Hof vor dem Haus zu einer Kampflinie formierten. Ursus hastete in sein Zimmer, um seinen Bogen und Köcher zu holen. Adriana kauerte unter dem großen Fenster.

»Was sind das für Leute?« fragte Ursus, als die Reiter näher kamen.

»Trinovanten«, antwortete sie.

Ein Pfeil schoß durch das offene Fenster und blieb im Türrahmen auf der anderen Seite des Zimmers stecken. Ursus trat einen Schritt zurück und legte einen Pfeil auf die Sehne.

Die Reiter donnerten in den Hof und sprangen vom Pferd, um mit den Legionären zu kämpfen. Vier zu eins unterlegen, gab deren Linie nach, und die grellbunt gekleideten Stammeskrieger hieben und schlugen sich ihren Weg zum Haus frei.

Ursus riskierte einen Blick aus dem Fenster, als ein Krieger mit geflochtenem Bart zum Sprung hindurch ansetzte. Ursus spannte und schoß. Der Pfeil drang dem Stammeskrieger in die Kehle, und er stürzte rücklings.

»Ich glaube, wir sollten gehen«, sagte Ursus, nahm Adrianas Hand und zog sie auf die Füße. Die Tür wurde eingetreten, und drei Krieger stürmten in den Raum, ihre Schwerter rot vom Blut der gefallenen Legionäre.

»Ich hoffe, euch ist schon mal der Gedanke an ein

Lösegeld gekommen« sagte Ursus, ließ den Bogen fallen und breitete die Arme aus.

»Tötet ihn!« befahl ein großer, dunkelhaariger Krieger mit einer blassen Narbe auf der Wange.

»Ich bin ziemlich viel wert ... in Gold!« sagte der Prinz zurückweichend.

Die Krieger rückten vor. Ursus machte einen Schritt nach vorn, drehte sich auf der Ferse herum und sprang. Sein rechter Fuß krachte einem Krieger ans Kinn und ließ ihn direkt in seinen Kameraden hinter ihm zurücktaumeln. Der Prinz landete leichtfüßig, duckte sich nach rechts, um einem wilden Hieb des Narbigen auszuweichen. Dann rollte er sich auf die Füße, tauchte unter einem zweiten Hieb hinweg und stieß dem Krieger seine Finger unter das Brustbein. Der Mann rang nach Luft, sein Gesicht lief dunkelrot an ... dann fiel er zu Boden. Ursus schnappte sich das Schwert des Gestürzten und stieß es dem ersten Krieger in die Brust, der sich gerade aufrappeln wollte. Adriana hieb dem dritten Mann mit einem Hocker auf den Kopf, so daß er zu Boden ging.

Draußen hallte ein Trompetenstoß, gefolgt von dem Donnern zahlreicher Hufe. Ursus rannte zum Fenster und sah Uther, Victorinus und eine ganze Zenturie berittener Legionäre, die sich auf die verblüfften Stammeskrieger stürzten. Viele der Trinovanten warfen ihre Waffen beiseite, aber sie wurden unverzüglich erschlagen.

In wenigen Minuten war der Kampf vorbei, und die Toten wurden aus dem Hof gezerrt.

Der König trat ins Haus, seine hellen Augen glitzerten, alle Müdigkeit war von ihm abgefallen.

»Wo ist Prasamaccus?« fragte er, während er sich seinen Weg durch die Erschlagenen bahnte. Der Krieger, den Adriana niedergeschlagen hatte, stöhnte und versuchte aufzustehen. Uther wirbelte herum und köpfte ihn mit seinem großen Schwert. Der Schädel rollte davon und blieb an der Wand liegen, der Körper, aus dem das Blut sprudelte, sank zu Boden. Adriana wandte den Blick ab.

»Ich fragte, wo ist Prasamaccus?«

»Hier, Herr«, sagte der Krüppel und trat aus dem Hinterzimmer. »Ich bin unversehrt.«

Der König entspannte sich und grinste jungenhaft. »Es tut mir leid, daß wir nicht früher hier waren.« Er ging zum Fenster. »Victorinus! Hier drin sind noch drei!«

Eine Gruppe von Legionären kam und zerrte die Toten in den Sonnenschein hinaus.

Uther steckte sein Schwert ein und setzte sich. »Du hast dich gut geschlagen, Ursus. Du kämpfst ebensogut, wie du redest.«

»Ich hatte Glück, Majestät, und Adriana hat einen mit einem Schemel niedergestreckt.«

»Das überrascht mich nicht, sie stammt aus einem guten Stall.«

Adriana knickste und ging zur Anrichte, holte einen Becher für den König und füllte ihn mit Apfelsaft aus einem Steinkrug. Uther nahm einen tiefen Schluck.

»Ihr seid jetzt in Sicherheit. Gwalchmai hat den Haupttrupp der Bande isoliert, und heute abend wird kein einziger Trinovantenrebell von hier bis Cumbretovium mehr am Leben sein.«

»Sind deine Untertanen immer so aufsässig?« fragte Ursus. Verärgerung zeigte sich auf dem Gesicht des Königs.

»Wir Britannier eignen uns nicht besonders gut als Untertanen«, warf Prasamaccus rasch ein. »Es ist das Land, Ursus. Alle Stämme haben ihre eigenen Könige, ihre eigenen Kriegsführer und ihre heiligen Männer. Die Römer haben zwar die meisten der Druiden ausgelöscht, aber jetzt ist die Sekte wieder da, und sie akzeptieren die römische Herrschaft nicht.«

»Aber Britannien wird doch längst nicht mehr von Rom regiert«, sagte der Prinz. »Das verstehe ich nicht.«

»Für die Stämme ist Uther ein Römer. Es interessiert sie nicht, daß es Rom nicht mehr gibt.«

»Ich bin der Hochkönig«, sagte Uther, »durch Recht und Eroberung. Die Stämme akzeptieren das, aber die Druiden nicht. Ebensowenig die Sachsen, die Jüten, die Angeln oder die Goten, und erst seit wenigen Jahren sind die Sicambrier unsere Freunde.«

»Du kannst dich jedenfalls nicht über einen Mangel an Feinden beklagen, König Uther. Ich wünsche dir noch lange starke Freunde! Wie willst du das Problem mit den Druiden lösen?«

»Wie die Römer, mein Junge. Ich kreuzige jeden, dessen ich habhaft werden kann.«

»Warum sammelst du nicht deine eigenen um dich?«

»Genausogern hätte ich eine Viper im Bett.«

»Was könnten sie denn anderes wollen als alle anderen auch – Macht, Reichtum, willige Frauen? Es muß unter ihnen zumindest einige geben, die sich kaufen lassen. Es würde auf jeden Fall Zwietracht unter deinen Feinden säen.«

»Du hast einen scharfen Verstand, junger Ursus.«

»Und einen fragenden, Majestät. Woher wußtest du, daß sie hier angreifen würden?«

»Das Land wußte es, und ich bin das Land«, antwortete Uther mit einem Lächeln.

Ursus vertiefte die Frage nicht weiter.

Cormac rannte, bis seine Beine schmerzten und seine Lungen brannten, aber er wußte, daß er den Reitern, die ihm auf dem schmalen Pfad folgten, weder davonlaufen noch es mit denjenigen aufnehmen konnte, die den Bach links von ihm überquert hatten und jetzt versuchten, ihm den Weg abzuschneiden. Er versuchte verzweifelt, weiter bergauf zu kommen, wo er glaubte, wenigstens einen, vielleicht zwei seiner Jäger töten zu können. Er betete, einer von ihnen möge Agwain sein.

Er versuchte, über einen runden Felsblock auf dem Pfad zu springen, doch er blieb mit seinen müden Beinen hängen, so daß er ins Gras stürzte und das Schwert seinen Fingern entglitt. Er kroch hin, um es zu holen… als eine Hand den Griff umschloß.

»Eine interessante Klinge«, sagte ein großer Mann, dessen Gesicht im Schatten einer Kapuze lag, und Cormac zog sein Messer und hielt sich bereit, um anzugreifen. Doch der Fremde drehte das Schwert um, so daß er dem verblüfften Knaben den Griff anbot. »Komm, folge mir.«

Der Mann duckte sich ins Unterholz und schob einen dichten Busch beiseite, der eine kleine Höhle freigab. Cormac krabbelte hinein, und der Mann zog den Busch wieder vor die Öffnung. Weniger als eine Minute später jagten seine sächsischen Verfolger an dem Versteck vorbei. Der Fremde schlug die Kapuze zurück und fuhr sich mit den Händen durch sein dichtes schwarz-silbernes Haar, das ihm bis auf die breiten Schultern fiel. Die tiefliegenden Augen waren grau, sein Bart umrahmte sein Gesicht wie eine Löwenmähne. Er grinste.

»Ich würde sagen, du warst in der Minderzahl, junger Mann.«

»Warum hast du mir geholfen?«

»Du bist schließlich ebenfalls eines von Gottes Geschöpfen.«

»Bist du ein heiliger Mann?«

»Ich kenne die Mysterien. Wie heißt du?«

»Cormac. Und du?«

»Ich bin Revelatio. Hast du Hunger?«

»Sie kommen bestimmt zurück. Ich muß gehen.«

»Ich hielt dich für einen aufgeweckten Burschen, einen Jungen mit Verstand. Wenn du jetzt gehst, was wird dann passieren?«

»Ich bin kein Dummkopf, Meister Revelatio. Aber was passieren wird, wird passieren, ob in einer Stunde oder in einem Tag. Ich kann nicht durch ganz Südsachsen laufen, ohne gesehen zu werden. Und ich möchte nicht, daß du mit mir zusammen erschlagen wirst. Ich danke dir für deine Freundlichkeit.«

»Wie du willst, aber zuerst wird gegessen! Das ist die erste Regel eines Soldaten.«

Cormac lehnte sich wieder gegen die Höhlenwand und nahm das Brot und den Käse, die ihm angeboten wurden. Das Essen war ihm willkommen, ebenso wie das kühle Wasser aus der lederüberzogenen Feldflasche des Mannes.

»Wie kommt es, daß du, ein Sachse, ein solches Schwert hast?«

»Es gehört mir.«

»Ich stelle dein Eigentumsrecht auch gar nicht in Frage. Ich wollte wissen, wie du dazu gekommen bist.«

»Es gehörte meinem Vater.«

»Aha. Offensichtlich ein guter Krieger. Die Klinge ist aus einem Stahl, den man nur in Hispanien macht.«

»Er war ein großer Krieger. Er tötete sechs Männer an dem Tag, als ich geboren wurde.«

»Sechs? Das ist wahrlich gekonnt. Und er war ein Sachse?«

»Das weiß ich nicht. Er starb an jenem Tag, und ich wurde von ... von einem Freund aufgezogen.« Gryssthas Gesicht tauchte vor seinen Augen auf, und zum ersten Mal seit seinem Tod flossen Tränen. Der Junge räusperte sich und wandte sich ab. »Es tut mir leid, es ... es tut mir leid.« Heftige Schluchzer durchliefen ihn gegen seinen Willen, er spürte, wie sich eine starke Hand auf seine Schulter legte.

»Wenn man Glück hat, findet man im Leben viele Freunde. Du hast Glück, Cormac, indem du mich gefunden hast.«

»Er ist tot. Sie haben ihn umgebracht, weil er sich für mich eingesetzt hat.«

Der Mann legte Cormac seine Hand auf die Stirn. »Schlaf jetzt, wir reden später weiter, wenn die Gefahr vorüber ist.«

Als Revelatios Finger seine Stirn berührten, umhüllte große Müdigkeit den Knaben wie eine warme Decke. Schon bald schlief er tief und traumlos.

Er erwachte in der Nacht und stellte fest, daß er mit einer dicken Wolldecke zugedeckt war, sein Kopf ruhte auf einem zusammengefalteten Umhang. Er rollte sich auf die Seite und sah Revelatio, der gedankenversunken neben einem kleinen Feuer saß.

»Danke«, sagte Cormac.

»Es war mir ein Vergnügen. Wie fühlst du dich?«

»Ausgeruht. Die Jäger?«

»Sie gaben auf und sind nach Hause zurückgekehrt. Ich nehme an, sie kommen morgen früh mit Hunden wieder. Hast du Hunger?« Revelatio nahm einen kupfernen Topf aus dem Feuer und rührte mit einem Stock den Inhalt um. »Ich habe Brühe, frisches Kaninchen, getrocknetes Rindfleisch und Kräuter.« Er schöpfte eine reichliche Portion in eine tiefe Holzschale und reichte sie dem Jungen. Cormac nahm sie dankbar.

»Bist du auf einer Pilgerfahrt?« fragte er zwischen zwei Bissen.

»So ungefähr. Ich gehe nach Hause.«

»Du bist Britannier?«

»Nein. Wie ist die Brühe?«

»Köstlich.«

»Erzähl mir von Grysstha.«

»Woher kennst du den Namen?«

Der bärtige Mann lächelte. »Du hast ihn im Schlaf genannt. Er war dein Freund?«

»Ja. Er verlor seine rechte Hand im Kampf gegen den Blutkönig. Danach war er Ziegenhirte. Er zog mich auf wie seinen eigenen Sohn.«

»Dann warst du auch sein Sohn, denn es gehört mehr dazu, ein Vater zu sein, als nur die Bande des Blutes. Warum hassen sie dich so?«

»Ich weiß es nicht«, sagte Cormac, der an die Worte des sterbenden Grysstha dachte. »Bist du ein Priester?«

»Wie kommst du darauf?«

»Ich sah einmal einen Priester des Weißen Christus. Er trug ein Gewand wie du und Sandalen. Aber er hatte ein Kreuz aus Holz um den Hals.«

»Ich bin kein Priester.«

»Ein Krieger also?« fragte Cormac zweifelnd, denn der Mann trug keine Waffen außer einem langen Stab, der jetzt neben ihm lag.

»Auch kein Krieger. Ich bin nur ein Mensch. Wohin wolltest du?«

»Nach Dubris. Dort kann ich vielleicht Arbeit finden.«

»Was hast du gelernt?«

»Ich habe in einer Schmiede, einer Mühle und in einer Töpferei gearbeitet. In der Bäckerei wollten sie mich nicht arbeiten lassen.«

»Warum nicht?«

»Ich durfte ihr Essen nicht berühren, aber manchmal ließ mich der Bäcker seine Räume saubermachen. Gehst du nach Dubris?«

»Nein. Nach Noviomagus im Westen.«

»Oh.«

»Warum kommst du nicht mit mir? Es ist kein beschwerlicher Weg, und es wäre schön, Gesellschaft zu haben.«

»Im Westen sind meine Feinde.«

»Sorge dich nicht um deine Feinde, Cormac. Sie werden dir nichts tun.«

»Du kennst sie nicht.«

»Sie werden dich nicht erkennen. Sieh her!« Aus seinem Rucksack zog der Mann einen Spiegel aus poliertem Messing. Cormac nahm ihn und rang nach Luft, denn aus dem Spiegel starrte ihn ein dunkelhaariger Junge an, mit dünnen Lippen und rundem Gesicht.

»Du bist ein Zauberer«, flüsterte er angstvoll.

»Nein«, sagte der Mann leise. »Ich bin Revelatio.«

Trotz seines Schocks versuchte Cormac die Möglichkeiten zu durchdenken, die ihm blieben. Der Fremde hatte ihm nichts zuleide getan, hatte ihm gestattet, sein Schwert zu behalten und ihn freundlich behandelt.

Aber er war ein Zauberer, und das allein reichte aus, um dem Jungen Entsetzen einzuflößen. Angenommen, er wollte Cormacs Herz in einem gräßlichen Blutopfer einem Dämon zum Fraß vorwerfen? Oder er wollte ihn als Sklaven?

Andererseits ... wenn Cormac versuchte, Dubris auf sich allein gestellt zu erreichen, würde er gejagt und erschlagen werden wie ein tollwütiger Hund.

Und schließlich: Sofern der Zauberer schlimme Pläne für ihn hegte, so waren es jedenfalls keine Pläne für heute.

»Ich reise mit dir nach Noviomagus«, erklärte er.

»Eine kluge Entscheidung, Cormac«, sagte Revelatio, erhob sich geschmeidig und packte seine Sachen zusammen. Er rieb den Topf und die Schale mit einer Handvoll harthalmigem Gras aus und packte sie wieder in seinen Rucksack. Dann brach er, ohne sich nur einmal umzusehen, im Mondschein nach Westen auf.

Cormac folgte ihm. Er hatte Mühe, sich den langen Schritten des Mannes anzupassen, als sie die bewaldeten Hügel verließen und durch die Täler von Südsachsen wanderten. Gegen Mitternacht machte Revelatio in einer geschützten Senke halt und entzündete Feuer mit Hilfe einer verzierten Zunderdose, die Cormac faszinierte. Sie war aus Silber und mit einem gehämmerten feuerspeienden Drachen verziert. Revelatio warf dem Jungen die Dose zu, dann legte er kleine Zweige auf das Flämmchen, bis es größer wurde.

»Sie wurde in Tingis gemacht, in Nordafrika, von einem alten Griechen namens Melchiades. Er erschafft aus Gegenständen, die wir tagtäglich benutzen, gern Kunstwerke. Es ist eine Besessenheit, aber ich liebe seine Arbeiten.« Cormac öffnete die Dose behutsam. Drinnen befand sich ein Federhebel in Form eines Drachenkopfes, in dessen Maul steckte ein scharfkantiger Feuerstein. Wenn man den Hebel drückte, ratschte der Feuerstein an einem gezahnten Eisengitter entlang, so daß ein Funkenregen aufstob.

»Es ist wunderschön.«

»Ja. Jetzt mach dich nützlich und sammle Holz.« Cormac gab die Dose zurück und suchte unter den Bäumen nach Fallholz als Brennmaterial. Als er zurückkam, hatte Revelatio Farnbüschel zu einem weichen Bett neben dem Feuer ausgebreitet. Der große Mann sorgte für eine kräftige Flamme, dann legte er sich unter seine Decke und war innerhalb von Sekunden eingeschlafen. Cormac setzte sich eine Weile neben ihn und lauschte auf die Geräusche der Nacht.

Dann schlief auch er.

Kurz nach Tagesanbruch brachen die Wanderer nach einem Frühstück aus frischem Brot und Käse wieder auf. Wieso das Brot frisch sein konnte, darüber zerbrach Cormac sich nicht mehr den Kopf, seit er wußte, daß sein Gefährte ein Mann der Magie war. Wer das Gesicht und die Haare eines Menschen verändern konnte, der hatte bestimmt keine Schwierigkeiten, ein knuspriges Brot zu beschaffen!

Die Reiter kamen kurz vor Mittag in Sicht, hinter einem Hundeführer mit sechs angeleinten Wolfshunden. Als die Hunde die beiden Wanderer erblickten, schossen sie unter wütendem Gebell vorwärts. Ihre Kraft riß den Hundeführer von den Füßen, und er mußte die Leinen loslassen, als sie weiterrannten.

»Rühr dich nicht«, befahl Revelatio Cormac. Er hob seinen Stab und wartete, als die Hunde mit gebleckten Zähnen auf sie zuschossen.

»Sitzt!« brüllte er, und die Hunde hörten auf zu knurren und blieben vor ihm stehen. »Sitzt, habe ich gesagt.« Gehorsam ließen sich die Hunde nieder. Die fünf Reiter kamen herangetrabt. Sie wurden angeführt von Agwain, dahinter kam sein Bruder Lennox. Die anderen waren Gefolgsleute von Calder, finster blickende Männer mit Handäxten.

Der Hundeführer, rot im Gesicht und schmutzverkrustet, packte die Leinen und zog die Hunde zurück.

»Guten Tag«, sagte Revelatio und lehnte sich auf seinen Stab. »Auf der Jagd?«

Agwain trieb sein Pferd dicht an Cormac heran. »Wir suchen einen Jungen, etwa in seinem Alter, der eine ähnliche Tunika trägt.«

»Einen rothaarigen Burschen?«

»Hast du ihn gesehen?«

»Ja. Ist er ausgerissen?«

»Das geht dich nichts an«, fauchte Agwain.

»Komm, mein Junge«, sagte Revelatio zu Cormac und ging weiter, sich einen Weg durch die Reiter bahnend. Cormac folgte ihm rasch.

»Was glaubst du, wo du hingehst?« rief Agwain, zerrte an den Zügeln, wendete sein Pferd und trabte los, um Revelatio den Weg zu versperren.

»Du fängst an mich zu ärgern, Kleiner. Geh beiseite.«

»Wo ist der Junge?«

Revelatio hob seine Hand, und plötzlich scheute Agwains Pferd und warf den jungen Mann ab. Revelatio ging weiter.

»Packt ihn!« kreischte Agwain, und die drei sächsischen Gefolgsleute saßen ab und liefen los.

Revelatio drehte sich zu ihnen um und lehnte sich wieder auf seinen Stab.

Die Männer gingen mißtrauisch auf ihn zu. Das Stabende zuckte aufwärts und traf den nächststehenden Mann zwischen den Beinen, der mit einem erstickten Schrei seine Axt fallen ließ und auf die Knie fiel. Revelatio blockte einen wilden Axthieb ab, dann donnerte sein Stab gegen ein bärtiges Kinn und schickte so den zweiten Krieger zu Boden. Der dritte sah Agwain an und erwartete Befehle.

»Ich würde es mir zweimal überlegen, ehe ich Jagd auf den Jungen machte«, sagte Revelatio. »Nach dem, was ich hier gesehen habe, hättet ihr schon Schwierigkeiten, mit einem verwundeten Rehkitz fertigzuwerden.«

»Zehn Goldstücke«, sagte Agwain, nahm einen

Lederbeutel aus seiner Satteltasche und zählte die Münzen in seine Hand.

»Ah, das ist natürlich etwas ganz anderes, junger Herr. Der Junge sagte mir, er sei auf dem Weg nach Dubris. Gestern habe ich ihn zuletzt gesehen, auf dem Höhenpfad.«

Agwain ließ das Geld wieder in seinen Beutel fallen und ritt davon.

»Von einem Sachsen hätte ich auch nichts anderes erwartet«, sagte Revelatio lächelnd. Er nahm seinen Rucksack und wanderte nach Westen davon. Cormac lief neben ihm her.

»Du hattest doch gesagt, du wärst kein Krieger?«

»Das war gestern. Wer war dieser junge Mann?«

»Agwain, Calders Sohn.«

»Ich verabscheue ihn zutiefst.«

»Ich auch. Wäre er nicht gewesen, wäre Grysstha noch am Leben.«

»Weshalb?«

»Seine Schwester Alftruda legte ihre Arme um mich, und deswegen haben Agwain und seine Brüder mich angegriffen. Deshalb.«

»Eine Zankerei zwischen Kindern? Wie kann dadurch ein Mann zu Tode kommen?«

»So ist das Gesetz. Ich darf keinen Dorfbewohner schlagen, nicht einmal, um mich selbst zu schützen.«

»Ein seltsames Gesetz, Cormac. Gilt es nur für dich?«

»Ja. Wie weit ist es noch bis Noviomagus?«

»Drei Tagesreisen. Hast du schon mal eine Römerstadt gesehen?«

»Nein. Gibt es da Paläste?«

»Ich glaube, dir werden sie zumindest wie Paläste vorkommen. Und wenn wir dort sind, kann ich dir ein paar Kleider kaufen und eine Scheide für das Schwert deines Vaters.«

Cormac blickte zu dem grauhaarigen Wanderer auf. »Warum bist du so freundlich zu mir?«

Revelatio grinste. »Vielleicht, weil ich Agwain nicht

ausstehen kann. Oder vielleicht, weil ich dich gut leiden kann. Such es dir aus.«

»Willst du mich für deine Zauberei benutzen? Wirst du mich verraten?«

Revelatio blieb stehen und legte Cormac eine Hand auf die Schulter.

»Ich habe in meinem Leben vieles getan, das niemals vergessen oder vergeben werden kann. Ich habe getötet. Ich habe gelogen. Ich habe betrogen. Einmal habe ich sogar einen Freund getötet. Man wußte, daß mein Wort fest wie Eisen war ... aber ich habe selbst das gebrochen. Wie kann ich dich also überzeugen, daß ich dir nichts Böses will?«

»Sag es mir einfach«, bat Cormac schlicht.

Revelatio reichte ihm die Hand, und Cormac nahm sie. »Ich werde dich nicht verraten, denn ich bin dein Freund.«

»Das genügt mir«, sagte der Junge. »Wann kann ich wieder wie ich selbst aussehen?«

»Sobald wir nach Noviomagus kommen.«

»Ist das dein Zuhause?«

»Nein, aber ich will dort jemanden treffen. Ich glaube, du wirst sie mögen.«

»Ein Mädchen!« rief Cormac niedergeschlagen.

»Ich fürchte ja. Aber zügele deine Enttäuschung, bis du sie kennengelernt hast.«

Noviomagus war eine florierende Mündungsstadt, die durch den Handel mit den Sicambriern in Gallien, den Berbern in Nordafrika und den Kaufleuten in Italien, Graecien, Thrakien und Kappadokien reich geworden war. In einer Mischung aus älteren, gut gebauten römischen Wohnhäusern und schlechteren Kopien aus Sandsteinblöcken und Holz beherbergte Noviomagus über sechstausend Einwohner.

Cormac hatte noch nie so viele Menschen an einem Ort versammelt gesehen, als er sich mit Revelatio durch verstopfte Straßen drängte, durch Basare und Märkte, an Läden und Ständen vorbei. Dem Jungen erschienen die Menschen so prächtig wie Könige in ihren roten, grünen, blauen, orangeroten und gelben Kleidern. Leuchtende Muster aus Karos, Streifen, Kreisen oder Bilder aus Jagdszenen waren in die Tuniken, Hemden und Umhänge eingewebt. Cormac war von dem Überfluß ringsumher wie betäubt.

Eine vollbusige Frau mit gefärbten roten Haaren ging auf Revelatio zu. »Komm und entspann dich mit Helcia«, flüsterte sie. »Nur zehn Denare.«

»Danke, aber ich habe keine Zeit.«

»Ein wahrer Mann hat immer Zeit«, sagte sie. Ihr Lächeln verblaßte.

»Dann such dir einen wahren Mann«, erwiderte er und ging weiter.

Noch drei weitere junge Frauen boten sich den Reisenden an, und eine ließ sogar ihre Hand an Cormacs Tunika hinuntergleiten, was ihn mit rotem Gesicht und beschämt einen Satz nach hinten machen ließ.

»Beachte sie nicht, Cormac«, sagte Revelatio und bog von der Straße in eine so schmale Gasse ab, daß die beiden nicht nebeneinander gehen konnten.

»Wohin gehen wir?« fragte der Junge.

»Wir sind schon da«, antwortete Revelatio, stieß eine Tür auf und trat in einen langgestreckten Raum, der mit einem Dutzend Tischen und Stühlen ausgestattet war.

Die Luft war stickig, es gab keine Fenster. Die beiden Wanderer setzten sich an einen Ecktisch, ohne die anderen fünf Gäste zu beachten. Ein dünner Mann mit scharfgeschnittenen Zügen kam zu ihnen, wobei er sich die Hände an einem fettigen Lappen abwischte.

»Wollt ihr essen?«

»Bier«, sagte Revelatio, »und ein paar Früchte für den Jungen.«

»Ich habe gerade Apfelsinen hereinbekommen, aber sie sind teuer«, erklärte der Wirt. Revelatio öffnete seine Hand und zeigte ein schimmerndes halbes Silberstück. »Darf es vielleicht noch etwas sein? Das Steak ist gleich fertig.«

»Dann etwas davon für meinen Freund.«

»Wie wär's mit einer Frau? Wir haben hier drei, die sind besser als alles, was du je gesehen hast. Bei ihnen fühlst du dich wie ein König.«

»Vielleicht später. Jetzt bring uns das Bier und die Früchte.«

Der Mann kam mit einem lederbezogenen Krug und einer Schale zurück, in der drei faustgroße goldgelbe Kugeln lagen.

»Du mußt sie schälen und die Segmente im Innern essen«, erklärte Revelatio.

Cormac versuchte es und erstickte fast an dem zugleich süßen wie säuerlichem Saft. Er verschlang eine Frucht und leckte sich die Finger ab.

»Gut?«

»Großartig. Apfelsinen! Wenn ich erwachsen bin, pflanze ich meine eigenen und esse sie jeden Tag.«

»Dann wirst du in Afrika leben müssen, jenseits des Ozeans, wo die Haut der Menschen durch die Sonnenglut schwärzer als die Nacht wird.«

»Würden Apfelsinen hier denn nicht wachsen?«

»Unsere Winter sind zu kalt für sie. Wie gefällt dir Noviomagus?«

»Es ist sehr laut. Ich möchte nicht hier leben. Dauernd berühren die Menschen mich, und das ist unhöflich. Und diese Frauen – wenn sie so nach Liebe hungern, warum heiraten sie dann nicht?«

»Eine gute Frage, Cormac. Viele von ihnen *sind* verheiratet – und sie hungern nicht nach Liebe, sondern nach Geld. In Städten wie dieser ist Geld der einzige Gott. Ohne Geld bist du nichts.«

Das Steak war dünn und zäh, aber Cormac schmeckte es großartig, und er verzehrte es mit einer Geschwindigkeit, die den Wirt erstaunte.

»War es zu Eurer Zufriedenheit, Herr?«

»Großartig!« antwortete Cormac.

»Gut«, sagte der Mann und suchte in Cormacs Gesicht Spuren von Sarkasmus. »Möchtest du noch etwas Obst?«

»Apfelsinen«, nickte Cormac.

Eine zweite Schale mit Früchten folgte der ersten. Das Gasthaus begann sich mit Gästen zu füllen, und die beiden Wanderer lauschten schweigend dem Geplapper der Stimmen ringsumher.

Die meisten Gespräche drehten sich um die Kriege und die – eingebildeten oder tatsächlichen – Folgen auf den Handel. Cormac erfuhr, daß die Nordtrinovanten gegen den Hochkönig rebelliert hatten. Im Südosten war eine Flotte von Jüten nach Londinium gesegelt und hatte die Stadt geplündert, ehe sie von Uthers Flotte im Gallischen Meer geschlagen wurde. Drei Schiffe waren versenkt, zwei weitere in Brand gesetzt worden.

»Sie scheinen hier keinen Angriff zu fürchten«, sagte Cormac und lehnte sich nach vorn.

Revelatio nickte. »Das liegt an der dunklen Seite dieser Stadt, Cormac. Wie ich dir schon gesagt habe, gilt Geld in Noviomagus wie ein Gott. Also handeln sie mit jedem, der bereit ist zu zahlen. Sie schicken Eisenwaren aus den Minen von Anderita, also Schwerter, Äxte,

Speere, Pfeilspitzen, zu den Goten, den Jüten und den Angeln. Die Kriegswaffen werden hier gekauft.«

»Und der König erlaubt das?«

»Er kann nur wenig tun, um dem Einhalt zu gebieten, außerdem versorgen sie auch ihn mit Waffen und Rüstung. Die besten Lederbrustplatten werden in Noviomagus gemacht, ebenso wie ausgezeichnete Schwerter und Bronzeschilde.«

»Es ist doch nicht rechtens, mit dem Feind Handel zu treiben.«

»Das Leben ist sehr einfach, wenn man noch jung ist.«

»Wie überlebt der König denn, wenn selbst sein eigenes Volk seine Feinde unterstützt?«

»Er überlebt, weil er groß ist. Und bedenke dies: die Kaufleute versorgen die Jüten und verdienen Reichtümer damit. Der König belegt sie mit Steuern, das füllt seine Schatzkammer mit Gold. Mit diesem Gold kauft er Waffen, um gegen die Jüten zu kämpfen. Ohne die Jüten hätte Uther also weniger Gold, mit dem er gegen sie ankämpfen kann.«

»Aber wenn die Jüten – und die anderen – ihn nicht angreifen würden, brauchte er auch nicht so viel Gold«, hielt Cormac ihm entgegen.

»Gut! Du hast das Zeug zum Debattieren. Aber wenn er keine Feinde hätte, brauchte er keine Armee, und ohne Armee brauchten wir keinen König. Also hätte Uther ohne die Jüten keine Krone.«

»Du machst mich ganz schwindlig. Können wir jetzt gehen? Die Luft hier drinnen wird immer schlechter.«

»Noch ein kleines Weilchen. Wir warten auf jemanden. Geh ruhig nach draußen – aber lauf nicht so weit weg.«

Cormac bahnte sich seinen Weg hinaus auf die Gasse. Dort sah er, wie ein junges Mädchen mit einem stämmigen Krieger kämpfte, der einen gehörnten Helm trug. Auf der Erde neben ihnen lag ein älterer Mann, der aus einer Kopfwunde blutete. Der Krieger riß das sich wehrende Mädchen von den Füßen, seine rechte Hand verschloß ihren Mund.

»Halt!« rief Cormac und zog sein Schwert aus dem Gürtel. Der Krieger fluchte und schubste das Mädchen zu Boden. Cormac rannte los, und zu seiner Überraschung und Erleichterung machte der Angreifer kehrt und floh. Cormac ging zu dem Mädchen und half ihm auf die Füße. Sie war schlank und dunkelhaarig, hatte ein ovales Gesicht und elfenbeinhelle Haut. Cormac schluckte und kniete neben dem alten Mann nieder. Er war glatt rasiert und trug eine lange blaue Toga. Der Junge nahm sein Handgelenk und fühlte nach dem Puls.

»Es tut mir leid, meine Dame, aber er ist tot.«

»Armer Cotta«, flüsterte sie.

»Warum wurdest du angegriffen?«

»Gibt es hier in der Nähe ein Wirtshaus mit dem Namen ›Im Zeichen des Bullen‹?« fragte sie und wandte ihm ihren Kopf zu. Er blickte in ihre hellgrauen Augen und sah, daß sie blind war.

»Ja. Ich bringe dich hin«, sagte er und streckte seine Hand aus. Als sie sich nicht rührte, nahm er ihren Arm.

»Wir können ihn nicht so hier liegenlassen«, sagte sie. »Das gehört sich nicht.«

»Ich habe einen Freund in der Nähe. Er wird wissen, was zu tun ist.«

Er führte sie zu dem Gasthaus und steuerte sie vorsichtig zwischen den Tischen hindurch. Der plötzliche Lärm beunruhigte sie, und sie faßte seinen Arm, aber er tätschelte ihre Hand und führte sie zu Revelatio, der rasch aufstand.

»Anduine, wo ist Cotta?«

»Jemand hat ihn getötet, Herr.«

Revelatio fluchte und warf dem wartenden Wirt die Silbermünze zu. Dann nahm er das Mädchen bei der Hand und führt es nach draußen. Cormac folgte ihnen mit einem seltsamen Gefühl der Leere, da sein Schützling nicht mehr in seiner Obhut war.

Draußen kniete Revelatio neben dem alten Mann nieder. Er drückte ihm die toten Augen zu und stand auf. »Wir müssen ihn hierlassen. Rasch.«

»Aber Cotta ...«

»Wenn er sprechen könnte, würde er darauf bestehen. Was hast du gesehen, Cormac?«

»Einen ausländischen Mann mit einem gehörnten Helm, der sie fortzerren wollte. Ich lief auf ihn zu, und er flüchtete.«

»Mutig gehandelt, mein Junge«, sagte Revelatio. »Der QUELLE sei Dank, daß du frische Luft brauchtest.« Er griff in seinen groben Wollumhang und brachte einen kleinen goldenen Stein zum Vorschein, den er über das Mädchen hielt. Ihr dunkles Haar hellte sich zu Weizenblond auf, ihr schlichtes hellgrünes Wollkleid verwandelte sich in Tunika und Hosen in rostbraun und beige.

Drei Männer kamen in die Gasse. Zwei von ihnen trugen Bronzehelme, die mit Rabenflügeln verziert waren, der dritte war ganz in Schwarz gekleidet und trug keine Waffen.

»Sie ist weg«, sagte einer und rannte an Cormac vorbei. Die beiden anderen gingen ins Wirtshaus. Revelatio führte Anduine zurück durch die Gasse, als die beiden Wikinger wieder aus dem Haus kamen.

»Ihr da! Wartet!« riefen sie.

Revelatio drehte sich um. »Leg deine Arme um sie und tu so, als wärt ihr Liebende«, flüsterte er Cormac zu. Dann, lauter: »Kann ich euch helfen, meine Brüder? Ich habe kein Geld.«

»Der Junge ist mit einem Mädchen in einem grünen Kleid gesehen worden. Wo ist sie?«

»Die blinde Schlampe? Ein Mann kam, um sie zu holen. Er wirkte sehr aufgeregt, ich glaube, es ist sein Freund, der tot da hinten liegt.«

Hinter ihnen lehnte sich Cormac gegen Anduine und legte ihr seine Arme um die Schultern. Er wußte nicht, was er tun sollte, aber er hatte die Dorfjungen oft mit ihren Mädchen gesehen. Sanft küßte er ihre Wange und schirmte ihr Gesicht vor den drei Bewaffneten ab.

»Wir sind so gut wie tot!« zischte einer der Krieger.

»Sei still, Atha! Komm her, Mädchen«, befahl der Anführer.

In dem Moment kam eine Gruppe der Bürgerwehr um die Ecke, angeführt von einem Offizier mittleren Alters.

»Was geht hier vor?« fragte er und schickte zwei seiner Männer aus, um den Toten zu untersuchen.

»Der alte Mann wurde beraubt«, sagte Revelatio. »Eine schreckliche Sache in einer so zivilisierten Stadt.«

»Hast du den Überfall gesehen?«

»Nein«, antwortete Revelatio. »Ich war im Gasthaus und habe mit meinem Sohn und seiner Frau gegessen. Vielleicht können diese braven Burschen hier euch helfen?«

»Hast du Geld bei dir?« fragte der Offizier.

»Nein«, sagte Revelatio mit einem traurigen Lächeln. Er öffnete die Arme für die Untersuchung, die schnell und gründlich erfolgte.

»Hast du Freunde in Noviomagus?«

»Ich fürchte nein.«

»Arbeit?«

»Im Moment nicht, aber ich bin zuversichtlich.«

»Melvar!« rief der Offizier, und ein junger Soldat kam herbei. »Begleite diese ... Wanderer aus der Stadt. Es tut mir leid, aber hier darf niemand bleiben, der mittellos ist.«

»Ich verstehe«, sagte Revelatio, nahm Anduine am Arm und führte sie aus der Gasse. Sie stolperte und stürzte beinahe, und der schwarzgekleidete Wikinger fluchte laut. »Blind! Sie ist es!« Er versuchte, ihnen zu folgen, aber der Offizier versperrte ihm den Weg.

»Nur einen Augenblick, Herr. Ich habe noch ein paar Fragen.«

»Wir sind Kaufleute aus Raetien – ich habe Papiere.«

»Dann möchte ich sie gern sehen.«

Jenseits der Gasse führte der Soldat Melvar die drei zum westlichen Stadtrand von Noviomagus. »Vielleicht bekommt ihr Arbeit auf den Höfen nördlich von hier«, sagte er. »Sonst würde ich Venta vorschlagen.«

»Danke«, sagte Revelatio. »Du warst sehr freundlich.«

»Was ist hier los?« fragte Cormac, als der Soldat gegangen war. »Wer waren diese Krieger?«

»Wotans Jäger – und sie suchen Anduine.«

»Warum?«

»Sie ist seine Braut, und er will sie haben.«

»Aber er ist ein Gott ... oder nicht?«

»Er ist ein Teufel, Cormac – und er darf sie niemals besitzen. Jetzt müssen wir zusehen, daß wir fortkommen, denn die Jagd hat gerade erst begonnen.«

»Kannst du nicht noch mehr zaubern?«

Revelatio lächelte. »Doch, aber jetzt ist nicht die Zeit dafür. Nicht weit von hier gibt es einen Steinkreis. Wir müssen ihn vor Einbruch der Dunkelheit erreichen und dann ... dann wirst du mehr Mut brauchen, als die meisten Menschen besitzen.«

»Warum?« fragte Cormac.

»Die Dämonen versammeln sich«, sagte Revelatio.

Die Steine bildeten einen Kreis von etwa zwanzig Metern Durchmesser. Der Kreis verlief um die flache Kuppe eines Hügels, der zwölf Kilometer von Noviomagus entfernt lag. Cormac führte die erschöpfte Anduine in das Zentrum des Kreises, wo er seine Decke ausbreitete und sich neben sie setzte. Das blinde Mädchen hatte die Wanderung gut überstanden, indem sie sich dicht bei Cormac hielt, der sie an vorspringenden Baumwurzeln und Steinen vorbeisteuerte.

Revelatio war vorausgegangen, und als die müden jungen Leute den Hügel erreichten, sahen sie, wie er an einem alten Altarstein kniete und sorgfältig Kerben in seinen Stab schnitzte. Cormac ging zu ihm, doch Revelatio winkte den Jungen beiseite. Dann begann er die Entfernung vom Altar zum ersten der aufrechten Steine zu messen – einem massiven schwarzgrauen Monolithen, der doppelt so groß war wie er selbst. Cormac ging zu Anduine zurück, gab ihr etwas Wasser und schlenderte zur anderen Seite des Kreises. Die riesigen Steine waren hier gezackter, und einer von ihnen war umgefallen, an der Basis gespalten wie ein fauler Zahn. Cormac kniete daneben nieder. In den Stein war ein Herz mit lateinischen Buchstaben geritzt. Der Junge konnte zwar kein Latein lesen, aber er hatte solche Inschriften schon gesehen. Zwei Liebende hatten hier gesessen und voller Hoffnung und Freude in die Zukunft geblickt. Es waren noch andere Inschriften vorhanden, einige erst jüngeren Datums, und Cormac wünschte, er könne sie lesen.

»Wo ist Revelatio?« fragte Anduine. Cormac stand auf, nahm ihre Hand und führte sie zu dem umgestürzten Stein, wo sie sich im Schein der untergehenden Sonne niederließen.

»Er ist ganz in der Nähe, markiert die Erde mit Kreide und mißt die Entfernung zwischen den Steinen.«

»Er erschafft eine geistige Festung«, erklärte Anduine, »indem er den Kreis versiegelt.«

»Hält das die Dämonen fern?«

»Das hängt davon ab, wieviel Magie er zur Verfügung hat. Als er kam, um mich in Austrasia zu besuchen, war sein Kraftstein fast verbraucht.«

»Kraftstein?«

»Man nennt sie auch Sipstrassi. Alle Herrscher haben sie, mein Großvater hatte drei.«

Cormac sagte nichts, sondern sah Revelatio zu, wie er seine esoterische Arbeit mit der Kreide fortsetzte und ein scheinbar zufälliges Muster von Linien, Halbkreisen und sechszackigen Sternen malte.

»Warum wirst du verfolgt?« fragte er Anduine. »Es

muß doch andere Bräute geben, die weniger Ärger bereiten?«

Sie lächelte und ergriff seine Hand. »Du wurdest in einer Höhle geboren, und dein Leben verlief sehr traurig. Der große Mann, der dein Freund war, wurde erschlagen, und dein Kummer ist so tief wie das Meer. Du bist stark, sowohl an Körper als Seele, und du hast eine kleine Wunde – wie ein Schnitt – am rechten Arm, wo du gefallen bist, als dich die Jäger verfolgten.« Sie nahm seine rechte Hand, ihre Finger glitten sanft über die Haut, bis sie an den Schnitt kamen. »Und jetzt«, sagte sie, »ist er weg.«

Er blickte hinunter. Es war keine Spur des Kratzers mehr zu sehen.

»Bist du auch eine Zauberin?«

»Ja, und deswegen wollen sie mich. Sie haben meinen Vater getötet, aber Cotta und Meister Revelatio retteten mich. Sie dachten, in Britannien wäre ich sicher, aber es gibt keinen sicheren Ort. Die Tore sind geöffnet.«

Revelatio kam zu ihnen, sein Gesicht war mit Schweiß und Staub bedeckt, in seinen grauen Augen stand die Müdigkeit zu lesen. »Die Kraft des Steins ist verbraucht«, sagte er. »Jetzt warten wir ab.«

»Warum hat Wotan die Hallen von Asgard verlassen?« fragte Cormac. »Naht Ragnarök, das Ende der Welt?«

Revelatio lachte leise. »Gut gefragt, Cormac! Die wichtigste Frage ist die nach dem Ende der Welt. Sollten wir morgen alle noch am Leben sein, werde ich sie dir beantworten. Aber jetzt müssen wir Vorkehrungen treffen. Bring Anduine zum Altarstein und hebe sie über die Kreidemarkierungen. Sie dürfen nicht verwischt oder unterbrochen werden.«

Der Junge tat, worum er gebeten worden war, dann zog er sein Schwert und stieß es neben sich in die Erde. Die Sonne ging in roter Glut über dem Meer unter, über den Himmel zogen glühende Wolken.

»Komm her«, bat Revelatio, und Cormac kauerte sich neben ihn.

»Heute nacht wirst du auf die Probe gestellt werden. Du sollst wissen, daß es mit Täuschung beginnen wird, sie werden versuchen, dich dazu zu bringen, den Kreis zu verlassen. Aber du mußt standhaft bleiben – gleichgültig, was geschieht. Verstehst du?«

»Innerhalb des Kreises bleiben. Ja, ich verstehe.«

»Wenn sie durchbrechen, muß einer von uns Anduine töten.«

»Nein!«

»*Doch*! Sie dürfen ihre Macht nicht in die Hände bekommen. Es gibt so viel, was ich dir gern erklären möchte, Cormac. Du hast nach Ragnarök gefragt. Wenn sie Anduine bekommen, wird es schon bald kommen – sonst erst später. Aber glaube mir, es ist besser für sie, durch unsere Hand zu sterben als durch ihre.«

»Wie können wir gegen Dämonen kämpfen?«

»Du gar nicht. Ich schon. Aber wenn die Dämonen versagen, folgen ihnen Menschen. Ich wünschte, ich wüßte wie viele. Dann kämpfst du. Ich hoffe, Grysstha hat dich gut ausgebildet.«

»Hat er«, nickte Cormac. »Aber jetzt habe ich Angst.«

»Ich auch, dafür brauchst du dich nicht zu schämen. Hol dein Schwert.«

Als Cormac sich umdrehte, sah er, wie Anduine neben dem Schwert kniete. Ihre Hände fuhren langsam über den Stahl.

»Was machst du da?« fragte er.

»Nichts, das dir schaden könnte, Cormac«, antwortete sie, zog das Schwert aus der Erde und bot es ihm mit dem Griff voraus an.

Die Sonne versank, der Himmel im Westen zeigte ein letztes feuriges Glimmen. Ein kalter Wind erhob sich und raschelte im langen Gras. Cormac schauderte und brachte sein Schwert zu Revelatio, der auf ihn wartete.

»Setz dich und schau die Klinge an«, befahl Revelatio. »Sie ist jetzt ein Teil von dir. Deine Harmonie, dein Geist, dein Leben fließt durch sie, und diese drei Mysterien sind es, die ein Krieger verstehen muß: Leben, Harmonie und Geist. Das erste ist das Leben, das manche auch als Danaer-Geschenk bezeichnen, weil Tag um Tag ein wenig davon zurückgenommen wird. Was es ist? Atmen, Lachen, Freude. Es ist eine Kerze, deren Flamme zum Grab hinabbrennt. Je heller das Licht, desto kürzer seine Existenz. Aber eins ist gewiß – und dies weiß der Krieger: Alles Leben endet. Ein Mann kann sich sein Leben lang in einer Höhle verstecken, vor Krieg und Pestilenz, und trotzdem wird er eines Tages sterben. Da ist die strahlende Flamme, die große Freude weitaus besser, denn ein Mensch, der niemals Kummer empfand, kann auch keine Freude genießen. Und der Mann, der noch nie dem Tod ins Auge sah, kann das Leben nicht verstehen.

Harmonie, Cormac, ist das zweite Mysterium. Der Baum lebt in Harmonie, auch der Wind und die stillen Sterne. Aber der Mensch findet sie nur selten. Finde sie jetzt, hier auf diesem einsamen Hügel. Lausche deinem Herzschlag, spüre die Luft in deinen Lungen, sieh die Herrlichkeit des Mondes. Sei eins mit der Nacht, laß diese Steine, dein Schwert und dich selbst miteinander eins werden und verschmelzen. Denn in der Harmonie liegt Stärke, und in der Stärke liegt Leben.

Und schließlich der Geist. Heute nacht wirst du davonlaufen wollen … dich verstecken … entkommen. Aber der Geist wird dir befehlen, standhaft zu bleiben, obwohl er nur eine kleine Stimme hat, die leicht zu überhören ist. Aber du wirst ihr zuhören. Denn der Geist ist alles, was ein Mensch gegen die Dunkelheit aufzubieten hat. Und nur indem er der Stimme des Geistes folgt, kann ein Mensch stark werden. Mut, Loyalität, Freundschaft und Liebe, sie alle sind Geschenke des Geistes.

Ich weiß, du kannst jetzt noch nicht alles verstehen, was ich sage, aber nimm diese Worte auf in deine Seele.

Denn heute nacht wirst du das Böse sehen und Verzweiflung erleben.«

»Ich werde nicht davonlaufen. Ich verstecke mich nicht«, sagte der Junge.

Revelatio legte Cormac die Hand auf die Schulter. »Das weiß ich.«

Ein wirbelnder Nebel stieg um sie auf wie der Rauch eines großen Feuers, rollte Tentakel aus, die suchend in den Kreis tasteten und zurückzuckten, als sie die Kreidelinien berührten. Höher und höher stieg der Nebel, schloß sich über ihren Köpfen zusammen als graue Kuppel. Cormacs Mund war ausgetrocknet, aber Schweiß rann ihm in die Augen. Er wischte ihn ab und stand auf, das Schwert griffbereit.

»Bleib ganz ruhig«, sagte Revelatio leise.

Aus dem Nebel drang ein Zischeln und Wispern, und Cormac hörte, wie sein Name wieder und wieder gerufen wurde. Dann teilte sich die graue Mauer, und er sah Grysstha am Rande des Kreises knien. Die beiden Pfeile ragten noch immer aus seiner Brust.

»Hilf mir, Junge«, stöhnte der alte Mann.

»Grysstha!« schrie Cormac und wollte auf ihn zugehen, doch Revelatio packte ihn am Arm.

»Es ist Lug und Trug, Cormac. Das dort ist nicht dein Freund.«

»Doch! Ich kenne ihn.«

»Wie kommt er dann hierher – sechzig Kilometer von der Stelle, an der sein Leichnam lag? Nein, es ist ein Trugbild.«

»Hilf mir, Cormac. Warum hilfst du mir nicht? Ich habe dir jahrelang geholfen«, stöhnte Grysstha jenseits des Kreises.

»Sei stark, Junge«, flüsterte Revelatio, »und überlege: Wenn er dich liebt, warum sollte er dich rufen, damit du von Dämonen erschlagen wirst? Er ist es *nicht*.«

Cormac schluckte schwer und riß sich von dem Anblick des knienden Mannes los. Da erhob sich die

Gestalt, streifte ihr Fleisch ab wie eine Schlange ihre Haut. Die Gestalt schwoll an, gekrümmte, dunkle Hörner sprossen aus ihrer Stirn, lange glänzende Fangzähne umrahmten das Maul.

»Ich sehe dich!« zischte das Wesen und deutete mit einem krallenbewehrten Finger auf Revelatio. »Ich kenne dich!« Ein schwarzes Schwert erschien in seiner Hand, und es rannte auf die schmale Kreidelinie zu. Weißes Feuer schoß auf und versengte seine Haut. Es wich schreiend zurück, dann griff es erneut an. Andere Bestien erschienen nun hinter ihm, kreischten und riefen. Cormac wog sein Schwert, die Klinge schimmerte weiß im Mondlicht. Die Masse jenseits des Kreises griff an, und ein gewaltiger Donnerhall antwortete aus der Erde. Viele der dämonischen Wesen taumelten zurück oder wanden sich in Flammen, doch drei gelangten in den Kreis. Revelatio reckte seinen Stab hoch über den Kopf und trug im selben Moment eine schwarzsilberne Rüstung. Der Stab war zu einer silbernen Lanze geworden, die sich in zwei Schwerter von blendender Helligkeit teilte. Er sprang den Angreifern entgegen, und mit einem wilden Aufschrei eilte Cormac ihm zu Hilfe.

Ein Dämon mit Löwenhaupt stieß mit einem dunklen Schwert nach ihm. Cormac blockte den Stoß ab und stach seine eigene Klinge in den Hals des Wesens. Grünes Blut schäumte in die Luft, das Wesen fiel sterbend zu Boden.

»Das Mädchen! Paß auf das Mädchen auf!« schrie Revelatio. Cormac riß seinen Blick von Revelatios Kampf mit den beiden Dämonen los und sah, wie Anduine von zwei Männern vom Altar gezerrt wurde. Ohne nachzudenken, rannte er los. Einer der Männer wandte sich ihm zu, und der Junge sah, daß die Augen seines Angreifers rot wie Blut waren. Als der Mann den Mund öffnete und lange, gekrümmte Zähne entblößte, traf Cormac die Angst wie ein körperlicher Schlag, er zögerte. Doch gerade als das Wesen sich blitzschnell auf ihn stürzte, flammte der Mut des Knaben wieder auf. Das Schwert wehrte den Stich eines schlanken Dolches ab, dann fuhr es dem Dämon durch das Schlüsselbein und trat aus dem Bauch wieder aus. Mit einem grauenhaften Schrei starb das Ungeheuer. Cormac sprang über den Leichnam. Das andere Wesen, das Anduine gepackt hatte, stieß das Mädchen zur Seite und zückte ein graues Schwert.

»Dein Blut gehört mir«, zischte es und bleckte die langen Zähne. Klirrend trafen ihre Schwerter aufeinander, und Cormac wurde rückwärts durch den Kreis getrieben, verzweifelt bemüht, die Attacken des Dämons abzuwehren. Nach wenigen Sekunden wußte er, daß er hoffnungslos unterlegen war. Dreimal gelang es ihm nur Zentimeter von seiner Kehle entfernt, das Schwert des Feindes abzuwehren, und jeder Konter seinerseits wurde mit verächtlicher Leichtigkeit beiseite gefegt. Plötzlich stolperte er über einen vorspringenden Stein und fiel auf den Rücken. Der Dämon machte einen Satz auf ihn zu, sein Schwert fuhr hinab ... und wurde von Revelatios Klinge abgewehrt. Der Krieger in der silbernen Rüstung wischte einen zweiten Hieb beiseite, wirbelte auf dem Absatz herum und köpfte seinen Gegner.

So plötzlich wie er gekommen war, verschwand der Nebel. Mond und Sterne schienen ungehindert auf den Steinkreis.

»Sind wir jetzt sicher?« flüsterte Cormac, als Revelatio ihn auf die Füße zog.

»Noch nicht ganz«, antwortete Revelatio.

Außerhalb des Kreises standen sieben Wikingerkrieger. Der schwarzgekleidete Mann, den sie in Noviomagus gesehen hatten, trat vor. »Übergebt das Mädchen, und ihr bleibt am Leben«.

»Kommt und holt sie euch«, erwiderte Revelatio. Die Krieger rückten in einer finsteren Reihe vor, teils mit Schwertern, teils mit Äxten bewaffnet. Cormac stand wie angewurzelt und wartete darauf, daß Revelatio ein Signal geben würde. Als es kam, überraschte es die Wikinger ebenso wie den erstaunten Cormac.

Revelatio griff an.

Seine Schwerter krachten auf die ersten Männer der Linie nieder, und zwei waren auf der Stelle tot. In dem chaotischen Gemenge, das darauf folgte, stieß Cormac einen wilden Kriegsschrei aus und warf sich an Revelatios rechter Seite auf die Wikinger. Mit einem mächtigen Hieb trennte er einem Mann fast den Arm ab. Der Angreifer schrie vor Schmerz auf und sprang nach links, so daß er den Angriff seines Kameraden auf Cormac behinderte. Der Junge stieß dem Mann sein Schwert in den plötzlich ungeschützten Bauch, dann drängte er sich durch die Gegner hindurch.

Ein Schwert ritzte ihm die Schulter auf, doch er ließ sich fallen, rollte sich unter einem Axthieb ab und krachte dem Axtkämpfer gegen die Beine. Der Wikinger stürzte schwer, und Cormac hieb ihm sein Schwert in den Hals. Helles Blut sprudelte über die Klinge. Als er aufstand, sah er, daß Revelatio den letzten der Krieger getötet hatte; der schwarzgekleidete Anführer rannte quer durch den Kreis davon. Revelatio hob eine fallengelassene Axt auf und schleuderte sie mit aller Kraft. Sie traf den Anführer im Nacken und trennte ihm fast den Kopf ab. Cormac sah sich um, konnte aber keine neuen Feinde entdecken. Dann warf er einen Blick auf Revelatio und erstarrte, das Schwert entfiel seinen Händen.

Der Bart und die silberne Löwenmähne waren verschwunden. Statt dessen stand vor ihm der dunkelhaarige Krieger aus seinem Traum, der Mann, der von der Klippe gesprungen war an dem Tag, als Cormac geboren wurde.

»Was ist los, mein Junge? Ist mein wahres Gesicht so schrecklich?«

»Für mich schon«, antwortete Cormac. »Sag mir deinen Namen – deinen wahren Namen.«

»Ich bin Culain lach Feragh, den man einst den Lanzenlord nannte.«

»Der Große Verräter.«

Culain heftete seine grauen Augen auf Cormac. »So hat man mich genannt – und nicht ganz zu Unrecht. Aber was bedeutet dir das?«

»Ich bin das Kind, das du in der Höhle zurückgelassen hast, der Sohn, den ihr habt verrecken lassen.«

Culain schloß die Augen und wandte sich kurz ab. Dann holte er tief Luft und sah Cormac wieder an.

»Kannst du das beweisen?«

»Das brauche ich nicht. Ich weiß, wer ich bin. Grysstha fand mich an dem Tag, an dem du ... ich wollte sagen, starbst ... aber das stimmt offensichtlich nicht. Du halfst meiner Mutter zur Höhle von Sol Invictus. Du sagtest ihr, es täte dir leid, daß du sie soweit gebracht hättest. Dann tötetest du diese Männer und gingst zur Kippe. Dort schleudertest du das Schwert in einen Baum, während der Reiter und der Krüppel zusahen.«

»Selbst wenn du das Kind warst, warst du doch viel zu jung, um das alles zu sehen«, sagte Culain.

Cormac nahm den Stein von seinem Hals und warf ihn dem Krieger zu. »Ich wußte nichts von alldem bis zu dem Tag, als ich davonlief und in der Höhle schlief. Dort hatte ich eine Vision. Aber man fand mich in dieser Höhle, neben der großen Hündin und ihren Welpen, und mein ganzes Leben lang hat man mich ›Dämonenkind‹ genannt. Wenn Grysstha nicht gewesen wäre, hätte man mich damals erschlagen.«

»Wir hielten dich für tot«, flüsterte Culain.

»Jahrelang habe ich davon geträumt, daß du kommen würdest, um mich zu holen ... das hat mir Hoffnung und Kraft gegeben. Aber du bist nicht gekommen – niemals. Warum nicht? Warum bist du nicht zurückgekommen, und sei es, um deinen Sohn wenigstens zu begraben?«

»Du bist nicht mein Sohn, Cormac. Ich wünschte, du wärst es.«

»Aber du warst bei ihr!«

»Ich liebte sie, aber ich bin nicht dein Vater. Diese

Ehre gebührt ihrem Gemahl, Uther, dem Hochkönig von Britannien.«

Cormac starrte in das kräftige, eckige Gesicht des Kriegers, der Revelatio gewesen war, und suchte in seinem Herzen nach Haß. Er fand nichts. In jenem Moment des Erkennens war etwas in dem Knaben gestorben, und dieses Sterben war durch den plötzlichen Zorn überlagert worden. Jetzt war der Zorn verflogen, und Cormac war einsamer als jemals zuvor.

»Es tut mir leid, Junge«, sagte Culain. »Nimm dein Schwert. Wir müssen gehen.«

»Gehen?« flüsterte Cormac. »Ich gehe nicht mit dir.« Er hob sein Schwert auf, drehte Culain und Anduine den Rücken zu und schlug die Richtung auf Noviomagus ein. Doch kurz bevor er den Rand des Steinkreises erreichte, schoß ein blendender Lichtblitz vor ihm auf, und er konnte nichts mehr sehen. So schnell wie sie gekommen war, war die Lichterscheinung verschwunden, und Cormac blinzelte.

Vor ihm lag nicht die Landschaft wie noch gerade zuvor, in der das Meer dunkel hinter den weißen Mauern von Noviomagus glitzerte. Statt dessen erhoben sich Berge vor dem Horizont, majestätisch mit schneebedeckten Gipfeln, bewachsen mit Kiefern- und Eschenwäldern.

»Wir müssen miteinander reden«, sagte Culain. »Und hier bist du sicherer.«

Plötzlich flammte Cormacs Zorn wieder auf, diesmal wie ein berserkerartiger Wutanfall. Ohne ein Wort sprang er Culain an und zielte mit dem Schwert auf dessen Kopf. Culain wehrte den Hieb blitzschnell ab, wurde aber durch die wilde, beidhändige Attacke zurückgetrieben. Wieder und wieder gelang Cormac um ein Haar ein tödlicher Treffer, doch jeder wurde mit verblüffendem Können beantwortet. Im Hintergrund, ohne sehen zu können, was vor sich ging, stolperte Anduine mit ausgestreckten Armen voran und rief ihre Namen. In seiner Wut bemerkte Cormac das blinde

Mädchen nicht. Er schwang sein Schwert in einem ausholenden Bogen, verfehlte Culain und drohte das Mädchen zu treffen. Culain sprang ihn mit den Füßen voran an und katapultierte ihn von den Beinen. Das Schwert traf Anduine hoch in der Schulter. Blut schoß hervor, und Anduine schrie schmerzerfüllt auf. Culain rannte zu ihr und hielt Cormacs Stein an die Wunde, die augenblicklich heilte.

Cormac sah mit Entsetzen und tiefer Scham zu. Er setzte sich, ließ sein Schwert, wo es lag, und ging zu den beiden anderen.

»Es tut mir leid, Anduine. Ich habe dich nicht gesehen.«

Sie streckte die Hand aus, und er ergriff sie. Ihr Lächeln war so willkommen wie der Sonnenschein nach einem Gewitter.

»Sind wir jetzt alle wieder Freunde?« fragte sie. Cormac konnte nicht antworten, und Culain schwieg finster. »Wie traurig«, sagte Anduine, und ihr Lächeln schwand.

»Ich gehe Holz für ein Feuer suchen«, sagte Culain. »Wir lagern heute nacht hier, und morgen wandern wir in die Berge. Ich hatte einmal ein Haus dort, es wird uns wenigstens für eine Weile Sicherheit bieten.«

Er stand auf und verließ den Steinkreis. Im hellen Mondschein saß Cormac bei Anduine, unfähig, die Worte zu finden, um sie anzusprechen. Aber er hielt ihre Hand, als wäre sie ein Talisman.

Sie schauderte. »Ist dir kalt?«

»Ein bißchen.«

Widerstrebend ließ er ihre Hand los und holte eine Decke, die er um ihre schmale Gestalt wickelte. Während des Kampfes mit den Wikingern war der Verwandlungszauber verschwunden, und jetzt war sie so, wie Cormac sie zuerst gesehen hatte – dunkelhaarig und von zerbrechlicher Schönheit. Sie hielt die Decke mit beiden Händen fest, und Cormac spürte schmerzlich das Fehlen der Berührung.

»Ist dein Zorn verraucht?« fragte sie.

»Nein, er wartet tief in mir. Ich fühle ihn wie die Winterkälte. Ich wünschte, es wäre nicht so.«

»Revelatio ist nicht dein Feind.«

»Ich weiß. Aber er verriet mich, er verließ mich.«

»Er dachte, du wärst tot.«

»Aber ich war es nicht! All die Jahre meines Lebens waren voller Schmerz. Wäre Grysstha nicht gewesen, wäre ich gestorben. Und es hätte niemanden gekümmert. Ich habe meine Mutter nie kennengelernt, nie ihre Berührung gespürt, nie ihre Liebe empfunden. Und warum? Weil Culain sie ihrem Gatten geraubt hat. Meinem Vater! Das war Unrecht!«

»Die Geschichte des Verrats ist allgemein bekannt«, flüsterte sie. »Vielleicht zu gut bekannt. Aber an Revelatio ist nichts wirklich Böses. Ich weiß das. Ich glaube, du solltest warten, bis du mit ihm sprechen kannst. Zügele deinen Zorn.«

»Er war der engste Freund des Königs«, sagte Cormac. »Der Streiter der Königin. Was könnte er schon sagen, um seine Schande zu mildern? Wenn er schon brünftig war wie ein Hirsch, warum nahm er sich nicht eine von den Tausenden anderer Frauen? Warum meine Mutter?«

»Ich kann dir diese Fragen nicht beantworten. Aber er kann es.«

»Das zumindest entspricht der Wahrheit«, sagte Culain und ließ ein Bündel trockenes Holz ins Gras fallen. Er trug wieder die braune, wollene Kutte und den Holzstab von Revelatio, obwohl er diesmal weder Bart noch die graue Löwenmähne hatte.

»Was geschah mit meiner Mutter?« fragte Cormac, als das Feuer brannte.

»Sie starb vor zwei Jahren in Sicambrien.«

»Warst du bei ihr?«

»Nein. Ich war in Tingis.«

»Wenn du sie so geliebt hast, warum hast du sie dann allein gelassen?«

Revelatio antwortete nicht, sondern legte sich hin und starrte zu den Sternen empor.

»Jetzt ist nicht der richtige Augenblick«, sagte Anduine leise und legte ihre Hand auf Cormacs Arm.

»Es wird nie der richtige Augenblick sein«, zischte der Junge, »denn es gibt keine Antworten. Nur Ausreden! Ich weiß nicht, ob Uther sie liebte, aber sie war seine Frau. Der Verräter wußte das, und er hätte sie nie anrühren dürfen.«

»Cormac! Cormac!« sagte Anduine. »Du sprichst von ihr wie von einem Gegenstand. Aber das war sie nicht, sie war eine Frau – und eine starke Frau. Sie reiste mit dem Blutkönig durch den Nebel und kämpfte an seiner Seite gegen die Hexenkönigin. Einst, als er ein gejagtes Kind war, rettete sie ihn, indem sie einen Angreifer tötete. Hatte sie denn nicht auch eine Wahl?«

Revelatio setzte sich auf und legte Holz nach. »Versuch nicht, mich zu verteidigen, Anduine, denn der Junge hat recht. Es gibt keine Antworten, nur Ausreden. Mehr gibt es dazu nicht zu sagen.« Er reichte Cormac den Stein mit der Kette über das Feuer hinweg. »Ich schenkte ihn deiner Mutter ein Jahr vor deiner Geburt. Er hat dir in der Höhle das Leben gerettet. Es ist ein Sipstrassi, ein Himmelsstein.«

»Ich will ihn nicht«, sagte Cormac und ließ ihn fallen. Er sah zufrieden, wie Zorn in Revelatios Augen aufflackerte, aber er sah auch die eiserne Kontrolle, mit der der Krieger ihn erstickte.

»Deinen Zorn kann ich verstehen, Cormac, aber deine Dummheit ärgert mich«, sagte Revelatio, legte sich hin und drehte dem Feuer den Rücken zu.

Am nächsten Morgen wanderten die drei tief in die Kaledonischen Berge hinein, weit im Norden von Hadrians Wall, bis sie kurz nach Mittag an einer verfallenen Hütte ankamen. Das Dach war eingefallen, und eine Familie von Packratten hatte sich in der steinernen Feuerstelle eingenistet. Revelatio und Cormac brachten einige Stunden damit zu, das Haus zu reparieren und den Staub vieler Jahre von den Böden der drei Zimmer zu entfernen.

»Könntest du das nicht mit Magie erledigen?« fragte Cormac und wischte sich Schweiß und Staub vom Gesicht, während Revelatio das Dach mit Grassoden deckte.

»Manche Dinge tut man besser mit Herz und Händen«, antwortete Revelatio.

Das waren die ersten Worte, die die beiden Männer seit ihrem Zusammenstoß im Steinkreis miteinander sprachen, und wieder legte sich das unbehagliche Schweigen über sie. Anduine saß in der Nähe an einem Bach, schrubbte verrostete Töpfe und säuberte sorgfältig die pilzüberwucherten Holzteller, die Cormac in einem zerfallenen Schrank gefunden hatte. Am späten Nachmittag stellte Revelatio in den Bergen oberhalb der Hütte Fallen auf, und nach einer kühlen, unbehaglichen Nacht auf dem Fußboden des großen Zimmers frühstückten sie gebratenes Kaninchen und wilde Zwiebeln.

»Nördlich von hier gibt es noch eine zweite Hütte«, sagte Revelatio, »und nicht weit von dieser wirst du Apfel- und Birnbäume finden. Höher in den Bergen gibt es auch mehr Wild – Rehe und Bergschafe, Kaninchen und Tauben. Kannst du mit einem Bogen umgehen?«

»Das kann ich lernen«, sagte Cormac, »aber ich bin ein Experte mit der Schlinge.«

Revelatio nickte. »Es wäre auch nützlich, die eßbaren Pflanzen zu kennen. Die Blätter der Ringelblume sind gut geeignet, ebenso wie Nesseln, und in dem Tal im Westen werdet ihr Zwiebeln und Rüben im Überfluß finden.«

»Das hört sich an, als ob du weggehen wolltest«, sagte Anduine.

»Ich muß. Ich muß einen neuen Stein finden, denn ich habe nur noch wenig Magie übrig.«

»Wie lange bleibst du weg?« fragte sie, und Cormac haßte den Hauch von Angst in ihrer Stimme.

»Weniger als eine Woche, wenn alles gut geht. Aber ich bleibe noch eine Weile hier. Es gibt viel zu tun.«

»Wir brauchen dich nicht«, sagte Cormac. »Geh, wenn du willst.«

Revelatio beachtete ihn nicht, doch später, als Anduine den Rest des Fleisches von den Knochen löste, nahm er ihn mit hinaus vor die Hütte.

»Sie ist in großer Gefahr, Cormac, und wenn du sie beschützen willst, mußt du stärker, schneller und tödlicher werden, als du jetzt bist. So wie es im Augenblick aussieht, könnte selbst eine alte Milchmagd dir Anduine wegnehmen.« Cormac grinste höhnisch und wollte gerade etwas erwidern, als Revelatios Faust krachend sein Kinn traf. Der Junge schlug hart auf dem Boden auf, in seinem Kopf drehte sich alles.

»Die Römer nennen das Boxen«, sagte Revelatio, »aber es wurde von einem Griechen namens Carpophorus verfeinert. Steh auf.« Cormac erhob sich, dann stürzte er sich auf den größeren Mann. Revelatio wich zurück, zog ein Knie an, so daß er Cormacs Gesicht traf, und wieder kam der Boden auf den Jungen zu. Blut lief aus seiner Nase, und er hatte Mühe, Revelatio im Blick zu behalten. Trotzdem stand er auf und griff an, doch diesmal landete eine Faust in seinem Magen, und er klappte zusammen, als die Luft aus seinen Lungen wich, dann fiel er nach Luft ringend zu Boden. Nach ein paar Minuten kam er mühsam auf die Beine. Revelatio saß auf einem umgestürzten Baumstamm.

»Hier, in diesen hohen, einsamen Bergen, habe ich deinen Vater ausgebildet – und deine Mutter. Hierher hat die Hexenkönigin ihre Mörder gesandt, und von hier brach Uther auf, um das Königreich seines Vaters zurückzuerobern. Er jammerte oder klagte nicht, er höhnte nicht, wenn er hätte lernen sollen. Er faßte lediglich ein Ziel ins Auge und erreichte es. Du hast zwei Möglichkeiten, Kind: du gehst, oder du lernst. Was wählst du?«

»Ich hasse dich«, flüsterte Cormac.

»Das spielt keine Rolle. Wähle!«

Cormac sah in die kalten grauen Augen und biß die Zähne zusammen, um die zornigen Worte zurückzuhalten, die hinauswollten. »Ich will lernen.«

»Deine erste Lektion ist Gehorsam – und sie ist lebenswichtig. Um stärker zu werden, mußt du bis an die Grenze deiner Belastbarkeit gehen. Ich werde von dir mehr verlangen, als nötig ist, auch wenn du manchmal glauben wirst, ich wäre unnötig grausam. Aber du mußt gehorchen. Verstehst du das, Kind?«

»Ich bin kein Kind«, fauchte Cormac.

»Eins mußt du begreifen, *Kind*. Ich wurde geboren, als die Sonne noch auf Atlantis schien. Ich kämpfte mit den Israeliten im Lande Kanaan, ich war ein Gott für die Griechen und ein König bei den Stämmen Britanniens. Zehntausend deiner Tage sind wie ein einziger für mich. Und was bist du? Du bist das Blatt, das einen Sommer erlebt, und ich bin die Eiche, die die Jahrhunderte überdauert. Du bist ein Kind. Uther ist ein Kind. Der älteste Mensch der Welt ist für mich ein Kind. So, wenn du mich hassen mußt – und ich fürchte, du mußt –, dann hasse mich wenigstens wie ein Mann und nicht wie ein schmollendes Kleinkind. Ich bin stärker als du, ich kann mehr als du. Ich kann dich vernichten, mit oder ohne Waffen. Also lerne – und eines Tages kannst du mich vielleicht besiegen ... wenn ich es auch bezweifle.«

»Eines Tages werde ich dich töten«, sagte Cormac.

»Dann trainiere dafür.« Revelatio stieß einen langen Stock in die Erde, dann einen zweiten dreißig Zentimeter links davon. »Siehst du diese Kiefern auf dem Berg?«

»Ja.«

»Laufe hin und sei wieder hier, ehe der Schatten des ersten den zweiten Stock berührt.«

»Warum?«

»Tu es oder verschwinde von diesem Berg«, sagte Revelatio, stand auf und ging zur Hütte.

Cormac holte tief Luft, wischte sich das geronnene Blut von der Nase und lief in leichtem Trab los. Die würzige Bergluft füllte seine Lungen, seine Beine trugen ihn leichtfüßig den Pfad hinauf. Sobald er zwischen den Bäumen war, konnte er die Kieferngruppe nicht mehr sehen, und er beschleunigte seinen Schritt. Seine Waden begannen zu brennen, aber er trieb sich weiter. Als der Aufstieg immer steiler wurde, ging sein Atem immer rascher. Er kam aus dem Wald heraus und war noch immer über einen halben Kilometer von seinem Ziel entfernt. Er konnte nur noch stolpernd gehen und sog in tiefen Zügen die Luft ein. Er war versucht sich hinzusetzen, um wieder zu Kräften zu kommen, oder sogar zu Revelatio zurückzukehren und ihm zu sagen, daß er bei den Kiefern gewesen war. Aber er tat es nicht. Er kämpfte sich weiter. Schweiß rann ihm über Gesicht und Tunika, und seine Beine fühlten sich an, als brenne ein Feuer in ihnen. Schließlich taumelte er in das Wäldchen. Von einem Ast hing ein Steinkrug mit Wasser. Er trank mit tiefen Schlucken und brach wieder zur Hütte auf. Bergab betrogen ihn seine müden Beine, er trat fehl, stolperte, fiel und rollte den Berg hinunter, bis er hart an einer Baumwurzel anschlug, die ihm die Seite aufriß. Als er wieder auf den Beinen war, setzte er seinen schleppenden Lauf fort, bis er die Lichtung vor der Hütte erreichte.

»Nicht gut«, sagte Revelatio mit einem kühlen Blick auf den rotgesichtigen Jungen. »Es sind nur drei Kilometer, Cormac. Du läufst heute abend noch einmal, morgen auch. Sieh mal deine Markierung an.«

Der Schatten war drei Fingerbreit an dem Stock vorbeigewandert.

»Deine Arme und Schultern sind stark, aber es ist Stärke ohne Schnelligkeit. Wie hast du sie aufgebaut?«

Cormac, der sich endlich einmal hervortun konnte, ging zu einem Baum, sprang hoch und packte einen Ast. Rasch zog er sich hoch, bis sein Kinn den Ast berührte, immer und immer wieder mit geschmeidigen, rhythmischen Bewegungen.

»Mach weiter«, sagte Revelatio.

Als er bis hundert gezählt hatte, ließ Cormac sich zu Boden fallen. Die Muskeln seiner Arme brannten, seine Augen glitzerten vor Triumph.

»Das baut Kraft auf, aber keine Schnelligkeit«, erklärte Revelatio. »Es ist sinnvoll, muß aber durch andere Übungen ergänzt werden. Du bist für dein Alter kraftvoll, aber du bist nicht behende. Ein Schwertkämpfer muß schnell wie der Blitz sein.« Er nahm einen langen, geschnitzten Stab und hielt ihn waagerecht zwischen seinen Fingern. »Leg deine Hand über den Stab, Finger ausgestreckt, und wenn ich ihn loslasse – fang ihn.«

»Einfach«, sagte Cormac, hielt die Hand über den Stab und spannte sich an. Revelatio ließ los, und Cormacs Hand fuhr hinab, griff aber nur in die Luft.

»Einfach?« echote Revelatio. Noch dreimal versuchte Cormac, den Stab zu fangen. Einmal gelang es ihm beinahe, aber seine Finger berührten das Holz und beschleunigten nur seinen Fall.

»Du bist zu steif in den Hüften, und die Muskeln deiner Schultern sind verspannt und deswegen unbeweglich.«

»Man kann den Stab überhaupt nicht fangen«, meinte Cormac.

»Dann halt du den Stab.« Der Junge nahm ihn, und als seine Finger sich öffneten, schoß Revelatios Hand wie eine zuschnappende Schlange vor und packte ihn, als der Stab noch keine dreißig Zentimeter gefallen war. »Schnelligkeit, Cormac. Handeln, ohne zu überlegen. Denk nicht daran, daß du den Stab fangen willst, tu es einfach. Denke an nichts, lockere deine Glieder.«

Nach etwa dreißig Versuchen schaffte Cormac es. Dann folgten wieder zehn Fehlversuche. Es war ärgerlich für den Jungen, aber sein Ehrgeiz trieb ihn weiter. Ehe der Vormittag um war, hatte er den Stab siebenmal mit der rechten und dreimal mit der linken Hand gefangen.

Revelatio hob die Hand an sein Gesicht, und seine Gestalt verschwamm und veränderte sich. Er wurde wieder einmal zu Culain von der Silberlanze.

Eine weitere Stunde lang übten Culain und der allmählich ermüdende Junge mit Schwertern. Cormac vergaß beinahe seinen Haß auf den großen Krieger, während er die natürliche Anmut und die ausgezeichneten Reflexe des Mannes bewunderte. Wieder und wieder ließ Culain mit einer Drehung des Handgelenks seine Klinge über die Cormacs gleiten, bis die Spitze die Haut an Hals, Arm oder Brust des Jungen berührte.

Culain lach Feragh war mehr als ein Krieger, wie Cormac erkannte, er war ein König unter den Kriegern.

Aber sobald die Übungsstunde vorüber war, kehrte Cormacs Feindseligkeit zurück. Culain sah sie in seinen Augen, als er sein Schwert in die Scheide steckte und wieder die silberne Lanze daraus machte.

»Nimm Anduine mit hinauf in die Berge«, sagte er. »Hilf ihr, die Pfade kennenzulernen.« Der Krieger machte auf dem Absatz kehrt, ging in die Hütte und brachte das Mädchen hinaus in den Sonnenschein.

Cormac nahm ihren Arm und führte sie in den Wald.

»Wo ist die Sonne?« fragte sie. »Ich kann die Wärme nicht fühlen.«

»Über dem Wald, abgeschirmt durch das Blätterdach.«

»Sag mir etwas über die Blätter.« Er bückte sich, hob ein Blatt vom Boden auf und drückte es ihr in die Hand. Ihre Finger befühlten es, zeichneten die Form nach. »Eiche?«

»Ja. Eine riesige, graue Eiche, alt wie die Zeit.«

»Ist es ein schöner Baum?«

»Wie ein starker alter Mann, streng und unnachgiebig.«

»Und der Himmel?«

»Blau und klar.«

»Beschreib mir blau – so, wie du es siehst«, sagte sie.

Er verharrte und dachte einen Augenblick nach. »Hast du jemals Seide gefühlt?«

»Ja. Zu meinem letzten Geburtstag bekam ich ein Kleid aus Seide.«

»Grysstha hatte einmal ein kleines Stück Seide, und sie war wundervoll weich und glatt. Blau ist genauso. Schon sein Anblick allein füllt das Herz mit Freude.«

»Ein Himmel aus Seide«, flüsterte sie. »Wie schön muß das sein! Und die Wolken. Wie siehst du die Wolken?«

»Heute sind nur wenige Wolken am Himmel, und sie schweben wie weiße Honigkuchen, weit weg, und doch so klar, daß man das Gefühl hat, man müßte nur die Hand ausstrecken und könnte sie berühren.«

»Ein Himmel aus Seide und Honigkuchen«, sagte sie. »Oh, Cormac, es ist so schön. Ich kann es nicht sehen, aber ich kann es fühlen, tief in meinem Herzen.«

»Ich würde mir den Arm abschneiden, um es dich sehen zu lassen«, sagte er.

»Sag so etwas nicht«, erwiderte sie. »Du mußt nie denken, daß ich unglücklich bin, weil ich nicht sehen kann wie ihr. Bring mich höher in die Berge. Zeig mir Blumen, die ich berühren und riechen kann ... und beschreibe sie mir in Seide und Honigkuchen.«

Jeden Morgen, wenn seine anstrengenden Übungen abgeschlossen waren, ging Cormac mit Anduine im Wald spazieren – in verborgene Täler und Senken und oft an einen kleinen See, der kühl und klar am Fuß der hohen Berge lag. Er bewunderte ihr Gedächtnis, denn wenn sie einmal einen Weg entlanggegangen war und Landmarken gefunden hatte, die sie berühren konnte – einen runden Stein mit einem Spalt in der Mitte, einen Baum mit einem dicken Knoten auf der Rinde, eine V-förmige Wurzel – folgte sie ihm in Zukunft unfehlbar. Manchmal konnte sie sich am Grad der Steigung orientieren oder – wenn sie die Stunde wußte – an der Stellung der Sonne, die ihr Gesicht wärmte. Einmal forderte sie Cormac sogar zu einem Wettrennen heraus und hätte ihn auf dem Weg zur Hütte beinahe geschlagen, wäre sie nicht kurz vor dem Ziel über eine vorspringende Wurzel gestolpert.

Schon bald liebten die beiden jungen Leute ihre gemeinsamen Wanderungen und Gespräche. Cormac hatte Freude daran, ihr den Flug der Wildgänse, den jagenden Fuchs, die stolzen Langhornrinder und die majestätischen Hirsche zu beschreiben. Anduine wiederum genoß seine Gesellschaft, seine warme Stimme und die Berührung seiner Hand.

Nur an Tagen, an denen er Revelatios Aufgaben nicht erfüllt hatte, fand sie seine Gegenwart beunruhigend. Dann spürte sie seinen Zorn, einen Haß, der die Luft mit einer Spannung auflud, die sie nicht teilen mochte.

»Er tut es doch nur, damit du besser wirst«, sagte sie eines Morgens, als sie sich vor einem Regenschauer unter eine Eiche geflüchtet hatten und darauf warteten, daß der Regen wieder aufhörte.

»Er will mich scheitern sehen.«

»Nein, Cormac – und das weißt du auch. Er hat deinen Vater hier ausgebildet, und ich nehme an, dein Vater hat sich auch so gefühlt.«

Cormac schwieg eine Weile, und sie spürte, wie sein

aufgewühltes Gemüt sich beruhigte. Seine Finger glitten über ihre Hand und drückten sie sanft. Sie lächelte. »Bist du wieder mit dir im reinen?«

»Ja. Aber ich verstehe diesen Mann nicht. Als wir in diesem Steinkreis waren, befahl er mir, dich zu töten, sollten die Dämonen durchbrechen. Sie taten es – aber er hat nicht versucht, dich zu töten. Dann brachte er uns in einem Atemzug hierher. Warum hat er das nicht gleich getan? Dann hätten wir überhaupt nicht gegen die Dämonen kämpfen müssen.«

»Für mich sind es diese Dinge, die ihn groß machen«, meinte Anduine, lehnte sich an Cormac und legte ihren Kopf an seine Schulter. »Er hatte recht. Es wäre besser für mich zu sterben, als Wotan mit meiner Seele zu helfen. Aber darin spricht der *Stratege*. Als es zum Kampf kam, war es der *Mann*, der kämpfte – und er würde seinen letzten Tropfen Blut geben, ehe er meines nähme. Und was das Herkommen betrifft, das konnte er nicht, solange die Dämonen lebten. Alle Feinde mußten erschlagen werden, so daß keiner unser Verschwinden bemerkte. Wären wir sogleich geflohen, wären sie uns gefolgt. Aber so wie es aussieht, Cormac, werden sie uns eines Tages doch finden.«

Er legte seinen Arm um sie und zog sie an sich. »Ich würde auch lieber sterben als zulassen, daß sie dir etwas zuleide tun.«

»Warum?« flüsterte sie.

Er räusperte sich und stand auf. »Es hat aufgehört zu regnen. Wir wollen den Obstgarten suchen.«

Am Tag der Sommersonnenwende entdeckten sie den See und störten eine Schwanenfamilie auf. Cormac plantschte im Wasser und warf Tunika und Beinkleider auf einen Felsen am Ufer. Er schwamm ein paar Minuten, während Anduine geduldig unter einem dichten Geißblattgebüsch saß. Dann watete er ans Ufer und setzte sich neben sie. Er genoß die Sonnenwärme auf seinem nackten Körper.

»Kannst du schwimmen?« fragte er.

»Nein.«

»Möchtest du es gern lernen?«

Sie nickte und stand auf, löste den Verschluß im Nacken ihres hellgrünen Kleides und ließ es über die Schultern gleiten. Als es zu Boden glitt, schluckte Cormac schwer und wandte den Blick ab. Ihr Körper war weiß wie Elfenbein, ihre Brüste voll, ihre Taille wespenschmal, ihre Hüften …

»Folge mir ins Wasser«, sagte er, räusperte sich und wandte sich ab. Sie lachte, als sie das kühle Wasser an Füßen und Knöcheln spürte, dann watete sie weiter.

»Wo bist du?« fragte sie.

»Ich bin hier«, antwortete er und nahm ihre Hand. »Dreh dich um, mit dem Gesicht zum Ufer, und lehn dich zurück in meine Arme.«

»Dann gehe ich unter.«

»Ich halte dich. Vertrau mir.«

Sie ließ sich zurückfallen, strampelte mit den Beinen, bis sie auf dem Wasser trieb. »Oh, ist das schön«, sagte sie. »Was muß ich tun?«

Er dachte an den Schwimmunterricht von Grysstha im Fluß von Südsachsen und sagte. »Deine Lungen halten dich oben, solange Luft darin ist. Atme tief ein, breite die Arme aus und strample mit den Füßen.« Seine Arme glitten unter ihren Körper, und er merkte, wie er auf ihre Brüste hinabstarrte, ihren weißen Bauch und das Dreieck aus dunklem Haar, das wie ein Pfeil auf ihre Schenkel wies. Er wandte den Kopf und heftete seine Augen auf ihr Gesicht. »Tief einatmen und anhalten«, sagte er. Behutsam nahm er die Hände weg. Ein paar Sekunden lang trieb sie auf dem Wasser. Dann, als ob sie plötzlich merkte, daß sie nicht mehr gehalten wurde, ließ sie die Beine sinken, ihr Kopf tauchte unter ins funkelnde Wasser. Rasch hob er sie hoch, als sie prustend und keuchend ihre Arme um seinen Hals schlang.

»Alles in Ordnung?«

»Du hast mich losgelassen«, klagte sie.

»Ich war ja da. Du warst in Sicherheit.« Er beugte sich vor und küßte ihre Stirn, schob ihr das dunkle, nasse Haar aus dem Gesicht. Sie lachte und erwiderte den Kuß, wobei sie ihm in die Lippe biß.

»Warum?« flüsterte sie mit heiserer Stimme.

»Warum was?«

»Warum würdest du für mich sterben?«

»Weil du in meiner Obhut bist. Weil ... du meine Freundin bist.«

»Deine Freundin?«

Er schwieg einen Moment, genoß die Berührung ihres Körpers. »Weil ich dich liebe«, gestand er schließlich.

»Liebst du mich genug, um mir deine Augen zu geben?«

»Meine Augen?«

»Ja?«

»Ich verstehe nicht.«

»Wenn du ja sagst, wirst du blind sein, aber ich kann sehen. Liebst du mich so sehr?«

»Ja, ich liebe dich mehr als mein Leben.« Sie nahm sein Gesicht in beide Hände, ihre Daumen ruhten auf seinen Augenlidern. Dunkelheit umfing ihn, eine schreckliche, angsteinflößende Dunkelheit. Er schrie auf, und sie führte ihn ans Ufer, wo er sich den Zeh an einem Stein stieß. Sie half ihm sich hinzusetzen, und Angst überfiel ihn. Was hatte er nur getan?

»O Cormac, also das ist der Himmel. Wie herrlich! Und die Bäume, genau wie du sie beschrieben hast. Und du, Cormac, so gutaussehend, so stark. Bedauerst du dein Geschenk?«

»Nein«, log er. Sein Stolz gewann die Oberhand über sein Entsetzen.

Ihre Hände berührten wieder sein Gesicht, und seine Sehfähigkeit kehrte zurück. Er nahm sie in die Arme und zog sie an sich, als er die Tränen in ihren Augen sah.

»Warum hast du mein Geschenk zurückgegeben?« fragte er.

»Weil auch ich dich liebe. Und weil du so verloren und verängstigt aussahst. Niemand hat je für mich getan, was du mir angeboten hast, Cormac. Ich werde es nie vergessen.«

»Warum weinst du dann?«

Sie antwortete nicht. Wie konnte sie ihm sagen, daß sie bis jetzt nie die Einsamkeit der Dunkelheit begriffen hatte?

»Sein Zorn auf dich ist sehr groß«, sagte Anduine, als sie mit Culain im Sonnenschein saß. Zwei Monate waren vergangen, und jetzt wisperten die kühleren Winde des Herbstes in den goldenen Blättern. Jeden Tag arbeiteten Cormac und Culain viele Stunden lang zusammen – Boxen, Ringen, Duelle mit Schwert oder Stab. Aber wenn der Unterricht vorbei war, wandte sich der Junge ab. Er verbarg seine Gefühle, seine grauen Augen verrieten nichts.

»Ich weiß«, antwortete der Krieger, beschattete seine Augen und beobachtete, wie der Junge ausdauernd zu der Kieferngruppe lief, hoch auf dem Berg. »Er hat auch allen Grund dazu. Aber er mag dich, er vertraut dir.«

»Ich glaube schon, Herr. Aber ich kann den Zorn nicht heilen. Sobald ich ihn berühre, weicht er wie Nebel vor mir zurück. Will er denn nicht darüber sprechen?«

»Ich habe noch nicht versucht, mit ihm zu sprechen, Anduine. Es würde weder ihm noch mir weiterhelfen. Seinen Vater habe ich hier auf diesem Berg kennengelernt, und hier hat Uther Laitha lieben gelernt, meine Gian Avur. Jetzt folgt der Sohn. Und die Welt liegt noch immer im Krieg, das Böse gedeiht, und gute Menschen sterben. Es tut mir leid um deinen Vater. Wäre ich früher gekommen…«

»Er war ein alter Krieger«, sagte sie mit einem Lächeln. »Er starb, wie er es sich gewünscht hätte, mit dem Schwert in der Hand, seine Feinde unter seinen Händen fallend.«

»Es war tapfer, sich Wotan zu verweigern.«

»Es war keine Tapferkeit, Herr. Er wollte einen höheren Preis für mich erzielen. Wotan hat lediglich Gier mit Edelmut verwechselt.«

»Dir entgeht sehr wenig, Anduine, für jemanden, der nicht sehen kann.«

»Du verläßt uns heute?«

»Ja. Ihr werdet in Sicherheit sein, denke ich, bis ich zurückkomme. Es tut mir leid, daß die Hütte dir kein bißchen Luxus bietet. Es wird schwer für dich werden.«

»Ich werde es wohl überleben«, sagte sie lächelnd. »Mach dir keine Sorgen.«

»Du bist eine großartige Frau.«

Ihr Lächeln verschwand. »Und du bist ein guter Mann, Herr. Warum willst du dann sterben?«

»Du siehst zuviel.«

»Du hast mir nicht geantwortet.«

»Die Frage zu stellen heißt, die Antwort zu kennen, denn beide sind eins.«

»Ich möchte es aus deinem Mund hören.«

»Warum, meine Dame?«

»Ich möchte, daß du dich selbst hörst. Ich möchte, daß du die Sinnlosigkeit einsiehst.«

»Ein andermal, Anduine.« Er nahm ihre Hand und küßte sie sanft.

»Nein, es wird kein andermal geben. Du wirst nicht zurückkommen, und ich werde dir nie wieder begegnen.«

Eine Zeitlang schwieg Culain, und sie spürte, wie die Spannung in ihm wich.

»Mein ganzes Leben lang«, begann er schließlich, »mein ganzes langes, langes Leben lang konnte ich stets Culain betrachten und stolz sein. Denn Culain handelte nie gemein. Culain war ein wahrer Fürst. Meine Überheblichkeit fand kein Maß. Ich war unsterblich: der Nebelkrieger, der Lanzenlord der Feragh. Ich war Apollo für die Griechen, Donar für die Nordmänner, Agripash für die Hethiter. Aber in all den endlosen Jahrhunderten habe ich nie einen

Freund verraten oder ein Versprechen gebrochen. Jetzt bin ich nicht mehr dieser Culain und frage mich, ob ich es jemals war.«

»Du sprichst von der Königin?«

»Uthers Braut. Ich zog sie auf – hier, wo wir jetzt sitzen. Sie lebte in diesen Bergen, jagte und lachte, sang und freute sich ihres Lebens. Ich war ein Vater für sie. Damals wußte ich nicht, daß sie mich liebte, denn sie war ein Kind der Erde, und ich liebte eine Göttin von ewiger Schönheit. Aber du kennst ja die Geschichte von der Hexenkönigin und ihren Taten.« Culain zuckte die Achseln. »Als der Kampf vorbei war, hätte ich nie zurückkommen dürfen. Uther und Laitha hielten mich für tot, sie waren verheiratet und, wie ich glaubte, glücklich. Aber ich stellte fest, daß das nicht stimmte. Er beachtete sie nicht, behandelte sie mit schändlicher Geringschätzung. Er nahm sich andere Frauen, prahlte mit ihnen in seinen Palästen und machte meine Gian auf diese Weise einsam und zum Gespött der Leute. Ich hätte ihn getötet, doch sie verbot es. Ich versuchte sie zu trösten. Ich bemitleidete sie. Ich liebte sie. Ich brachte ihr für kurze Zeit Glück. Dann versöhnten sie sich wieder, und unsere Liebe wurde beiseite geschoben. Sie empfing ein Kind von ihm – und alle Qualen der Vergangenheit schienen vergessen.

Aber es war nicht von Dauer, denn seine Bitterkeit war zu groß. Er schickte sie nach Dubris und sagte, die Seeluft täte ihr in ihrer Schwangerschaft gut. Dann holte er eine junge icenische Frau in seinen Palast. Ich ging zu Gian.« Er kicherte, dann seufzte er. »Törichter Culain, es war eine Falle. Uther hatte das Haus beobachten lassen. Man sah mich und versuchte mich gefangenzunehmen. Ich tötete drei Männer – und einer davon war ein alter Freund.

Ich brachte Gian nach Anderita und dann weiter die Küste entlang, nachdem ich eine Nachricht an Freunde in Sicambrien geschickt hatte. Ein Schiff sollte uns aufnehmen, und wir suchten Schutz in einer alten Höhle, sicher vor allem – selbst vor der Magie von Maedhlyn, Uthers Hofzauberer.«

»Wie fanden sie euch?« fragte sie.

»Gian hatte eine Lieblingshündin namens Cabal. Uthers Rittmeister, ein verkrüppelter Brigant namens Prasamaccus, ließ das Tier vor Dubris frei, und es folgte ihrer Spur den ganzen Weg zur Höhle. Gian freute sich so, als es kam, und ich dachte nicht nach – ihre Freude war so groß, daß sie meinen Verstand blockierte. Der Hund brachte einen Wurf von fünf Welpen zur Welt, kurz bevor Gian Cormac gebar. Was war das für ein schwarzer, bitterer Tag! Das Kind war tot, daran besteht kein Zweifel. Aber Gian hatte ihr Sipstrassi-Halsband bei ihm zurückgelassen, und irgendwie hat die Magie es zurückgeholt.

In der Zwischenzeit hatten die Jäger mich gefunden. Ich tötete sie alle und trug Gian zur Klippe. Uther war schon dort. Er saß auf seinem Schlachtroß. Er war allein, und ich dachte daran, ihn zu töten. Gian hielt mich wieder zurück – und ich blickte aufs Meer. Dort in der Bucht lag das sicambrische Schiff. Ich hatte keine Wahl. Ich nahm Gian in die Arme und sprang. Ich verlor sie beinahe in den Wellen, aber schließlich waren wir in Sicherheit. Aber sie wurde zeitlebens nicht mehr froh, sondern blieb schwermütig. Der Verrat Uthers und der Tod ihres Sohnes verbanden sich in ihrem Kopf zu einer Strafe Gottes, und sie schickte mich fort.«

»Was wurde aus ihr?« wisperte Anduine.

»Nichts wurde aus ihr. Sie war tot und doch lebendig. Sie schloß sich einer Gemeinschaft von Gottsuchern in Belgica an und blieb dort dreizehn Jahre, schrubbte Fußböden, zog Gemüse, kochte Mahlzeiten, studierte alte Schriften und suchte Vergebung.«

»Und fand sie sie?«

»Wie konnte sie? Es gibt keinen Gott im Universum, der sie hassen würde. Aber sie verabscheute sich selbst. Sie wollte mich nie mehr sehen. Jedes Jahr reiste ich nach Belgica – und jedes Jahr ging der Torhüter zu ihr, kehrte zurück und schickte mich fort. Vor zwei Jahren sagte er mir, daß sie gestorben sei.«

»Und du, Herr? Wohin gingst du?«

»Ich ging nach Afrika. Ich wurde Revelatio.«

»Um Vergebung zu suchen?«

»Nein. Ich suche Vergessen.«

Culain saß dem jungen Krieger im blassen Sonnenschein gegenüber, erfreut über die Fortschritte, die Cormac in den vergangenen acht Wochen gemacht hatte. Der Junge war jetzt kräftiger, seine langen Beine konnten meilenweit über jedes Gelände laufen, seine Arme und Schultern waren muskelbepackt, fest und kräftig. Er war aus der verblichenen roten Tunika herausgewachsen und trug jetzt ein Hemd aus Rehleder und wollene Hosen, die Culain einem reisenden Kaufmann abgekauft hatte, der auf dem Weg durch die Kaledonischen Berge nach Pinnata Castra im Osten war.

»Wir müssen miteinander reden, Cormac«, sagte der Lanzenlord.

»Warum? Wir haben noch nicht mit dem Schwert geübt.«

»Heute gibt es keine Schwertspiele. Nachdem wir geredet haben, werde ich gehen.«

»Ich will nicht reden«, sagte Cormac und stand auf.

»Lerne deinen Feind kennen«, sagte Culain leise.

»Was soll das heißen?«

»Das heißt, daß du von heute an auf dich gestellt sein wirst – und daß Anduines Leben in deiner Obhut ist. Es bedeutet, wenn Wotan euch findet – und er wird euch finden –, nur du und dein Können zwischen Anduine und dem Opfermesser steht.«

»Du verläßt uns?«

»Ja.«

»Warum?« fragte der Junge und setzte sich wieder auf den Baumstamm.

»Ich werde dir nicht antworten. Aber ehe wir uns

trennen, Cormac, möchte ich, daß du die Natur deines Feindes verstehen lernst, denn darin findest du vielleicht seine Schwäche.«

»Wie kann ich gegen einen Gott kämpfen?«

»Indem du verstehst, was ein Gott ist. Wir reden hier nicht über die QUELLE, den Ursprung aller Schöpfung, wir reden über einen Unsterblichen: einen Mann, der ein Mittel entdeckt hat, um ewig zu leben. Aber er ist nichtsdestotrotz ein Mensch. Sieh mich an, Cormac. Ich war auch ein Unsterblicher. Ich wurde geboren, als die Sonne noch auf Atlantis schien, als die Welt uns gehörte, als König Pendarric die Tore des Universums öffnete. Aber die Ozeane verschlangen Atlantis, und die Welt veränderte sich für immer. Hier, auf dieser Insel des Nebels, siehst du die letzten Reste von Pendarrics Macht, denn dies war der nördliche Vorposten des Reiches. Die Monolithkreise waren Tore, durch die man inner- und außerhalb des Reiches reisen konnte. Wir setzten all die Götter und Dämonen in die Welt. Werungeheuer, Drachen, Bluttrinker – sie alle wurden von Pendarric freigelassen.«

Culain seufzte und rieb sich die Augen. »Ich weiß, es ist zuviel, um es dir hier aufzubürden. Aber du mußt wenigstens einen Teil der Geschichte verstehen, an die die Menschen sich nicht mehr anders erinnern außer als an eine Legende. Pendarric entdeckte andere Welten, und indem er die Tore zu diesen Welten öffnete, entfesselte er damit Wesen, die sich sehr von Menschen unterscheiden. Atlantis wurde zerstört, aber viele der Menschen überlebten. Pendarric führte Tausende von uns in ein neues Reich – die Feragh. Und wir hatten Sipstrassi, den Himmelsstein. Du hast seine Magie gesehen, seine Macht gespürt. Er unterband zwar unser Altern, aber er konnte uns weder Weisheit schenken noch den Ausbruch einer entsetzlichen Langeweile verhindern. Der Mensch ist ein jagendes Tier, das sich immer mit anderen messen will. Ohne Ziele gibt es nur Apathie und Chaos. Wir fanden Ziele. Viele von uns kehrten in die

Welt zurück, und mit unserer Macht wurden wir Götter. Wir schufen Zivilisationen und ließen sie gegeneinander Krieg führen. Wir ließen unsere Träume Wirklichkeit werden. Einige von uns sahen die Gefahren – andere nicht. Die Saat des Wahnsinns wird von unbegrenzter Macht genährt. Die Kriege wurden intensiver, schrecklicher. Die Toten waren nicht mehr zu zählen.

Einer von uns wurde Molech, der Gott der Kanaaniter und der Amoriter. Er verlangte Blutopfer von jeder Familie. Jedes erstgeborene Kind, Mädchen oder Junge, wurde den Flammen übergeben. Folter, Verstümmelung und Tod waren seine Markenzeichen. Die gequälten Schreie seiner Opfer waren für ihn so süß wie Lyrenklänge. Pendarric berief einen Rat der Feragh ein, und wir schlossen uns gegen Molech zusammen. Der Krieg war lang und blutig, aber zum Schluß zerstörten wir sein Reich.«

»Aber er überlebte«, vermutete Cormac.

»Nein. Ich fand ihn auf den Wehrgängen von Babel, inmitten seiner Dämonenwächter. Ich schlug mir einen Weg zu ihm frei, und dann standen wir uns gegenüber, hoch über dem Schlachtfeld der Gefallenen. Nur einmal habe ich einen Mann von solchem Können getroffen, aber ich war auf dem magischen Höhepunkt meiner Kraft, und ich erschlug Molech, hieb ihm den Kopf von den Schultern und schleuderte den Körper auf die Felsen tief unten.«

»Wie konnte er dann zurückkehren?«

»Das weiß ich nicht. Aber ich werde die Wahrheit herausfinden, und ich werde ihn wieder stellen.«

»Allein?«

Culain lächelte. »Ja, allein.«

»Du bist nicht mehr auf dem Höhepunkt deiner Kraft.«

»Wohl wahr. Ich wurde vor fünfundzwanzig – nein, sechsundzwanzig – Jahren beinahe getötet. Der Sipstrassi hat mich wiederhergestellt, aber seitdem habe ich seine Macht nicht mehr für mich selbst benutzt. Ich wollte wieder ein Mensch sein. Ein Leben leben und sterben wie ein Sterblicher.«

»Dann wirst du ihn nicht besiegen.«

»Der Sieg ist nicht wichtig, Cormac. Wahre Stärke wird aus dem Bemühen geboren. Als du zum ersten Mal zu den Kiefern liefst, schafftest du es nicht zurück, ehe der Schatten an dem Stab vorbei war. Hast du gesagt: ›Ach, es hat sowieso keinen Zweck, es noch einmal zu versuchen?‹ Nein. Du bist gelaufen und wurdest stärker, kräftiger, schneller. Genauso ist es beim Kampf gegen das Böse. Du wirst nicht stärker, wenn du wegläufst. Es ist Gleichgewicht. Harmonie.«

»Und wie willst du gewinnen, wenn er dich tötet?« fragte Cormac.

»Indem ich die Saat des Zweifels in ihm säe. Vielleicht gewinne ich nicht, Cormac, aber ich werde nahe dran sein. Ich werde ihm seine Schwäche zeigen, und dann kann ein besserer Mann ihn vernichten.«

»Das hört sich an, als ob du nur weggingst, um zu sterben.«

»Vielleicht ist das die Wahrheit. Wie werdet ihr zurechtkommen, hier ganz allein?«

»Ich weiß nicht, aber ich werde Anduine mit meinem Leben beschützen.«

»Das weiß ich.« Culain griff in den Lederbeutel an seinem Gürtel und holte das Sipstrassi-Halsband hervor, das Cormac in dem Steinkreis weggeworfen hatte. Der Junge spannte sich an, seine Augen glitzerten vor Zorn.

»Ich will es nicht«, sagte er.

»Es hat dir das Leben geschenkt«, sagte Culain leise, »und was du auch von mir denkst, du mußt wissen, daß deine Mutter sich nie davon erholt hat, dich verloren zu haben. Es verfolgte sie bis zum Tag ihres Todes. Füge das noch der Last deines Hasses auf mich hinzu. Aber dieses Halsband war nicht mein Geschenk an dich – es war *ihres*. Damit kannst du Anduine weit stärker beschützen als mit dem Schwert.«

»Ich weiß nicht, wie man damit umgeht.«

Culain beugte sich vor. »Nimm es, und ich zeige es dir.«

»Gib es Anduine, und ich denke darüber nach, wenn du weg bist«, sagte Cormac und erhob sich erneut.

»Du bist stur, Cormac. Aber ich wünschte, wir könnten als Freunde scheiden.«

»Ich hasse dich nicht, Culain«, sagte der Knabe, »denn du hast mich vor Agwain gerettet und für Anduine die Dämonen bekämpft. Aber wärst du nicht gewesen, hätte ich kein Leben voller Schmerz und Kummer erleiden müssen. Ich bin der Sohn eines Königs und bin aufgewachsen wie ein Aussätziger. Soll ich dir dafür etwa dankbar sein?«

»Nein, du bist meine lebendig gewordene Schande. Aber ich liebte deine Mutter und wäre für sie gestorben.«

»Aber du bist es nicht. Grysstha hat einmal gesagt, daß die Menschen für ihre Fehler immer Entschuldigungen finden, aber es gereicht dir zur Ehre, daß du das nie getan hast. Versuche zu verstehen, was ich sage, Culain. Ich bewundere dich. Du tust mir leid. Aber du bist der Vater meiner Einsamkeit, und wir können niemals Freunde sein.«

Culain nickte. »Wenigstens haßt du mich nicht, und das ist schon etwas, das ich mitnehmen kann.« Er streckte die Hand aus, und Cormac nahm sie. »Sei auf der Hut, junger Krieger. Übe jeden Tag. Und denke an die drei Mysterien: Leben, Harmonie und Geist.«

»Das werde ich. Lebe wohl, Revelatio.«

»Lebe wohl, Prinz Cormac.«

6. KAPITEL

In den Monaten nach dem Aufstand der Trinovanten genoß Britannien einen unsicheren Frieden. Uther marschierte in den Hallen von Camulodunum auf und ab wie ein Kampfhund im Käfig und beobachtete von seinen privaten Räumen im Nordturm aus gespannt die Straßen. Jedesmal, wenn ein Bote kam, eilte der König in den großen Saal, brach die Siegel der Nachrichten und verschlang den Inhalt, immer gefaßt auf Neuigkeiten von Erhebungen oder gar einer Invasion. Aber den ganzen Sommer hindurch bis in den Herbst herrschte Frieden, die Ernte wurde eingebracht, die Männer der Milizen nach Hause zu ihren Familien entlassen.

Die Menschen in Uthers Umgebung waren auf der Hut, denn sie spürten seine Unruhe. Jenseits des Gallischen Meeres war eine schreckliche Armee in die sicambrischen Königreiche Belgica und Gallien eingefallen, hatte ihre Truppen vernichtet und die Städte niedergebrannt. Der feindliche König, Wotan, wurde vom Bischof Roms als Antichrist bezeichnet, aber das war nicht ungewöhnlich. Eine Reihe von Barbarenkönigen war mit demselben Namen belegt, und später waren viele von ihnen von der Kirche aufgenommen worden.

Rom selbst schickte den Sicambriern fünf Legionen zu Hilfe. Sie wurden restlos aufgerieben, ihre Banner fielen dem Feind in die Hände.

Aber in Britannien genoß das Volk den heißen Sommer ohne Krieg. Die Lagerhäuser waren bis unters Dach mit Waren vollgestopft, die Brot- und Weinpreise fielen ins Bodenlose. Die Kaufleute jammerten, denn die reichen Exportmärkte Galliens waren durch den Krieg verschlossen, und nur wenige Handelsschiffe gingen vor Dubris oder Noviomagus vor Anker.

Jeden Morgen stieg Uther zum Nordturm hinauf, schloß die Eichentür auf und steckte das Schwert der Macht in seine Nische in dem grauen Stein. Dann kniete er davor nieder und wartete, konzentrierte seine Gedanken. Träume und Visionen wirbelten durch seinen Kopf, und sein Geist flog über das Land, von Pinnata Castra im Norden bis Dubris im Süden, von Garianonum im Osten bis Meriodunum im Westen, auf der Suche nach Zusammenrottungen bewaffneter Männer. Wenn er nichts fand, folgte er der Küste, seine Geist-Augen suchten die grauen Wellen nach Spuren von Langschiffen und Wikingerräubern ab.

Aber das Meer war leer.

Als er eines schönen Morgens wieder einmal das Gallische Meer zu überqueren versuchte, wurde er plötzlich von einer Kraft aufgehalten, die er weder sehen noch überwinden konnte, wie eine Mauer aus Kristall.

Verwirrt und unsicher kehrte er in seinen Körper zurück, schlug die Augen auf und zog das Schwert aus dem Stein. Er trat auf die Brüstung hinaus, spürte den kühlen Herbstwind im Gesicht, und für eine Weile schliefen seine Ängste ein.

Sein Diener Baldric kam am Mittag zu ihm und brachte Wein, kaltes Fleisch und ein Schälchen der dunklen Pflaumen, die der König liebte. Uther, der nicht in der Stimmung für Gespräche war, winkte den Burschen fort, setzte sich ans Fenster und starrte aufs Meer hinaus.

Er wußte, daß sich Victorinus und Gwalchmai Sorgen um seinen Gemütszustand machten, und er konnte die Angst, die in seiner Seele wuchs, nicht erklären. Er fühlte sich wie ein Mann, der durch eine dunkle Gasse geht und weiß – ohne jeden Beweis, aber mit absoluter Gewißheit –, daß hinter der nächsten Biegung ein Ungeheuer auf ihn lauert: gesichtslos, formlos, aber unendlich tödlich.

Nicht zum ersten Mal in den vergangenen zehn Jahren wünschte Uther, daß Maedhlyn in der Nähe wäre. Der Oberzauberer hätte entweder seine Befürchtungen beschwichtigt oder schlimmstenfalls die Gefahr identifiziert.

»Wenn Wünsche Pferde wären, würden die Bettler reiten«, murmelte Uther und verbannte die Erinnerung an Maedhlyns Abreise aus seinen Gedanken. Harsche Worte, beißender als Säure, hatte Uther an jenem Tag ausgestoßen. Es dauerte keine Stunde, und er bedauerte sie, konnte sie aber nicht mehr zurücknehmen. Sobald sie ausgesprochen waren, hingen sie in der Luft, wie eingemeißelt in unsichtbaren Stein, eingebrannt in die Herzen der Zuhörer. Und Maedhlyn war gegangen ...

Wie Laitha gegangen war. Und Culain ...

Uther schenkte sich mehr Wein ein, um die Erinnerung zu dämpfen und gleichzeitig zu verstärken. Gian Avur, Kitz des Waldes, das war der Name, den Culain Laitha gegeben hatte – ein Name, den Uther nie hatte benutzen dürfen. Aber er hatte sie geliebt, und ohne sie war er verloren.

»Warum habe ich sie dann in seine Arme getrieben?« flüsterte er.

Mit Logik oder Verstand ließ sich darauf keine Antwort finden. Aber Uther wußte, wo sie lag, tief in dem Tunnellabyrinth seiner dunklen Gefühle. Die Saat des Irrsinns war in jener Nacht in einer anderen Welt gesät worden, als der Knabe das Mädchen zum ersten Mal liebte, nur um sie im Augenblick von Uthers größtem Entzücken Culains Namen flüstern zu hören. Es war wie das Gegenteil des uralten Alchimistentraums gewesen: Aus Gold wurde Blei, das Licht ertrank in der Dunkelheit. Aber damals hatte er ihr noch verzeihen können, denn Culain war tot. Er konnte nicht, würde doch nicht eifersüchtig auf einen Leichnam sein. Aber der Lanzenlord war zurückgekehrt, und Uther hatte gesehen, wie das Licht der Liebe in Laithas Augen wieder aufflammte.

Doch er hatte ihn nicht fortschicken können, denn das wäre dem Eingeständnis seiner Niederlage gleichgekommen. Und er hatte ihn nicht töten können, denn er verdankte alles Culain. Er hatte nur hoffen dürfen, daß Laithas Eheschwur zum König über Gian Avurs Liebe zum Lanzenlord siegen würde. Und so war es auch gekommen. Aber es war ihm nicht genug gewesen. Er hatte ihren Entschluß wieder und wieder auf die Probe gestellt, sie mit erschreckender Gleichgültigkeit behandelt und so in ihrer Verzweiflung gerade das zu tun gezwungen, was er am meisten fürchtete.

König der Narren!

Uther, der Blutkönig, der Unbesiegbare! Was spielte es für eine Rolle, daß Armeen ihm nicht widerstehen konnten, wenn er einsam in einem kalten Turm hauste? Keine Söhne, die ihm nachfolgen würden, keine Gemahlin, die ihn liebte. Er blickte in den Bronzespiegel an der Wand. Graue Wurzeln zeigten sich unter dem hennagefärbten Haar, die Augen wirkten müde.

Er trat hinaus auf die Wehrgänge und starrte in den Hof hinunter. Ursus, der Sicambrier, schlenderte Arm in Arm mit einer jungen Frau daher. Uther konnte sie nicht erkennen, aber sie kam ihm bekannt vor. Er lächelte. Die Pferderüstung war ein kolossaler Fehlschlag gewesen, da sie vom Regen durchnäßt und dadurch nutzlos wurde, aber Ursus hatte sich als guter Kavallerieoffizier erwiesen. Die Männer mochten seine lockere Art und seinen raschen Verstand, außerdem war er nicht rücksichtslos und verstand, wie wichtig Geduld und Vorausdenken für strategische Planung waren.

Der König beobachtete die leichte Art, in der Ursus der Frau seinen Arm um die Schulter legte, wie er sie in den Schatten eines Türbogens an sich zog, ihr Kinn hob, um sie auf die Lippen zu küssen. Uther schüttelte den Kopf und wandte sich ab. In letzter Zeit ließ er nur noch selten Frauen in seine Wohnung kommen, der Liebesakt hinterließ in ihm eine tiefe Trauer, eine hohle, leere Einsamkeit.

Seine Augen suchten die grüne Landschaft ab, die sanften Hügel und die Bauernhöfe, die Viehherden und die Schafe. Alles war friedlich. Uther fluchte leise. Jahrelang hatte er den Mythos gefördert, daß er das Land war, die Seele und das Herz Britanniens. Nur seine engsten Freunde wußten, daß es das Schwert war, das ihm jene Macht gab. Doch jetzt konnte Uther selbst ohne die Hilfe der mystischen Klinge fühlen, wie eine finstere Bedrohung in den Schatten wuchs. Die Ruhe ringsum war nur eine Illusion, und Tage aus Blut und Feuer warteten auf ihre Morgendämmerung.

Oder wirst du alt? fragte er sich. Hast du so lange über den Mythos gelogen, daß du jetzt selbst an ihn glaubst?

Ein kalter Hauch traf ihn, und er schauderte.

Was war die Bedrohung? Woher kam sie?

»Herr?« sagte eine Stimme, und als Uther herumfuhr, sah er Victorinus in der Tür stehen. »Ich habe an der äußeren Tür geklopft, aber es kam keine Antwort«, sagte der Römer. »Es tut mir leid, wenn ich dich erschreckt habe.«

»Ich habe nachgedacht«, sagte der König. »Was gibt's Neues?«

»Der Bischof von Rom hat einen Vertrag mit Wotan geschlossen und seine Ansprüche auf Gallien und Belgica für rechtsgültig erklärt.«

Uther lachte leise. »Ein kurzlebiger Antichrist, nicht wahr?«

Victorinus nickte, dann nahm er den Bronzehelm ab. Sein weißes Haar ließ ihn wesentlich älter wirken als seine fünfzig Jahre. Uther ging an ihm vorbei in die Wohnung und bedeutete dem General, Platz zu nehmen.

»Immer noch glattrasiert, mein Freund«, sagte der König. »Was wirst du jetzt tun, wenn die Bimssteinlieferungen ausbleiben?«

»Ich benutze ein Rasiermesser«, antwortete Victorinus grinsend. »Es ziemt sich nicht für einen Römer, wenn er aussieht wie ein ungewaschener Barbar.«

»Das ist keine Art, mit seinem König zu sprechen«, sagte Uther und kratzte sich den eigenen Bart.

»Aber es ist nun einmal dein Pech, Majestät, ohne römisches Blut geboren zu werden. Ich kann nur mein tiefempfundenes Beileid ausdrücken.«

»Die Arroganz Roms überlebt selbst seinen Fall«, erwiderte Uther lächelnd. »Erzähle mir von Wotan.«

»Die Berichte sind widersprüchlich, Majestät. Er hat vier große Schlachten in Sicambrien geschlagen und damit die Merowinger vernichtet. Über ihren König ist nichts bekannt, manche sagen, er entkam nach Italien, andere, daß er Zuflucht in Hispanien gesucht hat.«

»Die Strategien, Mann. Setzt er Kavallerie ein? Oder die römische Phalanx? Oder nur eine Riesenhorde, die durch schiere Anzahl überwältigt?«

»Seine Armee ist in Einheiten unterteilt. Es gibt einige berittene Krieger, aber in der Hauptsache verläßt er sich auf Axtkämpfer und Bogenschützen. Er kämpft immer da, wo das Getümmel am dichtesten ist, und man sagt, daß kein Schwert seine Rüstung durchdringen kann.«

»Kein guter Zug bei einem General«, murmelte der König. »Er sollte sich zurückhalten und die Schlacht lenken.«

»So wie du, Herr?« fragte Victorinus mit hochgezogener Augenbraue.

Uther grinste. »Eines Tages werde ich das auch tun«, sagte er. »Dann sitze ich auf einem Schemel und sehe zu, wie du und Gwalchmai den Feind zersprengt.«

»Ich wünschte, du würdest es tun, Majestät. Mein Herz hält die Aufregung nicht aus, die du ihm mit deiner Tollkühnheit bereitest.«

»Hat Wotan Botschafter zu anderen Königen geschickt?« fragte Uther.

»Nicht soweit wir wissen – nur an den Bischof von Rom und den Knabenkaiser. Er hat geschworen, seine Armeen nicht nach Italien zu führen.«

»Wohin will er sie dann führen?«

»Glaubst du, er will in Britannien einfallen?«

»Ich muß mehr über ihn erfahren. Woher kommt er? Wie hat er die germanischen Stämme, die Nordmänner und die Goten zu einer so disziplinierten Armee zusammengeschweißt? Und das in so kurzer Zeit?«

»Ich könnte als Botschafter zu ihm gehen, Majestät. Sein Hof befindet sich zur Zeit in Martius.«

Uther nickte. »Nimm Ursus mit. Er kennt das Land, die Leute und die Sprache. Und wir brauchen ein Geschenk. Ich werde eine passende Gabe für einen neuen König zusammenstellen.«

»Ein zu kostbares Geschenk könnte als Schwäche mißverstanden werden, Majestät, und du hattest einen Vertrag mit Merowech.«

»Merowech war ein Narr, seine Armee die Zielscheibe des Spotts von ganz Europa. Wir hatten ein *Handels*abkommen, mehr nicht. Du kannst Wotan erklären, daß der Vertrag zwischen den Königen von Sicambrien und Britannien geschlossen wurde und daß ich die Vereinbarung als noch in Kraft betrachte, ebenso wie ich seinen Anspruch auf den Thron anerkenne.«

»Ist das nicht gefährlich, Majestät? Damit unterstützt du den Anspruch des Eroberers gegen den Anspruch des Blutes.«

»Wir leben in einer gefährlichen Welt, Victorinus.«

Ursus erwachte, in kalten Schweiß gebadet, sein Herz klopfte wild. Das Mädchen neben ihm schlief unter der warmen Decke weiter, ihr Atem ging regelmäßig. Der Prinz schlüpfte aus dem Bett und ging zum Fenster. Er zog die Samtvorhänge zurück, so daß die frische Luft kühlend über sein Gesicht streichen konnte. Der Traum war so wirklich gewesen, er hatte gesehen, wie sein Bruder durch die Straßen von Martius verfolgt und schließlich in einen großen Saal geschleppt wurde. Und dort war ein großer Krieger mit hellem Bart gewesen, der seinem Bruder bei lebendigem Leibe das Herz herausgeschnitten hatte …

Ursus ging zum Tisch und sah, daß noch etwas Wein im Krug war. Er goß ihn in einen irdenen Becher und trank.

Nur ein Traum, sagte er zu sich, entstanden aus seiner Sorge über die Invasion in Gallien.

Ein helles Licht zuckte hinter seinen Augen auf und erfüllte sein Herz mit feurigem Schmerz. Er schrie auf und stolperte, warf blind und verängstigt den Tisch um.

»Was ist los?« kreischte das Mädchen. »Lieber Christus, bist du krank?« Aber ihre Stimme verhallte wie in weiter Ferne, und ein Dröhnen füllte seine Ohren. Sein Blick klärte sich, und er sah wieder den Krieger mit dem hellen Bart, der diesmal in einer tiefen, kreisförmigen Grube stand. Er war umringt von anderen Kriegern, die alle gehörnte Helme trugen und riesige Äxte hatten. Über ihnen öffnete sich eine Tür, und zwei Männer zerrten einen nackten Gefangenen zu den hölzernen Stufen und zwangen ihn, in die Grube hinunterzuklettern. Voll Entsetzen sah Ursus, daß es Merowech war, der König von Sicambrien. Sein Bart war verfilzt, sein Haar schmutzverkrustet, sein schlanker Körper zeigte Spuren von grausamer Behandlung, Peitschenstriemen zogen sich kreuz und quer über die Haut.

»Schön, dich wiederzusehen, Bruderkönig«, sagte der große Krieger, packte den Gefangenen am Bart und riß ihn hoch. »Geht es dir gut?«

»Ich verfluche dich, Wotan. Mögest du in den Feuern der Hölle brennen!«

»Du Narr! Ich bin die Hölle, und ich entzünde die Feuer.«

Merowech wurde zu einem eingefetteten, spitzen Pfahl geführt und hoch in die Luft gehoben.

Ursus riß den Blick von dem Bild los, konnte aber nicht die entsetzlichen Geräusche ausblenden, als der Monarch brutal gepfählt wurde. Wieder zuckte das helle Licht auf, und jetzt sah er einer Szene in einer großen, aus Holz errichteten Halle zu. Krieger umringten eine Menge – ihre Lanzen zielten auf Männer, Frauen und Kinder, die in stummem Entsetzen dastanden. Ursus erkannte viele Gesichter: Vettern, Onkel, Tanten, Neffen. Die meisten der merowingischen Edelleute waren hier versammelt. Krieger in Kettenhemden begannen Eimer voll Wasser über die Gefangenen zu gießen und lachten und johlten, als es nur so spritzte. Es war eine lächerliche Szene, doch in ihr war zugleich der Hauch einer schrecklichen Drohung. Wieder trat der Krieger mit dem blonden Bart vor, dieses Mal hielt er eine Fackel. Die Gefangenen stießen entsetzte Schreie aus, als Wotan lachte und die Fackel in die Menge schleuderte. Flammen schlugen über der Gruppe zusammen ... und plötzlich begriff Ursus. Sie waren nicht mit Wasser getränkt, sondern mit ... Öl. Die Lanzer zogen sich eilends zurück, als die brennenden Menschen wie lebende Fackeln umherrannten und das Feuer so verbreiteten.

Die Wände wurden von den Flammen ergriffen, dunkler Rauch senkte sich über das Bild...

Ursus schrie auf und sank, herzzerreißend weinend, in die Arme des Mädchens.

»Gütiger Gott«, sagte sie und strich ihm über die Stirn. »Was ist denn los?«

Aber er konnte nicht antworten. Auf der ganzen Welt gab es keine Worte dafür.

Nur Schmerz...

Zwei Offiziere kamen aus den angrenzenden Räumen und hoben Ursus auf das breite Bett. Andere Männer versammelten sich auf dem Flur. Der Arzt wurde gerufen, und das Mädchen sammelte still seine Kleider ein, zog sich an und schlüpfte davon.

»Was ist los mit ihm?« fragte Plutarchus, ein junger Kavallerieoffizier, der sich im Laufe des Sommers mit Ursus angefreundet hatte. »Er hat keine Verletzungen.«

Sein Kamerad, Decimus Agrippa, ein hagerer Krieger mit zehnjähriger Erfahrung, zuckte lediglich die Achseln und blickte in Ursus' blicklose Augen, die nicht einmal blinzelten.

Sanft drückte er die Augen zu.

»Ist er tot?« flüsterte Plutarchus.

»Nein, ich glaube, er hat einen Anfall. Ich kannte einmal einen Mann, der ganz plötzlich bei einem solchen Anfall steif wurde und dann anfing zu zittern. Der große Julius soll auch daran gelitten haben.«

»Dann erholt er sich wieder?«

Agrippa nickte, dann wandte er sich an die Männer im Flur. »Ab ins Bett«, befahl er. »Das Schauspiel ist vorbei.«

Die beiden Männer deckten Ursus mit dem Leinenlaken und den weichen Wolldecken zu. »Er liebt Luxus«, sagte Agrippa grinsend. Es geschah nicht oft, daß der Mann lächelte, und es ließ ihn beinahe gut aussehen, dachte Plutarchus. Agrippa war geschaffen für ein Kommando – ein kühler, zurückhaltender Krieger, dessen Können und Rücksichtnahme dazu führten, daß sich die Männer darum rissen, in seiner Truppe zu dienen. Bei größeren Gefechten verlor er weniger Männer als die rücksichtsloseren Mitoffiziere, doch er erreichte unweigerlich sein Ziel. In der *cohors equitana* war er als ›Messer in der Nacht‹ oder, einfacher, als ›Messer‹ bekannt.

Plutarchus war sein zweiter Decurio, ein junger Mann, frisch aus Eboracum, der sich auf dem Schlachtfeld erst noch beweisen mußte.

Der Arzt kam, prüfte Ursus' Puls und seine Atmung und versuchte ihn zu wecken, indem er das Wachssiegel einer Phiole brach, die eine übelriechende Salbe enthielt und die er dem Bewußtlosen unter die Nase hielt. Ursus zeigte keine Reaktion, Plutarchus allerdings würgte und ging beiseite.

»Er ist in einem tiefen Schockzustand«, erklärte der Arzt. »Was ist vorgefallen?«

Agrippa zuckte die Achseln. »Ich schlief nebenan, als ich erst einen Mann, dann eine Frau schreien hörte. Ich kam mit Pluta herein und fand den Sicambrier auf dem Fußboden, die Frau war hysterisch. Ich dachte, es war ein Anfall.«

»Das bezweifle ich«, sagte der Arzt. »Die Muskeln sind nicht verkrampft, und das Herz schlägt langsam, aber regelmäßig. Du!« wandte er sich an Plutarchus. »Bring eine Laterne ans Bett.« Der junge Offizier gehorchte, und der Arzt zog das rechte Lid des Prinzen hoch. Die Pupille hatte sich so stark zusammengezogen, daß sie nur noch ein dunkler Punkt in der blauen Iris war.

»Wie gut kennst du diesen Mann?«

»So gut wie gar nicht«, antwortete Agrippa, »aber Pluta hat viele Tage in seiner Gesellschaft verbracht.«

»Ist er ein Mystiker?«

»Nein, das glaube ich nicht«, sagte Plutarchus. »Er hat jedenfalls nie davon gesprochen. Er hat mir einmal erzählt, daß das Haus der Merowinger für seine magischen Kenntnisse berühmt sei, aber er sagte es mit einem Lächeln, und ich hielt es für einen Scherz.«

»Also«, meinte der Arzt, »er sprach nicht in fremden Zungen, wahrsagte nicht, deutete keine Vorzeichen?«

»Nein.«

»Merkwürdig. Und wo ist die Frau?«

»Weg«, sagte Agrippa. »Ich glaube nicht, daß sie allzuviel Öffentlichkeit wünschte.«

»Huren müßten sich daran gewöhnen«, fauchte der Arzt. »Na gut, wir lassen ihn für heute nacht ruhen. Morgen früh schicke ich meine Tochter mit einem Trank für ihn vorbei, dann wird er den Tag weitgehend verschlafen.«

»Dank dir, Arzt«, sagte Agrippa ernst, des immer breiter werdenden Grinsens auf Plutarchus' Gesicht gewahr.

Nachdem der Arzt gegangen war, begann der Jüngere zu kichern.

»Erklärst du mir den Grund für deine Heiterkeit?« fragte Agrippa.

»Er nannte seine eigene Tochter eine Hure. Findest du das nicht witzig? Die Hälfte der Offiziere hat versucht, sie in ihr Bett zu locken, und die andere Hälfte würde es gern. Und hier war sie, allein und nackt mit dem Sicambrier!«

»Ich lache nicht, Pluta. Der Sicambrier hat nicht mehr Moral als eine Kanalratte, und die Dame hat Besseres verdient. Erwähne niemandem gegenüber ihren Namen.«

»Aber die anderen im Flur haben sie auch gesehen.«

»Sie werden ebenfalls nichts sagen. Verstanden?«

»Selbstverständlich.«

»Gut. Und jetzt lassen wir unseren brünftigen Hirsch ruhen.«

Während der gesamten Unterhaltung zwischen den beiden Männern war Ursus bei Bewußtsein gewesen, wenn auch gelähmt. Nachdem sie gegangen waren, lag er da, unfähig, die weichen Laken an seinem Körper zu spüren. Seine Erinnerung schleuderte ihm wieder und wieder die Todesvisionen vor Augen.

Er sah, wie Balan das Herz aus der Brust gerissen wurde, und hörte die gepeinigten Schreie, sah hilflos zu, wie das Lebenslicht in den Augen seines Bruders erstarb. Armer Balan! Lieber kleiner Bruder! Er hatte einmal geweint, als sie ein Kitz mit einem gebrochenen Bein fanden. Ursus hatte sein Leiden beendet, aber Balan war tagelang untröstlich gewesen. Er hätte in die Priesterschaft eintreten sollen, doch Ursus hatte ihn mit der Macht der Liebe des älteren Bruders dazu überredet, Jagd auf Reichtümer zu machen.

Beide Männer waren an den Luxus im Palast ihres Vaters in Tingis gewöhnt, aber als der alte Mann starb und das Ausmaß seiner Schulden deutlich wurde, war Ursus auf ein Leben nahe der Armut nicht vorbereitet. Die Brüder hatten den Rest des Familienvermögens dafür verwendet, sich eine Überfahrt nach Sicambrien zu sichern, um sich dort bei ihren einflußreichen Verwandten vorzustellen. Der König, Merowech, hatte ihnen einen kleinen Bauernhof in der Nähe von Martius zugewiesen, wo der Hof residierte, aber die Einkünfte waren mager.

Balan war glücklich und zufrieden damit gewesen, durch die Berge zu wandern, in silbernen Bächen zu baden, Gedichte zu verfassen und Bäume und Landschaften zu zeichnen. Aber Ursus gefiel das Leben nicht, denn es gab nur wenige Frauen für ihn und einen eklatanten Mangel an breiten, seidenbezogenen Betten.

Balan wäre jedoch glücklich im Kloster von Revelatio in Tingis gewesen, wo er auf einer Pritsche schlafen und die Mysterien studieren konnte. Jetzt war er tot, Opfer eines dämonischen Königs und seines gierigen Bruders.

Als der Morgen heraufzog, begann Ursus' Haut zu kribbeln, und endlich konnte er die Augen öffnen. Lange starrte er die rohe Balkendecke an, Tränen rannen ihm übers Gesicht, Erinnerungen brannten ihm in der Seele – verwandelten sie, bis heißer Kummer durch eisigen Haß abgelöst wurde.

»Der Sicambrier hat die Moral einer Kanalratte. Die Dame hat Besseres verdient.«

Balan hatte auch etwas Besseres von seinem Bruder verdient.

Das Gefühl kehrte in seine Arme und Schultern zurück, und er schob die Decken zurück, setzte sich mühsam auf und massierte seine Beine, bis er das Blut wieder zirkulieren spürte.

Er fühlte sich schwach und unsicher und erfüllt von einer Traurigkeit, die an Verzweiflung grenzte. Die Tür ging auf, und Portia trat ein, mit einem Holztablett, auf dem eine Schale mit frischem Wasser, ein kleiner Laib Fladenbrot, etwas Käse und eine winzige mit Wachs versiegelte Kupferphiole lagen.

»Hast du dich wieder erholt?« fragte sie, stellte das Tablett auf die Kommode an der Wand und schloß die Tür.

»Ja und nein«, antwortete er. Sie setzte sich neben

ihn, preßte ihren schmalen Körper an ihn und schlang ihm die Arme um den Hals. Er konnte den süßen Duft in ihrem kastanienbraunen Haar riechen und die weichen Brüste durch sein Hemd fühlen. Er hob ihr Kinn und küßte sie sanft.

»Bist du sicher, daß es dir wieder gutgeht? Vater hat dir ein Schlafmittel geschickt, er sagt, du brauchst Ruhe.«

»Es tut mir leid, daß ich dich letzte Nacht in Unannehmlichkeiten gebracht habe. Es muß schwer für dich gewesen sein. Bitte verzeih mir.«

»Da gibt es nichts zu verzeihen. Wir lieben einander.«

Ursus zuckte bei den Worten zusammen, dann zwang er sich zu einem Lächeln. »Liebe kann für verschiedene Menschen verschiedenes bedeuten. Agrippa sagte, ich habe die Moral einer Kanalratte, und er hatte ganz recht. Er sagte, du verdientest etwas Besseres, und auch darin hatte er recht. Es tut mir leid, Portia.«

»Es muß dir nicht leid tun. Du wolltest mir nichts Böses. Ganz und gar nicht«, sagte sie. Sie versteifte sich, als sie seine Zurückweisung spürte. Aber sie war eine Römerin von stolzem Blut und wollte sich ihren Kummer nicht anmerken lassen. »Hier ist etwas zu essen. Du solltest etwas zu dir nehmen.«

»Ich muß zum König.«

»Zunächst einmal würde ich mich anziehen – und waschen.« Sie machte sich von ihm los und ging zur Tür. »Du bist wirklich ein Narr, Ursus«, sagte sie. Damit schloß sich die Tür hinter ihr.

Der Prinz wusch sich rasch, dann zog er Hemd, Tunika und schwarze Beinkleider unter einem perlgrauen Umhang an. Seine Reitstiefel waren ebenfalls grau gefärbt und mit silbernen Ringen verziert. Die Aufmachung hätte einen britannischen Kavallerieoffizier einen Jahressold gekostet, doch zum erstenmal bereitete sie Ursus kein Vergnügen, als er sich in dem mannshohen Bronzespiegel betrachtete.

Trotz seiner dringlichen Nachricht empfing ihn der König am Vormittag nicht, so daß der Prinz bis zur vereinbarten Zeit durch die Straßen von Camulodunum schlendern mußte. Er frühstückte im Garten eines Gasthauses, dann ging er in die Straße der Waffenschmiede, wo er ein neues Schwert erstand, das nach Art der Berber eine leicht gekrümmte Klinge hatte. Diese Schwerter kamen immer mehr in Mode bei Uthers Kavallerie, weil sie sich zu Pferde gut einsetzen ließen. Die gekrümmte Klinge glitt leichter heraus als der traditionelle Gladius, und da sie länger war, vergrößerte sie die tödliche Reichweite.

Die Kirchenglocken schlugen die vierte Stunde nach Mittag, und Ursus machte sich rasch auf den Weg zum Nordturm, wo Uthers Diener und Knappe, Baldric, ihn in dem langgestreckten Raum unter Uthers Wohnräumen zu warten hieß. Dort saß Ursus noch eine weitere frustrierende Stunde, ehe er zum König geführt wurde.

Uther, mit frisch gefärbten Haaren und gekämmtem Bart, saß in dem verblassenden Sonnenschein am Fenster, das über die Felder und Wiesen vor der befestigten Stadt hinausblickte. Ursus verbeugte sich.

»Du hast gesagt, es wäre dringend«, sagte der König und bedeutete ihm, sich auf die Brüstung zu setzen.

»Ja, Majestät.«

»Ich hörte von deinem Anfall. Geht es dir gut?«

»Körperlich ja, aber mein Herz ist krank.«

Kurz und bündig umriß Ursus die Visionen, die ihn überfallen hatten, und die abscheulichen Tötungen, deren Zeuge er geworden war.

Uther sagte nichts, doch seine grauen Augen wurden leer und abwesend. Als der junge Mann seinen Bericht beendet hatte, lehnte sich der König zurück und betrachtete die Landschaft.

»Das war kein Traum, Majestät«, sagte Ursus leise, das Schweigen mißverstehend.

»Das weiß ich, mein Junge. Das weiß ich.« Uther stand auf und ging auf dem Wehrgang auf und ab.

Schließlich wandte er sich an den Prinzen. »Was empfindest du für Wotan?«

»Ich hasse ihn, Majestät, wie ich noch nie einen Menschen gehaßt habe.«

»Und wie empfindest du über dich selbst?«

»Mich selbst? Ich verstehe nicht.«

»Ich glaube schon.«

Ursus wandte den Blick ab, dann sah er den König wieder an. »Ich empfinde nicht länger Vergnügen, wenn ich in den Spiegel schaue«, sagte er, »und meine Vergangenheit ist für mich kein Grund mehr, stolz zu sein.«

Uther nickte. »Und warum kommst du zu mir?«

»Ich bitte um die Erlaubnis, nach Hause zurückkehren zu dürfen – und den Usurpator zu töten.«

»Diese Erlaubnis kann ich dir nicht geben.«

Usus stand auf, sein Gesicht verfinsterte sich. »Blut schreit nach Rache, Majestät. Das kann ich nicht verweigern.«

»Du mußt«, sagte der König. Seine Stimme war sanft und fast traurig. »Ich werde dich nach Martius schicken, aber du reist mit Victorinus und einer Truppe von Kriegern als Botschafter zu dem neuen König.«

»Beim Mithras! Ich soll ihm gegenübertreten und ihn nicht töten? Ich soll mich vor diesem bösartigen Ungeheuer verbeugen und vor ihm kriechen?«

»Hör mir zu! Ich bin kein Bauer, der nur für seine Familie und seine magere Ernte verantwortlich ist. Ich bin ein König. Ich muß ein Land beschützen und ein Volk. Glaubst du, dieser Wotan wird zufrieden mit Gallien und Belgica sein? Nein. Ich kann die Präsenz seiner Bosheit spüren. Ich fühle, wie seine kalten Augen mein Land durchstreifen. Das Schicksal hat es bestimmt, daß wir uns auf einem blutigen Schlachtfeld gegenübertreten werden, und wenn ich gewinnen soll, muß ich alles wissen – über seine Männer, seine Methoden, seine Schwächen. Verstehst du?«

»Dann schicke jemand anderen, Majestät, ich bitte dich.«

»Nein. Halte deinen Haß gut im Zaum. Er wird überdauern.«

»Aber die Bedrohung durch ihn wird doch bestimmt enden, wenn ich ihn töte?«

»Wenn es nur so einfach wäre, ich wünschte dir alles Glück. Aber es ist nicht einfach. Der Mann setzt Zauberei ein, und er wird von Menschen und Dämonen beschützt. Glaub mir! Und falls du versagen würdest, wüßten sie, woher du kamst – und hätten einen legitimen Anspruch, Britannien den Krieg zu erklären. Und ich bin noch nicht bereit für sie.«

»Nun gut, Majestät. Es soll sein, wie du sagst.«

»Dann schwöre es bei der Seele deines Bruders.«

»Es ist nicht nötig …«

»Tu es!«

Ihre Blicke trafen sich, und Ursus wußte, daß er verloren hatte. »Ich schwöre es.«

»Gut. Jetzt müssen wir einen neuen Namen für dich suchen – und ein neues Gesicht. Wotan hat das Haus der Merowinger abgeschlachtet, und wenn man dich erkennt, ist dein Tod gewiß. Du wirst Victorinus in Dubris treffen. Du wirst Galead sein, einer von Uthers Rittern. Folge mir.« Der König führte Ursus in die inneren Räume und zog das Schwert der Macht aus seiner Scheide. Als er mit der Klinge die Schulter des Prinzen berührte, verengten sich Uthers Augen vor Konzentration.

Ursus fühlte ein Kribbeln an Kopfhaut und Gesicht, seine Zähne begannen zu schmerzen. Der König nahm das Schwert weg und führte den Krieger zu dem ovalen Spiegel an der Wand.

»Siehe den jüngsten von Uthers Rittern«, sagte er mit einem breiten Grinsen.

Ursus starrte den blonden Fremden mit dem kurzgeschnittenen Haar und den kornblumenblauen Augen im Spiegel an.

»Galead!« flüsterte der neue Ritter. »So sei es!«

Der Winter in den Kaledonischen Bergen war hart, Schneewehen versperrten die Pfade, Eis drang durch die Ritzen in den Bohlenwänden der Hütte. Die Bäume, die sie umgaben, standen nackt und bloß ohne ihre Blätter da, während der Wind vor den verrammelten Fenstern heulte.

Cormac lag in dem schmalen Bett, Anduine an sich gekuschelt, und war zufrieden. Die Tür klapperte im Rahmen, das Feuer flackerte hell, seine Schatten tanzten auf der Wand. Cormac rollte sich auf die Seite, seine Hand glitt sanft über die Rundung von Anduines Hüfte, und sie hob den Kopf und küßte seine Brust.

Plötzlich erstarrte sie.

»Was ist los?« fragte er.

»Jemand ist hier auf dem Berg«, flüsterte sie. »Jemand in Gefahr.«

»Hast du etwas gehört?«

»Ich kann ihre Angst fühlen.«

»Ihre?«

»Zwei Menschen, ein Mann und eine Frau. Der Weg ist versperrt. Du mußt zu ihnen gehen, Cormac, sonst sterben sie.«

Er setzte sich auch und schauderte. Selbst hier in diesem hellen, warmen Raum ließ ein kalter Luftzug ahnen, wie schrecklich es draußen war. »Wo sind sie?«

»Hinter dem Kiefernwäldchen, auf der anderen Seite des Passes. Sie sind auf dem Pfad, der zum Meer führt.«

»Sie gehen uns nichts an«, sagte er, obwohl er genau wußte, daß Widerstand zwecklos war. »Und ich könnte da draußen selbst umkommen.«

»Du bist stark und kennst das Land. Bitte, hilf ihnen!«

Er stand auf und zog ein schweres Wollhemd,

lederne Beinkleider, eine Schaffelljacke und Stiefel an. Die Jacke hatte eine mit Wolle gefütterte Kapuze, die er über seine roten Haare zog und unter dem Kinn fest zuband.

»Ein hoher Preis, den ich für deine Liebe zahlen muß, meine Dame«, sagte er.

»Wirklich?« gab sie zurück. Als sie sich aufsetzte, fiel ihr langes dunkles Haar über ihre Schultern.

»Nein«, gab er zu. »Halt das Feuer in Gang. Ich versuche, bei Einbruch der Dämmerung wieder hier zu sein.«

Er warf einen Blick auf sein Schwert, das neben der Feuerstelle lag und überlegte, ob er es mitnehmen sollte, doch es würde ihn nur behindern. Statt dessen steckte er ein Jagdmesser mit langer Klinge in seinen Gürtel und trat hinaus in den Schneesturm. Es gelang ihm nur mit Mühe, die Tür wieder zu schließen.

Seit Culain vor drei Monaten abgereist war, hatte er seine Übungen beibehalten – seine Läufe verlängert, mit Axt und Säge gearbeitet, um seine Muskeln zu kräftigen und den Wintervorrat an Holz anzulegen, der jetzt zwei Meter hoch über die ganze Länge der Hütte gestapelt war und so die Isolierung der Nordwand verstärkte. Sein Körper war schlank und kräftig, seine Schultern breit, die Hüften schmal. Er schlug ein gemäßigtes Tempo an, als er zum Gipfel aufbrach, und benutzte einen dicken, mannshohen Stab, um den Schnee unter seinen Füßen zu prüfen. Wäre er zu schnell gegangen, hätte er in Kauf nehmen müssen zu schwitzen. Und bei diesen Temperaturen legte der Schweiß sich unter seinen Kleidern als Eis auf die Haut, was ihn genauso schnell umbringen würde, als wäre er nackt. Die direkteren Wege auf der Nordseite waren durch Schneewehen blockiert, und Cormac mußte Umwege zu den Kiefern finden, indem er erst nach Süden abbog und zugefrorene Bäche und Tümpel überquerte. Riesige graue Wölfe durchstreiften die Berge, aber sie hielten sich fern von ihm, während er langsam, aber stetig vorankam. Zwei Stunden lang marschierte er, machte oft Pausen, um seine Kräfte zu schonen, bis er schließlich an den Kiefern vorbeikam und den langen, gefährlichen Weg auf dem Sims oberhalb des Passes begann. Hier war der Pfad nur anderthalb Meter breit, und Schnee verbarg das Eis auf dem abschüssigen Weg. Ein falscher oder achtloser Schritt, und er würde über die Kante stürzen und auf den Felsen unten zerschmettert werden. Er blieb in einer flachen Einbuchtung stehen, die etwas windgeschützt war, und rieb sich das Gesicht, um die Durchblutung anzuregen. Wangen und Kinn waren von einem zarten rotbraunen Flaum bedeckt, der sich bald zu einem Bart auswachsen würde, aber seine Nase und die Augen schmerzten wie nach Nadelstichen in dem eisigen Wind.

Der Schneesturm umtoste ihn, und er konnte kaum mehr als ein paar Meter weit sehen. Seine Chancen, die Fremden zu finden, sanken mit jeder Sekunde. Laut fluchend, trat er in den Wind hinaus und ging weiter über den Sims.

Anduines Stimme sprach zu ihm, flüsternd tief in seinem Kopf. »Ein bißchen weiter, nach links, dort ist eine kleine Höhle. Dort sind sie.«

Er hatte sich schon längst an ihre Fähigkeiten gewöhnt. Seit er ihr – wenn auch nur kurz – das Geschenk seines Augenlichts gemacht hatte, hatten sich ihre mystischen Talente verstärkt. Sie hatte angefangen, in lebhaften Bildern und rauschenden Farben zu träumen, und oft ließ er sie seine Augen benutzen, um ein neues, seltsames Wunder zu sehen – fliegende Schwäne, einen dahineilenden Hirschen, einen jagenden Wolf, Wolken, die über den Himmel schossen.

Als er weiterging, fand er die Höhle und sah einen Mann an der hinteren Wand kauern. Neben ihm kniete eine junge Frau. Der Mann sah ihn zuerst und zeigte auf ihn – die Frau fuhr herum und zückte ein Messer.

»Steck das weg«, sagte Cormac, ging hinein und warf einen Blick auf den Mann. Er saß mit dem Rücken zur Höhlenwand, das rechte Bein vor sich ausgestreckt, der Stiefel in einem grotesken Winkel abgeknickt. Cormac sah sich um. Der Unterschlupf war unzureichend, es gab kein Holz für ein Feuer, und selbst wenn er eins entzünden konnte, würde der Wind es zu Funken zerstieben.

»Wir müssen hier weg«, sagte er.

»Ich kann nicht gehen«, antwortete der Mann. Seine Sprache war verwaschen. In seinem dunklen Bart war Eis, seine Haut war fleckig und an einzelnen Stellen dunkel. Cormac nickte.

Er bückte sich, packte die Hand des Mannes und zog ihn hoch, dann duckte er sich, so daß der Körper über seine Schultern fiel, und hob ihn hoch.

Cormac grunzte bei dem Gewicht und drehte sich langsam um. »Folge mir«, sagte er zu dem Mädchen.

»Er wird da draußen sterben«, protestierte sie.

»Hier drin wird er auch sterben«, antwortete Cormac. Er kämpfte sich zu dem Sims vor und begann den langen Weg nach Hause. Mit einer Last, die fast zuviel für ihn war, ächzten seine Halsmuskeln unter dem Gewicht des Verletzten. Aber der Schneesturm begann nachzulassen, und die Temperatur stieg ein wenig. Nach einer Stunde begann Cormac heftig zu schwitzen, und seine Sorgen wuchsen. Er konnte fühlen, wie sich das Eis bildete und die schreckliche Mattigkeit einsetzte. Er holte tief Luft und rief die junge Frau.

»Komm an meine Seite.« Das tat sie. »Und jetzt rede.«

»Ich bin zu müde ... und mir ist zu kalt.«

»Rede, verdammt noch mal! Woher kommst du?« Er taumelte weiter.

»Wir waren in Pinnata Castra, aber wir mußten dort weg. Mein Vater brach sich bei einem Sturz das Bein. Wir ... wir ...« Sie stolperte.

»Steh auf, verdammt! Soll ich hier umkommen?«

»Du Schuft!«

»Rede weiter. Wie heißt du?«

»Rhiannon.«

»Sieh dir deinen Vater an. Lebt er noch?« Cormac hoffte nicht. Er sehnte sich danach, die Last abzuladen, seine Beine brannten, sein Rücken schmerzte immer stärker.

»Ich lebe noch«, flüsterte der Mann.

Ihn wüst verfluchend, kämpfte Cormac sich weiter. Nach zwei qualvollen Stunden erreichten sie die Kiefer, dann begannen sie den langen Abstieg zum Wald. Der Schneesturm fand noch einmal frische Kräfte, und der Schnee wirbelte um sie herum, doch sobald sie im Wald waren, hörte der Wind auf.

Cormac erreichte die Hütte, als das erste Licht gerade den Himmel erhellte. Er ließ seine Last auf die Pritsche fallen, die unter seinem Gewicht ächzte.

»Das Mädchen«, sagte Anduine. »Sie ist nicht bei dir.«

Cormac war zu erschöpft zum Fluchen, als er wieder aus der Hütte hinaus in den Sturm stolperte. Er fand Rhiannon, als sie gerade über eine Schneewehe krabbelte, fort von der Hütte. Sie wehrte sich schwach, als er sie hochhob, dann sackte ihr Kopf an seine Schulter.

In der Hütte legte er sie vor dem Feuer nieder und rieb ihr Gesicht und Arme, um sie zu wärmen.

»Zieh ihr die Kleider aus«, befahl Anduine, doch Cormac fingerte vergeblich mit seinen kalten Händen an den Lederriemen, so daß sie ihm zu Hilfe kam. Er zog sich selbst aus und setzte sich, in eine warme Decke gehüllt, vor das Feuer und starrte in die Flammen.

»Geh beiseite«, bat Anduine. »Laß sie auch an der Wärme teilhaben.« Cormac drehte sich um und sah das nackte Mädchen. Sie war blond und schlank, hatte ein ovales Gesicht und ein festes Kinn, das zu kräftig war, um weiblich zu wirken. »Hilf mir«, bat Anduine, und zusammen betteten sie sie näher an das Feuer. Anduine zog die warme Decke von Cormacs Schultern und breitete sie über Rhiannon. »Jetzt müssen wir uns um den Vater kümmern.«

»Darf ich mich erst anziehen?«

Anduine lächelte. »Du warst sehr tapfer, Liebster. Ich bin so stolz auf dich.«

»Erzähl mir das morgen.«

Anduine ging zum Bett und zog die Decke von dem verletzten Bein, das unterhalb des Knies angeschwollen und purpurrot war. Als Cormac wieder angezogen war, bat sie ihn, die Knochen wieder einzurenken. Der verletzte Mann stöhnte, wachte jedoch nicht auf. Während Cormac das Bein hielt, legte Anduine ihre Hände auf beide Hälften des Bruches. Ihr Gesicht war angespannt vor Konzentration. Nach einigen Minuten begann sie zu zittern, und ihr Kopf sackte nach vorn. Cormac ließ das Bein los und ging zu ihr, um ihr aufzuhelfen.

»Der Bruch war gezackt und splitterig«, sagte sie. »Es war sehr schwer, ihn wieder zusammenzufügen. Ich glaube, es heilt jetzt, aber du mußt Schienen schnitzen, um es zu stützen.«

»Du siehst erschöpft aus. Geh wieder ins Bett – ich kümmere mich um sie.«

Sie grinste. »Und du, du bist wohl wieder völlig bei Kräften, nehme ich an?«

»Angreifer!« schrie das Mädchen auf dem Boden vor dem Feuer und richtete sich ruckartig auf. Langsam nahm sie ihre Umgebung wieder wahr, ihre Augen füllten sich mit Tränen. Anduine kniete neben ihr nieder, hielt sie fest und strich ihr übers Haar.

»Hier bist du in Sicherheit, das verspreche ich dir.«

»Niemand ist in Sicherheit«, widersprach sie. »Niemand!«

Der Wind heulte, so daß die Tür in ihren ledernen Angeln knarrte.

»Sie werden uns finden«, flüsterte Rhiannon lauter. Anduine fuhr mit der Hand über das Gesicht des Mädchens und legte sie ihr sanft auf die Stirn.

»Schlaf«, murmelte sie, und Rhiannon sank zusammen.

»Wer ist hinter ihnen her?« fragte Cormac.

»Ihre Gedanken waren durcheinander. Ich sah Männer in dunklen Tuniken mit langen Messern. Ihr Vater tötete zwei von ihnen, und sie entkamen in die Wildnis. Wir reden mit ihr, wenn sie wieder aufwacht.«

»Wir hätten sie nicht herbringen sollen.«

»Wir mußten. Sie brauchten Hilfe.«

»Vielleicht. Aber ich bin für *dich* verantwortlich, nicht für sie.«

»Wenn du so empfindest, warum hast du deine Last oben auf dem Berg nicht fallen lassen, als du glaubtest, du würdest sterben?«

Cormac zuckte die Achseln. »Das kann ich dir nicht beantworten. Aber glaub mir, wenn ich glaubte, sie wären eine Gefahr für dich, hätte ich ihnen ohne zu zögern die Kehle durchgeschnitten.«

»Ich weiß«, sagte sie traurig. »Das ist eine Seite von dir, an die ich nicht zu denken versuche.« Sie ging zum Bett zurück und sagte nichts mehr über die Fremden.

Cormac setzte sich ans Feuer. Plötzlich war er traurig, und sein Herz war schwer. Die Ankunft von Vater und Tochter hatte einen Schatten über den Berg geworfen.Die Häßlichkeit einer Welt voller Gewalt war wiedergekehrt – und mit ihr die Angst, daß man ihm Anduine nehmen könnte.

Er nahm sein Schwert in die Hand und begann die Klinge mit langen, ausholenden Strichen des Wetzsteins zu schärfen.

Anduine schlief länger als üblich, und Cormac weckte sie nicht, als er aus dem Bett schlüpfte. Das Feuer war zu glühender Asche heruntergebrannt, und er legte kleine Zweige nach, bis die Flammen wieder hochschlugen. Dann schichtete er größere Stücke auf, und Wärme breitete sich in dem Raum aus. Cormac kniete neben dem blonden Mädchen nieder. Es hatte eine gesunde Farbe, sein Atem ging gleichmäßig. Der Vater schnarchte leise, und Cormac ging zu seinem Bett hinüber und starrte auf sein Gesicht hinunter. Es war kräftig und wirkte beinahe eckig durch den dunklen Bart, der wie geölt glänzte. Die Nase war platt und durch einen schweren Bruch in der Vergangenheit schief, um die Augen und auf der Stirn verliefen Narben. Ein Blick auf den rechten Arm, der auf der Decke lag, zeigte ihm, daß auch dieser von Narben überzogen war.

Das Schnarchen erstarb, und der Mann schlug die Augen auf. In dem Blick, der sich auf den jungen Mann heftete, lag keine Spur von Schläfrigkeit.

»Wie fühlst du dich?« fragte Cormac.

»Am Leben«, antwortete der Mann, stützte sich auf seinen kräftigen Arm und richtete sich auf. Er warf die Decken zurück und betrachtete sein Bein, um das Cormac eine rohe Schiene gelegt hatte.

»Du mußt ein geschickter Arzt sein. Ich spüre keinen Schmerz. Es ist, als ob es überhaupt nicht gebrochen wäre.«

»Mute ihm noch nicht zuviel zu«, sagte Cormac. »Ich schneide dir einen Stab zurecht.«

Der Mann drehte den Kopf, um nach seiner Tochter zu sehen, die vor dem Feuer lag. Zufrieden, daß sie schlief, schien er sich zu entspannen und lächelte, wobei er abgebrochene Vorderzähne sehen ließ.

»Wir sind dir dankbar, sie und ich.« Er zog die Decken über seinen nackten Körper. »Jetzt will ich wieder schlafen.«

»Wer war hinter euch her?«

»Das geht dich nichts an«, war die leise Antwort. Die Worte wurden durch ein schiefes Lächeln gemildert.

Cormac zuckte die Achseln und wandte sich ab. Er zog rasch eine wollene Tunika, Beinkleider und Schaffellstiefel an, dann trat er ins Freie. Eiszapfen hingen vom Dachüberstand, und der schiefergraue Himmel brach auf und ließ einzelne blaue Fetzen erkennen. Eine Stunde lang schwang er die Axt und spaltete Holz für den Vorrat. Dann ging er wieder hinein, als der Duft von gebratenem Speck die Luft erfüllte.

Der Mann war angezogen und saß am Tisch, neben ihm das Mädchen, in eine Decke gewickelt. Anduine schnitt geschickt das Fleisch in Scheiben. An der Neigung ihres Kopfes, wie ihre Augen auf einen Fleck an der Wand zu starren schienen, konnte man erkennen, daß sie blind war.

Sie lächelte, als Cormac eintrat. »Ist es ein schöner Tag?«

»Er wird es sein«, sagte er, die Veränderung der Atmosphäre spürend. Der Mann war tief in Gedanken versunken, das Gesicht angespannt, die Augen auf Anduine geheftet.

Cormac setzte sich zu ihnen an den Tisch, und sie frühstückten schweigend.

»Was hast du jetzt vor, Oleg Hammerhand?« fragte Anduine, als sie ihre Mahlzeit beendet hatten.

»Wie kommt es, meine Dame, daß du meinen Namen kennst?«

»Wie kommt es, daß du meinen kennst?« konterte sie.

Oleg lehnte sich zurück. »In der ganzen Welt suchen Männer nach der Dame Anduine, der Lebensspenderin. Einige sagen, Wotan nahm sie, andere glauben, daß sie gestorben sei. Ich traf einmal einen Mann, der in der Nähe war, als ihr Vater erschlagen wurde. Er sagte, daß ein Mann, der zwar wie ein Mönch gekleidet war, jedoch zwei Schwerter schwang, sich seinen Weg durch die Angreifer bahnte und die Prinzessin rettete. Warst du dieser Mann?« fragte er mit einem Blick auf Cormac.

»Nein, ich wünschte, ich wäre es!«

Oleg wandte sich wieder Anduine zu. »Wotan hat tausend Goldstücke für jede Nachricht über deinen Verbleib ausgesetzt. Kannst du dir das vorstellen? Tausend Goldstücke! Und man hat kein Wort gehört. Keine einzige Spur.«

»Bis jetzt«, sagte Anduine.

»Ja«, gab er zu. »Aber wir werden dich nicht verraten, meine Dame – auch nicht für das Zehnfache.«

»Ich weiß. Es liegt nicht in deiner Natur, Oleg.« Anduine beugte sich zu dem Mädchen und streckte die Hand aus, doch das Mädchen zuckte zurück. »Nimm meine Hand, Rhiannon.«

»Nein«, wisperte das Mädchen.

»Nun mach schon, Kind«, befahl Oleg.

»Sie ist ein Dämon!«

»Unsinn!« brüllte Oleg.

Anduine lehnte sich zurück und zog ihre Hand fort. »Es ist schon gut, wir alle haben unsere Ängste. Wie dicht waren euch die Jäger auf den Fersen?«

»Wir haben sie in den Bergen verloren«, antwortete Oleg, »aber sie werden die Suche nicht aufgeben.«

»Sie wollen Rhiannon«, sagte Anduine. »Denn auch sie verfügt über ein Talent.«

»Woher weißt du das?« fragte Oleg. In seinen Augen stand Angst.

»Sie rief mich vom Berg her, deswegen kam Cormac.«

»Es tut mir leid, daß wir euch solche Mühe gemacht haben. Wir brechen auf, sobald mein Bein wieder heil ist.«

»Glaubt ihr, ihr könnt Wotan entkommen?«

»Ich weiß es nicht, meine Dame. Mein Leben lang war ich Krieger – ein Wolf des Meeres. Ich fürchte keinen Menschen. Und doch ... dieser Wotan ist kein Mensch. Seine Anhänger sind ihm verfallen. Sie beten ihn an – und diejenigen, die ihn weniger verehren, werden ausgerottet und erschlagen. Eine Art Wahnsinn hat die Menschen in den Nordländern erfaßt. Der Gott ist zurückgekehrt. Der finstere, graue Gott wandelt unter den Menschen. Kann man ihm entkommen? Ich fürchte, ich kann es nicht.«

»Hast du diesen Wotan gesehen?« fragte Cormac.

»Allerdings. Ich habe ihm drei Jahre lang gedient. Er ist stark, und das ist alles, was wir von einem Anführer je verlangten. Aber er ist mehr als das. Er hat Macht, in seiner Stimme und seinen Augen. Ich habe gesehen, wie sich Menschen auf seinen Befehl hin selbst die Kehle durchschnitten ... und sie taten es glücklich wegen der Ehre, ihm zu gefallen. Er ist wie starker Wein – ihm zuzuhören heißt erfüllt zu sein von einem Gefühl des Ruhms.«

»Du klingst immer noch wie ein Bewunderer«, flüsterte Anduine.

»Das bin ich auch, meine Dame. Aber ich bin ebenso ein Mensch – und ein Vater. Wotans Bräute sterben. Meine Rhiannon ist nicht für ihn bestimmt.«

»Wie seid ihr entkommen?« fragte Cormac.

»Man befahl mir, Rhiannon zu seinem Schloß in Raetien zu bringen. Ich stimmte zu, aber statt dessen bestiegen wir eine Handelstrireme nach Hispanien. Starke Winde und die Angst vor einem nachfolgenden Sturm ließen den Kapitän Schutz in der Nähe von Pinnata Castra suchen, aber die Stürme waren Wotans Werk, und seine Meuchler griffen uns vor der Burg an. Ich tötete zwei von ihnen, und wir flohen in den Schneesturm hinaus.«

»Wie viele Jäger sind es?« wollte Cormac wissen.

»Nur fünf griffen uns an, aber es werden mehr sein. Und er hat noch andere Kräfte, die ihm gehorchen, aber vor der Dame Anduine werde ich nicht davon sprechen.«

»Mach dir um mich keine Sorgen, Oleg. Ich weiß um die Dämonen, sie haben auch mich angegriffen.«

»Wie hast du dann überlebt?«

»Durch den Mut anderer. Cormac rettete mein Leben, ebenso wie der Mönch, von dem du gehört hast.«

»Dann sind die Dämonen nicht unbesiegbar?«

»Nichts ist unbesiegbar. Es gibt nichts Böses, das nicht überwunden werden kann, nicht einmal Wotan.«

»Ich würde das gerne – nur zu gerne – glauben. Aber er ist jetzt der König jenseits des Wassers, und alle

Nationen erweisen ihm die Ehre – sogar Rom schickt Geschenke mit katzbuckelnden Botschaftern.«

»Uther katzbuckelt nicht«, sagte Cormac. »Wotan muß sich dem Blutkönig erst noch stellen.«

»Das weiß ich. Man spricht überall davon, Cormac. In jeder Schänke fragen sich die Menschen, wie diese Begegnung wohl ausgeht. Es heißt, daß Uther ein magisches Schwert besitzt, das Geschenk eines Gottes – daß es einst den Himmel teilte wie einen Vorhang und daß die Menschen damals zwei Sonnen am Himmel scheinen sahen. Ich würde gern den Tag erleben, an dem er und Wotan sich einander gegenüberstehen.«

»Ich auch«, stimmte Cormac ihm zu. »Blutkönig gegen Blutgott.«

Rhiannon spannte sich, ihr Kopf fuhr mit einem Ruck hoch, sie schlug die Hände vors Gesicht.

»Was ist?« fragte Oleg und legte seinen kräftigen Arm um ihre Schulter.

»Die Jäger. Sie haben uns aufgespürt«, flüsterte sie.

In der folgenden Stille konnte Cormac spüren, wie sein Herz heftig in seiner Brust klopfte. Angst stieg ihm wie Galle in die Kehle, seine Hände zitterten. Sein Leben lang war er den Launen anderer preisgegeben gewesen, gepeitscht und geprügelt, ohne daß man ihm Gelegenheit gegeben hätte, sich zu behaupten und die Tugend des Stolzes zu erwerben; keine Zeit, die Kraft des Widerstandes in sich aufzunehmen. Bei Culain hatte ihn sein Zorn genährt, aber jetzt, als der Feind näher rückte, kroch ihm eine entsetzliche Verzweiflung über die Haut und streckte ihn nieder.

Anduine kam um den Tisch und stellte sich neben ihn. Ihre weiche Hand berührte seinen Nacken, ihre Finger vertrieben die verspannten Knoten in seinen Schultern. Ihre Stimme flüsterte in seinem Kopf.

»Ich liebe dich, Cormac.« Die Tiefe ihres Gefühls wärmte ihn wie ein Feuer im Winter, die Eiseskälte seiner Panik floh davor.

»Wie viele sind es?« fragte er laut.

»Drei«, flüsterte Rhiannon.

»Wie nah sind sie?«

»Sie sind auf dem Hang, der nach Süden weist und nähern sich der Hütte«, antwortete das Mädchen.

»Und ich habe kein Schwert!« donnerte Oleg und hieb krachend seine Faust auf den Tisch.

»Aber ich«, sagte Cormac leise. Er stand auf, nahm Anduines Hand und küßte die Innenfläche, dann ging er zur Feuerstelle, wo Culains Schwert an der Wand lehnte.

»Ich komme mit dir«, sagte Oleg, nahm ein Tranchiermesser vom Tisch und erhob sich.

»Nein«, widersprach Cormac. »Warte – und kümmere dich um die, die hinterher noch am Leben sind.«

»Du kannst nicht drei Männer besiegen.«

Cormac ignorierte ihn und trat in den kalten Sonnenschein hinaus. Rasch ging er zum Holzhackplatz, legte sein Schwert daneben und nahm die Axt. Die sechs Pfund schwere Klinge hämmerte er in ein Stück Holz und spaltete es ordentlich. Er nahm das nächste Stück und arbeitete weiter. Nach ein paar Minuten hörte er, wie sich die Jäger im Hof bewegten, und drehte sich um. Wie Rhiannon gesagt hatte, waren es drei Männer, groß und bärtig, das Haar unter den Bronzehelmen zu Zöpfen geflochten. Jeder hatte einen Schaffellmantel an, und der Anführer trug einen runden, mit Bronze eingefaßten hölzernen Schild sowie ein Langschwert.

»Sucht ihr Unterkunft?« fragte Cormac und ließ die Axt sinken.

»Bist du allein?« erwiderte der Anführer. Seine Stimme war kehlig, die Augen so kalt wie der Schnee ringsum.

»Ihr seid Wanderer«, sagte Cormac. »Habt ihr euch verirrt?«

Zwei der Männer gingen zur Hütte, und Cormac nahm sein Schwert auf und wischte den Schnee von der Klinge. »Unterkunft kostet euch aber etwas«, rief er. Sie blieben stehen und sahen den Krieger mit dem Schild an.

»Gutes Schwert«, sagte er. »Sehr gut.« Er wandte sich an die anderen und sprach zu ihnen in einer Sprache, die Cormac noch nie gehört hatte. Die Männer kicherten. »Mir gefällt das Schwert«, sagte er, wieder an Cormac gewandt.

»Du hast ein gutes Auge. Also, wollt ihr für eure Unterkunft bezahlen – oder weiterziehen?«

»Glaubst du, ich bezahle etwas dafür, in diesen Viehstall zu gehen?«

»Du gehst überhaupt nicht hinein, wenn du nicht bezahlst.«

»Mach mich nicht wütend, Bursche. Mir ist kalt, und ich bin weit gewandert. Hast du eine Frau da drin?«

»Das kostet extra.«

Der Krieger grinste. »In diesem verfluchten Land ist wohl alles für Geld zu haben?«

»Ja«, antwortete Cormac.

»Nun, ich will keine Frau. Ich will eine warme Mahlzeit und Informationen.«

»Die nächste Siedlung heißt Deicester. Ihr müßt bergab und euch dann nach Osten über die Wildpfade halten. Morgen bei Tagesanbruch solltet ihr dort sein. Außerdem gibt es noch Pinnata Castra.«

»Wir suchen einen Mann und ein Mädchen – und dafür *werden* wir Geld bezahlen.«

»Warum sucht ihr hier? Auf diesem Berg gibt es niemanden außer meiner Frau und mir.«

»In diesem Fall habe ich keine Verwendung für dich.« Während er sich an seine Kameraden wandte und leise auf sie einsprach, flüsterte Anduines Stimme in Cormacs Kopf.

»Er befiehlt seinen Männern, dich zu töten.«

Cormac holte tief Luft und schlenderte lächelnd zu ihnen hinüber. »An einem Ort solltet ihr vielleicht noch suchen«, sagte er, und die drei Männer entspannten sich.

»Wo?« fragte der Anführer.

»In der Hölle«, antwortete er, noch immer lächelnd.

Plötzlich fuhr Cormacs Schwert hoch und drang dem nächststehenden Mann in den Nacken. Blut spritzte in die Luft. Der zweite versuchte verzweifelt, sein Schwert zu ziehen, doch Cormac zog seine Klinge zurück, packte sie beidhändig und trieb sie dem Mann durch das Schulterblatt tief in die Brust. Der Anführer sprang zurück, schleuderte seinen Schild beiseite und nahm sein Langschwert in beide Hände.

Cormac unternahm einen raschen Angriff, doch der Wikinger blockte mühelos ab und ritzte mit einer brutalen Riposte den Hals des jungen Mannes.

»Jedes Schwert ist nur so gut wie der Mann, der es benutzt«, sagte der Krieger, während die beiden einander umkreisten. Cormac griff erneut an, hieb wütend um sich, doch der Wikinger wehrte ab und griff seinerseits an – diesmal durchdrang seine Klinge die Hirschledertunika und schlitzte Cormac die Brust auf. Cormac wich zurück, schluckte mühsam seinen Zorn hinunter und machte seinen Kopf frei. Der Wikinger kämpfte gekonnt, war schlachterprobt und selbstbewußt. Er beobachtete, wie Cormac sich zurückzog, lächelte finster und griff dann mit verblüffender Schnelligkeit an. Sein Schwert sauste auf Cormacs Schädel hinab. Cormac wehrte den Hieb ab, wirbelte auf dem Absatz herum, rammte dem Mann seinen Ellbogen an den Kopf und schickte ihn so zu Boden. Dann stürzte er sich auf ihn, um ihm den Todesstoß zu versetzen, rutschte jedoch auf dem Eis aus.

Der Wikinger rollte sich auf die Füße. »Ein guter Trick. Den werde ich mir merken.« Blut rann aus einem Schnitt in seiner Wange.

Die beiden Krieger umkreisten einander weiter, und dreimal griff der Wikinger an, doch jedesmal konterte Cormac geschickt. Dann machte Cormac einen Vorstoß, doch der Wikinger ließ sein Schwert erst zur Abwehr hinunterzucken, dann drehte er es mit einer Handbewegung. Cormacs Klinge entfiel seinem Griff.

»Auch das ist ein guter Trick«, sagte der Wikinger und ging auf den wehrlosen Jungen zu. »Aber du wirst ihn dir leider nicht mehr merken können!« Cormac warf sich nach links, rollte sich herum und kam bei dem Hackklotz wieder auf die Füße. Er riß die Axt heraus und stellte sich dem Wikinger erneut. Der Mann grinste und ging zurück zu der Stelle, an der Cormacs Schwert im Schnee lag. Er bückte sich, hob es auf und prüfte sein Gleichgewicht. Er steckte sein eigenes Schwert in die Scheide und wandte sich Cormac zu.

»Von deiner eigenen Klinge getötet zu werden ... keine gute Art zu sterben. Die Götter werden dich in alle Ewigkeit verspotten.«

Cormacs Augen verengten sich, seine Wut kehrte zurück, doch er unterdrückte sie gewaltsam. Er wog die Axt, holte zu einem mörderischen Bogen aus, und der Wikinger machte einen Satz nach hinten. Doch auf halbem Wege seines Schwunges ließ Cormac den Stiel los, die Axt flog aus seinen Händen und der sechspfündige Kopf bohrte sich in das Gesicht des Wikingers. Der Mann taumelte zurück und ließ das Schwert fallen. Cormac sprang vor, packte das Schwert und stieß es dem Wikinger in die Brust. Der Mann starb ohne einen Laut. Cormac zog sein Schwert heraus, wischte das Blut ab und ging in die Hütte zurück.

»Das war gute Arbeit«, sagte Oleg. »Aber du mußt an deinem Griff arbeiten, du hältst das Schwert zu fest.«

Cormac lächelte. »Beim nächstenmal denke ich daran.«

»Das nächstemal wird es einfacher sein, mein Freund.«

»Wieso?«

»Das nächstemal wird Hammerhand dir zur Seite stehen. Und dann wirst du etwas lernen.«

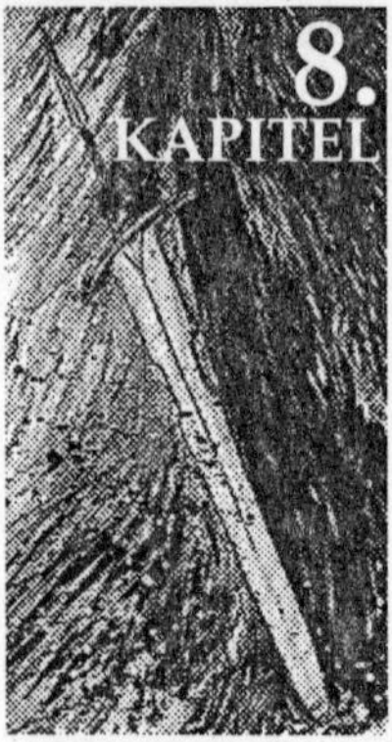

8. KAPITEL

Nach vielen Wochen des Reisens kam Culain lach Feragh an dem zerfallenen Steinkreis von Sorviodunum an. Bei Tagesanbruch ging er unter einem strahlenden Himmel zum Mittelaltar und legte seinen Silberstab darauf. Die Sonne stieg und badete die Monolithen in goldenem Licht, der Stab schimmerte wie eingefangenes Feuer.

Culain schloß die Augen und flüsterte drei Worte der Macht. Ringsum knisterte die Luft, blaues Feuer lief über seinen Umhang und die Tunika. Dann verdunkelte sich der Himmel, und eine Leere packte ihn – eine große, alles verschlingende Schwärze, die seine Seele verschluckte.

Als er erwachte, war ihm übel, er fühlte sich benommen.

»Du bist ein Narr, Culain«, sagte eine Stimme, und er wandte den Kopf. Sein Blick verschwamm, sein Magen revoltierte. »Niemand sollte versuchen, das Tor ohne einen Stein zu passieren.«

»Immer noch der alte Prediger, was, Pendarric?« grollte er und setzte sich mühsam auf. Er lag auf einem weichen Bett, das mit Seidenlaken bedeckt war. Die Sonne strahlte von einem violetten Himmel durch das Bogenfenster. Sein Blick klärte sich, und er betrachtete die breitschultrige Gestalt, die am Bett saß.

»Heutzutage predige ich nur noch selten«, sagte der König von Atlantis. Ein breites Grinsen teilte den eckig geschnittenen goldenen Bart. »Meine abenteuerlustigeren Untertanen haben verschiedene Beschäftigungen jenseits des Nebels gefunden, und diejenigen, die bleiben, interessieren sich mehr für Gelehrsamkeit.«

»Ich bin gekommen, um dich um Hilfe zu bitten.«

»Das habe ich nicht bezweifelt«, sagte der König.

»Wann wirst du mit diesen Spielchen in der alten Welt aufhören?«

»Es ist kein Spiel – nicht für mich.«

»Das zumindest ist eine willkommene Neuigkeit. Wie geht es dem Jungen?«

»Jungen? Welchem Jungen?«

»Uther, dem Jungen mit dem Schwert.«

Culain lächelte. »Der Junge hat inzwischen graue Fäden im Bart. Man nennt ihn den Blutkönig, aber er regiert weise.«

»Das hatte ich mir gedacht. Und das Kind, Laitha?«

»Verhöhnst du mich, Pendarric?«

Das Gesicht des Königs wurde streng, die blauen Augen blickten kalt. »Ich verhöhne niemanden, Culain – nicht einmal tollkühne Abenteurer wie dich und Maedhlyn, die eine ganze Welt in Trümmer gelegt haben. Welches Recht hätte ich zu höhnen? Ich bin der König, der Atlantis ertränkte. Ich vergesse meine Vergangenheit nicht, und ich verurteile niemanden. Warum fragst du?«

»Du hast die alte Welt nicht beobachtet?«

»Warum sollte ich? Goroien war die letzte Gefahr, und du hast die Welt von ihr und ihrem untoten Sohn befreit. Ich zweifle nicht daran, daß Maedhlyn sich immer noch in die Angelegenheiten von Königen und Prinzen einmischt, aber es ist unwahrscheinlich, daß er die Welt zerstört. Und du? Bei aller Tollkühnheit bist du ein Mann der Ehre.«

»Molech ist zurückgekehrt«, sagte Culain.

»Unsinn! Du hast ihn in Babel geköpft – sein Körper wurde vom Feuer verzehrt.«

»Und dennoch ist er zurück.«

»Ist Maedhlyn ebenfalls deiner Meinung?«

»Ich habe Maedhlyn seit sechzehn Jahren nicht gesehen. Aber glaube mir, der Teufel ist zurückgekehrt.«

»Laß uns ein bißchen durch den Garten gehen – wenn du dich kräftig genug fühlst. Manche Dinge müssen in hellem Sonnenschein besprochen werden.«

Culain wälzte sich vom Bett, doch Schwindel überfiel ihn. Er holte tief Luft und hielt sich aufrecht.

»Du wirst noch einen Tag lang ziemlich schwach sein. Dein Körper ist durch die Reise sehr mitgenommen, und du warst fast tot, als du ankamst.«

»Ich dachte, in der Lanze wäre noch genügend Kraft.«

»Vielleicht – für einen jüngeren Mann. Wie kommt es, Culain, daß du darauf beharrst, alt zu werden? Welche Tugend liegt im Sterben?«

»Ich möchte ein Mensch sein, Pendarric: den Lauf der Jahreszeiten erleben, mich selbst als Teil des Lebens auf der Welt empfinden. Ich habe genug von der Unsterblichkeit gehabt. Wie du sagtest, ich habe dazu beigetragen, eine Welt zu ruinieren. Götter, Göttinnen, Dämonen, Legenden – alle tragen bei zu einer Zukunft mit Gewalt und Zwietracht. Ich möchte alt werden, ich möchte sterben.«

»Das letzte wenigstens stimmt«, sagte der König. Er führte Culain zu einer Nebentür und dann durch einen kurzen Flur in einen terrassenförmig angelegten Garten. Ein junger Mann brachte ihnen ein Tablett mit Wein und Obst, und der König setzte sich auf eine geschnitzte Bank neben einem Rosenbeet. Culain ließ sich neben ihm nieder.

»Nun gut, erzähl mir von Molech.«

Culain erzählte ihm von der Vision im Kloster, und von dem Blitz, der ihm die Hand versengte. Er sprach ausführlich über den erstaunlichen Aufstieg zur Macht des Königs Wotan, und von seinen Eroberungen in Belgica, Raetien, Pannonien und Gallien. Schließlich lehnte sich Culain zurück, nippte an seinem Wein und starrte über den Garten hinaus auf die grünen Hügel vor der Stadt.

»Du hast nichts von Uther gesagt – oder seiner Dame«, sagte Pendarric.

Culain holte tief Luft. »Ich verriet ihn. Ich wurde der Liebhaber seiner Frau.«

»Hat er sie getötet?«

»Nein. Er wollte es, aber wir entkamen nach Gallien, wo sie starb.«

»Oh, Culain … von allen Männern, die ich je kannte, bist du der letzte, von dem ich erwartet hätte, daß er einen Freund verrät.«

»Ich habe keine Entschuldigung.«

»Das will ich auch nicht hoffen. Also, Molech ist zurückgekehrt. Was verlangst du von mir?«

»Wie zuvor – eine Armee, um ihn zu vernichten.«

»Ich habe keine Armee, Culain. Und wenn ich sie hätte, würde ich einen Krieg nicht billigen.«

»Du weißt natürlich, daß er dich töten will? Daß er Britannien angreifen und das Große Tor bei Sorviodunum benutzen will, um bei den Feragh einzumarschieren?«

»Natürlich weiß ich das«, fuhr der König auf. »Aber es gibt nichts mehr zu sagen, was den Krieg anbetrifft. Was willst du tun?«

»Ich werde ihn finden – und … gegen ihn kämpfen.«

»Zu welchem Zweck? Der alte Culain hätte ihn besiegen können … hat ihn besiegt. Aber du bist nicht mehr der alte Culain. Was bist du jetzt, nach menschlichen Begriffen – vierzig, fünfzig?«

»Etwas mehr«, kam die vorsichtige Antwort.

»Dann laß ihn, Culain, und geh in dein Kloster zurück. Studiere die Mysterien. Koste deine Tage aus – und deine Jahreszeiten.«

»Ich kann nicht«, sagte Culain schlicht.

Eine Zeitlang saßen die beiden Männer schweigend beisammen, dann legte Pendarric Culain eine Hand auf die Schulter. »Wir werden keine Gelegenheit mehr zum Reden haben, mein Freund, also laß mich dir dies sagen: Ich respektiere dich, das habe ich immer schon. Du bist ein verdienstvoller Mann. Ich habe nie erlebt, daß du einem anderen die Schuld an deinen eigenen Fehlern gibst oder daß du dein Schicksal verfluchst oder die QUELLE für dein Unglück. Das ist selten…

und ein wertvoller Charakterzug. Ich hoffe, du findest deinen Frieden, Culain.«

»Frieden … Tod … vielleicht ist es dasselbe«, flüsterte Culain.

Uther erwachte in der Nacht, seine Hand schlug in die Luft, der Alptraum hielt ihn in den schweißnassen Laken gefangen. Er warf die Decken zurück und rollte sich aus dem Bett. In seinen Träumen hatten sich dunkle Löcher in den Mauern der Burg aufgetan, hatten Ungeheuer mit gekrümmten Krallen und speicheltriefenden Fangzähnen ausgespieen, die nach Tod und Verzweiflung stanken. Er holte tief Luft und ging zum Fenster. Die Brustwehr war menschenleer.

Der Nachtwind wisperte an den Burgmauern entlang, und für einen Augenblick vermeinte er, seinen Namen leise zischend im Wind zu hören. Er schauderte. Ruhig bleiben, Uther!

Dann ertönte es wieder, so leise, daß er die Augen schloß und den Kopf zum Fenster neigte. Da war es…

»Uther … Uther … Uther …«

Er schob es als Täuschung der Nacht von sich und ging wieder ins Bett. Als er noch einmal zum Fenster schaute, sah er dort eine flackernde Gestalt schweben.

In dem Augenblick, in dem er sie als Mensch identifizierte, reagierte Uther. Seine Hand flog zum Schwert, das in seiner Scheide neben dem Bett lehnte, und die Klinge zuckte empor. Er sprang zum Fenster – und erstarrte. Obwohl die Gestalt noch da war, war sie völlig durchsichtig und hing wie geformter Rauch vor dem Mondschein.

»Sie kommen«, flüsterte die Gestalt …

Und verschwand.

Verwirrt und verunsichert, warf Uther das Schwert aufs Bett und ging zum Tisch an der Wand, auf dem ein Krug mit Wein und mehrere Becher standen. Als er nach dem Krug griff, taumelte er, in seinem Kopf drehte sich alles. Er fiel auf die Knie, und erst dann sah er den Nebel, der den Boden des Zimmers bedeckte. Seine Sinne verschwammen, aber mit einer verzweifelten Anstrengung kam er wieder auf die Füße und taumelte kraftlos in Richtung seines Bettes. Seine Hand tastete nach dem Schwertgriff und schloß sich darum, als die Dunkelheit ihn gerade völlig einzuschließen drohte. Das Schwert der Macht flammte auf wie ein Fanal, und der Nebel entfloh, schlängelte sich zurück zur Wand und unter der Tür hindurch. Nackt riß der König die Tür auf und trat hinaus auf den Gang, wo Gwalchmai auf einer schmalen Pritsche schlief.

»Wach auf, mein Freund«, sagte der König und rüttelte den Schlafenden an der Schulter. Keine Reaktion. Er schüttelte ihn fester. Nichts.

Angst befiel den König, und er ging langsam die Wendeltreppe zum Hof hinunter. Vier Wächter lagen auf dem Pflaster, ihre Waffen neben sich.

»Gütiger Jesus!« flüsterte Uther. »Der Traum!«

Eine Bewegung links von ihm. Er fuhr herum, das Schwert zerschnitt die Luft. Die geisterhafte Gestalt schwebte wieder neben ihm – das Gesicht verborgen, die Gestalt verschwommen und undeutlich.

»Das Schwert«, flüsterte sie. »Er will das Schwert.«

»Wer bist du?«

Plötzlich schoß eine feurige Hand aus dem Boden und ergriff die Gestalt, und die Hitze riß den König von den Füßen. Er landete auf der Schulter und rollte sich ab. Dunkle Schatten breiteten sich auf den Mauern aus, schwarz wie Höhlen, die sich öffneten…

Uther lief zu einem der Wachposten und zog ihm sein Schwert aus der Scheide. Dann berührte er es mit seiner eigenen Klinge, und schloß die Augen vor Konzentration. Feuerzungen leckten über die Klingen, als der König taumelte und hinuntersah: in seinen Händen lagen zwei Schwerter der Macht, Zwillinge aus schimmerndem silbernem Stahl.

Die dunklen Höhlungen öffneten sich noch weiter,

und das erste der Ungeheuer drängte sich hindurch. Uther schwang die echte Klinge und schleuderte sie hoch in die Luft. Ein Blitz zuckte über den Himmel … und das Schwert Cunobelins verschwand.

Das Ungeheuer brüllte und gelangte in den Hof, das furchtbare Maul zu einem bestialischen Knurren geöffnet. Andere drängten ihm nach und bildeten einen Kreis um den nackten König. Männer in dunklen Umhängen kamen hinter ihnen, graue Klingen in den Händen.

»Das Schwert«, rief einer von ihnen. »Gib uns das Schwert.«

»Kommt und holt es euch«, gab Uther zurück.

Der Mann machte eine Geste, und eine der Kreaturen stürmte los. Sie war gut über zwei Meter groß und mit einer schwarzen Axt bewaffnet, ihre Augen waren blutrot, die Fangzähne lang und gelb. Die meisten Menschen wären vor Angst wie erstarrt gewesen, doch Uther war nicht wie die meisten Menschen.

Er war der Blutkönig.

Er sprang in den Angriff hinein, duckte sich unter der schwingenden Axt. Dann drang sein Schwert in den Schuppenbauch der Kreatur. Ein entsetzlicher Schrei zerriß die Stille der Nacht, und die anderen Unwesen heulten vor Wut und drängten heran, doch der Mann im dunklen Umhang befahl sie zurück.

»Tötet ihn nicht!« schrie er, und Uther trat zurück und wunderte sich über diese Meinungsänderung. Dann warf er einen Blick auf sein Schwert und sah, daß das Blut des Ungeheuers die Klinge befleckt hatte … und damit die Illusion beendet hatte. Jetzt war sie wieder nur ein schlichter eiserner Gladius mit dem hölzernen Griff, um den geöltes Leder gewickelt war.

»Wo ist das Schwert?« verlangte der Anführer zu wissen. Seine Augen verrieten seine Angst.

»Dort, wo dein Meister es nicht in die Hände bekommt«, sagte Uther mit einem finsteren Lächeln.

»Verdammter Hund!« schrie der Mann. Er warf seinen Umhang ab und hob sein grau schimmerndes Schwert. Die anderen folgten seinem Beispiel. Es waren mehr als ein Dutzend, und Uther war fest entschlossen, möglichst viele auf seine Reise in die Hölle mitzunehmen. Sie schwärmten aus ... dann stürmten sie voran. Uther griff an, wischte einen wilden Stoß beiseite und durchstach mit seinem Gladius das Herz eines der Männer. Eine kalte Klinge drang in seinen Rücken, er zog seinen Gladius heraus und wirbelte herum, stieß seine Klinge einem Krieger in den Hals. Noch zwei weitere Klingen drangen in ihn und füllten seine Brust mit eisigem Schmerz, doch noch im Fallen zuckte sein Schwert auf und riß einem Mann das Gesicht auf. Dann durchströmte ihn Taubheit, und der Tod legte einen Knochenfinger auf seine Seele. Er fühlte, wie er aufwärts schwebte und öffnete die Augen.

»Jetzt gehörst du uns«, zischte der Anführer, und seine kalten grauen Augen glänzten triumphierend. Uther warf einen Blick hinunter auf den Körper, der vor den Füßen des Mannes lag: es war sein eigener, und er wies keine Schramme auf. Er sah zu, wie seine Angreifer ihre Klingen aufhoben, sah, wie die Schwerter wirbelten und sich auflösten wie Nebel in der Morgensonne.

»Jetzt wirst du lernen, was wirkliche Qualen sind«, sagte der Anführer. Während er sprach, erschien die riesige Feuerhand, umfing die Seele des Königs und verschwand in der Dunkelheit. Die Ungeheuer und Männer ließen den Körper, wo er lag, und kehrten zurück in die Schatten, die sich hinter ihnen schlossen und wieder zu den grauen Steinen einer schweigenden Festung wurden.

Galead, der blonde Ritter, der einst Ursus, Prinz aus dem Hause der Merowinger, gewesen war, erwachte in der Kühle der frühen Morgenstunden. Der Raum war kalt, das Bett leer. Er setzte sich schaudernd auf und fragte sich, ob es der kühle Wind war, der ihm eine Gänsehaut verursachte, oder die Erinnerung an diese eisblauen Augen...

Drei Wochen lang hatte man die Gesandtschaft in Lugdunum warten lassen, ihr immer wieder versichert, daß der König sie bei nächstmöglicher Gelegenheit empfangen würde. Victorinus hatte die Verzögerungen mit römischem Gleichmut hingenommen, ohne jemals öffentlich seine wachsende Ungeduld zu zeigen. Die Botschaften Wotans waren von einem jungen Sachsen namens Agwain überbracht worden, einem hochgewachsenen Krieger mit blonden Haaren und herablassendem Benehmen.

Agwain auszuwählen war eine kalkulierte Beleidigung, denn der Krieger stammte aus Südsachsen, Uthers Reich, und das machte ihn in Victorinus' Augen zu einem Verräter

Aber der Römer nutzte seine erzwungene Müßigkeit gut, durchstreifte die Stadt mit Galead, lauschte dem Gerede in den Tavernen, beobachtete die verschiedenen Regimenter der gotischen Krieger bei Manövern und sammelte Informationen, die Uther in dem nun unausweichlichen Krieg nützlich sein konnten.

Auf ihrer Reise von der Küste hierher hatten sie die massigen Triremen im Bau gesehen und die Barken, die eine Armee an der Südküste an Land setzen konnten, um dort von Sachsen und Jüten verstärkt zu werden, die schon lange den Sturz des Blutkönigs herbeisehnten.

Am zweiundzwanzigsten Tag ihres Wartens kam Agwain eine Stunde nach Tagesanbruch mit der Vorladung von Wotan. Victorinus dankte ihm höflich und zog eine schlichte weiße Toga an. Galead trug die Lederbrustplatte, Beinkleider und Beinschienen eines Befehlshabers der Cohors Equitana, an der Seite einen Gladius, doch darüber trug er das kurze weiße Hemd eines Herolds, mit einem aufgestickten, einfachen roten Kreuz über dem Herzen.

Die beiden Männer wurden zum Hauptpalast gebracht in eine langgestreckte Halle, die mit Lanzen gesäumt war, auf denen abgeschlagene Köpfe steckten. Galead warf einen Blick auf die verwesenden Schädel und unterdrückte seinen Zorn, als er einen davon als Merowech, den ehemaligen König der Merowinger, erkannte. Er schluckte schwer und marschierte langsam hinter Victorinus her zu dem erhöhten Thron, auf dem der neue Gottkönig saß. Flankiert von Wächtern in silberner Rüstung saß Wotan dort und beobachtete die beiden Männer. Seine Augen waren auf den weißgekleideten Victorinus gerichtet.

Als er die Empore erreicht hatte, machte Victorinus eine tiefe Verbeugung.

»Eure Majestät, ich überbringe Grüße von Eurem Bruder jenseits des Wassers.«

»Ich habe keine Brüder«, sagte Wotan. Seine Stimme war voll und klingend. Galead sah ihn an, eingeschüchtert von der Kraft, die der Mann ausstrahlte. Das gutaussehende Gesicht wurde von einem goldenen Bart eingerahmt, die Schultern waren breit, die Arme dick und kräftig. Er trug die gleiche silberne Rüstung wie seine Wachen und einen schwarzen Umhang.

»Mein König«, sagte Victorinus glattzüngig, »sendet Euch ein Geschenk zur Feier Eurer Krönung.« Er drehte sich um, und zwei Soldaten trugen einen viereckigen Kasten aus poliertem Ebenholz herbei. Sie knieten vor dem König nieder und öffneten ihn. Er beugte sich vor und nahm den silbernen Helm heraus. Ein goldener Reif schmückte den Rand, silberne Rabenflügel waren als Schutz für die Ohren an den Seiten befestigt.

»Ein hübsches Stück«, sagte Wotan und warf es einem Wächter zu, der es neben den Thron auf den Fußboden legte. »Und jetzt zu den wichtigen Dingen. Ich habe euch drei Wochen gegeben, um Wotans Macht zu sehen. Du hast deine Zeit gut genutzt, Victorinus, wie es sich für einen Soldaten von deinem Rang und deiner Erfahrung schickt. Jetzt geh zurück nach Britannien und sag denen, die dort die Macht haben, daß ich zu ihnen kommen werde, mit meinen eigenen Geschenken.«

»Mein Herr Uther ...«, begann Victorinus.

»Uther ist tot«, sagte Wotan, »und ihr braucht einen König. Da er keinen Erben hat, und da meine sächsischen Verbündeten sich an mich gewandt haben mit der Bitte um Unterstützung gegen eure römische Tyrannei, habe ich beschlossen, ihre Einladung anzunehmen und nach Britannien zu reisen, um ihre Klagen über Ungerechtigkeiten zu prüfen.«

»Und werdet Ihr mit Eurer Armee reisen, Herr?« fragte Victorinus.

»Glaubst du, daß ich sie brauchen werde, Victorinus?«

»Das, Herr, wird vom König abhängen.«

»Du bezweifelst meine Worte?« fragte Wotan, und Galead sah, wie die Wachen sich anspannten, wie ihre Hände zu ihren Schwertern glitten.

»Nein, Majestät. Ich möchte nur – mit allem Respekt – darauf hinweisen, daß Britannien einen König hat. Wenn einer stirbt, kommt der nächste.«

»Ich habe ein Ersuch beim Stellvertreter Christi in Rom eingereicht«, sagte Wotan, »und ich habe hier ein versiegeltes Pergament von ihm, in dem er mir das Königreich Britannien verleiht, sollte ich mich entscheiden, es anzunehmen.«

»Man könnte einwenden, daß Rom keine Souveränität mehr über die Angelegenheiten des Westens ausübt«, erwiderte Victorinus, »aber darüber sollen andere debattieren. Ich bin nur ein Soldat.«

»Deine Bescheidenheit ehrt dich, aber du bist weit mehr als das. Ich möchte gern, daß du mir dienst, Victorinus. Begabte Männer sind schwer zu finden.«

Victorinus verbeugte sich. »Ich danke Euch für das Kompliment. Und jetzt, mit Eurer Erlaubnis, müssen wir uns für die Heimreise rüsten.«

»Selbstverständlich«, sagte Wotan und stand auf.

»Aber zuerst stell mir deinen jungen Begleiter vor, er interessiert mich.«

»Mein König, dies ist Galead, ein Ritter Uthers.« Galead verbeugte sich, und der König trat von der Empore und stellte sich vor ihn. Galead schluckte und blickte in die eisblauen Augen.

»Und was ist deine Ansicht, Ritter Uthers?«

»Ich habe keine Ansicht, Majestät, nur ein Schwert. Und wenn mein König mir befiehlt, es zu benutzen, so tue ich es.«

»Und wenn ich dein König wäre?«

»Fragt mich das noch einmal, Majestät, wenn dieser Tag anbricht.«

»Er wird anbrechen, Galead. Wenn der Frühling kommt, wird er anbrechen. Sag mir«, sagte er, lächelte und zeigte auf die abgeschlagenen Köpfe, »wie findest du meinen Zimmerschmuck?«

»Ich finde, er wird die Fliegen anziehen, Majestät, wenn der Frühling kommt.«

»Du hast einen von ihnen erkannt, glaube ich?«

Galead blinzelte. »Allerdings, Majestät, und Eure Beobachtungsgabe ist sehr gut.« Er deutete auf den vermodernden Kopf Merowechs. »Ich sah ihn einmal – als mein Vater Gallien besuchte. Er ist der ... ehemalige ... König.«

»Er hätte mir dienen können. Ich finde es seltsam, daß ein Mann es vorzieht, schmerzvoll aus diesem Leben zu scheiden, als es in Reichtum und Vergnügen zu genießen. Und wofür? Alle Menschen dienen anderen ... selbst Könige. Sag mir, Galead, worin liegt der Sinn, gegen das Unausweichliche anzukämpfen?«

»Mir hat man immer gesagt, Majestät, daß das einzig Unausweichliche der Tod ist, und wir tun täglich unser bestes, um ihm zu trotzen.«

»Selbst der Tod ist nicht unausweichlich für die, die mir gut dienen – und er ist auch keine Befreiung für jene, die sich mir in den Weg stellen. Stimmt das nicht, Merowech?«

Der verfaulende Kopf schien auf der Lanze zusammenzusacken, der Mund öffnete sich zu einem lautlosen Schrei. »Siehst du«, sagte Wotan leise, »der ehemalige König gibt mir recht. Sag mir, Galead, wünschst du dir mich als Feind?«

»Herr, für einen Soldaten gestaltet sich das Leben selten nach seinen Wünschen. Wie Ihr so richtig sagtet, jeder Mensch unterliegt dem Willen eines anderen. Ich für mein Teil würde es vorziehen, gar keine Feinde zu haben, aber das Leben ist so einfach nicht.«

»Gut gesprochen, Soldat«, antwortete der König, machte kehrt und schritt zurück zum Thron.

Die beiden Männer gingen rückwärts durch die Halle, drehten sich dann um und gingen schweigend wieder in ihre Unterkunft. Dort sank Victorinus in einen breiten Sessel und stützte den Kopf in die Hände.

»Vielleicht stimmt es nicht«, meinte Galead.

»Er hat nicht gelogen, das ergäbe keinen Sinn. Uther ist tot. Britannien ist tot.«

»Glaubst du, Wotan wird König werden?«

»Wie sollten wir ihn aufhalten? Besser er wird gewählt, und es gibt möglichst wenig Blutvergießen.«

»Und du wirst diesen Weg vorschlagen?«

»Hast du eine bessere Idee?«

Als der jüngere Mann gerade zu einer Antwort ansetzte, sah er, wie Victorinus' Hand sich bewegte, die Finger sich spreizten und dann rasch zu einer Faust schlossen. Es war das Zeichen der Späher für Schweigen in Gegenwart des Feindes.

»Nein, ich glaube, du hast recht«, sagte er.

Jetzt, im hellen Licht des neuen Morgens, stand Galead auf und ging nackt zu dem Bach hinter ihrem Quartier. Dort badete er im kühlen Wasser, das von den schneebedeckten Bergen hinunter in die Täler floß. Erfrischt kehrte er in sein Zimmer zurück und zog sich für die vor ihnen liegende Reise an. Ihre Gruppe umfaßte zwölf Männer, und sie trafen sich zum Frühstück im Speiseraum des Gasthauses. Victorinus, wieder als Befehlshaber in bronzene Brustplatte und bronzebeschlagenen Lederkilt gekleidet, blieb schweigsam. Die Nachricht von Uthers Tod war zu allen Kriegern durchgedrungen und drückte auf ihre Stimmung.

Ein junger Stallbursche trat ein und informierte Victorinus, daß die Pferde bereit waren, und die Gruppe ging zu den Tieren und verließ die Stadt, als die Sonne endlich über die Berggipfel stieg. Victorinus winkte Galead nach vorn, und der blonde junge Krieger trabte an die Seite des Veteranen.

Die beiden ritten der übrigen Gruppe außer Hörweite voraus, dann zügelte Victorinus sein Pferd und wandte sich an den jungen Merowinger.

»Ich möchte, daß du nach Belgica aufbrichst und von dort ein Schiff nimmst.«

»Weshalb?«

Victorinus seufzte. »Gebrauche deinen Verstand, junger Prinz. Wotan hat sich möglicherweise von meinen Worten täuschen lassen und von der Aura der Niederlage, die ich verbreitet habe. Möglicherweise aber auch nicht. An seiner Stelle würde ich dafür sorgen, daß Victorinus die Küste nicht lebend erreicht.«

»Um so mehr Grund, zusammenzubleiben«, sagte Galead.

»Glaubst du, ein einzelnes Schwert macht da einen Unterschied?« fauchte der alte General ihn an.

»Nein«, gab Galead zu.

»Tut mir leid, mein Junge. Ich werde reizbar, wenn man versucht, mich umzubringen. Wenn du Britannien erreichst, suche Prasamaccus – er ist ein schlauer alter Fuchs – und Gwalchmai. Beide sind kluge Ratgeber. Ich weiß nicht, wer die Führung bei deiner Ankunft übernommen haben wird – vielleicht Petronius, obwohl er zehn Jahre älter ist als ich. Vielleicht auch Geminus Cato. Ich hoffe auf letzteren, denn er versteht wenigstens etwas vom Krieg und seinem Wesen. So wie die

Barken aussehen, werden sie im Frühling seetüchtig sein, und das läßt nur wenig Zeit für eine angemessene Vorbereitung. Ich schätze, daß sie in der Nähe von Anderita landen werden, vielleicht schlagen sie aber auch weiter nördlich zu. Wotan wird an beiden Enden des Königreiches Verbündete haben. Uther soll zur Hölle fahren! Wie konnte er nur zu einer solchen Zeit sterben?«

»Und was hast du vor?«

»Ich reise weiter, wie man es erwartet – aber ich werde die Straße verlassen, sobald die Nacht hereinbricht. Bei Mithras, was gäbe ich nicht für zehn der alten Legionen! Hast du diese römischen Soldaten an Wotans Hof gesehen?«

»Ja. Nicht sehr eindrucksvoll, oder?«

»Sie hatten weder Helme noch Brustplatten. Ich habe mit einem der jungen Männer gesprochen, und wenn ich ihm Glauben schenken darf, haben sich die Männer der Armee dagegen entschieden, weil sie so schwer waren! Wie konnte Rom jemals die Welt beherrschen?«

»Ein Land ist immer nur so stark, wie seine Führer es zulassen«, sagte Galead. »Die Goten hätten niemals erobert werden können ohne Wotan, der sie zusammenhält, und wenn er stirbt, werden sie wieder auseinanderfallen.«

»Dann hoffen wir, daß er bald stirbt«, meinte Victorinus. »Sobald wir außer Sichtweite der Stadt sind, biegst du nach Norden ab – und möge Hermes deinem Pferd Flügel verleihen.«

»Und mögen deine Götter dich nach Hause bringen.«

Victorinus erwiderte nichts, sondern zog seinen Umhang aus und legte ihn gefaltet vor sich über den Sattel, ein Ritual, dem alle Kavallerieoffiziere folgten, wenn sie in feindliches Gebiet ritten.

»Wenn ich im Frühling nicht zu Hause bin, Galead, zünde für mich eine Lampe am Altar von Mithras an.«

Culain stand in der Mitte des Steinkreises und hielt seine Silberlanze in der Hand.

»Bist du sicher, daß das klug ist, mein Freund?« fragte Pendarric.

Culain lächelte. »Ich war nie klug, mein König. Ein kluger Mann kennt die Grenzen seiner Klugheit. Aber ich glaube, es ist meine Bestimmung, gegen das Böse Wotans zu kämpfen. Meine Schwerter mögen nicht ausreichen, um die Schlacht zu wenden, aber vielleicht tun sie es doch. Wenn ich es nicht versuche, werde ich es nie erfahren.«

»Auch ich werde gegen den Dunklen streiten«, sagte Pendarric, »aber auf meine Art. Nimm dies – ich glaube, du wirst es brauchen.« Culain streckte die Hand aus und nahm einen goldenen Stein von der Größe eines Spatzeneis entgegen.

»Ich danke dir, Pendarric. Ich glaube nicht, daß wir uns noch einmal sehen werden.«

»Da hast du recht, Lanzenlord. Möge die QUELLE ALLER DINGE stets mit dir sein.«

Pendarric hob die Arme und sprach das Wort der Macht …

9. KAPITEL

Eboracum lag in Trauer, als Revelatio am Südtor ankam. Der Torwächter sah, daß der weißbärtige Fremde ein Mönch war, der keine Waffen, sondern lediglich einen langen hölzernen Stab trug, trat beiseite und winkte ihn durch.

»Ist der König anwesend?« fragte Revelatio.

»Hast du es noch nicht gehört?« fragte der Wächter, ein junger Miliz-Soldat, der nur eine Lanze trug.

»Ich bin seit drei Tagen unterwegs. Ich bin niemandem begegnet.«

»Der König ist tot«, sagte der Wächter. »Durch Zauberei ermordet.«

Andere Reisende warteten hinter Revelatio, und der Wächter winkte ihn weiter. Er ging unter dem Torturm hindurch in die schmalen Straßen. In seinem Kopf wirbelten die Erinnerungsfetzen: der junge Uther, groß und stark in den Kaledonischen Bergen, der Blutkönig, der einen Angriff gegen den Feind führte, der Junge und der Mann, so voller Leben. Revelatio fühlte eine schreckliche Traurigkeit in sich aufkeimen. Er war hergekommen, um seinen Frieden mit dem Mann zu machen, den er verraten hatte, um Vergebung zu finden.

Er ging wie im Traum durch die Stadt, ohne die Läden und Geschäfte und Marktstände zu sehen, und hastete zum Königlichen Haus, vor dem zwei Männer Wache standen, beide in zeremoniellen schwarzen Umhängen und Helmen mit dunklen Federbüschen.

Sie kreuzten ihre Lanzen vor ihm und versperrten ihm den Weg.

»Niemand erhält heute Einlaß«, sagte einer der Wächter leise. »Komm morgen wieder.«

»Ich muß mit Victorinus sprechen«, sagte Revelatio.

»Er ist nicht hier. Komm morgen wieder.«

»Dann mit Gwalchmai oder Prasamaccus.«

»Bist du schwerhörig, Alter? Ich sagte morgen.«

Revelatios Stab fuhr hoch und wischte die Lanzen beiseite. Die Männer sprangen vor, um ihn zu überwältigen, doch der Stab krachte dem ersten Mann an den Kopf, daß es ihn von den Füßen riß, dann stieß er dem zweiten in die Lenden, so daß er zusammenklappte, der zweite Schlag traf ihn im Nacken.

Revelatio ging weiter in den Hof. Männer saßen müßig in Gruppen herum, ihre Gesichter waren ernst, ihre Trauer offenkundig.

»Du!« sagte Revelatio und deutete auf einen Krieger, der auf dem Brunnenrand saß. »Wo ist Gwalchmai?« Der Mann sah auf und deutete auf den Nordturm. Revelatio stieg die Stufen der Wendeltreppe hinauf zu den Gemächern des Königs. Dort, auf einem mit weißen Leintüchern bedeckten Bett, lag Uthers Leichnam, in voller Rüstung und Helm. Neben dem Bett saß Gwalchmai, der Jagdhund des Königs, und hielt die Hand seines Herrn. Tränen rannen ihm über die Wangen, seine Augen waren rotgeädert.

Er hörte nicht, wie Revelatio näher kam, er reagierte auch nicht, als er ihm die Hand auf die Schulter legte, doch beim Klang seiner Stimme fuhr er voller Entsetzen auf und sprang auf die Füße.

»Wie ist es geschehen, Gwal?«

»Du!« Gwalchmais Hand flog an seine Seite, aber dort war kein Schwert. Die Augen blitzten. »Wie kannst du es wagen herzukommen?«

Revelatio beachtete ihn nicht und ging zum Bett. »Ich fragte, wie es geschehen ist«, flüsterte er.

»Was spielt das für eine Rolle? Es geschah eben. Ein zauberischer Nebel erfüllte die Burg, und alle fielen in einen tiefen Schlaf. Als wir aufwachten, lag der König tot im Hof neben dem Kadaver eines schuppigen Untiers. Und das Schwert war fort.«

»Wie lange ist das her?«

»Drei Tage.«

Revelatio hob die Hand des Königs. »Warum gibt es dann keine Anzeichen von Totenstarre?« Seine Finger glitten zum Handgelenk, er wartete. Kein Puls war zu fühlen, doch das Fleisch fühlte sich warm an.

Aus seiner Manteltasche holte er Pendarrics Stein hervor und hielt ihn dem König an die Stirn. Es war keine deutliche Bewegung wahrzunehmen, aber der Puls unter seinen Fingern zitterte.

»Er lebt«, sagte Revelatio.

»Nein!«

»Sieh doch hin, Mann.« Gwalchmai ging zur anderen Seite des Bettes und drückte seine Finger an die Kehle des Königs, gerade unterhalb des Kinns. Seine Augen leuchteten auf, doch der Glanz erlosch wieder.

»Noch mehr Zauberei, Culain?«

»Nein, das verspreche ich dir.«

»Was ist das Versprechen eines Eidbrechers wert?«

»Das mußt du entscheiden, Gwalchmai. Sein Körper ist nicht steif, das Blut nicht aus dem Gesicht gewichen, die Augen sind nicht eingefallen. Wie interpretierst du diesen Zustand?«

»Aber er atmet nicht, sein Herz schlägt nicht«, wandte der Krieger vom Stamme der Cantier ein.

»Er steht auf der Schwelle des Todes, aber er hat den Dunklen Fluß noch nicht überquert.«

Revelatio legte dem König beide Hände aufs Gesicht.

»Was machst du da?« wollte Gwalchmai wissen.

»Sei still«, befahl Revelatio und schloß die Augen. Sein Geist löste sich, verband sich mit Uther, nährte sich von der Kraft des Steins in seiner Hand.

Dunkelheit, Verzweiflung und ein Tunnel aus schwarzem Stein … Ein Ungeheuer … viele Ungeheuer … eine Gestalt, groß und stark …

Revelatio schrie auf und wurde durch den Raum zurückgeschleudert – das Vorderteil seines Gewandes war zerrissen, Blut rann aus den Krallenspuren auf seiner Brust. Gwalchmai stand wie vom Donner gerührt, als Revelatio sich langsam erhob.

»Gütiger Mithras«, flüsterte Gwalchmai. Revelatio nahm den Stein und hielt ihn an seine Brust. Die Wunden schlossen sich augenblicklich.

»Sie haben Uthers Seele«, sagte er.

»Wer?«

»Der Feind, Gwalchmai: Wotan.«

»Wir müssen ihn retten.«

Revelatio schüttelte den Kopf. »Das erfordert eine Macht, die die meine übersteigt. Wir können nichts weiter tun, als den Körper zu schützen. Solange er lebt, besteht Hoffnung.«

»Ein Körper ohne Seele – welchen Sinn hat das?«

»Fleisch und Geist sind miteinander verbunden, Gwalchmai, beide zehren von der Kraft des anderen. Wotan weiß jetzt, daß der Körper lebt, und er wird versuchen ihn zu zerstören, soviel ist gewiß. Verwirrend ist jedoch, warum die Seele überhaupt genommen wurde. Ich kann Wotans Wunsch, Uther zu töten, verstehen, aber das nicht.«

»Seine Motive sind mir egal«, zischte Gwalchmai, »aber er wird für diese Sache zahlen. Das schwöre ich.«

»Ich fürchte, er ist zu mächtig für dich«, sagte Revelatio. Er ging zur gegenüberliegenden Wand und zog eine Linie mit dem goldenen Stein darauf entlang, über die Tür, weiter zur Nordwand und um den ganzen Raum, bis er den Anfangspunkt erreichte. »Jetzt werden wir ja sehen«, sagte er.

»Warum bist du zurückgekommen?«

»Ich dachte, ich wäre gekommen, um Uther um Vergebung zu bitten. Aber jetzt glaube ich, die QUELLE hat mich hergeführt, damit ich den König beschütze.«

»Wäre er … am Leben … gewesen, hätte er dich getötet.«

»Vielleicht. Vielleicht auch nicht. Hol deine Waffen, Gwal, und deine Rüstung. Du wirst sie bald brauchen.«

Ohne ein Wort verließ Gwalchmai den Raum, und

Revelatio zog sich einen Stuhl neben das Bett. Warum hatte man den König geholt? Molech würde seine Kraft nicht leichtfertig vergeuden, nur um einen Feind zu quälen. Und der Kraftverbrauch an Sipstrassi-Steinen für ein solches Unternehmen war enorm. Er mußte glauben, daß es etwas dabei zu gewinnen gab, etwas, das den Magieverlust aufwog. Und der Körper – warum ihn am Leben lassen?

Revelatio warf einen Blick auf den König. Die Rüstung war mit Gold verziert, der Helm trug die Krone Britanniens und den römischen Adler, die Brustplatte war in griechischem Stil gefertigt und zeigte das Symbol des Bären. Der messingbeschlagene Kilt wurde über ledernen Beinkleidern und schenkellangen Stiefeln getragen. Die Stiefel waren mit Kupfer verstärkt, um die Knie des Reiters beim Zusammenprall der Pferde beim Angriff zu schützen. Die Scheide war mit Edelsteinen besetzt, ein Geschenk von einem reichen Kaufmann aus Noviomagus, und war angefertigt worden, um das Große Schwert Cunobelins zu beherbergen.

Es war ein scheußlicher Gedanke, das Schwert der Macht jetzt in Wotans Händen zu wissen. Denn einst war es Culains Schwert gewesen, und er hatte zugesehen, wie es aus reinem Silber-Sipstrassi gemacht wurde, der seltensten Form der magischen Steine – hundertmal wirkungsvoller als der Goldkiesel, den Culain jetzt bei sich trug. Ohne das Schwert war Wotan schon mächtig genug – aber mit ihm? Konnte ihm irgendeine Macht auf Erden dann widerstehen?

Die Tür öffnete sich, und Gwalchmai trat ein, in voller Rüstung, mit zwei Kurzschwertern in ihren Scheiden, die er sich um die Hüften geschnallt hatte. Hinter ihm kam Prasamaccus mit seinem gekrümmten Kavalleriebogen und einem Köcher voll Pfeilen.

»Schön, dich wiederzusehen«, sagte Revelatio. Prasamaccus nickte und hinkte ins Zimmer. Bogen und Köcher lehnte er an die Wand.

»Irgendwie«, sagte der alte Brigant, »hatte ich auch nicht erwartet, daß der Sturz von der Klippe dich umbringen würde. Aber als du nicht wieder auftauchtest …«

»Ich reiste nach Mauretanien an der afrikanischen Küste.«

»Und die Königin?«

»Sie blieb in Belgica. Sie starb dort vor ein paar Jahren.«

»Es war alles so furchtbar töricht«, sagt Prasamaccus. Er streckte Revelatio seine Hand hin, der sie dankbar nahm.

»Dann haßt du mich also nicht?«

»Ich habe in meinem ganzen Leben noch niemanden gehaßt. Und wenn ich damit anfangen sollte, dann bestimmt nicht mit dir, Culain. Ich war in der ersten Nacht da, als Uther Laitha liebte, es war im Land der Pinrae. Später sah ich den Prinzen, der er damals war, und er sagte mir, daß während des Liebesaktes – als seine Gefühle auf dem Höhepunkt waren – Laitha deinen Namen flüsterte. Er hat es nie vergessen – es fraß an ihm wie ein Krebsgeschwür. Er war kein schlechter Mann, versteh mich recht, und er versuchte, ihr zu verzeihen. Das Problem ist, wenn man nicht vergessen kann, kann man auch nicht verzeihen. Es tut mir leid, daß die Königin tot ist.«

»Ich habe euch beide im Laufe der Jahre vermißt«, sagte Revelatio. »Und Victorinus auch. Wo ist er?«

»Uther schickte ihn nach Gallien, um Vertragsverhandlungen mit Wotan zu führen«, erklärte Gwalchmai. »Seit einem Monat haben wir nichts von ihm gehört.«

Revelatio sagte nichts, und Prasamaccus zog sich einen Stuhl heran und setzte sich neben das Bett. »Wann werden sie kommen?« fragte er.

»Heute nacht, denke ich. Vielleicht morgen.«

»Woher sollen sie wissen, daß der Körper lebt?«

»Ich habe versucht, Uthers Seele zu erreichen. Wotan

war dort, und eins seiner Ungeheuer griff mich an. Wotan wird wissen, daß ich Uthers Lebensfaden folgte, und sie werden ihn zurückverfolgen.«

»Können wir sie aufhalten?« fragte der Brigant leise.

»Wir können es versuchen. Erzähl mir alles darüber, wie der König gefunden wurde.«

»Er lag im Hof«, berichtete Gwalchmai. »Neben ihm lag eine Alptraumkreatur, tot, mit einer Bauchwunde, und verweste mit einer Geschwindigkeit, die du nicht für möglich hältst. Als es Abend wurde, waren nur noch die Knochen und der Gestank übrig.«

»Mehr war nicht da? Nur ein totes Ungeheuer und der König?«

»Ja ... nein ... Neben dem Körper lag ein Gladius, er gehörte einem der Wächter.«

»Ein Gladius? Hat der Wächter ihn dort fallenlassen?«

»Ich weiß nicht. Ich finde es heraus.«

»Am besten sofort, Gwal.«

»Wie wichtig kann das sein?«

»Falls der König es benutzt hat, dann ist es wichtig, glaub mir.«

Sobald Gwalchmai gegangen war, machten Prasamaccus und Revelatio einen Gang auf der kreisförmigen Brustwehr, die rings um den Nordturm verlief und starrten zu den Hügeln hinüber, die Eboracum umgaben.

»Das Land ist so schön und grün«, sagte Revelatio. »Ob es jemals eine Zeit ohne Krieg kennenlernen wird?«

»Nicht, solange Menschen hier leben«, erwiderte Prasamaccus und blieb stehen, um sein lahmes Bein auszuruhen, indem er sich auf die Mauer der Brustwehr setzte. Der Wind war kühl, und er zog seinen grünen Umhang fest um seine schlanke Gestalt. »Ich dachte, ihr Unsterblichen altert nicht«, sagte er.

Revelatio zuckte die Achseln. »Jedes Ding hat seine Zeit. Wie geht es Helga?«

»Sie ist gestorben. Ich vermisse sie.«

»Habt ihr Kinder?«

»Wir hatten einen Jungen und ein Mädchen. Der Junge starb an der roten Pest, als er drei war, aber meine Tochter überlebte. Sie ist ein hübsches Kind. Sie ist jetzt schwanger und hofft auf einen Sohn.«

»Bist du glücklich, Prasamaccus?«

»Ich bin am Leben ... und die Sonne scheint. Ich kann nicht klagen, Culain. Und du?«

»Ich glaube, ich bin zufrieden. Sag mir, gibt es irgendeine Nachricht von Maedhlyn?«

»Nein. Er und Uther trennten sich vor ein paar Jahren. Ich weiß nicht genau, was vorgefallen ist, aber es fing an, als Maedhlyn erklärte, seine Magie könne nicht entdecken, wo du dich mit Laitha verstecktest. Uther glaubte, daß es seine Loyalität dir gegenüber war, die ihn daran hinderte, Uther zu helfen.«

»Das war es nicht«, sagte Revelatio. »Ich benutzte meinen Stein, um uns abzuschirmen.«

Prasamaccus lächelte. »Das mit dem Hund tut mir leid. Ich wünschte, wir hätten euch nie entdeckt. Aber Uther war mein König und Freund. Ich konnte ihn nicht verraten.«

»Ich trage dir nichts nach, mein Freund. Ich wünschte nur, ihr hättet ein bißchen gründlicher gesucht, nachdem wir von der Klippe sprangen.«

»Warum?«

»Uthers Sohn wartete in der Höhle. Laitha gebar das Kind dort, und es überlebte.«

Alle Farbe wich aus dem Gesicht des Briganten. »Ein Sohn? Und du bist sicher, es war Uthers?«

»Ohne den geringsten Zweifel. Er wuchs bei den Sachsen auf – sie fanden ihn bei der Hündin und den Welpen und nannten ihn Daemonsson. Wenn du ihn siehst, wirst du auch keine Zweifel haben. Er ist das Ebenbild von Uther.«

»Wir sollten ihn herholen. Er sollte der neue König sein.«

»Nein«, widersprach Revelatio scharf. »Er ist noch nicht bereit. Sag nichts davon zu Gwal oder den anderen. Wenn die Zeit gekommen ist, wird Uther selbst ihn anerkennen.«

»Falls der König noch lebt«, wisperte Prasamaccus.

»Wir sind hier, um dafür zu sorgen.«

»Zwei ältere Krieger und ein Unsterblicher, der sterben will? Nicht gerade die furchteinflößendste Truppe, die man in diesem Land des Nebels aufstellen kann!«

Gwalchmai kam bei Sonnenuntergang zurück, und Revelatio und Prasamaccus trafen ihn in den königlichen Gemächern.

»Nun?« fragte Revelatio.

Der weißhaarige Cantier zuckte die Achseln. »Der Wächter sagt, als der Nebel kam, steckte sein Schwert in der Scheide, aber als er aufwachte, lag es neben dem König. Was heißt das?«

Revelatio lächelte. »Das heißt, daß Uther das Untier mit dem Gladius des Wächters getötet hat. Und was schließt du daraus?«

Gwalchmais Augen leuchteten auf. »Er hatte sein eigenes Schwert nicht.«

»Genau. Er wußte, weshalb sie gekommen waren und versteckte die Klinge, wo sie sie nicht finden konnten. Deshalb haben sie ihn lebendig gefangen… um ihn zu foltern.«

»Kann man eine Seele foltern?« fragte Prasamaccus.

»Besser als einen Körper«, antwortete Revelatio. »Denk doch nur an die innerlichen Schmerzen, die du beim Tode eines geliebten Menschen erlitten hast – ist das nicht schlimmer als jede körperliche Wunde?«

»Was können wir tun, Culain?« flüsterte Gwalchmai. Sein Blick ruhte auf dem reglosen Körper des Königs, dem er seit einem Vierteljahrhundert diente.

»Erstens müssen wir seinen Körper schützen, und zweitens das Schwert der Macht finden.«

»Es könnte überall sein«, meinte Prasamaccus.

»Schlimmer«, gab Revelatio zu, »es könnte *alles* sein.«

»Das verstehe ich nicht«, wandte der Cantier ein. »Es ist doch ein Schwert.«

»Es ist aus Silber-Sipstrassi gemacht, der stärksten Machtquelle, die die antike Welt kannte. Wir haben damit die Tore gebaut, die Steinkreise der Monolithen errichtet, die alten geraden Wege geschaffen, die die Menschen immer noch benutzen. Damit verließen wir die Alten Pfade, die sich durch viele Königreiche erstreckten und viele Orte der Erdmagie miteinander verbanden. Wenn Uther es wünschte, könnte das Schwert ein Kieselstein werden oder ein Baum, eine Lanze oder eine Blume.«

»Wonach suchen wir dann?« fragte Prasamaccus. »Können wir Uthers Ritter ausschicken, um im ganzen Land nach einer Blume zu suchen?«

»Wo es auch ist, die Magie des Schwertes wird sich bemerkbar machen. Angenommen, es sei eine Blume: Dann werden in dieser Gegend die Pflanzen wachsen wie nie zuvor, das Getreide wird frühzeitig reif, und alle Krankheiten verschwinden. Die Ritter müssen nach solchen Zeichen suchen.«

»Falls es in Britannien ist«, setzte Gwalchmai hinzu.

»Wenn es so einfach zu finden wäre, dann würde Wotan es sich holen«, fuhr Revelatio ihn an. »Aber bedenkt eins: Wenn Uther in Gefahr war, hatte er bestenfalls nur wenige Augenblicke, um das Schwert zu verbergen. So wie ihr beide den König kennt, wohin glaubt ihr, hat er es geschickt?«

Prasamaccus zuckte die Achseln. »In die Kaledonischen Berge vielleicht, wo er dir und Laitha zum erstenmal begegnet ist. Oder nach Pinrae, wo er Goroiens Armee besiegt hat. Oder nach Camulodunum.«

»An all diesen Orten wird Wotan suchen, denn die Geschichte des Königs ist allgemein bekannt. Uther würde es ihm nicht so leicht machen«, widersprach Revelatio. »Gütiger Christus!«

»Was?« fragte Gwalchmai.

»In den Kaledonischen Bergen gibt es zwei Menschen, die Wotan nicht finden darf. Und ich kann sie nicht erreichen, ich kann hier nicht weg.« Er stand auf, sein Gesicht war grau, der Blick gehetzt. Prasamaccus legte ihm sanft eine Hand auf die Schulter.

»Der Junge, von dem du sprachst?« Revelatio nickte.

»Und jetzt mußt du wählen zwischen …« Prasamaccus ließ den Satz unbeendet. Er kannte den Schmerz, der in ihm tobte. Er konnte entweder den Vater oder den Sohn retten. Oder, wie Culain es sehen würde, den einen verraten, um den anderen zu retten.

Hinter ihm zündete Gwalchmai die Laternen an und zog das erste seiner Schwerter, das er mit einem alten Wetzstein schärfte. Revelatio nahm seinen Stab in die Hände und schloß die Augen. Das braune Wollgewand verschwand und wurde durch die schwarzsilberne Rüstung von Culain lach Feragh ersetzt. Der graue Bart verschwand, die Kopfhaare wurden wieder dunkel. Der Stab wurde silbern, und Culain drehte den Griff, so daß zwei Kurzschwerter aus glänzendem Silber zum Vorschein kamen.

»Dann hast du dich also entschieden«, flüsterte Prasamaccus.

»Das habe ich, möge Gott mir vergeben«, antwortete der Lanzenlord.

Der Frühling in den Kaledonischen Bergen war schön, die Berge leuchteten in allen Farben, die angeschwollenen Bäche glitzerten in der Sonne, in den Wäldern erklang Vogelgezwitscher. Cormac war noch nie so glücklich gewesen. Oleg und Rhiannon hatten die alte Hütte weiter oben in den Bergen gefunden und renoviert und überließen so Anduine und Cormac der Einsamkeit, die junge Liebende brauchen. Vormittags lief Oleg meist mit Cormac seine Übungsläufe und unterrichtete ihn in den Feinheiten der Fechtkunst. Aber sobald die Sonne ihren Zenit überschritten hatte, kehrte Oleg in seine Hütte zurück. Von Rhiannon sah Cormac nur wenig, jedoch genug, um zu wissen, daß sie unglücklich war. Sie hatte ihrem Vater in bezug auf Wotan nicht geglaubt und war fest davon überzeugt, daß er sie daran gehindert hatte, Königin der Goten zu werden. Jetzt blieb sie oben in den Bergen, durchstreifte die Hänge und suchte ihren inneren Frieden.

Aber Gedanken an Rhiannon kamen Cormac nur selten. Er war lebendig, die Welt war schön, und er war verliebt.

»Bist du glücklich?« fragte Anduine ihn, als sie nackt in der Nachmittagssonne am See saßen.

»Wie könnte ich nicht?« gab er zurück, strich ihr über die Wange und beugte sich vor, um sie zärtlich auf den Mund zu küssen. Sie schlang ihm einen Arm um den Hals und zog ihn zu sich herab, bis er ihre weichen Brüste an seiner Haut spürte. Seine Hand glitt über ihre Hüften, und er staunte erneut über ihre seidenweiche Haut. Dann schob er sie zurück.

»Ist etwas nicht in Ordnung?« fragte sie.

»Nein«, erwiderte er lachend. »Ich wollte dich nur anschauen.«

»Und was siehst du?«

»Was möchtest du denn hören, meine Dame?«

»Du könntest mir maßlos schmeicheln. Sag mir, daß ich schön bin – die schönste Frau, die je gelebt hat.«

»Du bist die schönste Frau, die ich je gesehen habe. Ist das genug?«

»Und liebst du mich nur wegen meiner Schönheit, junger Herr? Oder weil ich eine Prinzessin bin?«

»Ich bin der Sohn eines Königs«, gab Cormac zurück. »Liebst du mich deshalb?«

»Nein«, flüsterte sie. »Ich liebe dich dafür, was für ein Mann du bist.«

Sie liebten sich noch einmal, diesmal langsam und noch leidenschaftlicher. Schließlich lösten sie sich voneinander, und Cormac küßte sie zärtlich auf die Stirn. Er sah die Tränen in ihren Augen und zog sie an sich.

»Was ist mit dir?«

Sie schüttelte den Kopf und drehte sich von ihm weg.

»Sag es mir … bitte.«

»Jedes Mal, wenn wir so zusammen sind, habe ich Angst, daß es das letzte Mal sein könnte. Und eines Tages wird es auch so sein.«

»Nein!« widersprach er. »Wir werden immer zusammensein. Nichts wird uns trennen.«

»Für immer?«

»Bis die Sterne vom Himmel fallen«, versprach er.

»Länger nicht?«

»Länger nicht, meine Dame. Danach suche ich mir vielleicht eine Jüngere!«

Sie lächelte, richtete sich auf und griff nach ihrem Kleid. Er reichte es ihr, dann sammelte er seine eigenen Kleider auf sowie das Schwert, das er seit dem Angriff trug.

»Leih mir deine Augen, Cormac«, bat sie.

Er beugte sich zu ihr, damit sie mit ihrer Hand seine geschlossenen Augenlider berühren konnte. Dunkelheit senkte sich auf ihn, aber dieses Mal verspürte er keine Panik.

»Wir laufen nach Hause«, rief sie, und er hörte ihre Laufschritte. Er grinste und ging sechs Schritte, bis zu dem runden Stein. Dort tastete seine Hand nach der Vertiefung, die nach Süden wies. Er richtete sich nach der Vertiefung aus, dann begann er zu laufen und dabei seine Schritte zu zählen. Bei dreißig wurde er langsamer und tastete sich vorsichtig bis zu der Kiefer, in die der Blitz eingeschlagen hatte und deren oberer Ast zur Hütte hinunter und die direkte Richtung zur Lichtung wies.

Als er die Lichtung erreichte, hörte er Anduine schreien, einen Schrei, der ihm ins Herz fuhr und ihn mit einer entsetzlichen Angst erfüllte.

»Anduine!« brüllte er.

Rechts von ihm bewegte sich etwas, schwer und langsam. »Wer ist da?!«

Es kam keine Antwort, doch das Geräusch wurde stärker, als eilige Schritte auf ihn zukamen. Cormac wartete bis zum letzten Augenblick, dann schwang er das Schwert in einem weiten Bogen: die Klinge hämmerte in den Angreifer und kam wieder frei. Cormac hörte mehr Geräusche – zornige Stimmen, schlurfende Füße. Er packte sein Schwert beidhändig und hielt es vor sich.

Eine plötzliche Bewegung zu seiner linken – und ein entsetzlicher Schmerz in der Seite. Er fuhr herum und schlug zu, verfehlte aber seinen Angreifer.

An der Wand der Hütte gewann Anduine das Bewußtsein wieder, um festzustellen, daß sie von einem bärtigen Mann festgehalten wurde. Sie öffnete die Augen und sah Cormac, blind und allein, umringt von bewaffneten Männern.

»Nein!« schrie sie, schloß die Augen und gab ihm sein Geschenk zurück.

Cormacs Augenlicht kehrte in dem Moment zurück, als ein zweiter Angreifer lautlos vorrückte. Der Mann grinste. Cormac blockte einen Hieb ab, dann drang sein Schwert dem Wikinger in die Kehle. Die übrigen sieben Männer stürzten sich auf ihn. Cormac hatte keine Chance, doch trotzdem hieb und schlug er noch im Fallen auf den Feind ein. Eine Schwertklinge durchdrang seinen Rücken, eine weitere riß eine klaffende Wunde in seine Brust.

Anduine schrie auf und legte ihrem Fänger eine Hand auf die Brust. Aus der Tunika des Mannes schossen brüllende Flammen bis zu seinem Gesicht. Er brüllte vor Schmerz auf und ließ sie los. Mit den Händen schlug er auf seinen Bart ein, der Feuer gefangen hatte.

Sie fiel zu Boden, rappelte sich wieder auf und lief zu der Gruppe, die Cormac umzingelte. Aus ihren Händen schossen weiße Flammen. Ein Wikingerkrieger ging mit erhobenem Schwert auf sie zu, doch die Flammen, die aus ihrer Hand kamen, verschlangen ihn. Ein zweiter Krieger schleuderte ein Messer, das ihr in die Brust drang. Sie taumelte, ging aber weiter in dem verzweifelten Versuch, zu Cormac zu gelangen. Ein weiterer Krieger näherte sich ihr von hinten und stieß ihr einen Dolch in den Rücken, der durch ihre Brust wieder austrat. Blut sprudelte aus ihrem Mund, und sie sank zu Boden.

Cormac versuchte, zu ihr zu kriechen, doch ein Schwert traf ihn im Rücken, und Dunkelheit umfing ihn.

Vom Berg hinab brüllte Oleg Hammerhand seine Wut hinaus. Die Wikinger drehten sich um, als er mit zwei Schwertern auf die Lichtung rannte.

»Ich sehe dich, Maggrin«, schrie Oleg.

»Ich sehe dich, Verräter«, zischte ein Krieger mit dunklem Bart.

»Tötet ihn nicht!« rief Rhiannon von der Tür der Hütte her.

Oleg und Maggrin stürzten sich aufeinander, ihre Schwerter trafen klirrend aufeinander, Funken stoben. Oleg wirbelte auf dem Absatz herum und rammte dem Mann sein zweites Schwert wie einen Dolch in den Bauch. Als Maggrin fiel, griffen die vier anderen gemeinsam an. Oleg lief ihnen entgegen, hieb und stach mit solch wilder Wut auf sie ein, daß sie ihm nicht standhalten konnten. Einer nach dem anderen fiel vor dem Krieger mit den kalten Augen und seinen furchtbaren Klingen. Der letzte Überlebende versuchte davonzulaufen, um seinem Verhängnis zu entrinnen, doch Oleg schleuderte ihm ein Schwert hinterher, das ihn mit dem Griff am Hinterkopf traf, so daß er stürzte. Ehe er aufstehen konnte, war Hammerhand bei ihm, und sein Kopf rollte von seinen Schultern.

Oleg stand auf der Lichtung, seine Lungen bebten, seine Berserkerwut ebbte ab. Endlich wandte er sich an Rhiannon.

»Verräterin!« sagte er. »Von all den Dingen, die du getan hast, um Schande über mich zu bringen, war dies das Schlimmste. Zwei Menschen riskierten ihr Leben, um dich zu retten ... und bezahlten dafür mit ihrem eigenen. Geh mir aus den Augen! Geh!«

»Du verstehst nicht!« rief sie. »Ich wollte nicht, daß das passiert, ich wollte nur hier weg.«

»Du hast sie hergerufen. Das hier ist allein dein Werk. Jetzt geh! Wenn ich dich noch einmal sehe, werde ich dich mit bloßen Händen töten. GEH!«

Sie lief zu ihm. »Vater, bitte!« Seine riesige Hand schlug ihr ins Gesicht, daß sie zu Boden fiel.

»Ich kenne dich nicht! Du bist tot«, sagte er. Sie kam mühsam auf die Füße, dann wich sie vor dem eiskalten Blick zurück und rannte bergab.

Oleg ging zuerst zu Anduine und zog ihr das Schwert aus dem Rücken.

»Du wirst nie die Tiefe meiner Trauer erfahren, meine Dame. Möge Gott dir Frieden schenken.« Er schloß ihr die Augen und ging zu Cormac, der in einer Blutlache lag.

»Du hast tapfer gekämpft, mein Junge«, sagte er niederkniend. Cormac stöhnte. Oleg hob ihn hoch und trug ihn in die Hütte, wo er ihm die blutdurchtränkten Kleider auszog, um seine Wunden zu untersuchen. Alle waren tief, und jede einzelne hätte ausgereicht, einen Mann zu töten, wie Oleg wußte. Aber alle zusammen? Cormac hatte keine Chance.

Obwohl er wußte, daß es sinnlos war, holte Oleg Nadel und Faden und nähte die Wunden. Als sie geschlossen waren, deckte er Cormac zu und fachte das Feuer an. Als er die Kerzen angezündet hatte und die Hütte warm war, kehrte Oleg zum Bett zurück. Cormacs Puls flatterte schwach, und er hatte eine ungesunde Farbe – graue Streifen im Gesicht, purpurne Ringe unter den Augen.

»Du hast zuviel Blut verloren, Cormac«, flüsterte Oleg. »Dein Herz gibt sein Bestes ... und ich kann dir nicht helfen! Kämpfe, Mann. Mit jedem Tag wirst du wieder stärker.« Cormacs Kopf sackte zur Seite, sein Atem ging rasselnd. Oleg hatte dieses Geräusch schon früher gehört. »Untersteh dich zu sterben, du Hurensohn!«

Die Atmung setzte aus, doch Oleg hieb seine Hand heftig auf Cormacs Brust. »Atme, verdammt noch mal!« Etwas brannte sich heiß in Olegs Handfläche, und er hob die Hand. Der Stein an der Kette um Cormacs Hals glühte wie brennendes Gold, und ein zitternder Atemzug füllte die Lungen des Verwundeten.

»Ich bete zu allen Göttern, die es je gab«, sagte Oleg. Er legte seine Hand wieder auf den Stein, dann starrte er auf die Wunde in Cormacs Brust. »Kannst du das heilen?« fragte er. Nichts geschah. »Na, dann halt ihn wenigstens am Leben«, flüsterte er.

Dann stand er auf und holte eine Schaufel von der Rückseite der Hütte. Der Boden würde noch hart sein, doch Oleg schuldete zumindest dies Anduine, der Lebensspenderin, der Prinzessin aus Raetien.

Während die Nacht verstrich, hielt Gwalchmai einen leichten Schlaf in seinem Stuhl neben dem Bett, den Kopf an die Wand gelehnt. Prasamaccus und Culain schwiegen. Der Brigant erinnerte sich an seine erste Begegnung mit dem Lanzenlord, hoch in den Kaledonischen Bergen, als die Vampire mit den dunklen Umhängen auf ihr Blut aus waren, und daran, wie der junge Prinz durch das Tor ins Land Pinrae entkam. Der Junge – Thuro, wie er damals hieß – wurde in einem wilden Krieg gegen die Hexenkönigin zu dem Mann Uther. Er und Laitha hatten dort geheiratet, und sie hatte ihm das Geschenk des Schwertes gemacht. Zwei junge Leute, die nur so strotzten von der Kraft der Jugend, der Zuversicht, daß der Tod noch eine Ewigkeit entfernt war. Jetzt, nach nur sechsundzwanzig Sommern, lag der Blutkönig leblos da, Gian Avur – die schöne Laitha – war nicht mehr, und das Königreich, das Uther gerettet hatte, stand vor der Zerstörung durch einen schrecklichen Feind. Die Worte der Druiden hallten durch Prasamaccus' Gedanken.

»Die Taten der Menschen sind so beschaffen wie Schriftzeichen aus Nebel in der Luft, die im Wind der Geschichte verwehen.«

Culain hing seinen Gedanken über die Gegenwart nach. Warum hatten sie den König nicht umgebracht, sobald sie seine Seele in ihrer Gewalt hatten? Trotz all seiner Bösartigkeit war Molech doch ein Mann von scharfem Verstand. Die Nachricht von Uthers Tod würde das Königreich demoralisieren und die Erfolgsaussichten seiner Invasionspläne nur vergrößern. Er überdachte das Problem von allen Seiten.

Wotans Zaubererpriester waren gekommen, um den König zu töten und das Schwert zu rauben. Aber das

Schwert war verschwunden gewesen. Deshalb nahmen sie Uthers Seele gefangen. Vielleicht dachten sie – nicht ganz zu unrecht – daß der Körper sterben würde.

Culain verdrängte das Problem aus seinen Gedanken. Was auch immer der Grund war, es war ein Fehler, und der Lanzenlord betete, daß es ein kostspieliger Fehler war. Auch wenn er es nicht wußte, hatte er sich für den Priester, der ihn begangen hatte, mehr als teuer erwiesen, denn sein Körper hing nun an einer raetischen Brustwehr – die Haut in Fetzen gepeitscht, die Augen von Krähen ausgepickt.

Ein glühender Ball aus weißem Feuer erschien mitten im Zimmer, und Prasamaccus legte einen Pfeil auf die Sehne. Culain streckte sein Schwert über das Bett und berührte Gwalchmai damit an der Schulter. Der Schläfer wachte sofort auf. Culain nahm den goldenen Stein und berührte damit die beiden Klingen Gwalchmais, dann ging er zu Prasamaccus und leerte dessen Köcher, um mit dem Stein jede der zwanzig Pfeilspitzen zu berühren. Der glühende Ball fiel in sich zusammen, und ein grauer Nebel ergoß sich daraus ins Zimmer. Culain wartete, dann hob er den Stein und sprach ein einziges Wort der Macht. Goldenes Licht strahlte von ihm aus, umschloß die beiden Krieger und den Körper des Königs. Der Nebel füllte den Raum ... und verschwand. Ein dunkler Schatten erschien auf der gegenüberliegenden Wand, wurde tiefer, breitete sich aus, bis er den Eingang zu einer Höhle bildete. Ein kalter Wind wehte ihnen aus der Öffnung entgegen, so daß die Laternen flackerten. Mondlicht strömte durch die offenen Fenster, und in diesem silbernen Licht sah Gwalchmai, wie ein Höllenwesen aus der Höhle kam. Geschuppt und gehörnt, mit langen, gekrümmten Fangzähnen, drängte es ins Zimmer. Doch als es die magischen Linien berührte, die Culain gezogen hatte, versengten Blitze seinen grauen Körper, Flammen verschlangen es. Es zog sich in die Höhle zurück, zischend vor Schmerzen.

Drei Männer sprangen ins Zimmer. Der erste fiel mit einem Pfeil in der Kehle. Culain und Gwalchmai schossen vorwärts, und in wenigen Augenblicken lagen die beiden anderen Angreifer tot auf dem Boden.

Die beiden Krieger warteten mit erhobenen Schwertern, doch die Höhlenöffnung schrumpfte zu einem Schatten zusammen, bis sie nicht mehr zu sehen war.

Gwalchmai stieß einen der Angreifer mit der Stiefelspitze an und drehte ihn auf den Rücken. Das Fleisch im Gesicht war verwest, und nur noch ein vermodernder Leichnam lag dort. Der alte Cantier schrak bei dem Anblick zurück. »Wir haben gegen Tote gekämpft!« flüsterte er.

»Das ist Wotans Art, sich Loyalität zu sichern. Die tapfersten seiner Krieger werden vom Tod nicht berührt ... das glauben sie wenigstens.«

»Nun, wir haben sie besiegt«, meinte Gwalchmai.

»Sie werden zurückkehren, und dann werden wir sie nicht aufhalten können. Wir müssen den König an einen sicheren Ort bringen.«

»Und wo gibt es Sicherheit vor Wotans Zauberei?« fragte Prasamaccus.

»Auf der Kristallinsel«, antwortete Culain.

»Wir können den Körper des Königs nicht quer durch das halbe Reich tragen«, wandte Gwalchmai ein. »Und selbst wenn, der Heilige Ort würde ihn niemals akzeptieren. Er ist ein Krieger – sie werden nichts mit Menschen zu tun haben wollen, die Blut vergießen.«

»Sie werden ihn aufnehmen«, sagte Culain leise. »Es ist, teilweise, ihre Aufgabe.«

»Du warst schon dort?«

Culain lächelte. »Ich pflanzte den Stab, aus dem der Baum wuchs. Aber das ist eine andere Geschichte aus einer anderen Zeit. Nirgendwo im Land ist die Erdmagie stärker als dort und die Symbole verdeckter. Wotan kann seine Dämonen nicht zur Kristallinsel bringen. Und wenn er selbst dorthin reist, dann als Mensch, ohne alle majestätische Magie. Das wird er nicht wagen.«

Gwalchmai stand auf und blickte auf den scheinbar leblosen Körper Uthers hinunter. »Die Frage ist ohne Bedeutung. Wir können ihn nicht durchs Land tragen.«

»Ich vermag es, denn ich werde über die Alten Pfade reisen, die *lung mei*, die Wege der Geister.«

»Und was ist mit Prasamaccus und mir?«

»Du hast deinem König bereits gedient, und im Moment kannst du nichts weiter direkt für ihn tun. Aber Wotans Armee wird bald über euch herfallen. Es steht mir nicht an, euch zu sagen, was ihr tun solltet, aber ich würde euch raten, so viele Männer wie möglich unter Uthers Banner zu scharen, wie ihr nur könnt. Sagt ihnen, der König lebt und kommt zurück, um sie am Tag des Ragnarök zu führen.«

»Und was ist das für ein Tag?« fragte Prasamaccus.

»Der Tag der Größten Verzweiflung«, flüsterte Culain. Er stand auf und ging zur westlichen Wand. Hier kniete er mit dem Stein in der Hand nieder, und in der fast völligen Stille hörten beide Männer das Murmeln eines tiefen Flusses, Wellen, die an unsichtbare Ufer schlugen. Die Wand schimmerte und öffnete sich.

»Schnell jetzt!« sagte Culain, und Gwalchmai und Prasamaccus hoben den schweren Körper des Blutkönigs und trugen ihn zu dem neuen Eingang. Stufen waren aufgetaucht, die in eine Höhle und zu einem tiefen, dunklen Fluß hinabführten. Ein Boot war an einem steinernen Steg vertäut. Behutsam legten die beiden Britannier den König hinein. Culain machte die Leine los und stieg ins Heck.

Als das Boot davonglitt, wandte sich Culain noch einmal um. »Geht, so schnell ihr könnt, zurück in den Turm. Wenn sich das Tor schließt, seid ihr binnen einer Stunde tot.«

So rasch, wie der hinkende Prasamaccus sich bewegen konnte, stiegen die beiden Männer die Treppe wieder hinauf. Hinter sich hörten sie ein seltsames Murmeln und das schabende Geräusch von Krallen auf Stein. Als sie sich dem Tor näherten, sah Gwalchmai, wie es aufschimmerte. Er packte Prasamaccus, riß ihn vorwärts und warf sich dann hinter ihm her. Auf dem Teppich in Uthers Zimmer rollte er sich auf die Knie.

Hinter ihnen war jetzt nur noch eine Mauer, in das goldene Licht der Sonne getaucht, die über den Bergen im Osten aufging und durch das offene Fenster hereinschien.

Victorinus und die zwölf Männer seiner Gruppe waren auf der Hut, doch die ersten drei Tage ihrer Reise verliefen ereignislos. Am vierten Tage jedoch, als sie sich auf einem schmalen Pfad einem dichten Wald näherten, zügelte Victorinus sein Pferd.

Sein zweiter Adjutant, Marcus Bassicus – ein junger Mann von gutem römisch-britannischem Schlag – kam an seine Seite.

»Irgend etwas nicht in Ordnung, General?«

Die Sonne schien hell, der Weg zwischen den Bäumen war von überhängenden Zweigen beschattet. Victorinus holte tief Luft, er spürte die Gegenwart des Bösen. Plötzlich lächelte er.

»Hast du dein Leben genossen, Marcus?«

»Jawohl.«

»Hast du es ganz ausgekostet?«

»Ich glaube schon. Warum fragst du?«

»Ich glaube, daß der Tod auf uns wartet, verborgen dort zwischen den Bäumen. Hier gibt es für uns keinen Ruhm zu erstreiten – keine Aussicht auf Sieg. Nur Schmerz und Dunkelheit und das Ende aller Freude.«

Das Gesicht des jungen Mannes wurde ernst, seine grauen Augen wurden schmal. »Und was sollen wir tun?«

»Du und die anderen, ihr müßt eure Entscheidung fällen, aber ich muß in den Wald. Sprich mit den Männern, erkläre ihnen, daß wir verraten und verkauft sind. Sag ihnen, daß jeder, der fliehen möchte, es ohne Schande tun kann, es ist keine feige Tat.«

»Warum mußt du dann weiterreiten?«

»Weil Wotan uns beobachten wird, und er soll wissen, daß ich seinen Verrat nicht fürchte – daß ich ihn willkommen heiße. Er soll die Natur seines Feindes verstehen. Er hat Belgica, Raetien und Gallien erobert, und die Römer liegen vor ihm auf den Knien. Britannien wird nicht so sein wie die anderen.«

Marcus ritt zurück zu den wartenden Männern und ließ den General zurück, der auf das Tor zu seinem eigenen Grab starrte. Victorinus nahm den runden Kavallerieschild von seinem Sattel und schnallte sich ihn an den linken Arm. Dann schlang er die Zügel seines Kriegsrosses um den Sattelknauf, zog seinen Säbel, und ohne sich noch einmal umzublicken, stieß er seinem Tier die Fersen in die Flanken und ritt weiter. Hinter ihm nahmen die zwölf Soldaten ihre Schilde und Säbel und folgten ihm.

Auf einer Lichtung, kurz hinter dem Waldrand, zogen zweihundert Goten ihre Waffen und warteten.

»Du sagst, der König lebt«, sagte Geminus Cato, schob die Landkarten über den Tisch und stand auf, um sich einen Becher mit Wasser verdünnten Weins einzuschenken. »Aber ich hoffe, du vergibst mir meinen Zynismus?«

Gwalchmai zuckte die Achseln und wandte sich vom Fenster ab. »Ich kann dir nur mein Wort bieten, General. Aber es galt immer als bedenkenswert.«

Cato lächelte und strich sich den kurzgeschnittenen schwarzen Bart, der schimmerte wie ein geölter Pelz. »Laß mich die bekannten Tatsachen noch einmal zusammenfassen. Ein großer Mann, gekleidet wie ein Christ, griff zwei Wächter an und gelangte ungehindert in den Königlichen Turm. Dieser Mann, sagst du, ist der legendäre Lanzelot. Er erklärte den Leichnam für lebendig und schaffte ihn mittels Zauberei aus dem Turm.«

»Im Prinzip entspricht das der Wahrheit«, gab Gwalchmai zu.

»Aber ist er nicht auch der eingeschworene Feind des Königs? Der Große Verräter?«

»Ja.«

»Warum hast du ihm dann geglaubt?«

Gwalchmai sah zu Prasamaccus hinüber, der ruhig am Tisch saß. Der verkrüppelte Brigant räusperte sich.

»Bei allem Respekt, General, du hast den Lanzenlord nie kennengelernt. Streich aus deiner Erinnerung die endlosen Geschichten über seinen Verrat. Was hat er denn getan? Er schlief mit einer Frau. Wer von uns hat das nicht? Er allein rettete den König, als die Verräter Uthers Vater erschlugen. Er allein reiste zum Schloß der Hexenkönigin und tötete den Fürsten der Untoten. Er ist mehr als ein legendärer Krieger. Und seinem Wort in dieser Angelegenheit traue ich bedingungslos.«

Cato schüttelte den Kopf. »Aber du glaubst auch, daß der Mann Tausende von Jahren alt ist, ein Halbgott, dessen Königreich im großen Meer des Westens versunken ist.«

Prasamaccus schluckte eine zornige Erwiderung hinunter, die ihm auf der Zunge lag. Geminus Cato war mehr als ein fähiger General. Er war ein kluger und geschickter Soldat, respektiert von seinen Männern, wenn auch nicht geliebt, und – mit Ausnahme von Victorinus – der einzige Mann, der imstande war, eine Truppe gegen die Goten ins Feld zu führen. Aber er war auch reinblütiger Römer und begriff wenig von der Art der Kelten oder der Magie, die ihrer Kultur zugrundelag. Prasamaccus wählte seine nächsten Worte mit Bedacht.

»General, lassen wir für einen Augenblick die Geschichte von Culain lach Feragh beiseite. Wotan hat – möglicherweise erfolgreich – versucht, den König ermorden zu lassen. Sein nächster Schritt wird sein, ins Land einzumarschieren, und wenn er das tut, wird er zweifellos Verbündete finden – sobald bekannt wird, daß sie nicht gegen Uther kämpfen müssen. Culain hat uns Zeit verschafft, Pläne zu schmieden. Wenn wir die Nachricht verbreiten, daß der König lebt – und zurückkehren wird – haben die Sachsen, Jüten und Angeln ein Problem. Sie haben von der Macht Wotans gehört, aber sie *kennen* die Gefahr, wenn sie sich gegen den Blutkönig stellen.«

Cato heftete seine dunklen Augen auf Prasamaccus, und minutenlang herrschte Schweigen, dann kehrte der General zu seinem Sessel zurück.

»Also gut, Rittmeister. Als Taktiker akzeptiere ich, daß es besser wäre, Uther am Leben als tot zu haben. Ich werde also dafür sorgen, daß sich die Geschichte herumspricht. Aber ich kann keinen Ritter entbehren, um das Schwert zu suchen. Jeder fähige Offizier ist unterwegs, um das Land nach Freiwilligen zu durchkämmen, und alle Angehörigen der Milizen werden zurückgerufen.« Er zog die Karten heran und deutete auf die größte, eine Übersicht, die Ptolemäus vor Jahrhunderten erstellt hatte. »Ihr seid beide ausgiebig durch das Land gereist. Es ist nicht schwer zu raten, wo Wotan im Süden an Land gehen wird, aber er hat mehrere Armeen. Ich an seiner Stelle würde von zwei Seiten her angreifen, vielleicht sogar von drei. Wir haben nicht genug Männer, um das ganze Land abzudecken. Also, wo wird er zuschlagen?«

Gwalchmai blickte auf die Karte des Landes, das damals Albion hieß. »Die Seewölfe haben immer die Küste hier bevorzugt«, sagte er und tippte mit dem Finger auf den Humber, »bei Petvaria. Wenn Wotan diesem Kurs folgt, wird er unterhalb von Eboracum sein und uns so von unseren Truppen im Süden abschneiden.«

Cato nickte. »Und wenn die Briganten und Trinovanten sich erheben, um ihn zu unterstützen, ist ganz Britannien in drei Kriegsgebiete zerschnitten: vom Hadrianswall bis Eboracum, von Eboracum bis Petvaria – oder sogar bis Burobrivae, falls sie bis zum Wash segeln –, und von dort bis Anderita oder Dubris.

Bestenfalls können wir noch weitere zehntausend Krieger mobilmachen, womit unsere gesamte mobile Kampftruppe auf fünfundzwanzigtausend steigt. Gerüchten zufolge kann Wotan mehr als fünfmal so viele Männer aufbringen, und darin sind die sächsischen Rebellen oder die Briganten im Norden noch nicht eingerechnet. Was würde ich nicht darum geben, wenn Victorinus mit verläßlichen Informationen zurückkäme!« Er sah von der Karte auf. »Gwalchmai, ich möchte, daß du zu Gaius Geminus in Dubris reist …«

»Ich kann nicht, General«, wandte Gwalchmai ein.

»Warum nicht?«

»Ich muß das Schwert suchen.«

»Jetzt ist nicht die Zeit, Schatten hinterherzujagen, Hirngespinste zu suchen.«

»Vielleicht«, gab der alte Cantier zu, »aber ich muß es dennoch tun.«

Cato lehnte sich zurück und verschränkte die sehnigen Arme vor seiner ledernen Brustplatte. »Und wo willst du es suchen?«

»In Camulodunum. Als der König noch ein Knabe war, liebte er die Hügel und Wälder rings um die Stadt. Er hatte bestimmte Stellen, an denen er sich vor seinem Vater versteckte. Ich kenne diese Stellen.«

»Und du?« fragte Cato und drehte sich um.

Prasamaccus lächelte. »Ich werde in die Kaledonischen Berge reisen. Dort traf er seine große Liebe.«

Cato lachte leise und schüttelte den Kopf. »Ihr Kelten wart immer ein Rätsel für mich, aber ich habe gelernt, niemals mit einem britannischen Träumer zu streiten. Ich wünsche euch Glück bei eurer Suche. Was werdet ihr tun, wenn ihr die Klinge findet?«

Gwalchmai zuckte die Achseln und warf einen Blick auf Prasamaccus. Die hellen Augen des Briganten begegneten dem Blick des Römers. »Wir bringen es zur Kristallinsel, wo der König liegt.«

»Und dann?«

»Ich weiß es nicht, General.«

Cato schwieg eine Weile gedankenverloren. »Als ich noch ein junger Mann war«, begann er schließlich, »war ich in Aquae Sulis stationiert und bin oft in der Nähe der Insel über Land geritten. Wir durften dort nicht hin, auf Befehl des Königs, aber einmal nahmen drei Offiziere und ich – eben weil es verboten war – ein Boot über den See und landeten unterhalb des höchsten Berges. Es war ein Abenteuer, versteht ihr, und wir waren jung. Wir machten Feuer und saßen darum und unterhielten uns. Dann schliefen wir ein. Ich hatte dort einen Traum, daß mein Vater zu mir kam, und wir sprachen über viele Dinge. Er sprach vor allem über sein Bedauern, denn wir hatten uns nie nahegestanden, nachdem meine Mutter gestorben war. Es war ein schöner Traum, und wir umarmten uns. Er wünschte mir alles Gute und sagte, er wäre stolz auf mich. Am nächsten Morgen erwachte ich erfrischt. Rings um uns war Nebel, und wir segelten zurück zu der Stelle, an der unsere Pferde angepflockt waren und ritten wieder nach Aquae Sulis. Wir hatten sofort Ärger, denn wir kamen ohne unsere Schwerter zurück. Keiner von uns konnte sich daran erinnern, sie abgelegt zu haben, und keiner hatte bemerkt, daß wir sie nicht mehr hatten.«

»Die Insel ist ein verzauberter Ort«, flüsterte Prasamaccus. »Wann ist dein Vater gestorben?«

»Ich glaube, du kennst die Antwort, Prasamaccus. Ich habe einen Sohn, und wir stehen uns nicht nahe.« Er lächelte. »Vielleicht segelt er eines Tages zu der Insel.«

Prasamaccus verbeugte sich, und die beiden Britannier verließen den Raum.

»Wir können diese Aufgabe nicht allein angehen«, sagte Gwalchmai, als sie in den Sonnenschein hinaustraten. »Es ist ein viel zu großes Gebiet.«

»Ich weiß, mein Freund. Aber Cato hat recht. Gegen Wotans Übermacht braucht er alle seine jungen Männer und kann nur Alte wie uns entbehren.«

Prasamaccus hielt inne. »Ich glaube, das ist die Antwort, Gwal. Alte. Erinnerst du dich an den Tag, als Uther den Himmel teilte und an der Spitze der Neunten aus dem Nebel marschierte?«

»Natürlich. Wie könnte ich das vergessen?«

»Der Legat der Verlorenen Legion war Severinus Albinus. Er hat jetzt eine Villa in Calcaria – nicht einmal einen halben Tagesritt von hier.«

»Der Mann ist über sechzig!« wandte der Cantier ein.

»Und wie alt bist du?« fuhr Prasamaccus ihn an.

»Das mußt du mir nicht unbedingt unter die Nase reiben«, erwiderte Gwalchmai. »Aber er ist ein reicher Römer und wahrscheinlich fett und zufrieden.«

»Das bezweifle ich. Aber er wird wissen, wo wir andere Überlebende der Neunten finden können. Sie waren Uthers Legion, durch stärkere Bande als Blut auf ihn eingeschworen. Er hat sie aus dem Tal der Toten herausgeholt.«

»Vor über einem Vierteljahrhundert. Die meisten von ihnen werden inzwischen tot sein.«

»Aber einige nicht. Vielleicht zehn, vielleicht hundert. Wir müssen sie suchen.«

Severinus Albinus sah noch immer Zoll für Zoll wie der römische General aus, der er bis vor nur fünf Jahren gewesen war. Er hielt den Rücken kerzengerade, er blickte aus dunklen Adleraugen. Für ihn waren die vergangenen fünfundzwanzig Jahre wie ein erlebter Traum gewesen, denn er und alle seine Männer der Neunten Legion waren jahrhundertelang in der Hölle der Leere gefangen gewesen, ehe der junge Prinz, Uther Pendragon, sie gerettet und nach Hause gebracht hatte, zurück in eine Welt, die verrückt geworden war. Roms Macht – überragend, als Severinus seine Männer in den Nebel geführt hatte – war nur noch ein Schatten ihrer selbst, und Barbaren herrschten, wo einst die

Gesetze Roms durch Legionen gestützt wurden, deren eiserne Disziplin eine Niederlage undenkbar machte. Severinus war moralisch verpflichtet, Uther zu dienen, und er hatte ihm gut gedient, indem er eingeborene britannische Truppen nach römischem Vorbild ausbildete und in Kriegen für ein Land kämpfte, das ihm gleichgültig war. Jetzt lebte er friedlich in seiner Villa, las die Werke alter Zeiten, die – zumindest für ihn – Erinnerungen an ein Gestern waren, das seine Frau und seine Kinder und alle, die er kannte und liebte, verschlungen hatte. Als Fremder in einer fremden Zeit versuchte Severinus Albinus der Zufriedenheit nahe zu kommen, während er in seinem Garten saß und die Werke Plutarchs las.

Sein persönlicher Sklave, Nica, ein Jude von den griechischen Inseln, näherte sich.

»Herr, am Tor sind zwei Männer, die mit dir sprechen möchten.«

»Sag ihnen, sie sollen morgen wiederkommen. Ich bin nicht in der Stimmung für Geschäfte.«

»Es sind keine Kaufleute aus der Stadt, Herr, sondern Männer, die Freundschaft beanspruchen.«

Severinus rollte das Pergament zusammen und legte es neben sich auf die Marmorbank. »Haben sie auch Namen, diese Freunde?«

»Prasamaccus und Gwalchmai.«

Severinus seufzte. »Führe sie zu mir – und hole Wein und Obst. Sie werden über Nacht bleiben, also bereite passende Zimmer vor.«

»Soll ich das Wasser für die Gästebäder heiß machen, Herr?«

»Das wird nicht nötig sein. Unsere Gäste sind Britannier, die sich nur selten waschen. Aber schaff zwei Dorfmädchen herbei, um ihre Betten zu wärmen.«

»Ja, Herr«, antwortete Nica, verbeugte sich und ging davon, während Severinus aufstand und seine lange Toga glattstrich. Seine Zufriedenheit löste sich in Luft auf. Als er sich umdrehte, sah er den hinkenden Prasamaccus über den gepflasterten Weg schlurfen, gefolgt von dem hochgewachsenen cantischen Stammeskrieger, der als Jagdhund des Königs bekannt war. Beide Männer hatte er immer mit Respekt behandelt, wie es Gefährten des Königs verdienten, aber er hatte gehofft, sie nie mehr zu sehen. Er fühlte sich in Gegenwart von Britanniern nicht wohl.

»Willkommen in meinem Heim«, sagte er mit einer steifen Verbeugung. »Ich habe Wein für euch bringen lassen.« Er deutete auf die Marmorbank, und Prasamaccus sank dankbar darauf nieder, während Gwalchmai stehenblieb, die kräftigen Arme über der Brust verschränkt. »Ich nehme an, ihr seid hier, um mich zu seinem Begräbnis einzuladen?«

»Der König ist nicht tot«, sagte Prasamaccus. Severinus verbarg seinen Schock gut, da wurde die Szene von einem Diener unterbrochen, der ein silbernes Tablett mit zwei Bechern Wein und einem Krug mit Wasser brachte. Er stellte es auf die breite Armlehne der Bank und zog sich lautlos zurück.

»Nicht tot? Er war drei Tage lang aufgebahrt.«

»Er ist auf der Kristallinsel und erholt sich allmählich«, sagte Gwalchmai.

»Das freut mich zu hören. Wenn ich richtig gehört habe, werden die Goten gegen uns ziehen, und der König wird gebraucht.«

»Wir benötigen deine Hilfe«, erklärte Gwalchmai unverblümt. »Und die Männer der Neunten.«

Severinus lächelte dünn. »Die Neunte existiert nicht mehr. Die Männer haben sich auf ihre Parzellen Land zurückgezogen und sind jetzt Bürger – und keiner jünger als fünfzig Jahre. Wie ihr sehr wohl wißt, hat der König die Neunte aufgelöst und sie in den wohlverdienten Ruhestand entlassen. Der Krieg ist eine Herausforderung für junge Männer, Gwalchmai.«

»Wir brauchen sie auch nicht für den Krieg, Severinus«, schaltete sich Prasamaccus ein. »Das Schwert der Macht ist fort – wir müssen es wiederfinden.« Der Brigant erzählte dem General von dem Angriff auf den König und Culains Theorie über das Schwert. Severinus blieb reglos sitzen, seine dunklen Augen fest auf Prasamaccus gerichtet.

»Nur wenige Männer«, sagte Severinus, »haben die Macht des Schwertes verstanden. Aber ich sah, wie es die Luft wie einen Vorhang teilte, um uns aus dem Nebel zu befreien, und Uther erklärte mir einmal das Rätsel, wieso er immer wußte, wo der Feind zuschlagen würde. Das Schwert ist ebenso wertvoll wie der König. Und es ist schön und gut, die Neunte zu suchen, aber es ist keine Zeit, das Land zu durchstreifen. Ihr sprecht von einem Ort, an dem Magie plötzlich sehr stark ist. In Friedenszeiten würde diese Suche vielleicht Sinn machen, aber im Krieg? Lange Schlangen von Flüchtlingen, feindliche Truppen, Entbehrungen, Schmerz und Tod. Nein, eine planlose Suche kann nicht die Antwort sein.«

»Was schlägst du vor?« fragte Gwalchmai.

»Nur ein einziger Mann weiß, wohin das Schwert gesandt wurde. Ihn müssen wir fragen!«

»Der König ist dem Tode nah«, widersprach Prasamaccus. »Er vermag nicht zu sprechen.«

»Er vermochte es nicht, als du ihn zuletzt gesehen hast, Prasamaccus. Aber wenn Culain ihn auf die magische Insel gebracht hat, könnte er dann nicht vielleicht aufgewacht sein?«

»Was schlägst du vor, General?«

»Ich lasse die Männer der Neunten benachrichtigen. Aber erwartet keine große Schar, viele sind jetzt tot, andere sind nach Italien zurückgekehrt, in der Hoffnung, ein paar Verbindungen zu ihrer Vergangenheit zu finden. Und wir werden morgen nach Südwesten aufbrechen.«

»Ich kann nicht mit dir kommen, General«, sagte Prasamaccus. »Ich muß in die Kaledonischen Berge.«

Severinus nickte. »Und du, Gwalchmai?«

»Ich reite mit dir. Für mich gibt es hier nichts mehr.«

»Für keinen von uns gibt es hier noch etwas«, sagte Severinus. »Die Welt verändert sich. Neue Reiche entstehen, alte Reiche sterben. Die Angelegenheiten einer Nation sind wie das Leben eines Menschen, weder Mensch noch Reich können lange dem Niedergang widerstehen.«

»Glaubst du etwa, daß die Goten gewinnen werden?« fauchte Gwalchmai.

»Wenn nicht die Goten, dann die Sachsen oder die Jüten. Ich habe Uther bedrängt, sächsische Krieger für seine Legionen zu rekrutieren und ihnen ein gewisses Maß an Selbstverwaltung zuzugestehen. Aber er wollte nicht hören. In Südsachsen allein gibt es dreißigtausend Männer in waffenfähigem Alter. Stolze Männer. Starke Männer. Dieses Reich wird Uther nicht lange überleben.«

»Wir haben seit fünfundzwanzig Jahren keine Niederlage mehr erlitten«, entgegnete Gwalchmai.

»Und was bedeutet das für die Geschichte? Als ich jung war, in den Tagen von Claudius, regierte Rom die Welt. Wo sind die Römer jetzt?«

»Das Alter hat dir wohl den Mut genommen.«

»Nein, Gwalchmai, vierhundert Jahre im Nebel haben meinen Verstand gestärkt. Ich habe ein Gästezimmer für jeden von euch vorbereiten lassen. Geht jetzt – wir reden später weiter.«

Die Britannier zogen sich in die Villa zurück und ließen den alten General im Garten, wo Nica ihn fand. »Kann ich etwas für dich tun, Herr?«

»Gibt es etwas Neues von den Kaufleuten?«

»Sie sagen, daß sich jenseits des Wassers eine große Armee sammelt und daß Wotan in wenigen Wochen hier sein wird.«

»Was haben die Kaufleute vor?«

»Die meisten haben ihre Reichtümer versteckt. Einige haben in Hispanien und Afrika investiert. Noch mehr bereiten sich darauf vor, die Goten willkommen zu heißen. Das ist der Lauf der Welt.«

»Und du, Nicodemus?«

»Ich, Herr? Ich bleibe bei dir.«

»Unsinn! Du hast dir nicht in zehn Jahren ein Vermögen aufgebaut, nur um als mein Sklave zu sterben.«

»Ich weiß nicht, was du meinst, Herr.«

»Jetzt ist nicht der richtige Zeitpunkt, alles abzustreiten. Du hast mit meinem Geld bei Abrigus investiert, und er hat eine Ladung Seidenstoffe mitgebracht, die mir eine ansehnliche Summe eingebracht hat. Du hast eine Kommission von hundert Silberstücken für dich genommen und diese wieder geschickt investiert.«

Nica zuckte die Achseln. »Wie lange weißt du das schon?«

»Etwa sechs Jahre. Ich reise ab, und ich glaube nicht, daß ich zurückkommen werde. Wenn ich nicht innerhalb eines Jahres wieder da bin, gehört die Villa dir – und mein gesamtes Kapital. Ich habe ein versiegeltes Pergament diesen Inhalts bei Cassius hinterlegt. Meine Sklaven sollen freigelassen werden, und für die Frau, Trista, soll eine Summe bereitgestellt werden. Sie war gut zu mir. Wirst du dafür sorgen, daß dies alles geschieht?«

»Selbstverständlich, Herr, aber natürlich hoffe ich, daß du ein langes Leben haben und schnell zurückkehren wirst.«

Severinus lachte leise. »Und du lügst immer noch, du Schurke! Mach mein Schwert bereit und die Kampfrüstung – nicht die verzierte Brustplatte, sondern den alten ledernen Harnisch. Was das Pferd anlangt, ich werde wohl Canis nehmen.«

»Er wird langsam alt, Herr.«

»Wir werden alle langsam alt, Nica. Aber er ist zäh und furchtlos.«

Das Boot glitt durch das dunkle Wasser, und Culain saß lautlos an der Pinne, bis sich der Tunnel schließlich zu einer Höhle mit schimmernden Stalaktiten ausweitete.

Das Wasser blubberte und zischte, und an den Wänden glänzte ein zauberisches Licht. Culain steuerte das Boot durch ein Labyrinth natürlicher Säulen hinaus auf einen ausgedehnten, stillen See. Es war sternenklar, der Mond beschien den fernen Hügel, auf dem ein runder Turm stand. Die Luft war frisch und kühl, und der Lanzenlord reckte sich und holte tief Luft, als der Frieden der Insel ihn übermannte. Sein Blick schweifte über die Landschaft und suchte nach den einst vertrauten Formen des Schlafenden Riesen, des Drachen, des Zentauren, der Taube, des Löwen. Verborgen seit zweitausend Jahren, doch immer noch machtvoll.

Das Boot bog in eine von Bäumen überschattete Bucht und hielt auf ein Lagerfeuer zu, das in der Ferne leuchtete wie ein Fixstern. Als das Boot sich dem Land näherte, erhoben sich sieben kapuzenverhüllte Gestalten vom Feuer und kamen in einer Reihe ans Ufer.

»Warum hast du uns gerufen?« fragte die Stimme einer Frau.

»Ich habe einen Freund hier, der eurer Hilfe bedarf.«

»Ist dein Freund ein Mann des Friedens?«

»Er ist der König.«

»Ist das eine Antwort?«

»Er ist der Mann, der die Kristallinsel zum Heiligtum erklärte, und er hat ihre Heiligkeit und ihre Freiheit beschützt.«

»Die Insel braucht keinen *Mann,* um als heilig erklärt zu werden, und ebensowenig Schwerter, um ihre Freiheit zu schützen.«

»Dann seht ihn einfach als das, was er ist, einen Mann, dessen Seele geraubt wurde und dessen Körper in Gefahr ist.«

»Und wo sollen wir ihn hinbringen?« fragte die Frau.

»In den Runden Saal im Kreis des Großen Mondes, wo nichts Böses sein kann, wo die beiden Welten sich im Zeichen des Heiligen Fisches vereinen.«

»Du weißt viel von unseren Mysterien.«

»Ich weiß alles von euren Mysterien ... und noch mehr.« Ohne ein weiteres Wort traten die Frauen vor und hoben den König mühelos aus dem Boot. In zwei Reihen, so daß der Körper fast zwischen ihnen zu schweben schien, brachen die kapuzenverhüllten Frauen in die Schatten auf, gefolgt von Culain. Eine Gestalt in Weiß tauchte zwischen den Bäumen auf, eine Kapuze über das Gesicht gezogen.

»Du darfst nicht weitergehen, Krieger.«

»Ich muß bei ihm bleiben.«

»Das darfst du nicht.«

»Willst du mich aufhalten?«

»Du wirst dich selbst aufhalten«, erwiderte sie, »denn deine Anwesenheit schwächt die Macht, die ihn am Leben hält.«

»Ich bin nicht böse«, wandte er ein.

»Nein, Culain lach Feragh, du bist nicht böse.«

»Dann kennst du mich also? Das ist gut, denn dann mußt du auch wissen, daß ich den Weißdorn pflanzte und das Werk begann, das du jetzt fortführst.«

»Du hast es begonnen, ja, aber nicht im Glauben, es war nur eins deiner Spielchen. Du hast den Schwestern erzählt, daß du all ihre Mysterien kennst und noch viel mehr. Einst war das die Wahrheit, aber jetzt nicht mehr. Glaubst du denn, du hättest diesen Ort gewählt, Culain? Nein. Er hat dich gewählt.«

»Vergib mir meine Arroganz, Herrin. Aber laß mich bleiben. Ich habe viel zu büßen. Und ich bin verloren und kann nirgendwo hin.«

Die Bucht war in Mondlicht getaucht, und ließ die weißgekleidete Priesterin fast ätherisch erscheinen. Der Krieger wartete, während sie seine Worte abwog. Endlich sprach sie.

»Du darfst auf der Insel bleiben, Culain – aber nicht in der Runden Halle.« Sie deutete auf den großen Hügel und den Turm, der dort stand. »Dort kannst du dich ausruhen, und ich werde dafür sorgen, daß dir zu essen gebracht wird.«

»Ich danke dir, Herrin. Damit ist mir eine Last vom Herzen genommen.«

Sie drehte sich um und war verschwunden. Culain stieg den uralten Pfad empor, der um den Hügel verlief, sich höher und höher über das Land und den See schraubte. Der Turm war alt und war schon alt gewesen, als er noch ein Kind in Atlantis gewesen war. Der hölzerne Fußboden war vermodert, und nur die großen Steine waren übrig, sorgfältig bearbeitet mit einer Präzision, die die Welt nicht mehr kannte, und zusammengefügt ohne die Hilfe von Mörtel. Culain machte mit einem Teil des verrottenden Holzes Feuer und legte sich nieder, um unter den Sternen zu schlafen.

Cormac erwachte in einer öden Landschaft mit Bäumen wie Gerippen und Kratern aus Staub. Neben ihm lag sein Schwert, hinter ihm wand sich ein Tunnel durch einen Berg nach oben. Er setzte sich auf und blickte in den Tunnel. Am anderen Ende, hoch oben im Herz des Berges, sah er einen flackernden Schein, und er sehnte sich danach, dorthin zu wandern, um in seinem Licht zu baden.

Aber genau in diesem Moment wurde er einer anderen Gestalt gewahr, und er fuhr mit dem Schwert in der Hand herum und sah einen alten Mann, der auf einem flachen Stein saß. Sein Bart war weiß, und er trug ein langes graues Gewand.

»Wer bist du?« fragte Cormac.

»Niemand«, antwortete der Mann mit einem reuigen Lächeln. »Obwohl ich einst jemand war und auch einen Namen hatte.«

»Welcher Ort ist das hier?«

Der Mann zuckte die Achseln. »Im Gegensatz zu mir hat er viele Namen und viele Geheimnisse. Und doch, wie ich, ist er auch nirgendwo. Wie bist du hierher gekommen?«

»Ich … es gab einen Kampf … ich … ich kann mich nicht genau erinnern.«

»Manchmal ist das ein Geschenk, für das man dankbar sein sollte. Es gibt viel, an das ich mich lieber nicht erinnern würde.«

»Ich wurde niedergestochen«, sagte Cormac, »mehrfach.« Er schob sein Hemd hoch und untersuchte die helle Haut auf Brust und Rücken. »Aber ich habe keine Narben.«

»Die Narben sind anderswo«, erklärte der Mann. »Hast du gut gekämpft?«

»Nein. Ich war blind … Anduine! Ich muß sie finden.« Er stand auf und ging auf den Tunnel zu.

»Da wirst du sie nicht finden«, sagte der Mann leise, »denn in dieser Richtung liegen Blut und Feuer und Leben.«

»Was willst du damit sagen, Alter?«

»Ich stelle nur das Offensichtliche fest, Cormac, Sohn des Uther. Deine Dame ist schon vor dir über diese lange graue Straße gegangen. Hast du den Mut, ihr zu folgen?«

»Mut? Du redest mich schwindlig. Wo ist sie?«

Der alte Mann erhob sich und deutete auf die fernen Berge jenseits des schwarzen Flusses, der sich durch das Tal unter ihnen wand. »Sie ist dort, Cormac, wo sich all die neuen Seelen sammeln. Die Berge der Verdammten.«

»Ich frage dich nochmals, Alter, was ist das hier für ein Ort?«

»Dies, junger Prinz, ist der Ort der Alpträume. Hier können nur die Toten wandeln. Dies ist die Leere, und hier herrscht das Chaos.«

»Dann … bin … ich …«

»Du bist tot, Prinz Cormac.«

»Nein!«

»Sieh dich um«, befahl der alte Mann. »Wo ist das Leben? Gibt es hier Gras oder lebende Bäume? Irgendeine Spur von Tieren oder Vögeln? Wo sind die Sterne, die den Himmel schmücken sollten?«

»Und trotzdem denke und fühle ich, und ich kann mein Schwert schwingen. Dies ist ein Traum, Alter, er macht mir keine Angst.«

Der Mann stand auf und strich sein graues Gewand glatt. »Ich wandere zu diesen Bergen. Soll ich deiner Dame eine Botschaft überbringen?«

Cormac warf einen Blick zurück auf den Tunnel und das verlockende Licht. Jede Faser in ihm schrie danach, dorthin zu laufen, dem erbarmungslosen Grau dieser Landschaft zu entfliehen. Aber Anduine war nicht dort. Er warf einen Blick auf die Berge.

»Du sagst, sie ist dort, aber warum sollte ich dir glauben?«

»Nur weil du es tust. Ich würde dich nicht anlügen, junger Prinz. Ich diente deinem Vater und dessen Vater und Großvater. Ich war ihr Oberzauberer.«

»Maedhlyn?«

»Ja, das war einer meiner Namen im Licht. Jetzt bin ich niemand.«

»Dann bist auch du tot?«

»So tot wie du, Prinz Cormac. Willst du mit mir über die graue Straße gehen?«

»Werde ich wirklich Anduine finden?«

»Das weiß ich nicht. Aber du wirst ihren Weg gehen.«

»Dann komme ich mit dir.«

Maedhlyn lächelte und wanderte bergab zu dem dunklen Fluß. Er hob die Arme und rief etwas, und ein schwarzer Kahn kam in Sicht, gesteuert von einer monströsen Gestalt mit dem Kopf eines Wolfes und Augen, die in dem schwachen Halblicht der ewigen Dämmerung rot glühten. Cormac hob sein Schwert.

»Das brauchst du nicht«, flüsterte Maedhlyn. »Er ist nur der Fährmann und wird dir nichts zuleide tun.«

»Wie könnte er einem Toten etwas zuleide tun?« fragte Cormac.

»Nur dein Körper ist tot. Dein Geist kann noch immer Schmerz empfinden und – schlimmer noch – die Auslöschung. Und es gibt viele Ungeheuer hier, und Einstige Menschen, die versuchen werden, dir zu schaden. Halt dein Schwert bereit, Cormac. Du wirst es brauchen.«

Gemeinsam bestiegen sie den Kahn, der unter dem geschickten, lautlosen Staken des Fährmanns in die Mitte des Flusses hinausglitt.

An einem steinernen Steg hielt das Boot, und Maedhlyn kletterte hinaus und winkte Cormac, es ihm nachzutun. Der Fährmann blieb reglos sitzen, seine roten Augen auf den Jungen gerichtet, und streckte die Hand aus.

»Was will er?«

»Die schwarze Münze«, antwortete Maedhlyn. »Alle Reisenden müssen den Fährmann bezahlen.«

»Ich habe keine Münzen.«

Der alte Mann war bestürzt. »Durchsuch deine Taschen, junger Prinz«, befahl er. »Sie muß da sein.«

»Wenn ich es dir doch sage: Ich habe nichts.«

»Such trotzdem!«

Cormac tat wie geheißen, dann breitete er die Arme aus. »Wie ich schon sagte, ich habe nichts als mein Schwert.«

Maedhlyn ließ die Schultern hängen. »Ich fürchte, ich habe dir schrecklich unrecht getan, Cormac.« Er wandte sich an den Fährmann und sprach zu ihm in einer Sprache, die der Junge noch nie gehört hatte. Das Ungeheuer schien zu lächeln, dann stand es auf und wendete den Kahn, um ihn wieder auf den Fluß hinaus zu staken.

»Welches Unrecht?«

»Du bist, wie es scheint, nicht tot, obwohl es mir dann ein Rätsel ist, wie du hergekommen bist. Alle Seelen haben die schwarze Münze bei sich.«

»Es ist ja nichts geschehen. Er hat uns trotzdem hergebracht.«

»Ja, aber er wird dich nicht zurückbringen – und das ist die Tragödie.«

»Es ist ja nicht weit, Maedhlyn. Zur Not kann ich schwimmen.«

»Nein! Du darfst niemals das Wasser berühren, denn es ist die Essenz der Hölle selbst. Es verbrennt, was es berührt, und der Schmerz dauert an in Ewigkeit.«

Cormac ging auf den alten Mann zu und legte einen Arm um Maedhlyns Schulter.

»Es ist keine Tragödie. Ich will nicht ohne Anduine leben, und sie hat den Fluß bereits überschritten. Komm, gehen wir. Ich möchte bei den Bergen sein, ehe es dunkel wird.«

»Dunkel? Hier wird es nicht dunkel. So ist die Leere,

und so wird sie immer sein. Hier gibt es keine Sonne und keinen Mond, und die Sterne sind nur eine ferne Erinnerung.«

»Gehen wir trotzdem«, fuhr Cormac auf. Maedhlyn nickte, und die beiden brachen auf.

Viele Stunden lang wanderten sie, bis den jungen Prinzen schließlich die Müdigkeit überfiel. »Wirst du nie müde?« fragte er den Zauberer.

»Hier nicht, Cormac. Es ist ein weiteres Zeichen für deine Verbundenheit mit dem Leben. Komm, wir setzen uns dort auf den Hügel. Ich mache ein Feuer, und wir können uns unterhalten.«

Sie lagerten in einem Kreis von großen Steinen. Maedhlyn sammelte totes Holz, und das kleine Feuer flackerte hell. Der Zauberer schien in Gedanken verloren, und Cormac störte ihn nicht. Nach einer Weile reckte sich Maedhlyn und lächelte grimmig.

»Es wäre besser gewesen, junger Prinz, wenn wir uns unter der Sonne begegnet wären, in den Wäldern bei Eboracum oder im Palast in Camulodunum. Aber die Menschen müssen das beste aus den Gegebenheiten machen. Ich unterrichtete deinen Vater, als er etwa so alt war wie du, und er lernte rasch. Er wurde ein Mann, der fast jede Situation nach seinem Willen formen konnte. Vielleicht bist auch du so ein Mann?«

Cormac schüttelte den Kopf. »Ich wurde als Sohn eines Dämons aufgezogen, von allen gemieden. Der Mann, der wie ein Vater zu mir war, wurde ermordet, und ich floh. Ich begegnete Culain, und er rettete mich. Er ließ mich zurück, um Anduine zu beschützen, und ich habe versagt. Das ist die Geschichte von Cormac. Ich glaube nicht, daß ich so bin wie Uther.«

»Geh nicht zu streng mit dir ins Gericht, junger Prinz. Erzähl mir die ganze Geschichte – und laß mich urteilen.«

Während das Feuer zu glühender Asche herunterbrannte, erzählte Cormac von seinem frühen Leben mit Grysstha, von Alftrudas Kuß, der zu Grysstha Ermordung führte, von der Begegnung mit Culain und dem Kampf mit den Dämonen, um Anduine zu beschützen. Zum Schluß beschrieb er die Rettung von Oleg und seiner Tochter, und den Kampf mit den Wikingern, der letztendlich zu dem Angriff auf die Hütte führte.

Maedhlyn lauschte schweigend, bis er fertig war, dann legte er neues Holz aufs Feuer.

»Uther wäre stolz auf dich gewesen, aber du bist zu bescheiden, Prinz Cormac. Ich denke, das hat viel mit der Drangsal deiner Jugend zu tun. Erstens, als Alftrudas Brüder dich angriffen, hast du sie alle besiegt – die Tat eines Kriegers und eines Mannes von Mut. Zweitens, als die Dämonen kamen, kämpftest du wie ein Mann. Und als du Oleg vom Berg geschleppt hast, hast du wiederum die Kraft deines Geistes unter Beweis gestellt. Und, ja, du hast versagt, die feindlichen Mächte waren zu stark. Aber eins solltest du wissen, Kind von Uther, zu versagen ist gar nicht so furchtbar. Wahre Feigheit ist, es niemals zu versuchen.«

»Maedhlyn, ich denke, ich wäre lieber weniger heldenhaft und dafür erfolgreicher gewesen. Aber es hat keinen Zweck mehr, sich darüber zu grämen. Ich werde keine Gelegenheit mehr haben, es wiedergutzumachen.«

»Sei dir da nicht zu sicher«, sagte der Zauberer leise. »Diese Welt, so verdammenswert sie auch ist, hat viele Ähnlichkeiten mit der, die du verlassen hast.«

»Kannst du sie mir nennen?«

»Der Herrscher dieser Welt ist Molech, einst ein Mensch, aber jetzt ein Dämon. Du kennst ihn besser unter dem Namen Wotan. Dies war sein Reich für fast zweitausend Jahre.«

»Wotan? Wie ist das möglich?«

»Durch die Dummheit eines einzigen Mannes. Meine Dummheit. Aber laß mich diese Geschichte ein andermal erzählen. Du weißt natürlich von den Feragh, dem letzten lebenden Teil von Atlantis?«

»Ja, Culain hat mir davon erzählt.«

»Nun, in jenen glorreichen Tagen gab es viele junge Männer, die sich nach Abenteuern sehnten. Und wir hatten die Macht der Steine und wurden Götter für die Sterblichen. Einer dieser jungen Männer war Molech. Er schwelgte in dunklen Gefühlen, und seine Vergnügungen drehten den meisten Menschen den Magen um: Folter, Schmerz und Tod waren wie Wein für ihn. Er verwandelte seine Welt in ein Schlachthaus. Es war mehr, als wir alle ertragen konnten, und die Feragh stellten sich gegen ihn. Unser König Pendarric führte einen Krieg gegen Molech, den dieser verlor. Culain kämpfte auf den Türmen von Babel gegen ihn und tötete ihn dort. Er schlug ihm den Kopf ab und schleuderte den Körper auf die Felsen, damit er dort verbrannt wurde.«

»Wie konnte er dann zurückkehren?«

»Geduld!« fauchte Maedhlyn. »Molech konnte, wie jeder von uns, die Steine verwenden, um unsterblich zu werden. Aber er ging einen Schritt weiter als wir, er nahm einen Ring aus Silber-Sipstrassi und bettete ihn in seinen Schädel ein, unter die Haut, wie eine unsichtbare Krone. Er wurde selbst Sipstrassi, er brauchte keinen Stein mehr. Als Culain ihn tötete, nahm ich den Kopf. Niemand wußte, was ich getan hatte. Ich brannte das Fleisch herunter und behielt ihn als Talisman, als Gegenstand von großer Macht. Er half mir in den darauffolgenden Jahrhunderten. Ich wußte, daß Molechs Geist noch am Leben war, und ich nahm Verbindung mit ihm auf und mit den Toten seines Reiches. Dabei lernte ich viel und nutzte meine Kenntnisse gut. Aber in meiner Arroganz erkannte ich nicht, daß Molech mich ebenso benutzte und daß seine Macht wuchs.

Vor einigen Jahren, kurz nachdem du geboren wurdest, trennten sich leider Uthers und meine Wege. Ich reiste ins Land der Nordmänner und begegnete dort einer jungen Frau, die meine Schülerin werden wollte. Ich gewährte ihr Einlaß in mein Haus und in mein Herz. Aber sie war eine Dienerin Molechs, und eines

Nachts betäubte sie mich und legte mir den Schädel auf den Kopf. Molech übernahm meinen Körper, und mein Geist wurde hierher geschickt. Jetzt quält er mich mit meiner eigenen Dummheit, und die mörderischen Exzesse, um deren Zerstörung wir so hart gekämpft hatten, plagen erneut die Welt. Und diesmal läßt er sich nicht besiegen.«

»Culain ist noch immer am Leben. Er wird ihn vernichten«, erklärte Cormac.

»Nein, Culain ist nur noch ein Schatten des Mannes, der er einst war. Ich hatte gehofft, daß Uther und das Schwert der Macht stark genug wären, doch auch in diesem Punkt hat Wotan mich überlistet. Er hat den Blutkönig gefangengenommen.«

»Er hat ihn getötet?«

»Nein. Ich wünschte, er hätte!«

»Das verstehe ich nicht«, sagte Cormac.

»Uther ist hier, Prinz Cormac, in der Leere. Gehalten von Ketten aus Seelenfeuer.«

»Das einzige, was mir wichtig ist, ist Anduine«, sagte Cormac. »Wenn ich auch die Stärke und das Können des Mannes bewundere, der mich gezeugt hat, weiß ich doch nicht mehr, als daß er meine Mutter letztendlich in den Tod getrieben hat. Ob er leidet, ist mir egal.« Er erhob sich geschmeidig. »Ich habe mich genug ausgeruht, Maedhlyn.«

»Also gut«, flüsterte der Zauberer. Er hielt seine Hand über das Feuer, und die Flammen erstarben augenblicklich. »Es ist ein langer Weg und eine Straße voller Gefahren. Weich nicht vom Weg ab. Was immer auch geschieht, Cormac, weich nicht vom Wege ab.«

Gemeinsam wanderten sie über die breite Straße. Auf beiden Seiten dehnte sich die erbarmungslose Landschaft bis zu einem grauen Horizont, nur unterbrochen von abgestorbenen Bäumen und schwarzen Felsbrocken, zackig und abweisend. Staub wölkte auf und trocknete Cormac die Kehle aus und stach ihm in die Augen.

»Dies ist ein Ort ohne Seele«, sagte er. Maedhlyn quittierte seine Bemerkung mit einem schiefen Lächeln.

»Genau das Gegenteil stimmt, junger Mann. Alles was hier lebt, *sind* die Seelen der Verstorbenen. Unser Problem ist, daß die Mehrheit dieser Verdammten hier böse ist. Und hier kann man die wahre Natur eines Menschen sehen. Nimm nur den Fährmann. Früher war er ein Mensch, aber jetzt hat er die Gestalt des Unwesens angenommen, das er im Leben verborgen hielt.«

»Anduine hat hier keinen Platz«, sagte Cormac. »Sie ist sanft und freundlich und hat nie jemandem etwas zuleide getan.«

»Dann wird sie weiter über die Straße gehen. Fürchte nicht um sie, Cormac. Dieser Ort befindet sich in einem kosmischen Gleichgewicht, und nicht einmal Molech könnte es für längere Zeit stören.«

Als sie um eine Biegung des Weges kamen, sahen sie ein junges Mädchen, dessen Fuß in einer Falle festsaß. »Helft mir!« rief sie, und Cormac trat von der Straße auf sie zu, aber als er die Hand ausstreckte, erhob sich eine riesenhafte Gestalt hinter einem Felsbrocken.

»Paß auf!« schrie Maedhlyn, und Cormac fuhr herum und schwang sein Schwert in einem mörderischen Bogen, der dem schuppigen Wesen in die Seite drang.

Mit einem zischenden Schrei, bei dem schwarzes Blut über Cormacs Hemd spritzte, verschwand das Ungeheuer. Hinter ihm erhob sich das Mädchen lautlos, die Finger ausgestreckt wie Krallen. Maedhlyn schleuderte einen schlanken Dolch, der sie zwischen den Schulterblättern traf, und Cormac wirbelte herum, als sie auf die Knie fiel. Ihre Augen waren rot wie Blut, ihr Mund von spitzen Fangzähnen gesäumt, zwischen den blauen Lippen züngelte eine Schlangenzunge. Dann verschwand auch sie.

»Geh zurück auf die Straße«, befahl Maedhlyn, »und bring mir meinen Dolch mit.« Die Klinge lag im Staub. Cormac hob sie auf und ging zu dem Zauberer.

»Was war das?«

»Ein Vater mit seiner Tochter. Sie haben ihr Leben damit verbracht zu rauben und Reisende auf der Straße zwischen Verulamium und Londinium zu töten. Sie wurden, zwanzig Jahre bevor du geboren wurdest, auf dem Scheiterhaufen verbrannt.«

»Lebt denn nichts Gutes hier?«

»Man kann an den unwahrscheinlichsten Orten das Gute finden, Prinz Cormac. Aber wir werden sehen.«

Sie wanderten weiter und weiter, scheinbar bis in Ewigkeit. Ohne Sterne oder Mond, um die Zeit zu schätzen, verlor Cormac jeden Sinn für das Verstreichen der Zeit, doch schließlich erreichten sie die Berge und folgten dem Pfad zu einer großen Höhle, in der Fackeln flackerten.

»Sei auf der Hut hier, denn hier gibt es keinen Schutz«, warnte Maedhlyn.

In der Höhle waren Scharen von Menschen, die einfach nur dasaßen, schliefen oder sich unterhielten. Die Neuen wurden nicht beachtet, und Meadhlyn führte den Prinzen durch eine Reihe fackelerhellter Tunnel, die voller Seelen waren, bis er schließlich in einer inneren Höhle stehenblieb, in der ein riesiges Feuer brannte

Ein älterer Mann in einer verblichenen braunen Kutte verbeugte sich vor dem Zauberer. »Gottes Frieden sei mit dir, Bruder«, sagte er.

»Und mit dir, Albain. Ich habe hier einen jungen Freund, der ein wenig Freundlichkeit braucht.«

Albain lächelte und streckte seine Hand aus. Er war ein zerbrechlicher, kleiner Mann mit spärlichem weißem Haar, das seinen ansonsten kahlen Schädel oberhalb der Ohren wie eine Krone umgab. »Willkommen, mein Junge. Was du suchst, ist also kurz gesagt, Unterstützung. Wie kann ich dir helfen?«

»Ich suche meine Frau, sie heißt Anduine.« Er beschrieb sie dem alten Mönch, der aufmerksam zuhörte.

»Sie war hier, aber ich fürchte, sie wurde fortgebracht. Es tut mir leid.«

»Fortgebracht? Von wem?«

»Die Loyalen kamen sie holen. Wir hatten keine Zeit, sie zu verstecken.«

»Molechs Leibwache«, erklärte Maedhlyn. »Sie dienen ihm hier, wie sie ihm im Leben gedient haben, für das Versprechen, wieder zu Fleisch zu werden.«

»Wohin haben sie sie gebracht?«

Albain antwortete nicht, sondern sah Maedhlyn an.

»Sie wird im Bergfried sein – in Molechs Festung. Du kannst nicht dahin gehen, Cormac.«

»Was sollte mich daran hindern?« fragte er mit funkelnden Augen.

»Du bist wirklich Uthers Sohn«, seufzte Maedhlyn, hin- und hergerissen zwischen Kummer und Stolz.

Ein paar Gestalten traten aus den Schatten.

»Uthers Sohn?« fragte Victorinus. »Und bist du das, Maedhlyn?«

»Also hat der Krieg begonnen«, flüsterte Maedhlyn.

»Noch nicht, Zauberer, aber bald. Sag mir – ist er wirklich Uthers Sohn?«

»Ja. Prinz Cormac, ich darf dir Victorinus vorstellen, Uthers fähigsten General.«

»Ich wünschte, ich könnte sagen, daß es mir ein Vergnügen ist, Prinz Cormac.« Er wandte sich wieder an Maedhlyn. »Albain sagte uns, daß die Seele des Königs im Bergfried gefangengehalten wird ... daß sie ihn foltern. Kann das stimmen?«

»Es tut mir leid, Victorinus, ich weiß, daß du sein Freund warst.«

»Warst? Der Tod ändert nichts an meiner Freundschaft, Maedhlyn. Dreizehn von uns sind hier, und wir werden den König finden.«

»Das offene Gelände vor dem Bergfried«, sagte Maedhlyn, »wird von riesigen Hunden patrouilliert. Sie haben Zähne wie Dolche und Haut wie Stahl, kein Schwert kann sie töten. Innerhalb der ersten Mauer leben die Loyalen, mindestens zweihundert – alles hervorragende Krieger während ihres Lebens. Hinter die zweite Mauer habe ich nie geschaut, aber selbst die Loyalen fürchten sich davor, dorthin zu gehen.«

»Der König ist dort«, sagte Victorinus mit ernster Miene. Sein Augen blickten stur.

»Und Anduine«, setzte Cormac hinzu.

»Es ist Wahnsinn! Wie wollt ihr zum Bergfried kommen? Oder glaubt ihr, mit euren dreizehn Schwertern könnt ihr euch den Weg freihauen?«

»Ich habe keine Ahnung, Maedhlyn. Ich bin nur Soldat. Aber einst warst du der größte Denker der Welt – hast du mir jedenfalls erzählt.«

»Die Hölle ist kein Ort für Schmeicheleien«, tadelte der Zauberer. »Aber ich werde darüber nachdenken.«

»Hat Molech denn keine Feinde?« fragte Cormac.

»Doch, natürlich, aber die meisten sind wie er: böse.«

»Das interessiert mich nicht. Sind sie mächtig?«

»Glaub mir, Cormac, das ist kein Weg, den zu verfolgen sich lohnt.«

»Antworte mir, verdammt noch mal!«

»Ja, sie sind mächtig«, fauchte Maedhlyn. »Sie sind auch tödlich, und es könnte dich deine Seele kosten, wenn du auch nur in ihre Nähe kommst. Schlimmer, du könntest enden wie dein Vater – mit Ketten aus Feuer gebunden und gefoltert, bis du nichts weiter bist als eine zerbrochene Hülle, ein wimmerndes, kaputtes Etwas.«

»Warum sollten sie mir das antun?«

»Weil du der Sohn deines Vaters bist. Und Molechs größter Feind hier ist Goroien, die Hexenkönigin, die Uther besiegt hat – und ihr Liebhaber und Sohn Gilgamesch, den Culain erschlagen hat. Begreifst du jetzt?«

»Ich begreife nur, daß ich sie treffen will. Kannst du das arrangieren?«

»Sie wird dich vernichten, Cormac.«

»Nur, wenn ihr Haß auf mich ihren Wunsch auf einen Sieg über Molech überwiegt.«

»Was kannst du ihr schon bieten? Sie hat ihre eigene Armee und Sklavenungeheuer, die ihr zu Willen sind.«

»Ich werde ihr den Bergfried anbieten – und Wotans Seele.«

»Sprich du mit ihnen, Albain«, sagte Maedhlyn. Die kleine Gruppe saß in einer Ecke der Höhle mit den Stalaktiten. »Erklär ihnen, was sie riskieren.« Der alte Mann warf einen Blick auf Victorinus. Sein Gesicht verriet seine Besorgnis.

»Hier sind viele, die auf der Straße nicht weiterkommen werden. Sie existieren als Wesen in diesem entsetzlichen Zwielicht. Andere werden weiter angezogen von etwas, das sie für ein schönes Land mit einer goldenen Sonne und blauem Himmel halten. Ich selbst glaube an dieses Land und ermutige die Menschen, dorthin zu wandern. Aber um das zu tun, mußt du dich auf dem Weg halten.«

»Unser König wird hier gefangengehalten«, sagte Victorinus. »Wir haben ihm gegenüber eine Pflicht zu erfüllen.«

»Eure Pflicht war es, euer Leben für ihn zu geben, und das habt ihr getan. Aber nicht eure Seelen.«

»Ich kann nicht für die anderen sprechen, Albain, nur für mich. Ich kann nicht weiter reisen, während der König mich braucht – nicht einmal für die Aussicht auf das Paradies. Weißt du, was wäre denn das Paradies für mich, wenn ich dort in Schande wäre?«

Albain ergriff Victorinus' Hand. »Das kann ich nicht für dich beantworten. Ich weiß nur, daß es selbst hier – in diesem Land voll Tod und Verzweiflung – immer noch Hoffnung gibt für die, die weiterreisen. Manche können es nicht, denn ihre böse Seite hat hier eine Heimat gefunden. Andere wollen nicht, denn ihre Ängste sind groß, und es ist vielleicht einfacher, sich in den ewigen Schatten zu verbergen. Aber diese entsetzliche Welt ist nicht alles, was es gibt, und du solltest dir die Reise nicht verwehren.«

»Warum bist du nicht weitergereist?« fragte Cormac.

Albain zuckte die Achseln. »Eines Tages werde ich es vielleicht. Aber jetzt gibt es für mich Arbeit bei den Gejagten und Verlorenen.«

»Wie es in der Tat auch Arbeit für uns gibt«, sagte Cormac. »Ich bin kein Philosoph, Albain, aber meine Liebste ist hier, und du sagst, sie wird von Molech gefangengehalten. Das werde ich nicht zulassen. Wie Victorinus könnte ich auch nicht in irgendeinem Paradies leben, wenn Anduines gequälte Seele auf meinem Gewissen lastete.«

»Liebe ist ein wunderbares Gefühl, Prinz Cormac, und hier gibt es nur herzlich wenig davon. Laß mich dir einen anderen Standpunkt vorstellen: Um Molech zu besiegen, willst du die Hilfe von Goroien suchen – die genauso böse war wie der Mann, den du jetzt vernichten willst. Kann sich ein Mensch mit den Kräften des Bösen vermählen, ohne davon berührt zu werden? Was wird geschehen, wenn das Feuer deiner Reinheit das Eis ihrer Bösartigkeit berührt?«

»Ich weiß es nicht. Aber Molechs Feinde sollten meine Freunde sein.«

»Freunde? Was weißt du denn von Goroien?«

»Nichts, außer daß Maedhlyn mir erzählt hat, sie wäre eine Feindin von Uther gewesen.«

»Sie war eine Unsterbliche, die ihre ewige Schönheit dadurch erhielt, daß sie Tausende junger Frauen opferte und zusah, wie ihr Blut über ihren Magischen Stein floß. Sie holte ihren toten Sohn zurück ins Leben – und machte ihn zu ihrem Liebhaber. Sein Name war – und ist – Gilgamesch, der Herr der Untoten. Und mit ihr willst du dich verbünden?«

Cormac schüttelte den Kopf und lächelte. »Du verstehst nicht, Albain. Du redest von meiner Reinheit? Ich würde eine Welt opfern, um Anduine zu befreien. Von mir aus könnte sich eine Million Seelen in Qualen winden, wenn nur sie in Sicherheit wäre.«

»Und würde sie dies auch wünschen, junger Prinz?«

Cormac wandte den Blick ab. »Nein, das würde sie nicht«, gab er zu, »und vielleicht liebe ich sie deshalb so sehr. Aber ich werde Goroien aufsuchen.«

»Sie wird dich vernichten – sofern du sie erreichen kannst. Aber um das zu tun, mußt du den Weg verlassen und durch das Land der Schatten reisen. Hier leben die übelsten Wesen, und sie werden dich auf Schritt und Tritt jagen.«

Victorinus hob die Hand, und aller Augen wandten sich ihm zu. »Ich schätze deinen Rat, Albain, und deine Warnungen. Aber der Prinz und ich werden die Straße verlassen, um die Hexenkönigin zu suchen.« Er wandte sich an seinen Adjutanten Marcus. »Willst du mit mir reisen?«

»Wir sind mit dir gestorben, General«, sagte der junge Mann. »Wir werden dich jetzt nicht allein lassen.«

»Dann ist es abgemacht. Was ist mit dir, Maedhlyn?«

»Die Hexenkönigin haßt mich mehr als jeden von euch, aber trotzdem – ich gehe mit. Was bleibt mir sonst noch?«

Albain stand auf und betrachtete traurig die fünfzehn Männer. »Ich wünsche euch Gottes Segen. Mehr bleibt mir nicht mehr zu sagen.«

Cormac sah zu, wie sich der kleine Mann einen Weg durch die überfüllte Höhle bahnte. »Wie ist er hergekommen, Maedhlyn?«

»Er folgte dem rechten Gott zu einer Zeit, als Rom von dem falschen Gott beherrscht wurde. Gehen wir.«

Drei Invasionsflotten landeten in der vierten Frühlingswoche an den Küsten Britanniens. Elftausend Mann kamen bei Segundunum in der Nähe der östlichsten Befestigung des vernachlässigten Hadrianswalls an Land. Die Stadt wurde geplündert und Hunderte von Bürgern dem Schwert übergeben.

Die zweite Flotte – angeführt von Wotans fähigstem General, Alarig – spuckte achttausend Mann bei Anderita an der Südküste aus, und diese Armee schwoll noch weiter an durch die zweitausend Sachsen, die von dem Abtrünnigen Agwain aufgestellt wurden. Flüchtlinge verstopften die Straßen und Wege nach Londinium, während die Goten die Küste in Richtung Noviomagus überrannten.

Die dritte Flotte landete am Strand bei Petvaria, nachdem sie ungehindert durch die Humber-Mündung gesegelt war. Zweiundzwanzigtausend Kämpfer wurden an Land gesetzt, und die britannische Verteidigungsmacht von zwölfhundert Mann suchte ihr Heil in der Flucht.

In Eboracum, keine vierzig Kilometer entfernt, brach Panik aus.

Geminus Cato hatte kaum eine andere Wahl, als seine zwei Legionen mit zehntausend Männern zu sammeln und dem Feind entgegenzumarschieren. Wütende Stürme peitschten auf die Legionen ein, und in der ersten Nacht, in der sie lagerten, schworen viele Männer, daß sie einen dämonischen Kopf gesehen hätten, der sich vor den Gewitterwolken abzeichnete und von Blitzen erhellt wurde. Am Morgen war Catos Kampftruppe durch Deserteure um mehr als tausend Mann geschrumpft.

Seine Späher berichteten kurz nach Tagesanbruch, daß der Feind anrückte, und Cato zog seine Männer auf der Kuppe eines niedrigen Hügels, ein paar Hundert Meter weiter westlich, zusammen. Hastig wurden Gräben ausgehoben und mit Palisaden versehen, und die Pferde der Offiziere wurden in einem nahen Wäldchen hinter dem Schlachtfeld angepflockt.

Die Gewitterwolken verschwanden ebenso rasch wie sie gekommen waren, und die Goten kamen in strahlendem Sonnenschein in Sicht, der auf ihren Speerspitzen und den erhobenen Äxten funkelte. Cato spürte, wie sich Angst angesichts der schieren Größe der feindlichen Truppen in seinen Reihen ausbreitete, die auf die Legionen zumarschierten.

»Bei allen Göttern, ein ganz schöner Haufen«, schrie Cato. Ein paar Männer kicherten, doch die Spannung wich nicht.

Ein junger Soldat ließ seinen Gladius fallen und machte einen Schritt zurück. »Heb ihn auf, Junge«, sagte Cato leise. »Er rostet nur, wenn er dort liegen bleibt.« Der junge Mann zitterte und war den Tränen nah. »Ich will nicht sterben«, sagte er.

Cato warf einen Blick auf die Goten, die sich zum Angriff sammelten, dann ging er zu dem jungen Mann, bückte sich und hob dessen Schwert auf. »Das will niemand«, erklärte er, schob dem Soldaten den Griff in die Hand und führte ihn zurück zu seiner Reihe.

Mit einem Gebrüll, das dem vorausgegangenen Gewitter glich, warfen sich die Goten auf die Legionen.

»Bogenschützen!« brüllte Cato. »Nehmt eure Positionen ein!« Die fünfhundert Bogenschützen in ihren leichten Ledertuniken rannten zwischen den Schildträgern nach vorn und bildeten eine Linie entlang der Hügelkuppe. Eine dunkle Wolke aus Pfeilen stieg in die Luft und regnete auf die heranstürmende Masse herab. Die Goten waren schwer gepanzert und erlitten nur wenige Verluste, trotzdem kam der Angriff ins Wanken, als die Männer fielen und die nachfolgenden über sie stolperten.

»Zurück und an die Speere!«

Die Bogenschützen zogen sich hinter den Schildwall zurück, ließen Bogen und Köcher fallen und nahmen paarweise die drei Meter langen Speere auf, die in Reihen hinter den schwer gepanzerten Legionären lagen. Der erste Mann jedes Paars kniete verborgen hinter einem Krieger mit Schild und hielt den Speer knapp einen Meter hinter der Spitze fest. Der zweite Mann packte den Schaft am Ende und wartete auf den Befehl von Cato.

Die angreifenden Goten hatten ihre Linie fast erreicht, als Cato den Arm hob.

»Jetzt!«

Als die Speerträger vorwärts stürmten, zuckten die verborgenen Speere – gezielt von dem knienden Mann an der Front – zwischen den Schilden hervor, stießen in die ersten Reihen der angreifenden Krieger, zersplitterten Schilde und stießen durch Kettenpanzer. Die Speere konnten, da sie nicht mit Widerhaken versehen waren, zurückgezogen werden, um dann wieder und wieder zuzustoßen.

Es war ein furchtbares Gemetzel, und die Goten wichen bestürzt zurück.

Noch dreimal griffen sie an, doch die tödlichen Speere hielten sie in Schach. Der Boden vor der Frontlinie war dicht bedeckt mit toten Feinden oder Verwundeten, die sich in Schmerzen wanden mit zerschmetterten Rippen und deren Lebensblut in die weiche Erde sickerte.

Ein Offizier ging an der Frontlinie der Goten entlang und erteilte den wartenden Kriegern neue Befehle. Fünfhundert Männer warfen ihre Schilde beiseite und stürmten vor.

»Was machen sie da, General?« fragte Catos Adjutant, Decius. Cato antwortete nicht. Es stand einem Offizier mitten in der Schlacht nicht gut zu Gesicht zuzugeben, daß er keine Ahnung hatte.

Die Goten schwärmten den Hügel hinauf, wobei sie Wotans Namen brüllten. Die Speere durchbohrten sie, doch jeder getroffene Krieger packte den Schaft der Waffe, die ihn tötete und hielt den Speer so in seinem Körper fest. Nun griff wieder die Hauptarmee an, und diesmal krachte sie mit ungeheurer Kraft gegen den britannischen Schildwall.

Für einen Augenblick gab der Wall nach, und ein paar Krieger zwängten sich in die Reihe. Cato zog seinen Gladius und stürzte sich auf sie, ein junger Legionär eilte ihm zu Hilfe, und gemeinsam schlossen sie die Bresche wieder. Als die Goten zurückfielen, wandte sich Cato dem Legionär zu und sah, daß es der Junge war, der zuvor seinen Gladius hatte fallen lassen.

»Gut gemacht, Bursche.« Ehe der Junge noch antworten konnte, erhob sich ein furchterregendes Geschrei aus den gotischen Reihen, und der Feind warf sich auf die britannische Front.

Die Schlacht dauerte den ganzen Tag, ohne daß eine Seite triumphieren konnte, doch bei Einbruch der Dunkelheit hatte Cato keine andere Wahl, als den Hügel preiszugeben. Er hatte zweihunderteinundsiebzig Männer verloren, und weitere vierundneunzig waren verwundet. Die feindlichen Verluste, schätzte er, lagen bei etwa zweitausend. In militärischen Begriffen war es ein Sieg, doch realistisch betrachtet, wußte Cato, daß er den Britanniern wenig einbrachte. Die Goten wußten jetzt – falls sie es je bezweifelt hatten – daß Uthers Armee nicht so jämmerlich geführt wurde wie die merowingischen Truppen jenseits des Kanals. Und die Britannier wußten, daß die Goten nicht unbesiegbar waren. Abgesehen von diesen beiden Punkten war mit diesem Tag nichts gewonnen, und Cato führte seine Männer zurück über die Straße nach Eboracum, nachdem er sich bereits den Schauplatz der nächsten Schlacht überlegt hatte.

»Stimmt es wirklich, General?« fragte Decius, als die beiden Männer den Legionen vorausritten. »Ist der König noch am Leben?«

»Ja«, antwortete Cato.

»Wo ist er dann?«

Cato war müde und wünschte nicht zum erstenmal, er hätte einen anderen Adjutanten. Aber Decius war der Sohn eines reichen Kaufmanns und hatte für seine Ernennung mit einer schönen Villa vor den Toren Eboracums bezahlt.

»Der König wird uns seine Pläne mitteilen, wenn er dazu bereit ist. Bis dahin tun wir das, was er uns aufträgt.«

»Aber mehrere Männer sahen den Leichnam, General. Und die Beerdigung wurde schon vorbereitet.«

Cato beachtete die Bemerkung nicht. »Wenn das Nachtlager aufgeschlagen ist, möchte ich, daß du eine Runde um die Lagerfeuer machst. Die Männer haben heute gut gekämpft. Mach dich bei ihnen bekannt, lobe sie, sag ihnen, du hättest noch nie solche Tapferkeit gesehen.«

»Jawohl, General. Wie lange soll ich das machen?«

Cato schluckte seinen Ärger hinunter und dachte an seine Villa. »Schon gut, Decius. Du schlägst mein Zelt auf, und ich rede mit den Männern.«

»Jawohl, General. Danke.«

Galeads Träume waren dunkel und schmerzerfüllt. Er erwachte in der Kühle der Morgendämmerung und starrte in die Asche des Lagerfeuers. In seinen Träumen hatte er gesehen, wie Victorinus und seine zwölf Krieger in den Wald ritten, wo sie von Goten umringt wurden – angeführt von dem Verräter Agwain – und hatte beobachtet, daß der alte General gestorben war, wie er gelebt hatte, mit kalter Würde und ohne Kompromiß.

Schaudernd fachte er das Feuer wieder an. Seine Neuigkeiten waren für Britannien jetzt nur noch von geringem Wert. Die Invasionsflotten würden in wenigen Tagen lossegeln, der König war tot, Wotans Macht überwältigend. Trotzdem spürte er keinen Haß, nur einen Kummer von solcher Last, daß es ihn zu Boden drückte.

Neben ihm lag sein Schwert, und er sah es an. Es widerstrebte ihm, es zu berühren. Was war es nur, überlegte er, das Menschen dazu brachte, Waffen zu begehren, die sie mit dem Drang erfüllten, sie gegen ihre Mitmenschen zu richten, zu schlagen und zu töten?

Und wozu? Was gab es zu gewinnen? Nur wenige Soldaten wurden reich. Die meisten kehrten auf dieselben armseligen Bauernhöfe und in die Dörfer zurück, in denen sie aufgewachsen waren, und viele mußten den Rest ihres Lebens mit dem Verlust eines Körperteils zubringen oder mit furchtbaren Narben, die als grimmige Mahnung an die Tage des Krieges dienten.

Ein Spatz landete neben ihm und pickte die Krumen des Haferkuchens auf, den er am Abend zuvor gegessen hatte. Ein weiterer gesellte sich zu ihm. Galead saß reglos, während die Vögel furchtlos um das Schwert in der Scheide hüpften.

»Was sagen sie dir?« fragte eine Stimme.

Galead sah auf und erblickte auf der anderen Seite des Feuers einen Mann, der einen Umhang in leuchtendem Rostrot trug. Sein Bart war golden und dicht gelockt, die Augen waren tiefblau.

»Sie sagen mir gar nichts«, antwortete er leise, »aber es sind friedliche Gesellen, und ich sehe ihnen gern zu.«

»Hätten sie wohl auch so zufrieden neben Ursus gefressen, dem Prinzen, der Reichtümer ersehnte?«

»Und wenn sie es getan hätten, so hätte er sie nicht bemerkt. Wer bist du?«

»Ich bin nicht dein Feind.«

»Das wußte ich bereits.«

»Natürlich. Deine Kräfte wachsen, und du erhebst dich über die gemeinen Taten dieser Welt.«

»Ich fragte, wer du bist, Fremder.«

»Mein Name ist Pendarric.«

Galead schauderte, als er den Namen hörte, als ob

tief in ihm der Name ein Echo der Erinnerung hervorrief. »Sollte ich dich kennen?«

»Nein, wenn ich auch schon andere Namen benutzt habe. Aber wir gehen denselben Weg, du und ich. Wo du jetzt stehst, stand ich einst und mußte erkennen, daß all mein Tun so solide wie Morgennebel war – und ebenso dauerhaft.«

»Und wofür hast du dich entschieden?«

»Gar nicht. Ich folgte dem Ruf meines Herzens und fand Frieden.«

Galead lächelte. »Wo soll ich in diesem Land Frieden finden? Und wenn ich es versuchte, wäre das nicht selbstsüchtig? Meine Freunde werden eine Invasion abwehren müssen, und mein Platz ist an ihrer Seite.«

»Frieden wohnt nicht in einem Reich oder in einer Stadt oder selbst in einer Bauernkate«, sagte Pendarric. »Aber auch das weißt du. Was wirst du tun?«

»Ich werde einen Weg finden, um nach Britannien zurückzukehren. Ich werde mich gegen Wotan stellen.«

»Wird es dich befriedigen, wenn du ihn vernichtest?«

Galead dachte über die Frage nach. »Nein«, erwiderte er schließlich. »Doch trotzdem muß das Böse bekämpft werden.«

»Mit dem Schwert?«

Galead sah mit Abscheu auf seine Waffe hinunter. »*Gibt* es denn einen anderen Weg?«

»Wenn dem so ist, wirst du ihn finden. Ich habe in meinem langen Leben eine wunderbare Wahrheit entdeckt: Wer mit reinem Herzen sucht, findet gewöhnlich, was er sucht.«

»Es würde mir sehr helfen, wenn ich wüßte, *was* ich überhaupt suche.«

»Du sprachst davon, das Böse zu bekämpfen, und im Grunde ist es eine Frage des Gleichgewichts. Aber Maßstäbe sind nicht absolut vergleichbar. Viel Böses erfordert nicht unbedingt eine gleiche Menge Gutes, um das Gleichgewicht auszubalancieren.«

»Wie kann das sein?« fragte Galead.

»Ein wütender Bär kann einen Hagel von Pfeilen einstecken und immer noch tödlich sein ... aber ein Hauch Gift, und er fällt um. Manchmal setzt ein scheinbar bedeutungsloser Zwischenfall Ereignisse in Bewegung, die großes Leid oder große Freude nach sich ziehen.«

»Willst du damit sagen, daß es einen Weg gäbe, Wotan ohne Schwert niederzuringen?«

»Ich will damit gar nichts so einfach sagen. Aber es ist eine interessante Frage für einen Philosophen, findest du nicht? Wotan nährt sich von Haß und Tod, und du willst ihn mit Schwert und Schild bekämpfen. Im Krieg ist es einem Soldaten so gut wie unmöglich, den Feind nicht zu hassen. Und gibst du Wotan so nicht noch mehr von dem, was er begehrt?«

»Und wenn wir nicht gegen ihn kämpfen?«

»Dann gewinnt er und bringt noch mehr Tod und Verzweiflung über dein Land und über viele andere.«

»Dein Rätsel ist zu schwer für mich, Pendarric. Wenn wir gegen ihn kämpfen, verlieren wir. Wenn wir nicht kämpfen, verlieren wir auch. Deine Philosophie ist eine der Verzweiflung.«

»Nur wenn du den *wahren* Feind nicht erkennen kannst.«

»Gibt es denn noch etwas Schlimmeres als Wotan?«

»Das gibt es immer, Galead.«

»Du sprichst als Mann von großer Weisheit, und ich spüre, daß du Macht hast. Willst du nicht diese Macht gegen Wotan einsetzen?«

»Das tue ich, gerade jetzt. Warum wäre ich sonst hier?«

»Kannst du mir eine Waffe gegen ihn geben?«

»Nein.«

»Welchen Zweck hat dein Besuch dann?«

»Ja, welchen?« echote Pendarric rätselhaft. Sein Abbild verschwamm, und Galead war wieder allein. Die Vögel fraßen noch immer neben dem Schwert, und der Ritter drehte sich um, um ihnen zuzuschauen, doch als er sich bewegte, flatterten sie voller Angst davon. Er stand auf und band sich die Klinge um die Hüften, deckte das Feuer mit Erde ab und sattelte sein Schwert.

Die Küste war nur zwölf Kilometer entfernt, wenn er durch den Wald ritte, und er hoffte, ein Schiff zu finden, das ihn an die Ufer Britanniens bringen konnte. Er ritt gedankenverloren über den schmalen Waldweg und lauschte dem Vogelsang, genoß die Sonnenstrahlen, die hier und da durch Lücken in den überhängenden Zweigen drangen. Nach Pendarrics Erscheinen war seine Stimmung ruhiger geworden, wenn auch der Kummer blieb.

Im Laufe des Vormittags begegnete er einem älteren Mann und zwei Frauen, die neben einem Handkarren mit gebrochenem Rad standen. Der Karren war hochbeladen mit Habseligkeiten – Kleidern, Truhen und einem sehr alten Stuhl. Der Mann verbeugte sich, als Galead näher kam, die Frauen wirkten nervös. Galead stieg vom Pferd.

»Darf ich euch meine Hilfe anbieten?« fragte er.

»Das wäre sehr freundlich«, sagte der Mann mit einem Lächeln. Sein Haar war lang und weiß, wenn in seinem Bart auch noch einzelne dunkle Strähnen zu sehen waren. Eine der Frauen war älter, die andere jung und hübsch mit kastanienbraunem Haar mit goldenen Lichtern. Ihr rechtes Auge war blau angelaufen, die Lippe aufgeplatzt und geschwollen. Galead kniete neben dem Karren nieder und sah, daß das Rad sich von dem Verbindungsbolzen an der Achse gelöst hatte.

Er half ihnen beim Abladen, dann hob er den Karren an, so daß das Rad wieder an seinen Platz gesetzt werden konnte. Mit dem Rücken einer Beilklinge hämmerte er den Bolzen wieder ein, dann belud er den Karren wieder.

»Ich bin dir sehr dankbar«, sagte der Mann. »Willst du unser Mittagsmahl mit uns teilen?«

Galead nickte und setzte sich an den Wegrand, während die junge Frau ein Feuer machte. Die ältere Frau holte geschäftig Pfannen und Teller aus dem Karren.

»Wir haben nicht viel«, sagte der alte Mann und setzte sich neben Galead. »Ein paar Haferflocken und Salz. Aber es macht satt und ist nahrhaft.«

»Es wird schon genügen. Ich heiße Galead.«

»Ich bin Caterix. Das sind meine Frau Oela und meine Tochter Pilaras.«

»Deine Tochter scheint Schmerzen zu haben.«

»Ja. Die Reise war hart, und ich bete zu unserem Herrn, daß unsere Sorgen jetzt vorbei sein mögen.«

»Woher hat sie ihre Verletzungen?«

Caterix wandte den Blick ab. »Vor zwei Tagen haben uns drei Männer ausgeraubt. Sie ... fielen meine Tochter an und töteten ihren Mann, Doren, als er ihr zu helfen versuchte.«

»Das tut mir leid«, sagte Galead schwach.

Die Mahlzeit wurde schweigend eingenommen, nach einem kurzen Dankgebet von Caterix. Galead dankte der Familie für ihre Gastfreundschaft und bot an, sie zur Küste zu begleiten, wo sie Freunde hatten. Caterix nahm das Angebot mit einer Verbeugung an, und die kleine Gruppe folgte langsam dem voranreitenden Galead.

Als die Dämmerung in die Nacht überging, sah Galead hinter einer Biegung des Pfades einen Mann, der mit dem Rücken an einen Baum gelehnt saß. Er ritt hin und stieg ab. Der Mann blutete stark aus einer Brustwunde, sein Gesicht war blaß, die Augenlider und Lippen blau vom Blutverlust. Galead riß die schmutzige Tunika auf und stillte das Blut, so gut er konnte. Nach ein paar Minuten erreichte Caterix den Schauplatz, er kniete neben dem Verwundeten nieder, nahm sein Handgelenk und fühlte seinen Puls.

»Bring ihn zu dem Wagen«, sagte er. »Ich habe dort ein paar Tücher für einen Verband sowie Nadel und Faden.« Gemeinsam hoben und schleppten sie den Mann zu einer kreisförmigen Lichtung an einem silbernen Bach. Die beiden Frauen halfen, die Wunde zu reinigen, und Caterix nähte gekonnt die gezackten Ränder zusammen. Dann wickelten sie den Mann in Decken, die sie am Feuer gewärmt hatten.

»Wird er überleben?« fragte Galead.

Caterix zuckte die Achseln. »Das liegt in den Händen des Herrn. Er hat viel Blut verloren.«

In der Nacht erwachte Galead und sah, wie das Mädchen Pilaras neben dem Verwundeten kniete. Mondlicht glitzerte auf dem Messer in ihrer Hand.

Sie saß einen langen Augenblick reglos da, dann hob sie das Messer und setzte dem Schlafenden die Spitze an die Kehle. Plötzlich sackte ihr Kopf nach vorn, und Galead sah, daß sie weinte. Sie nahm das Messer und steckte es wieder in die Scheide an ihrer Seite, dann ging sie zurück zu ihren Decken neben dem Karren.

Galead legte sich wieder hin und überließ sich seinen Träumen. Er träumte, wie die Invasionsflotte an den Küsten Britanniens landete, sah die Goten ihren Marsch auf die Städte beginnen und über all dem zwei Visionen, die ihn ängstigten: ein dämonischer Kopf, der den Himmel ausfüllte, umgeben von Gewitterwolken und Blitzen, und ein Schwert, das leuchtete wie ein Fanal in dunkler Nacht.

Trotz dieser bedrückenden Träume erwachte er erfrischt. Der Verwundete schlief noch, doch seiner Gesichtsfarbe nach ging es ihm besser. Galead wusch sich im Bach und ging dann zu Caterix, der neben dem Opfer saß.

»Ich muß euch verlassen«, sagte Galead. »Ich muß ein Schiff finden, das mich nach Hause bringt.«

»Möge der Herr dich leiten und dich auf deiner Reise beschützen.«

»Und dich auf deiner, Caterix. Es war eine gute Tat, dem Mann das Leben zu retten.«

»Keineswegs. Wer wären wir denn, wenn wir unseren Mitmenschen in Zeiten der Not nicht helfen würden?«

Galead stand auf und ging zu seinem Pferd, dann kehrte er aus einem Impuls heraus zu Caterix zurück.

»Letzte Nacht hielt deine Tochter dem Mann ein Messer an die Kehle.«

Er nickte. »Sie hat es mir heute morgen erzählt. Ich bin sehr stolz auf sie.«

»Warum hat sie das getan?«

»Das ist der Mann, der sie vergewaltigte und ihren Mann tötete.«

»Und du hast ihn gerettet? Bei Mithras, er verdient den Tod!«

»Höchstwahrscheinlich«, antwortete Caterix lächelnd.

»Glaubst du, er wird dir dafür danken, daß du ihn gerettet hast?«

»Sein Dank ist unwichtig.«

»Aber vielleicht hast du ihn nur gerettet, damit er andere unschuldige Menschen umbringt – oder noch mehr junge Mädchen vergewaltigt.«

»Ich bin nicht verantwortlich für seine Taten, Galead, nur für meine eigenen. Kein Mann läßt freiwillig zu, daß den Menschen, die er liebt, Kummer und Leid zugefügt werden.«

»Das bestreite ich ja nicht«, sagte Galead. »Liebe ist ein wunderbares Gefühl. Aber er ist doch keiner von denen, die du liebst.«

»Doch, natürlich. Er ist mein Bruder.«

»Du kennst ihn?«

»Nein, ich meine nicht Bruder des Fleisches. Aber er ist – wie du auch – mein Bruder. Und ich muß ihm helfen. Es ist ganz einfach.«

»Das ist keine Art, mit einem Feind umzugehen, Caterix.«

Der alte Mann warf einen Blick auf den verwundeten Räuber. »Was für einen besseren Weg gibt es, mit Feinden umzugehen, als sie zu Freunden zu machen?«

Galead ging zu seinem Pferd und stieg in den Sattel. Er zuckte mit den Zügeln, und das Tier setzte sich in

Bewegung. Pilaras sammelte Kräuter am Wegrand; sie lächelte, als er vorbeiritt.

Er stieß seinem Pferd die Fersen in die Flanken und machte sich auf den Weg zur Küste.

In der sechzehnten Nacht auf der Kristallinsel saß Culain unter den Sternen. Jeden Morgen wachte er auf und fand etwas zu essen und zu trinken auf einem Holztablett vor dem Turm. Jeden Abend wurde das leere Geschirr weggenommen. Oft erhaschte er einen flüchtigen Blick auf eine schattenhafte Gestalt unten auf dem Weg, aber er ging immer in den Turm, so daß seine nächtlichen Besucher ihre Einsamkeit beibehalten konnten, die sie so offensichtlich wünschten.

Aber in dieser Nacht fiel ein Mondschatten über ihn, und als er aufsah, sah er die Frau in Weiß. Ihr Gesicht war von einer hohen Kapuze verborgen.

»Willkommen, Herrin«, sagte er und bedeutete ihr, sich neben ihn zu setzen. Als sie das tat, sah er, daß sie unter ihrer Kapuze einen Schleier trug. »Ist eine solche Bescheidenheit selbst hier notwendig?« fragte er.

»Gerade hier, Culain.« Sie schlug die Kapuze zurück und nahm den Schleier ab, und ihm stockte der Atem, als der Mond das blasse Gesicht beschien, das er so gut kannte.

»Gian?« flüsterte er. Er erhob sich halb und rückte zu ihr.

»Bleib, wo du bist«, befahl sie. Ihre Stimme klang streng und verriet keinerlei Gefühl.

»Aber man hat mir gesagt, du seist tot.«

»Ich war deiner Besuche müde, und für dich war ich tot.« In ihrem Haar waren silberne Strähnen, und um Augen und Mund verliefen zarte Linien, doch für Culain hatte die Königin nichts von ihrer Schönheit eingebüßt. »Und jetzt bist du trotzdem wieder hier«, fuhr sie fort, »und wieder quälst du mich. Warum hast du *ihn* zu mir gebracht?«

»Ich wußte nicht, daß du hier bist.«

»Ich habe sechzehn Jahre damit verbracht, zu versuchen, die Vergangenheit und ihre Tragödien zu vergessen. Ich dachte, ich hätte es geschafft. Ich beschloß, daß du die Phantasiegestalt eines jungen Mädchen warst. Als Kind liebte ich dich – und zerstörte damit meine Chance auf Glück. Als einsame Königin liebte ich dich – und zerstörte damit meinen Sohn. Jahrelang haßte ich dich, Culain, aber das ging vorbei. Jetzt empfinde ich nur noch Gleichgültigkeit – sowohl dir als auch dem Blutkönig gegenüber, zu dem mein Mann geworden ist.«

»Du weißt natürlich, daß dein Sohn nicht gestorben ist?«

»Ich weiß vieles, Lanzenlord. Aber was ich vor allem wissen möchte, ist, wann du diese Insel wieder verläßt.«

»Du bist eine harte Frau geworden, Gian.«

»Ich bin nicht Gian Avur, nicht mehr dein kleines Kitz des Waldes. Ich bin Morgana von der Insel, obwohl ich noch andere Namen trage. Du solltest wissen, wie das ist, Culain – du, der du Apollo und Aeneas warst, Cunobelin der König und noch so viele andere tapfere Männer.«

»Ich habe gehört, daß man die Leiterin dieser Gemeinde die Elfenhexe nennt. Ich hätte mir nicht träumen lassen, daß du das bist. Was ist mit dir geschehen, Laitha?«

»Die Welt hat mich verändert, Lanzenlord, und sie kümmert mich nicht mehr, ebensowenig irgendein Wesen, das auf ihr lebt.«

»Warum bist du dann hier an diesem heiligen Ort? Es ist ein Ort des Friedens und des Heilens.«

»Und das wird er auch bleiben. Die Schwestern sind außergewöhnlich erfolgreich, aber ich und andere verbringen unsere Zeit mit den wahren Mysterien: den Fäden, die die Sterne verbinden, die Muster, die sich durch Menschenleben ziehen, sich schneiden und verbinden und so das Schicksal der Welt formen. Früher nannte ich es Gott, aber jetzt weiß ich, daß es größer ist als jeder Unsterbliche, den sich Menschen erträumen. Hier in dieser–«

»Ich habe genug gehört, Frau. Was ist mit Uther?«

»Er liegt im Sterben«, zischte sie, »und es wird kein Verlust für die Welt sein, wenn er geht.«

»Ich hätte nie gedacht, daß ich einmal Böses in dir sehen würde, Gian, du warst immer eine Frau von außergewöhnlicher Schönheit.« Er lachte finster. »Aber das Böse kommt in vielen Verkleidungen und muß nicht unbedingt häßlich sein. Ich habe viele Nächte lang hier in stiller Buße gesessen, weil ich glaubte, es sei aus eigennützigen Motiven gewesen, als ich diese Gemeinde gründete. Nun, vielleicht waren sie eigennützig. Doch die Insel wurde trotzdem mit Liebe und für die Liebe geschaffen, und du – mit deiner Suche nach Mysterien, die ich schon kannte, tausend Jahre, bevor du geboren wurdest – du hast sie entartet. Ich bleibe nicht länger auf diesem Hügel ... und warte auch nicht auf dein Geheiß.« Geschmeidig stand er auf, nahm seinen Stab und begann den langen Abstieg hinunter zu dem Kreis der Hütten.

Ihre Stimme klang hinter ihm her, in ihren Worten schwang ein kalter Triumph mit.

»Dein Boot wartet auf dich, Culain. Wenn du es innerhalb der nächsten Stunde besteigst, lasse ich den Blutkönig vielleicht nicht sterben. Bleibst du aber, ziehe ich die Schwestern von ihm ab und du kannst den Leichnam hinbringen, wo du willst.«

Er hielt inne, seiner Niederlage gewahr. Dann drehte er sich um.

»Du warst schon immer launisch und konntest nie einen Fehler zugeben. Also schön, ich gehe und überlasse Uther deiner zarten Gnade. Aber wenn du einmal innehältst in deinem Studium der Mysterien, denk einmal über folgendes nach: Ich nahm dich als winziges Kind auf und zog dich auf wie ein Vater. Ich bot dir nichts, das dich glauben machen sollte, da sollte mehr sein. Aber du warst es, die meinen Namen flüsterte, als sie bei Uther lag. Du warst es, die mich bat, in Camulodunum zu bleiben. Dort beginnt meine Schuld – und ich werde sie tragen. Aber vielleicht, wenn du von deinem vergoldeten Turm hinabschaust, siehst du diesen winzigen Fetzen deiner eigenen Schuld – und findest den Mut, ihn dir vor Augen zu halten.«

»Bist du fertig, Lanzenlord?«

»Ich bin fertig, Morgana.«

»Dann verlaß meine Insel.«

»Wir verlassen die Straße hier«, sagte Maedhlyn, als die Gruppe einen niedrigen, staubigen Hügel erklommen hatte. »Und dort liegt Goroiens Reich«, setzte er hinzu und deutete auf eine ferne Kette abweisender Berge.

Die Landschaft war narbig und zerklüftet, doch viele Schatten bewegten sich verstohlen zwischen den abgestorbenen Bäumen und den zersprungenen Felsen. Manche krochen auf allen vieren, andere flogen mittels schwarzer Flügel, aber die Mehrzahl rutschte oder rannte.

Cormac holte tief Luft und mußte sich dazu zwingen, die Sicherheit der Straße zu verlassen. Er warf einen Blick auf Victorinus, der lächelnd mit den Achseln zuckte.

»Gehen wir«, sagte der Prinz und zog sein Schwert. Mit den Händen an den Waffen gingen die fünfzehn Männer in die Düsternis, und sofort waren sie umringt von den Schatten. Es gab Wesen mit klaffenden Mäulern, Männer mit hohlen Fangzähnen und rotgeränderten Augen, Wölfe, deren Gesichter sich veränderten und waberten wie Nebel, mal menschlich, dann wieder tierisch wurden. Über ihnen flogen Riesenfledermäuse, stießen herab, ihre Lederschwingen durchschnitten die Luft knapp über den Köpfen der Wanderer. Aber kein Wesen kam in Reichweite der glänzenden Schwerter.

»Wie weit ist es?« fragte Cormac, der neben Maedhlyn an der Spitze der Kolonne marschierte.

»Wer kann das hier schon sagen?« erwiderte der frühere Zauberer. »Aber es wird lang genug dauern.«

Grauer Staub wirbelte um ihre Füße, während sie weiterwanderten, flankiert von einer Armee von Schatten, die immer näher kam.

»Werden sie uns angreifen?« flüsterte Victorinus.

Maedhlyn breitete die Arme aus. Der Mann am Schluß

der Reihe schrie auf, als krallenbewehrte Klauen an seinem Umhang zerrten und ihn von den Füßen rissen.

Victorinus fuhr herum. »Schwertkreis!« schrie er. Mit hocherhobenen Klingen sprangen die Krieger in die Ungeheuer und bildeten einen Kreis um ihren gestürzten Kameraden.

Das Wesen, das ihn festhielt, verschwand, als ihm ein Gladius ins Herz drang. »Marschformation«, ordnete Victorinus an, und während sich die kleine Kampftruppe in zwei Reihen formierte, zogen sich die Schatten zurück.

Weiter und weiter marschierten sie, bis sie schließlich die Straße nicht mehr sehen konnten und der Staub sie umgab wie eine Gewitterwolke, ihnen die Sicht nahm und die fernen Berge verbarg.

Noch zweimal schlugen die Schatten zu, doch beide Male trieben die hellen Schwerter der Britannier sie zurück.

Schließlich kamen sie in höheres Gelände, auf dem ein uralter Steinkreis stand, geschwärzt und zerstört. Die Schatten umringten den Fuß des Hügels, und mit einem Gefühl der Erleichterung ließ sich die müde Gruppe zwischen den Steinen nieder.

»Warum kommen sie nicht her?« fragte Victorinus.

»Ich bin nicht der Quell allen menschlichen Wissens«, fauchte Maedhlyn.

»Das hast du aber immer behauptet.«

»Ich möchte, daß du eins weißt, Victorinus: Von allen Gefolgsleuten Uthers habe ich deine Gesellschaft am wenigsten genossen.«

»Sag das nicht so laut, Zauberer«, antwortete Victorinus grinsend. »Jetzt darfst du vielleicht eine Ewigkeit in meiner Gesellschaft verbringen.«

»Das wäre allerdings die Hölle«, knurrte Maedhlyn.

»Früher muß das mal ein blühendes Land gewesen sein«, meinte Cormac. »Es gab Bäume, und wir sind an einer ganzen Reihe von ausgetrockneten Bachläufen vorbeigekommen. Was hat es so verändert?«

»Nichts hat es verändert«, antwortete Maedhlyn. »Denn es existiert nicht. Es ist ein Echo dessen, was einst war, ein Alptraum.«

»Ist unsere Anwesenheit denn kein Beweis für seine Existenz?« fragte Marcus Bassicus und setzte sich zu ihnen.

»Hast du schon mal geträumt, du wärst irgendwo, wo du nicht warst?« entgegnete Maedhlyn.

»Natürlich.«

»Und beweist so ein Traum die Existenz deiner Traumlandschaft?«

»Aber wir alle teilen diesen Traum«, wandte Marcus ein.

»Wirklich? Woher willst du das wissen? Vielleicht sind wir nur Teilchen in deinem Alptraum, junger Marcus. Oder vielleicht taucht ihr alle in meinem auf.«

Victorinus kicherte. »Ich wußte, es würde nicht lange dauern, bis du wieder mit deinen Spielchen anfängst.« Er wandte sich an die anderen Männer, die gespannt zuhörten. »Ich habe einmal erlebt, wie dieser Mann zwei Stunden damit verbrachte zu argumentieren, daß Caligula der einzige geistig gesunde Mensch war, der je auf der Erde lebte. Zum Schluß glaubten wir ihm alle, und er lachte uns aus.«

»Wie hättet ihr mir auch nicht glauben sollen?« fragte Maedhlyn. »Caligula machte sein Pferd zum Senator, und ich frage dich, hat das Pferd jemals eine falsche Entscheidung getroffen? Hat es versucht, die Macht zu ergreifen? Hat es für Gesetze gestimmt, die die Armen berauben und die Reichen begünstigen? Es war der beste Senator der römischen Geschichte.«

Cormac lauschte dem Geplauder, und langsam ergriff ein brennender Zorn von ihm Besitz. Sein Leben lang hatte er in Angst gelebt – vor Strafe, vor Demütigung, vor Zurückweisung. Diese Ketten hatten ihn in Schach gehalten, so lange er sich zurückerinnern konnte, doch das Feuer seines Zorns hatte sie durchschlagen. Nur zwei Menschen hatten Cormac Daemonsson je geliebt –

und beide waren tot. Aus seinem tiefsten Innern erstand ein neuer Cormac und zeigte ihm sein Leben aus einem anderen Blickwinkel. Maedhlyn hatte recht gehabt. Cormac Daemonsson war kein Versager oder Verlierer. Er war ein Mann – und ein Prinz, durch Blut und Recht.

Energie strömte in sein Herz, und seine Augen funkelten vor jäher Kraft.

»Genug!« donnerte Cormac und sprang auf. »Dieses Geschwätz ist wie das Geraschel von dürrem Laub. Es führt zu nichts und ist nichts weiter als ein Geräusch. Wir sind hier, und dieser Ort ist real. Und jetzt laßt uns weitergehen.«

»Er hätte einen guten König abgegeben«, flüsterte Victorinus, während er mit Maedhlyn hinter Cormac her den Hügel hinabging.

»Hier ist ein guter Ort, um sich in Arroganz zu üben«, pflichtete der Zauberer ihm bei.

Am Fuß des Hügels trat Cormac den Schatten entgegen. »Zurück!« befahl er, und sie teilten sich vor ihm, so daß eine dunkle Schneise entstand. Er marschierte hinein, ohne nach links oder rechts zu blicken, und ohne das Zischeln und die glitzernden Klauen zu beachten. Dann steckte er sein Schwert in die Scheide und marschierte weiter, den Blick auf die Berge gerichtet.

Eine hohe Gestalt in schwarzer Brustplatte trat ihm in den Weg. Der Mann trug einen geflügelten Helm, der sein Gesicht bedeckte – bis auf die Augen, die in einem kalten Licht funkelten. In den Händen hatte er zwei Kurzschwerter, um die Taille einen Kilt aus dunklem Leder. Seine Schienbeine wurden von schwarzen Schienen geschützt. Er stand in völligem Gleichgewicht auf den Fußballen, bereit zum Angriff.

Cormac ging weiter, bis er unmittelbar vor dem Krieger stand.

»Zieh blank«, sagte der Mann. Seine Stimme klang wie ein metallisches Echo durch den Helm. Cormac lächelte und überdachte seine Worte sorgfältig, und als er sprach, tat er es mit grimmiger Gewißheit.

»Wenn ich das tue, dann nur, um dich zu töten.«

»Ich bin schon früher getötet worden, aber nicht von deinesgleichen.«

Cormac machte einen Schritt zurück und hatte im selben Moment Culains Schwert in der Hand.

Der Krieger stand stockstill und starrte die Klinge an. »Wie bist du zu dieser Waffe gekommen?«

»Sie gehört mir.«

»Ich stelle deinen Besitzanspruch nicht in Frage.«

»Und ich bin diesen Unsinn leid. Tritt zur Seite oder kämpfe!«

»Warum seid ihr hier?«

»Um Goroien zu finden«, antwortete Maedhlyn und drängte sich vor, um sich zwischen die Krieger zu stellen.

Der Mann steckte seine Schwerter ein. »Das Schwert verleiht dir dieses Recht«, erklärte er Cormac, »aber wir sprechen uns wieder, wenn die Königin mit euch fertig ist. Folgt mir.«

Der große Krieger ging voran durch das ausgedörrte Tal zu einem breiten Eingang, der in einen Berg gehauen war. Hier flackerten Fackeln, und Wächter mit silbernen Äxten waren postiert. Sie wanderten tief ins Herz des Berges hinein, bis sie zu einer gewaltigen Tür kamen, vor der zwei massige Hunde standen. Der Krieger ignorierte sie und stieß die Türflügel auf. Dahinter befand sich ein runder Saal, reich mit Teppichen und Wandbehängen, Vorhängen und Paravents ausgestattet. In der Mitte lag auf einem Diwan eine Frau von exquisiter Schönheit. Ihr Haar war golden mit silbernen Strähnen, ihre Augen hellblau. Dazu paßte das kurze Kleid, das sie trug. Ihre Haut war hell und wundervoll zart. Cormac schluckte, als der Krieger zum Diwan ging und vor ihr niederkniete. Sie winkte ihn beiseite und bedeutete Cormac näher zu kommen.

Als er auf sie zuging, verschwamm sie vor seinen Augen und wurde zu einer aufgedunsenen, geschuppten Kreatur, krank und verfallend, dann wieder zu der schlanken Schönheit, die er zuerst gesehen hatte. Seine Schritte stockten, doch er ging weiter.

»Küß mir die Hand«, befahl sie. Er nahm die schlanken Finger in die Hand und erbleichte, als sie anschwollen und Maden auf seine Handfläche ausstießen. Er richtete seine Gedanken fest auf Anduine und stählte sich selbst, während er den Kopf neigte und mit den Lippen die sich windende Masse berührte.

»In der Tat ein tapferer Mann«, sagte sie. »Wie nennt man dich?«

»Cormac Daemonsson.«

»Und bist du der Sohn eines Dämons?«

»Ich bin der Sohn Uthers, des Hochkönigs von Britannien.«

»Nicht gerade ein Name, um hier Freunde zu gewinnen«, meinte sie.

»Er ist auch kein Freund von mir, er trieb meine Mutter in den Tod.«

»Wirklich?« Ihr Blick wanderte zur Gestalt Maedhlyns am Ende des Saales. »Und hier ist ja mein alter Freund Zeus. Du bist einen weiten Weg vom Olymp gegangen ... einen sehr weiten Weg. Ich kann dir gar nicht sagen, wie es mich freut, dich zu sehen«, zischte sie.

Maedhlyn verbeugte sich ernst. »Ich wünschte, ich könnte das Kompliment zurückgeben«, rief er.

Sie wandte sich wieder an Cormac. »Mein erster Gedanke war zuzusehen, wie du schreist, deinem qualvollen Heulen zu lauschen, aber du hast meine Neugier geweckt. Und heutzutage gibt es nur wenig Interessantes für Goroien. Also sprich mit mir, mein schöner Prinz – sag mir, warum du die Königin gesucht hast.«

»Ich muß die Festung angreifen«, erklärte er schlicht.

»Und warum sollte mich das interessieren?«

»Einfach weil Wotan – Molech – dein Feind ist.«

»Das reicht nicht.«

»Man sagt, meine Dame, daß er die Macht hat, seinen Anhängern ein Leben in Fleisch und Blut zurückzugeben. Wenn du die Festung in der Hand hättest, könnte es nicht sein, daß dann auch du diese Macht hättest?«

Sie räkelte sich wieder auf dem Diwan. Cormac sehnte sich danach, seinen Blick von der schimmernden Gestalt aus Schönheit und Verfall loszureißen.

»Glaubst du, ich hätte nicht versucht, ihn zu besiegen? Was bringst du mir, das einen Unterschied machen könnte?«

»Erstens, was hindert dich daran, seine Festung einzunehmen?«

»Molechs Macht ist größer als meine.«

»Und wenn er nicht da wäre?«

»Wo sollte er sonst sein?«

»In der Welt des Fleisches, meine Dame.«

»Das ist unmöglich. Ich gehörte zu denen, die ihn in Babel vernichteten, ich sah, wie Culain ihm den Kopf von den Schultern schlug.«

»Und doch ist er zurückgekehrt, dank Maedhlyn. Dasselbe könnte man für dich tun.«

»Warum bietest du mir das an, wenn dein Blut nichts als Haß auf mich fühlt?«

»Weil die Frau, die ich liebe, ermordet wurde auf Befehl von Molech, und jetzt noch hält er ihre Seele in der Festung gefangen.«

»Aber da ist noch was, nicht wahr? Etwas, das Maedhlyn zu mir führt – und diese anderen Männer Uthers.«

»Er hält auch die Seele des Königs in Ketten aus Feuer.«

»Jetzt verstehe ich. Und du möchtest, daß Goroien Uther befreit? Du mußt verrückt sein.« Sie hob eine Hand, und von allen Seiten strömten Wachen herbei.

»Molech lebt«, sagte Cormac leise. »Er nennt sich jetzt Wotan und plant, in Britannien einzumarschieren. Nur Uther hat die Macht, ihn zu zerstören. Wenn das geschieht und du die Festung in deiner Gewalt hast, wird Molechs Seele nicht unabsichtlich zu dir kommen?«

Sie winkte die Wachen zurück. »Ich werde über die Fragen nachdenken, die du aufgeworfen hast. Maedhlyn! Leiste dem Prinzen und mir in meinen Gemächern Gesellschaft. Die anderen können hier warten.«

Eine Stunde lang sprach Maedhlyn in den Privaträumen der Königin, die auf einem seidenbespannten Bett lag, über Molechs Rückkehr ins Leben. Cormac bemerkte, daß die Erzählung leicht von der Geschichte abwich, wie Maedhlyn sie ihm erzählt hatte. In dieser Version traf Maedhlyn weit weniger Schuld, und das durch einen Verrat. Cormac selbst sagte nichts, während der Zauberer sprach, sondern beobachtete die schimmernde Königin und versuchte, die Gefühle in ihrem sich ständig verändernden Gesicht abzuschätzen.

Als Maedhlyn geendet hatte, setzte sich Goroien auf. »Du warst immer schon ein arroganter Narr«, sagte sie, »und endlich mußt du dafür bezahlen. Aber diesmal gab es keinen Culain, der dich retten konnte. Warte im Vorzimmer.« Maedhlyn verbeugte sich und verließ den Raum. »Und jetzt zu dir, Prinz Cormac.«

»Wo soll ich anfangen?«

»Wie kommt es, daß der Sohn Uthers als Sohn eines Dämons galt?«

Und er erzählte es ihr. Ihre Augen funkelten, als er von Culains Liebe zur Königin sprach, aber sie rührte sich nicht und schwieg, bis er schließlich zu dem Tag in den Bergen kam, als die Wikinger kamen und Anduine erschlagen wurde.

»Also dann«, flüsterte sie, »bist du aus Liebe hier? Was für eine Torheit, Cormac!«

»Ich habe nie behauptet, klug zu sein, Herrin.«

»Laß uns deine Klugheit auf die Probe stellen«, sagte sie und beugte sich vor, so daß ihr Gesicht dem seinen ganz nah war. »Du hast mir alles gegeben, was du hast, nicht wahr?«

»Ja.«

»Dann bist du also nicht weiter von Nutzen für mich?«

»Das stimmt.«

»Hat Maedhlyn dir nicht gesagt, daß man mir nicht trauen darf? Daß ich böse bin?«

»Doch.«

»Warum bist du dann hier?«

»Er sagte auch, daß Culain lach Feragh dich einst liebte.«

»Und was spielt das für eine Rolle?« fauchte sie.

»Vielleicht gar keine. Aber ich liebe Anduine, und ich weiß, was das bedeutet. Sie ist ein Teil von mir, und ich bin ein Teil von ihr. Ohne sie bin ich nichts. Ich weiß nicht, ob böse Menschen lieben können – oder wenn, wie sie dann böse bleiben können. Aber ich glaube nicht, daß Culain jemanden lieben könnte, der nicht auch etwas Gutes in sich hat.«

»Wie du sagst, Prinz Cormac, du bist nicht klug. Culain liebte mich wegen meiner Schönheit und meiner Intelligenz. Und er verriet mich, so wie er Uther verriet. Er heiratete eine andere … und ich habe sie getötet. Er hatte eine Tochter, Alaida. Er versuchte, sie zu retten, indem er gestattete, daß sie den König von Britannien heiratete, aber ich fand sie, und auch sie starb. Dann versuchte ich, ihren Sohn Uther zu töten, aber es gelang mir nicht. Und jetzt, sagst du mir, ist er ein Gefangener, der dem Tod nahe ist … und *sein* Sohn sitzt in meiner Festung und bittet mich um Hilfe. Was hast du mir zu bieten, damit ich dir diese Hilfe gewähre? Denk gut nach, Cormac. Von deiner Antwort hängt viel ab.«

»Dann bin ich verloren, meine Dame, denn ich kann dir nichts weiter bieten.«

»Nichts«, wiederholte sie. »Nichts für Goroien? Laß mich allein und geh zu deinen Freunden. Ich habe bald eine Antwort für dich.«

Er sah in ihre funkelnden Augen, und sein Mut sank.

Das Fischerboot landete im Mondschein im Schutz einer runden Bucht dicht bei Anderita. Galead dankte dem Fischer, gab ihm zwei kleine Goldmünzen und kletterte über Bord. Dann watete er durch das knietiefe Wasser zu dem felsigen Strand. Er stieg einen schmalen

Pfad zur Steilküste hinauf, dann drehte er sich um und sah zu, wie das Boot auf den Kanal hinausfuhr.

Die Nachtluft war kühl, der Himmel klar. Galead zog sich den langen Umhang um die Schultern und suchte Schutz zwischen den Bäumen. In einer Senke, wo der Schein seines Feuers nicht weiter als ein paar Meter in jede Richtung gesehen werden konnte, machte er halt. Er schlief unruhig und träumte von einem Schwert, das über dem Wasser schwebte, und von einem Licht am Himmel, das wie eine große glühende, silberne Kugel rasend schnell dahinjagte. Als er gegen Mitternacht erwachte, legte er Holz aufs Feuer. Er war hungrig und aß das letzte Stück Räucherfisch, mit dem der Fischer ihn versorgt hatte.

Es war zwölf Tage her, seit Caterix den Räuber gerettet hatte, und Galead stellte fest, daß seine Gedanken ständig zu dem kleinen Mann schweiften. Er rieb sich die Bartstoppeln und stellte sich ein heißes Bad mit parfümiertem Wasser vor, dazu ein Sklavenmädchen, das ihn abtrocknete und einölte, deren zarte Hände die Spannung aus seinen Muskeln massierten. Er stöhnte auf, als Begehren in ihm aufstieg und unterdrückte es heftig.

Bei allen Göttern, es war eine Ewigkeit her, seit er zuletzt weiches Fleisch unter sich gespürt hatte und warme Arme, die seinen Rücken umschlangen. Für ein paar Minuten kehrte Ursus der Prinz zurück und verfolgte ihn.

»Was machst du bloß in diesem gottverlassenen Land?« fragte Ursus ihn.

»Meine Ehre verpflichtet mich«, erklärte Galead.

»Und wo liegt darin der Gewinn, du Narr?«

Er richtete seinen Blick in die Flammen, unfähig zu antworten. Er wünschte, Pendarric würde erscheinen, und wartete bis zum Morgengrauen. Aber es geschah nichts.

Der Tag war trübe, und Galead brach in die Richtung auf, die der Fischer ihm gewiesen hatte, nach Westen entlang der Küste. Dreimal sah er Rotwild und einmal ein großes Sumpfkaninchen, aber ohne Bogen war er bei einer schnellen Jagd chancenlos. Früher hatte er gewußt, wie man Fallen stellte, aber seine Ungeduld machte es ihm unmöglich, stundenlang in stiller Hoffnung abzuwarten.

Den ganzen Vormittag wanderte er, bis er etwas nördlich von seiner Position Rauch aufsteigen sah. Er hielt darauf zu, und als er über einen Hügel kam, sah er, daß ein Dorf in Flammen stand. Tote lagen herum, und Galead setzte sich nieder und starrte auf die Krieger mit den gehörnten Helmen, die von Haus zu Haus gingen, Frauen und Kinder herauszerrten, plünderten und mordeten. Es waren vielleicht fünfzig Räuber, und sie blieben über eine Stunde. Als sie sich schließlich nach Norden davonmachten, regte sich in dem Dorf nichts mehr außer den Rauchschwaden aus den geplünderten Häusern.

Galead erhob sich vorsichtig und ging in das sächsische Dorf hinunter. Bei jedem Körper blieb er stehen. Kein einziger lebte. Ein zerschmetterter Topf enthielt noch immer Haferflocken, die Galead in ein Leinentuch schüttete, das er zuknotete und an seinen Gürtel band. Ein Stück weiter, mitten in der verwüsteten Siedlung, fand er einen Schinken, der auf einer Seite angekohlt war. Mit seinem Messer schnitt er sich ein paar Scheiben ab und aß rasch.

Er warf einen Blick nach links und sah zwei Kinder, die tot in der Tür einer Hütte lagen, die Arme umeinandergeschlungen. Ihre leblosen Augen starrten ihn an. Er wandte den Blick ab.

Das hier war der Krieg. Er hatte nichts zu tun mit goldenem Ruhm junger Männer in strahlenden Rüstungen, die ihre Namen ins Buch der Geschichte schrieben. Nicht die homerische Tapferkeit der Helden, die das Angesicht der Welt veränderten. Nein, nur eine schreckliche Stille, vollkommenes Schweigen und ein abstoßendes Böses, das tote Kinder hinterließ.

Er schnitt noch ein paar dicke Stücke aus dem Schinken, warf den Rest beiseite und verließ die Siedlung in Richtung Westen. Auf einer Hügelkuppe blieb er stehen und sah sich noch einmal um. Ein Fuchs hatte sich ins Dorf geschlichen und zerrte an einem Leichnam. Über dem Dorf kreisten Krähen…

Irgend etwas im Gebüsch rechts von ihm bewegte sich, und Galead fuhr herum, das Schwert aus der Scheide ziehend. Ein Kind kreischte auf, und der Ritter warf seine Waffe weg.

»Schon gut, Kleines«, sagte er leise, als das Mädchen die Hände vors Gesicht schlug. Er beugte sich zu dem Busch, hob sie heraus und drückte sie an seine Brust. »Du bist in Sicherheit.« Sie schlang ihm die Arme um den Hals und klammerte sich mit aller Kraft an ihm fest. Er bückte sich, hob sein Schwert auf und steckte es ein, dann setzte er seinen Weg fort.

Das Kind war nicht älter als sechs Jahre, die Ärmchen beängstigend dünn. Sie hatte blondes, mit goldenen Strähnen durchsetztes Haar, das er beim Gehen streichelte. Sie sagte nichts und rührte sich kaum in seinen Armen.

Am Nachmittag hatte Galead rund achtzehn Kilometer zurückgelegt. Seine Beine schmerzten vom Wandern, seine Arme waren erschöpft vom Tragen des Kindes. Als er auf eine kleine Anhöhe kam, sah er dahinter ein Dorf liegen: achtzehn runde Hütten innerhalb einer hölzernen Palisade. Auf einer Weide standen Pferde, auf den Hängen graste Vieh. Langsam ging er hinunter. Ein kleiner Junge sah ihn als erster und rannte ins Dorf, dann kam eine Schar mit Äxten bewaffneter Männer ihm entgegen. Der Anführer war ein stämmiger Krieger mit eisengrauem Bart.

Der Mann sprach die kehlige Sprache der Sachsen.

»Ich verstehe eure Sprache nicht«, sagte Galead.

»Ich fragte, wer du bist«, sagte der Mann mit starkem, rauhem Akzent.

»Galead. Dieses Kind hier ist sächsisch, ihr Dorf wurde von Goten überfallen, alle wurden umgebracht.«

»Warum sollten die Goten uns angreifen? Wir haben dieselben Feinde.«

»Ich bin hier fremd«, sagte Galead. »Ich bin ein Merowinger aus Gallien. Ich weiß nur, daß Krieger mit gehörnten Helmen die Menschen im Dorf dieser Kleinen abgeschlachtet haben. Kann ich sie jetzt reinbringen – oder sollen wir weitergehen?«

»Du bist kein Uther-Anhänger?«

»Ich sagte schon, was ich bin.«

»Dann kannst du hereinkommen. Ich heiße Asta. Bring sie zu mir, meine Frau wird sich um sie kümmern.«

Galead trug das Kind zu einem langgestreckten Haus in der Mitte des Dorfes, wo eine kräftige Frau versuchte, das Kind aus seinen Armen zu entwinden. Es schrie und klammerte sich fest, und obwohl Galead ihm beruhigende Worte zuflüsterte, wollte es ihn nicht loslassen. Die Frau lächelte nur und holte warme Milch in einem irdenen Becher. Als Galead sich an einen großen Tisch setzte und das Mädchen auf seinem Schoß die Milch trank, setzte sich Asta zu ihnen.

»Bist du sicher, daß es Goten waren?«

»Bei dem Angriff waren keine Römer dabei.«

»Aber warum?«

»Wir können jetzt nicht reden«, sagte Galead und deutete auf das schweigende Kind, »aber es waren viele Frauen in der Siedlung.«

In Astas blauen Augen blitzte Verständnis auf, sein Gesicht verfinsterte sich. »Ich verstehe. Und du hast das beobachtet?«

»Leider ja.«

Der Mann nickte. »Ich habe einen Reiter ausgeschickt, damit sie sich das Dorf ansehen und den Räubern folgen können, außerdem noch drei zu den nächsten Siedlungen. Wenn es stimmt, was du sagst, werden die Goten diesen Tag noch bereuen.«

Galead schüttelte den Kopf. »Ihr habt nicht genug Männer, und jeder Versuch zu kämpfen wird in noch größerem Gemetzel enden. Wenn ich euch einen Rat geben darf, schickt Späher aus, und wenn die Goten kommen – versteckt euch in den Hügeln. Hat euer König hier nicht auch Truppen stationiert?«

»Welcher König denn?« fauchte Asta. »Als ich ein junger Krieger war, vernichtete der Blutkönig unsere Truppen und ließ dem Jungen – Wulfher – den Titel eines Königs von Südsachsen. Aber er ist kein König, er lebt wie ein Weib – er hat sogar einen Ehemann.« Asta spie verächtlich aus. »Und der Blutkönig? Was würde es ihn scheren, wenn sächsische Frauen … mißbraucht werden?«

Galead sagte nichts. Das Kind in seinen Armen war eingeschlafen, also trug er es zu einer Pritsche an der Wand neben dem Kamin, vor dem drei Kampfhunde schlafend auf dem mit Stroh bestreuten Boden lagen. Er deckte das Kind zu und küßte es auf die Wange.

»Du bist ein liebevoller Mann«, sagte Asta, während er sich wieder an den Tisch setzte.

»Erzähl mir von den Goten«, bat Galead.

Asta zuckte die Achseln. »Da gibt es nicht viel zu erzählen. Etwa achttausend sind hier gelandet und haben eine römische Legion vernichtet. Der größte Teil der Armee ist nach Westen gezogen, ungefähr tausend Mann sind hiergeblieben.«

»Warum nach Westen? Dort gibt es für sie doch nichts zu holen.«

»Ich weiß nicht. Einer unserer jungen Männer ritt eine Zeitlang mit ihnen, und er sagte, ihr General wollte den besten Weg nach Sorviodunum wissen. Mein Mann wußte ihn nicht. Sorviodunum liegt auf der anderen Seite des Landes.«

»War der König, Wotan, bei ihnen?«

Wieder zuckte der Sachse die Achseln. »Wieso interessiert dich das?«

»Wotan hat meine gesamte Familie in Gallien vernichtet, und ich möchte ihn sterben sehen.«

»Es heißt, er sei ein Gott. Du bist verrückt.«

»Ich habe keine Wahl«, antwortete Galead.

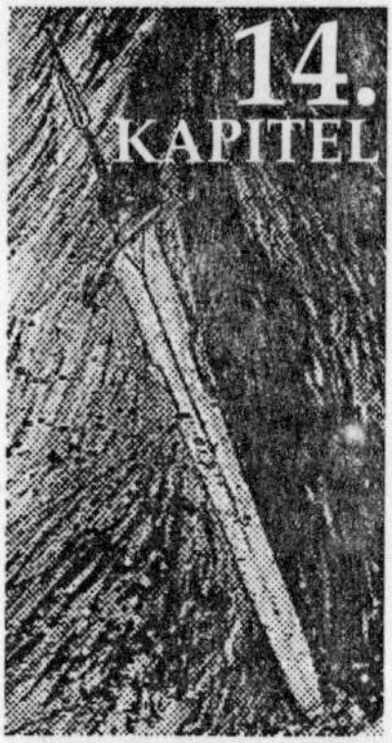

»Der Süden gehört praktisch uns, Majestät«, sagte Tsurai, die schmalen braunen Augen auf den Marmorboden gerichtet. Wotan sagte nichts, sondern beobachtete den Mann, bemerkte, wie angespannt das flache asiatische Gesicht war, wie verkrampft die Halsmuskeln. Schweißperlen standen dem Mann auf der Stirn, und Wotan konnte seine Angst geradezu riechen.

»Und der Norden?«

»Majestät, die Briganten haben sich unerwartet gegen uns erhoben. Eine kleine Gruppe unserer Leute wanderte zu einer ihrer heiligen Stätten, wo ein paar Frauen tanzten.«

»Hatte ich nicht befohlen, keinen Ärger mit den Stämmen?«

»Doch, Majestät. Die Männer wurden gefunden und gepfählt.«

»Das genügt nicht, Tsurai. Du wirst ihre Offiziere suchen und sie ebenfalls pfählen. Zu welchem Regiment gehörten sie?«

»Dem Balders, Majestät.«

»Dann wird je einer von zwanzig geköpft.«

»Majestät, ich weiß, Ihr seid allwissend, aber gestattet mir zu sagen, daß Männer im Krieg vielen Formen der Leidenschaft ausgesetzt sind …«

»Halt mir keine Predigten«, sagte Wotan leise. »Ich weiß genau, wozu Menschen fähig sind. Es bedeutet nichts, daß sie ein paar Frauen vergewaltigt haben, aber meinem Willen zu Gehorsam zu sein ist die oberste Pflicht all meiner Leute. Gestern wurde auch ein sächsisches Dorf überfallen.«

»Wirklich, Herr?«

»Ja, Tsurai. Dafür gilt die gleiche Strafe – und zwar in aller Öffentlichkeit. Unsere sächsischen Verbündeten müssen sehen, daß Wotans Gerechtigkeit schnell und furchtbar ist. Jetzt berichte mir von Cato im Mittelland.«

»Er ist ein fähiger General. Dreimal hat er jetzt einen Aufschub erkämpft, und wir rücken nicht so schnell auf Eboracum vor, wie wir gehofft hatten. Aber trotzdem«, sprach er hastig weiter, »rücken wir vor, und die Stadt sollte in wenigen Tagen fallen.«

»Ich hatte nicht erwartet, daß der Angriff auf Eboracum so rasch zum Erfolg führen würde, wie meine Generäle dachten«, sagte Wotan. »Es spielt keine Rolle. Was hast du über den Verbleib des Körpers des Blutkönigs herausgefunden?«

»Er befindet sich auf der Kristallinsel, Herr – dicht bei Sorviodunum.«

»Bist du sicher?«

»Ja, Herr. Geminus Cato hat einen Adjutanten namens Decius, und dieser wiederum hat eine Geliebte in Eboracum. Er hat ihr erzählt, daß ein Mann mit Namen Lanzenlord den Körper des Königs zur Insel gebracht hat, um ihn zu heilen.«

»Culain«, flüsterte Wotan. »Wie ich mich danach sehne, ihn wiederzusehen!«

»›Culain‹, ich verstehe nicht.«

»Ein alter Freund. Sag Alaric, er soll nach Sorviodunum weitermarschieren, aber zweihundert Mann zu der Insel schicken. Ich will Uthers Kopf auf einer Lanze, der Körper hätte schon beim ersten Angriff in Stücke gehauen werden sollen.«

»Der Feind sagt, daß der König eines Tages wiederkehren werde, Majestät.«

»Natürlich sagt er das. Ohne Uther und das Schwert sind sie wie Kinder in der Dunkelheit.«

»Darf ich fragen, Majestät, warum Ihr seine Seele nicht tötet? Wäre damit nicht das Problem seiner Rückkehr gelöst?«

»Ich will das Schwert, und er allein weiß, wo es ist. Solange sein Körper lebt, brennt Hoffnung in seinem Herzen, und er trotzt mir. Wenn der Körper stirbt, wird er es spüren, und dann werde ich von seiner Verzweiflung profitieren. Geh jetzt.«

Wieder allein, verschloß Wotan die Tür seines fensterlosen Gemachs und ließ sich auf dem breiten Bett nieder. Er schloß die Augen und zwang seinen Geist, sich in die Dunkelheit zu stürzen ...

Er schlug die Augen in einem fackelerhellten Raum aus kalten Steinen auf, erhob sich vom Fußboden und musterte seine Umgebung – die Statuen mit den leeren Augen, die farblosen Teppiche und Wandbehänge. Wie er diesen Ort haßte, der nur ein blasser Widerschein der Wirklichkeit war. In der Ecke standen ein Krug und drei Becher. Während der langen Jahrhunderte, die er schon herkam, hatte er sich oft die rote, geschmacklose Flüssigkeit eingeschenkt und sich vorgemacht, es wäre Wein. Hier war alles nur Schein.

Er trat hinaus auf den äußeren Flur. Überall sprangen Männer überrascht auf die Füße, dann fielen sie angsterfüllt auf die Knie. Ohne sie zu beachten, schritt er rasch zu der Empore, auf der Molechs Thron stand. Eine Zeitlang lauschte er den Gesuchen derer, die ihm hier dienten: das Flehen um eine Rückkehr zum Fleisch, das Versprechen ewigen Gehorsams. Einige gewährte er, andere verweigerte er. Schließlich verließ er den Thronsaal und stieg die Wendeltreppe zu den Verliesen hinunter. Ein riesiges Wesen mit Wolfsschädel verbeugte sich, als er eintrat, die Zunge hing ihm aus der langen Schnauze, Speichel troff auf den Steinboden.

Wotan ging an ihm vorbei zum letzten Kerker, in dem Uther an den Handgelenken an die Wand gekettet war. Flammenzungen leckten an seinem Körper, versengten und verbrannten ihn – und sein Fleisch heilte auf der Stelle, nur um erneut verbrannt zu werden. Wotan entließ die Flammen – und der König sackte gegen die Wand.

»Wie geht es dir, Uther? Willst du mich weiter anlügen?«

»Ich weiß nicht, wo es ist«, flüsterte Uther.

»Du mußt. Du hast es geschickt.«

»Ich hatte keine Zeit. Ich schleuderte es nur weg, wünschte es fort.«

»Der Mann, der dich als erster sah, sagte, er hätte gehört, wie du einen Namen riefst. Was war das für ein Name?«

»Ich kann mich nicht erinnern, das schwöre ich bei Gott.«

»War es der eines Freundes? Vielleicht Culain?«

»Vielleicht.«

»Ah, dann war es also nicht Culain. Gut! Wer dann? Wem könntest du trauen, Blutkönig? Es war nicht Victorinus. Wessen Name kam dir über die Lippen?«

»Du wirst es nie finden«, sagte Uther. »Selbst wenn ich frei wäre, könnte ich es nicht finden. Ich schickte das Schwert in einen Traum, der sich nie erfüllen wird.«

»Erzähl mir diesen Traum!«

Uther lächelte und schloß die Augen. Wotan hob die Hand, und wieder schossen Flammen an Uther empor, die ihm einen entsetzlichen Schmerzensschrei entrissen. Die Flammen verschwanden, die geschwärzte Haut heilte sofort.

»Willst du mich etwa verhöhnen?« zischte Wotan.

»Immer«, antwortete Uther und wappnete sich für die nächste Folter.

»Du wirst merken, daß ›immer‹ eine sehr, sehr lange Zeit ist, Uther. Ich bin das Feuer leid. Du solltest etwas Gesellschaft haben.« Als Wotan zurück zur Tür ging, erschienen Löcher in den Kerkerwänden, und Ratten strömten heraus, stürzten sich auf den hilflosen König, bissen und zerrten an seinem Fleisch.

Wotan verließ den Kerker, verfolgt von den Schreien, die hinter ihm durch den Flur hallten.

Er stieg wieder hinauf zu den oberen Geschossen und fand den Hauptmann seiner Loyalen vor dem Thron wartend. Der Mann verbeugte sich, als er eintrat.

»Was willst du, Ustread?«

»Ich habe etwas für dich, Herr. Ich hoffe, es wird mein Versagen in Raetien wiedergutmachen.«

»Dazu braucht es etwas mehr, als du hier finden kannst«, sagte Wotan, noch immer erzürnt von seinem Gespräch mit dem starrköpfigen König.

»Ich hoffe, du wirst feststellen, daß ich nicht übertreibe, Herr.« Ustread klatschte in die Hände, und zwei Soldaten traten ein. Zwischen sich hielten sie ein Mädchen.

»Eine Frau? Was soll die hier? Ich kann ...« Wotan brach ab, als er die Prinzessin erkannte. »Anduine? Wie?« Er ging zu ihr, winkte die Wachen beiseite. Sie stand schweigend vor ihm.

»Was ist mit dir geschehen, Prinzessin?«

»Deine Männer haben mich getötet. Ich war in den Bergen von Kaledonien, sie erstachen mich.«

»Dafür werden sie bezahlen. Oh, wie sie bezahlen werden!«

»Ich wünsche nicht, daß sie dafür bezahlen. Ich will nur befreit werden. Ich bin nicht länger von Wert für dich, du kannst nichts mehr von mir opfern.«

»Du hast mich mißverstanden, Anduine. Du solltest nie geopfert werden. Komm mit mir.«

»Wohin?«

»An einen privaten Ort, an dem dir nichts Böses geschieht.« Er lächelte. »Ganz im Gegenteil.«

Das Kind schrie in der Nacht, und Galead wachte sofort auf. Er erhob sich aus seinen Decken vor dem ersterbenden Feuer und ging zu ihm. Dann nahm er es auf den Arm.

»Ich bin hier, Kleine. Hab keine Angst.«

»*Mudder todt*«, sagte sie und wiederholte die beiden Wörter immer wieder. Astas Frau kam durch den Flur, eine Decke um die Schultern geschlungen. Sie kniete neben dem Bett und sprach ein paar Minuten lang auf das Kind ein, in einer Sprache, die der Merowinger nicht kannte. Das Gesicht des Mädchens war schweißgebadet, und die Frau wusch es ab, als Galead es wieder hinlegte. Die kleinen Händchen packten Galeads Tunika, ihre Augen waren voller Angst. »*Vader! Vader!*«

»Ich lasse dich nicht allein«, sagte er. »Das verspreche ich dir.« Die Augen fielen ihr zu, und sie schlief ein.

»Du bist ein zärtlicher Mann, das findet man sehr selten bei einem Krieger«, sagte die Frau. Sie stand auf, ging zum Feuer, legte Holz nach und fachte das Feuer wieder an. Galead ging zu ihr, und gemeinsam saßen sie in der aufkommenden Wärme.

»Kinder mögen mich«, sagte er. »Es ist ein schönes Gefühl.«

»Ich heiße Karyl.«

»Galead«, antwortete er. »Lebt ihr schon lange hier?«

»Ich bin vor acht Jahren aus Raetien gekommen, als Asta meinen Vater bezahlte. Es ist ein gutes Land, wenn ich auch die Berge vermisse. Was hast du mit dem Kind vor?«

»Vor? Ich dachte, ich könnte sie hierlassen, wo man sich um sie kümmert.«

Karyl lächelte leise und traurig. »Du hast ihr gesagt, du würdest sie nicht allein lassen. Sie hat dir geglaubt, und sie ist sehr verstört. Kein Kind sollte so etwas durchmachen müssen wie sie.«

»Aber ich kann mich nicht um sie kümmern. Ich bin Krieger, und wir befinden uns mitten im Krieg.«

Karyl fuhr sich mit den Händen durch ihr dichtes, dunkles Haar. Ihr Gesicht im Profil war zwar nicht hübsch, zeigte aber eine Kraft, die aus ihr eine gutaussehende Frau machte.

»Du hast das Gesicht, nicht wahr, Galead?« flüsterte sie, und ein Schauer überlief ihn.

»Manchmal«, gab er zu.

»Ich auch. Die Männer hier wollten sich den Goten anschließen, aber ich bat Asta zu warten, denn die Zeichen waren seltsam. Dann kamst du, ein Mann, der ein Gesicht trägt, das nicht sein eigenes ist, der sich aber um ein sächsisches Kind kümmert. Ich weiß, daß du ein

Mann Uthers bist, aber ich habe es Asta nicht gesagt. Weißt du, warum?«

»Nein.«

»Weil Asta ebenfalls ein Mann Uthers sein wird, bevor dies alles vorbei ist. Er ist ein guter Mann, mein Gatte, ein starker Mann. Und diese Goten sind vom Bösen verführt. Asta wird die Fyrrd zusammenrufen, wenn er erfährt, daß es wahr ist, was du sagst. Und dann wird es einen Aufstand unter den sächsischen Kriegern geben.«

»Sie haben keine Schwerter«, wandte Galead ein. »Uther hat jedem Sachsen verboten, Waffen zu tragen.«

»Was ist denn ein Schwert? Ein Schneidewerkzeug. Wir Sachsen sind ein erfinderisches Volk, und unsere Krieger gehen inzwischen gekonnt mit der Axt um. Sie werden sich erheben – und den Blutkönig unterstützen.«

»Glaubst du, wir können gewinnen?«

Sie zuckte die Achseln. »Das weiß ich nicht. Aber du, Galead, du hast noch eine Rolle in dem Drama zu spielen ... und zwar nicht mit dem Schwert.«

»Drück dich deutlich aus, Karyl. Ich war noch nie gut in Rätseln.«

»Nimm das Kind mit. Es gibt eine Frau, die du treffen mußt: eine kalte, harte Frau. Sie ist das Tor.«

»Das Tor zu was?«

»Was das angeht, kann ich dir nicht weiterhelfen. Das Kind heißt Lectra, aber ihre Mutter hat es Lekky genannt.«

»Wo soll ich sie hinbringen? Du mußt doch irgend etwas wissen.«

»Schließ sie in dein Herz, Krieger. Sie ist jetzt deine Tochter, und so sieht sie dich – als ihren Vater. Der Mann ihrer Mutter ging nach Raetien, um Wotan zu dienen, als sie noch schwanger war, und Lekky hat all die Jahre darauf gewartet, ihn zu sehen. In ihrem gequälten Verstand bist du dieser Mann, nach Hause gekommen, um sich um sie zu kümmern. Ich glaube nicht, daß sie ohne dich überleben wird.«

»Woher weißt du all das?«

»Ich weiß es, weil ich sie berührt habe, und du weißt, daß ich nicht lüge.«

»Was hat sie gesagt, als sie aufwachte?«

»*Mudder tod*? Mutter tot.«

»Und *Vader*? Vater?«

Karyl nickte. »Gib mir deine Hand.«

»Dann kennst du all meine Geheimnisse.«

»Macht dir das angst?«

»Nein«, antwortete er und streckte seinen Arm aus, »aber es wird mich in deinen Augen herabsetzen.«

Sie nahm seine Hand und schwieg eine Weile, dann ließ sie sie wieder los.

»Schlaf gut, Galead«, sagte sie und stand auf.

»Du auch.«

»Ich werde jetzt auf jeden Fall besser schlafen«, sagte sie lächelnd. Er sah ihr nach, wie sie zum anderen Ende des Flurs ging und in den Schatten ihres Zimmers verschwand. Lekky wimmerte im Schlaf, und Galead nahm seine Decke und legte sich neben sie. Sie schlug die Augen auf und kuschelte sich an ihn.

»Ich bin hier, Lekky.«

»*Vader*?«

»*Vader*«, bestätigte er.

Goroien befand sich allein in ihrem spiegellosen Zimmer. Ihre Gedanken wanderten zurück zu den Tagen der Liebe und des Glanzes. Culain war mehr als ein Liebhaber, mehr als ein Freund gewesen. Sie erinnerte sich daran, wie ihr Vater ihr verbot, den jungen Krieger zu sehen, und wie sie gezittert hatte, als er ihr sagte, daß er seinen Leuten befohlen hatte, Jagd auf ihn zu machen und ihn zu töten. Dreißig der besten Fährtensucher ihres Vaters waren im Herbst in die Berge gezogen. Nur achtzehn kehrten zurück. Sie erzählten, sie hätten ihn in einer tiefen Schlucht in die Enge getrieben, und dann hatte der Schnee die Pässe blockiert – niemand konnte in dieser eisigen Wildnis lange überleben.

Im Glauben, ihr Geliebter sei tot, verweigerte Goroien jede Nahrung. Ihr Vater hatte ihr gedroht, sie ausgepeitscht, doch er konnte ihren Widerstand nicht brechen. Langsam verlor sie alle Kraft, und sie war dem Tod in jener Mittwinternacht sehr nahe.

Halb phantasierend und bettlägerig, hatte sie das nachfolgende Drama nicht miterlebt.

Während der Mittwinter-Feiern waren die großen Türen aufgeflogen, und Culain lach Feragh war durch den Saal marschiert, bis er vor dem Thane stand.

»Ich bin gekommen, um deine Tochter zu holen«, sagte er. In seinem dunklen Bart hingen Eisstückchen.

Ein paar Männer waren aufgesprungen und hatten ihre Waffen gezückt, doch der Thane winkte sie zurück.

»Was läßt dich glauben, daß du lebend hier herauskommst?« fragte der Thane.

Culain hatte sich die Krieger an den langen Tischen angeschaut und gelacht, und seine Verachtung hatte sie alle getroffen.

»Was läßt dich glauben, ich könnte es nicht?« erwiderte er. Ein wütendes Gebrüll beantwortete diese Herausforderung, doch auch diese wurde von dem Thane beendet.

»Folge mir«, sagte er und führte den Krieger zu Goroien. Culain kniete neben dem Bett nieder und nahm ihre Hand, und sie hatte seine Stimme gehört.

»Laß mich nicht allein, Goroien. Ich bin hier. Ich werde immer da sein.«

Und sie hatte sich erholt, und sie wurden vermählt. Doch das war in den Tagen vor dem Untergang von Atlantis, bevor die Sipstrassi sie zu Göttern machten. Und in den darauffolgenden Jahrhunderten hatte jeder von ihnen viele Liebhaber genommen und hatte doch immer wieder Zuflucht in den Armen des anderen gesucht.

Was hat uns wohl so verändert? überlegte sie. War es die Macht oder die Unsterblichkeit? Sie hatte Culain einen Sohn geboren, wenn er es auch nie erfuhr, und Gilgamesch hatte fast das ganze Geschick seines Vaters im Umgang mit Waffen geerbt. Leider hatte er auch die Arroganz und Amoralität seiner Mutter geerbt.

Jetzt wandten sich Goroiens Gedanken den vergangenen Jahren zu. Als Gipfel aller Obszönität hatte sie Gilgamesch von den Toten zurückgeholt und ihn als Liebhaber genommen. Damit hatte sie sich selbst verdammt, denn Gilgamesch litt an einer seltenen Blutkrankheit, die selbst Sipstrassi nicht heilen konnten. Und ihre Unsterblichkeit ließ sich nicht mehr allein durch die Sipstrassi bewahren. Blut und Tod hielten sie in der Welt des Fleisches. In dieser Zeit hatte sie, wie sie Cormac erzählt hatte, begonnen, Culain zu hassen, hatte seine zweite Frau und seine Tochter umgebracht.

Aber zum Schluß, als Culain nach seinem Kampf mit Gilgamesch im Sterben lag, hatte sie ihr eigenes Leben gegeben, um seines zu retten – und sich damit zu dieser grenzenlosen Hölle verdammt.

Jetzt war ihre Wahl einfach. Half sie Cormac, oder vernichtete sie ihn? Alles, was den Verstand der ehemaligen Hexenkönigin ausmachte, schrie danach, diesen Burschen zu vernichten, der die Saat Uthers war, der wiederum Culains Saat durch dessen Tochter Alaida war. Die Saat ihrer Zerstörung! Aber ihr Herz flog dem jungen Mann zu, der in die Leere gegangen war für die Frau, die er liebte. Culain hätte das auch getan.

Für Goroien …

Was hatte der junge Mann gesagt? Eine Chance, ins Fleisch zurückzukehren? Glaubte er, das würde sie reizen? Wie sollte er wissen, daß dies das letzte Geschenk war, über das sie nachdenken würde?

Gilgamesch trat ein und nahm den Helm ab. Sein Gesicht war geschuppt und reptilienhaft. Die Schönheit, die ihn im Leben ausgezeichnet hatte, war verschwunden.

»Laß mich den Jungen haben«, sagte er. »Mich verlangt nach seinem Leben.«

»Nein. Du bekommst ihn nicht, Gilgamesch. Wir reisen zusammen zur Festung, und dann stürmen wir sie. Du wirst an Cormacs Seite kämpfen und wirst – ohne auf die Gefahr für dich selbst zu achten – sein Leben beschützen.«

»Nein!«

»Wenn du mich liebst – wenn du mich je geliebt hast – dann wirst du mir jetzt gehorchen.«

»Warum, Mutter?«

Sie zuckte die Achseln und wandte sich ab. »Es gibt keine Antworten.«

»Und wenn wir die Festung eingenommen haben? Falls wir es schaffen.«

»Dann werden wir auch Uther befreien.«

»Im Gegenzug wofür?«

»Im Gegenzug zu gar nichts. Das ist der Preis, Gilgamesch: Nichts. Und ich kann mir nichts vorstellen, das ich lieber hätte.«

»Das ergibt doch keinen Sinn.«

»Hast du mich je geliebt?«

Er hob seinen Helm und neigte den Kopf. »Ich habe nie etwas anderes geliebt«, sagte er schlicht. »Weder das Leben noch den Kampf.«

»Und wirst du es für mich tun?«

»Du weißt, daß ich alles tue, worum du mich bittest.«

»Einst war ich eine Königin unter den Göttern«, sagte sie. »Ich war schön, und die Menschen hielten mich für klug. Ich stand mit Culain in Babel, und wir warfen Molech nieder und glaubten, wir hätten ein großes Übel besiegt, und die Menschen sagten, sie würden für alle Zeiten Lieder über mich singen. Ich frage mich, ob sie das immer noch tun.«

Gilgamesch setzte seinen Helm wieder auf und zog sich zurück.

Goroien sah ihn nicht gehen. Sie dachte an jenen schönen Frühlingstag, als sie und Culain bei der Großen Eiche geheiratet hatten, als die Welt noch jung war und die Zukunft Grenzen hatte.

Fünf Tage lang hatte die schwindende Truppe von Geminus Catos zwei Legionen den wütenden Angriffen der Goten widerstanden, sich im Schutz der Dunkelheit zurückgezogen und neue Positionen weiter zurück auf der Straße nach Eboracum eingenommen. Die Männer waren völlig übermüdet, und Cato rief seine Offiziere in der fünften Nacht zu einer Besprechung zusammen.

»Jetzt«, erklärte er ihnen, »ist es Zeit für Courage. Jetzt greifen wir an.«

»Das ist Irrsinn!« Decius konnte es nicht fassen. »Jetzt ist es an der Zeit für einen Rückzug. Wir haben weniger als sechstausend Männer, von denen viele zu müde sind, um ihre Schilde zu halten.«

»Und wohin sollen wir uns zurückziehen? Nach Eboracum? Das läßt sich nicht verteidigen. Weiter nach Norden, nach Vinovia? Dort treffen wir auf eine zweite Gotenarmee. Nein. Heute nacht schlagen wir zu!«

»Daran will ich nicht beteiligt sein!« sagte Decius.

»Dann geh zurück nach Eboracum!« fuhr Cato ihn an. »Zehn Villen könnten mich nicht dazu bringen, dich auch nur einen Moment länger hier zu behalten.«

Der junge Mann stand auf und verließ die Gruppe, und Cato wandte seine Aufmerksamkeit den anderen acht Offizieren zu. »Noch jemand?« Niemand rührte sich. »Gut. Also, fünf Tage lang haben wir den Goten dieselbe Strategie geboten. Ausharren und dann zurückweichen. Sie haben ihr Lager zwischen den beiden Flüssen aufgeschlagen, und wir werden sie von beiden Seiten angreifen. Du, Agrippa, führst den rechten Flügel. Schlagt euch durch bis zu dem Zelt, das Wotans Banner trägt. Seine Generäle werden in der Mitte sein. Ich werde mit Schwert und Feuer von links kommen.«

Agrippa, ein junger Mann mit dunklen Augen und zehn Jahren Kriegserfahrung, nickte. »Decius hatte in einem Punkt recht«, sagte er. »Wir werden sechstausend gegen doppelt so viele sein. Wenn wir erst einmal angreifen, gibt es keinen Rückzug mehr. Siegen oder sterben, General.«

»Realistisch betrachtet, sind unsere Chancen sehr gering. Aber der göttliche Julius zerstörte einmal eine Armee, die ihm hundert zu eins überlegen war.«

»So steht es in seinen Berichten«, sagte Agrippa.

»Ihr kommt in einer weit auseinandergezogenen Reihe und formiert euch im Lager neu. Sobald ihr die Generäle erledigt habt, versucht ihr, zu meiner Truppe zu stoßen.«

»Und wenn wir das nicht können?«

»Dann nehmt so viele der Bastarde mit euch, wie ihr nur könnt.«

Cato entließ die Gruppe, und die Offiziere weckten ihre Männer. Lautlos brach die römische Armee ihr Lager ab und formierte sich in Zweierreihen zum Abmarsch.

In fünf Kilometern Entfernung hatten die Goten ihre Zelte verstreut auf einem weiten, flachen Gelände zwischen zwei Wasserläufen aufgeschlagen. Zahlreiche Feuer brannten, doch nur wenige Männer waren noch wach. Man hatte Wachposten aufgestellt, doch die meisten dösten auf ihrem Posten oder schliefen hinter einem Gebüsch. Niemand fürchtete eine Armee, die Tag für Tag weiter zurückweichen mußte.

Im Zelt von General Leofric saßen die gotischen Offiziere auf geraubten Seidenteppichen, sprachen dem Wein zu und diskutierten über die Einnahme Eboracums und die Schätze, die dort warteten. Leofric saß neben einem nackten britannischen Mädchen, das früher am Tag von vorausreitenden Spähern geraubt worden war. Ihr Gesicht war geschwollen von dem Schlag, den einer der Reiter ihr verpaßt hatte, ehe er sie vergewaltigte. Doch sie gefiel Leofric trotzdem, er hatte sie an diesem Tag zweimal genommen und hatte vor, sie noch einmal ranzunehmen, ehe er sie morgen an seine Männer weiterreichte. Seine Hand umfaßte ihre Brust und drückte sie hart. Sie zuckte zusammen und schrie auf, worauf Leofric grinste. »Sag mir, wie sehr du mich liebst«, befahl er und verstärkte seinen Griff.

»Ich liebe dich! Ich liebe dich!« schrie sie.

»Natürlich tust du das«, erklärte er und ließ sie los, »und ich liebe dich – wenigstens heute nacht.« Die anderen Männer lachten. »Morgen«, fuhr er fort, »werden wir alle Frauen haben – keine Dorftrampel wie diese Schlampe hier, sondern hochgeborene römische Stuten, mit heller Haut und angemalten Lippen.«

»Meinst du, Cato wird sich nach Eboracum zurückziehen?« fragte Bascii, Leofrics jüngerer Bruder.

»Nein, er kann die Mauern nicht halten. Ich denke, er wird die Truppe aufteilen und nach Vinovia marschieren, um zu versuchen, bei den Trinovanten Männer zu rekrutieren, aber da wird er keinen Erfolg haben. Es wird harte Arbeit werden, ihn in die Enge zu treiben, aber er wird fallen. Er kann nirgendwo hin.«

»Stimmt es, daß es in Eboracum Mauern gibt, die mit Gold überzogen sind?« wollte Bascii wissen.

»Das bezweifle ich, aber es gibt Schätze dort, und wir werden sie uns holen!«

»Was für Schätze?«

»So was wie das hier«, sagte er, zwang das Mädchen auf den Rücken und spreizte ihr die Beine. Sie schloß die Augen, als die Männer ihn anfeuerten. Leofric öffnete seine Hosen und bestieg sie.

Ihre Qualen schienen endlos zu dauern, erst nahm Leofric, dann Bascii und dann der Reihe nach die anderen sie. Schmerz folgte auf Schmerz … darauf die Demütigung. Schließlich warf man sie beiseite, und die Männer kehrten in ihre eigenen Zelte zurück.

Plötzlich durchdrang ein Trompetenstoß die Nacht. Betrunken und taumelnd stolperte Leofric zum Eingang und sah, wie römische Krieger in sein Lager strömten. Verwirrt ging er zurück und suchte nach seinem Schwert.

Chaos herrschte, als geordnete Formationen von Römern ins Lager stürmten. Männer rannten aus ihren Zelten, nur um erbarmungslos niedergemacht zu werden. Ohne Vorbereitung oder Organisation kämpften die Goten, meist ohne Rüstung, verzweifelt jeder für sich allein.

Catos Männer, die von der linken Flanke kamen, setzten die Zelte in Brand – der Wind fachte die Flammen zu einem Inferno an, das sich rasend schnell über das ganze Gelände ausbreitete.

Zur Rechten schnitt Agrippas Truppe durch die gotischen Reihen und formierte sich zu einem Keil, der wie ein Speer auf Leofrics Zelt gerichtet war. Trotz seiner Trunkenheit war der General noch ein Krieger mit großer Erfahrung, er durchschaute sofort das verzweifelte Spiel, das Cato spielte, und wußte, daß er das Blatt noch wenden konnte. Sein kampfgeübter Blick suchte in dem Geschehen. Da! Basciis Männer hatten einen Schildwall gebildet. Wichtig war jedoch, daß sie gegen den römischen Keil vorgingen und dessen Vormarsch abwehrten. Die Flammen würden verhindern, daß die Römer sich zusammenschlossen, und die schiere Überzahl würde sie vernichten. Dem armen Bascii würde ein solcher strategischer Zug nie einfallen. Leofric trat aus dem Zelt ... und wurde von einem heftigen Hieb in den Nacken getroffen. Er stolperte und fiel auf die Knie, sein Kopf drehte sich, als er auf den Rücken rollte.

Das britannische Mädchen kniete über ihm, ein blutiges Messer in der Hand. Ein breites, triumphierendes Grinsen umspielte ihre Lippen, als sie die Klinge über Leofrics Augen hielt.

»Ich liebe dich«, sagte das Mädchen.

Und das Messer stieß hinab.

Cato stand über dem Leichnam Leofrics, dem der Dolchgriff noch immer aus dem Auge ragte. »Die letzten fliehen Richtung Petvaria«, sagte Agrippa. »Lucius macht mit drei Kohorten Jagd auf sie.«

»Ich frage mich bloß, was hier passiert ist«, meinte Cato.

»Ich weiß es nicht, aber ich gratuliere zu einem großartigen Sieg!«

»Warum gratulierst du mir? Du hast deinen Teil dazu beigetragen, so wie jeder Mann, der unter mir gedient hat. Bei allen Göttern, es fängt hier allmählich an zu stinken!« Catos dunkle Augen musterten das Schlachtfeld. Überall lagen Tote – manche schwarz verbrannt von der Flammenmauer, die zwischen den Zelten gewütet hatte, andere lagen, wo sie gefallen waren, niedergestreckt von den Schwertern der Legionen. Die toten Britannier hatte man in einen hastig ausgehobenen Graben gebracht, die Goten, denen man Rüstung und Waffen abgenommen hatte, ließ man für die Krähen und Füchse liegen.

»Zwölftausend feindliche Soldaten sind tot«, berichtete Agrippa. »Die Überlebenden werden sich nie mehr zu einer Armee formieren.«

»Sag niemals nie. Eines Tages werden sie wiederkommen. Jetzt müssen wir überlegen, ob wir nach Süden marschieren, als Verstärkung für Quintas, oder nach Norden, um zu verhindern, daß die Goten nach Eboracum marschieren.«

»Du bist müde. Ruh dich heute aus und triff deine Entscheidung morgen.«

»Morgen kann es zu spät sein.«

»Mein alter Vorgesetzter sagte immer: ›Müde Männer machen Fehler.‹ Vertrau seinem Urteil und ruh dich aus.«

»Jetzt zitierst du mir schon meine eigenen Sprüche. Gibt es denn gar keinen Respekt mehr?« fragte Cato grinsend.

»Ich habe angeordnet, daß dein Zelt hinter dem

Hügel aufgeschlagen wird. Der Bach windet sich dort durch eine eichenbestandene Senke.«

Prasamaccus zügelte sein Pferd. Im Norden lag der halb verfallene Antoninuswall, und davor wurde eine große Schlacht geschlagen. Tausende von Briganten-Kriegern hatten eine gotische Armee umzingelt, und das Gemetzel war gewaltig. Keine Seite kämpfte nach irgendeiner Strategie – es war nichts weiter als ein wildes, chaotisches Wüten vernichtender Schwerter, Äxte und Messer.

Er lenkte sein Reittier von dem Schauplatz weg, sein geübtes Auge erkannte, daß es heute keine Sieger geben würde und daß sich beide Seiten ausgeblutet und erschöpft vom Schlachtfeld zurückziehen würden. Da er selbst Brigant war, wußte er, was dann geschehen würde. Morgen würden die Stammeskrieger ihren Angriff wiederholen und so lange fortsetzen, bis entweder der Feind vernichtet war oder sie selbst geschlagen waren.

Er ritt nach Westen und kam an einer Stelle durch den Erdwall, wo er neben einem zerfallenen Fort zusammengesackt war. Er schauderte und flüsterte ein Gebet an die Geister, die noch immer hier waren, und ritt weiter nach Nordwesten in die Berge von Kaledonien.

Seine Reise war weitgehend ohne Zwischenfälle verlaufen, wenn er auch viele Flüchtlinge gesehen und entsetzliche Geschichten von den Greueltaten gehört hatte, die die einmarschierende Armee beging. Manche waren übertrieben, die meisten drehten ihm jedoch den Magen um. Der Brigant war nicht mehr der jüngste und hatte es längst aufgegeben, sich über die grauenhaften Dinge zu wundern, die Menschen ihren Nächsten antun konnten, doch er dankte den Göttern, daß solche Geschichten ihm noch immer Entsetzen und Kummer verursachten.

In dieser Nacht lagerte er an einem rasch fließenden Bach und brach beim ersten Tageslicht wieder auf, um den langen Anstieg zu der Hütte zu unternehmen, wo er Culain zum ersten Mal begegnet war. Nichts hatte sich verändert, und der einladende Anblick von Rauch, der aus dem kurzen Schornstein stieg, hob seine Lebensgeister. Als er abstieg, trat ein riesiger Mann, bewaffnet mit einem Schwert, aus der Hütte.

Prasamaccus humpelte zu ihm und hoffte, daß sein fortgeschrittenes Alter und die offensichtliche Behinderung den Fremden zu einer etwas entspannteren Haltung bringen würden. »Wer bist du, Alter?« fragte der Riese, machte einen Schritt nach vorn und drückte die Schwertspitze Prasamaccus gegen die Brust.

Der Brigant sah erst auf die Klinge hinunter, dann in die hellen Augen des Kriegers.

»Ich bin kein Feind.«

»Feinde kommen in vielerlei Gestalt.« Der Mann sah müde aus, dunkle Ringe lagen um seine Augen.

»Ich suche einen jungen Mann und eine Frau. Ein Freund sagte, sie wären hier.«

»Wer ist dieser Freund?«

»Sein Name ist Culain, er brachte sie hierher in Sicherheit.«

Der Mann legte das Schwert nieder, drehte sich um und ging in die Hütte. Prasamaccus folgte ihm. Drinnen sah er einen Verwundeten auf einem schmalen Bett liegen. Der Brigant ging zu ihm und sah, daß die Wunden gut heilten, doch die Haut zeigte eine tödliche Blässe, und der Mann schien kaum zu atmen. Auf seiner Brust lag ein schwarzer Stein mit haarfeinen goldenen Adern.

»Er ist schon seit Wochen so. Ich kann nichts mehr tun.«

»Und das Mädchen?«

»Draußen begraben. Sie starb bei dem Versuch, ihn zu retten.«

Pasamaccus starrte das Gesicht des Verwundeten an – und sah das Abbild Uthers, dieselben hohen Wangenknochen und das energische Kinn, dieselbe lange, gerade Nase und die dichten Augenbrauen.

»Die Magie ist fast aufgebraucht«, sagte er.

»Das dachte ich mir«, antwortete der Mann. »Zu Anfang war er gold mit schwarzen Linien, aber als die Tage vergingen, wurden sie immer breiter. Wird er sterben?«

»Ich fürchte ja.«

»Aber warum? Seine Wunden heilen gut.«

»Vor kurzem habe ich einen anderen Krieger in diesem Zustand gesehen«, sagte Prasamaccus. »Man sagte, sein Geist habe seinen Körper verlassen.«

»Aber das ist dasselbe, wie tot zu sein«, wandte Oleg ein, »und dieser Bursche lebt.«

Prasamaccus zuckte die Achseln und nahm Cormacs Handgelenk. »Der Puls ist sehr schwach.«

»Ich habe etwas Brühe, wenn du hungrig bist«, sagte Oleg und ging zum Tisch. Prasamaccus hinkte zu einem Stuhl und setzte sich.

Nachdem sie beide gegessen hatten, erzählte Oleg dem Briganten von dem Kampf vor der Hütte und wie seine eigene Tochter, Rhiannon, sie verraten hatte. Prasamaccus lauschte schweigend. Er las den Schmerz in Olegs Augen.

»Du liebst deine Tochter sehr«, bemerkte er.

»Nicht mehr.«

»Unsinn. Wir ziehen sie groß, wir halten sie in den Armen, wir verstehen sie, wir weinen über ihre Schwächen und ihren Kummer. Wo ist sie jetzt?«

»Ich weiß es nicht, ich habe sie fortgeschickt.«

»Ich verstehe. Ich danke dir, Oleg, daß du dem Prinzen geholfen hast.«

»Prinz?«

»Er ist der Sohn Uthers, des Hochkönigs von Britannien.«

»Er hat nicht wie ein Edelmann gesprochen.«

»Nein, und das Leben hat ihm auch nicht gestattet, wie einer zu leben.«

»Können wir irgend etwas tun?« fragte Oleg.

»Wenn wir könnten, würde ich ihn gern dahin bringen, wo sein Vater liegt, aber es ist zu weit, er würde die Reise nicht überleben.«

»Dann können wir nichts weiter tun, als hier sitzen und darauf zu warten, daß er stirbt? Das kann ich nicht hinnehmen.«

»Das solltest du auch nicht«, sagte eine Stimme von der Tür her. Beide Männer fuhren herum, und Oleg sprang auf und griff nach seinem Schwert.

»Das wird nicht nötig sein«, sagte der Fremde, schloß die Tür und trat näher. Er war groß und breitschultrig, Haare und Bart wirkten wie gesponnenes Gold. »Erinnerst du dich an mich, Prasamaccus?«

Der alte Brigant saß ganz still. »An dem Tag, als Uther sein Schwert fand ... du warst dort und halfst Laitha. Aber du bist nicht älter geworden.«

»Ich war dort. Jetzt bin ich hier. Leg dein Schwert nieder, Oleg Hammerhand, und bereite dich auf eine Reise vor.«

»Wohin gehen wir?«

»Zur Kristallinsel«, antwortete Pendarric.

»Der Mann hier sagt, das ist einmal durchs ganze Reich«, sagte Oleg. »Wir werden Wochen brauchen.«

»Nicht über die Wege, die wir nehmen werden«, erklärte Pendarric.

»Und was sind das für Wege?« fragte Oleg, als Pendarric auf die Lichtung vor der Hütte hinaustrat.

»Die Geistpfade«, antwortete der Brigant. Rasch schlug Oleg das Zeichen des Schützenden Horns und folgte seinem hinkenden Gefährten auf die Lichtung. Pendarric hielt einen Maßstock in der Hand und zeichnete mit Kreide sorgfältig eine Reihe von ineinandergreifenden Dreiecken um einen Mittelkreis. Er blickte auf.

»Macht euch nützlich«, sagte er. »Zieht ihm warme

Kleider an und tragt ihn dann hierher. Achtet darauf, daß ihr nicht auf die Kreidelinien tretet oder sie irgendwie zerstört.«

»Er ist ein Zauberer«, wisperte Oleg.

»Ich glaube schon«, gab Prasamaccus ihm recht.

»Was sollen wir tun?«

»Genau das, was er sagt.«

Oleg seufzte. Sie zogen den bewußtlosen Cormac an, und Oleg hob ihn behutsam vom Bett und trug ihn nach draußen, wo Pendarric in der Mitte dessen wartete, was aussah wie ein merkwürdiger Stern. Oleg trat vorsichtig über die Linien und legte den Körper neben den hochgewachsenen Zauberer. Prasamaccus folgte ihm. Er brachte Olegs Schwert und noch eine weitere Klinge mit.

Als alle innerhalb des Kreises waren, hob Pendarric die Arme. Sonnenstrahlen funkelten auf einem goldenen Stein in seiner rechten Hand. Die Luft knisterte, und ein schimmerndes Licht erschien, das plötzlich so hell aufleuchtete, daß Prasamaccus sich die Hand vor Augen hielt. Dann war es verschwunden ...

Und das Trio stand in einem Steinkreis auf einem baumbestandenen Hügel.

»Hier verlasse ich euch«, sagte Pendarric. »Möge euch am Ende eurer Reise Glück beschieden sein.«

»Wo sind wir?« fragte Oleg.

»Bei Camulodunum«, antwortete Pendarric. »Wir konnten nicht direkt zur Insel reisen. Von hier aus werdet ihr direkt zur Siedlung gelangen, denn sie wurde so gebaut, daß sie die Anordnung der Steine nachahmt. Eine alte Freundin wartet auf dich, Prasamaccus. Grüße sie von mir.«

Pendarric trat aus dem Kreis und machte eine Handbewegung. Wieder schimmerte die Luft auf, und das nächste, was sie sahen, waren drei erstaunte Frauen, die in einem Rundhaus saßen und den Körper Uthers bewachten.

»Wir bitten um Entschuldigung, meine Damen«,

sagte Prasamaccus mit einer Verbeugung. Oleg nahm Cormac auf den Arm und trug ihn zu dem großen runden Tisch, auf dem der König lag. Dort legte er ihn sanft neben seinem Vater nieder. Prasamaccus trat näher und betrachtete die beiden Körper mit großer Zärtlichkeit.

»So eine Tragödie, daß sie sich bis jetzt nie begegnet sind.«

Eine der Frauen verließ den Raum, die anderen verharrten tief im Gebet.

Die Tür ging auf, und eine hochgewachsene Gestalt in Weiß trat ein. Hinter ihr kam die Frau, die vorhin gegangen war.

Prasamaccus hinkte nach vorn. »Meine Dame, ich muß mich erneut entschul ...« Er brach ab, als Laitha näher kam.

»Ja, Prasamaccus, ich bin es. Und ich werde allmählich immer zorniger darüber, daß ich von den Schatten aus meiner Vergangenheit verfolgt werde, die ich am liebsten so schnell wie möglich vergessen würde. Wie viele Körper wollt ihr noch auf die Insel bringen?«

Er schluckte und fand keine Worte, als sie an ihm vorbeirauschte und das Gesicht von Cormac Daemonsson betrachtete.

»Dein Sohn, Gian«, flüsterte Prasamaccus.

»Das sehe ich«, erwiderte sie, streckte die Hand aus und streichelte den weichen Bart. »Wie er seinem Vater gleicht.«

»Es macht mich sehr glücklich, dich zu sehen«, sagte er. »Ich habe oft an dich gedacht.«

»Und ich an dich. Wie geht es Helga?«

»Sie ist tot. Aber wir waren sehr zufrieden miteinander, und ich bedaure nichts.«

»Ich wünschte, ich könnte dasselbe sagen! Dieser Mann«, sagte sie und deutete auf Uther, »hat mein Leben zerstört. Er hat mich meines Sohnes beraubt, jedes Glücks, das ich hätte finden können.«

»Damit hat er sich selbst beraubt«, sagte der Brigant. »Er hat nie aufgehört, dich zu lieben. Es ist nur ... ihr wart einfach nicht füreinander bestimmt. Hättest du gewußt, daß Culain noch am Leben war, hättest du ihn nicht geheiratet. Wäre er weniger stolz gewesen, hätte er Culain aus seinen Gedanken verbannen können. Ich habe um euch beide geweint.«

»Meine Tränen versiegten vor langer Zeit«, sagte Laitha, »als ich auf einem Schiff nach Gallien lag und meinen Sohn tot zurücklassen mußte – wenigstens glaubte ich das.« Sie schwieg einen Moment. »Du und dein Begleiter, ihr müßt die Insel verlassen. Ihr werdet Culain auf einem Hügel jenseits des Sees finden, dort wartet er auf Neuigkeiten über den Mann, den er verriet.«

Prasamaccus sah ihr in die Augen. Ihr Haar war noch immer dunkel, wenn sich auch an einer Schläfe eine silberne Strähne zeigte, ihr Gesicht war schön und seltsam alterslos. Sie sah nicht aus wie eine Frau in den Vierzigern, aber ihre Augen blickten flach und leblos und verrieten eine Härte, die Prasamaccus beunruhigend fand.

Sie betrachtete noch einmal mit ausdrucksloser Miene die beiden Körper, dann richtete sie ihren Blick auf den Briganten.

»Er hat nichts von mir an sich«, sagte sie. »Er ist Uthers Sohn und wird mit ihm sterben.«

Culain saß mit überkreuzten Beinen auf dem Hügel. Hinter ihm führte ein schmaler Damm zurück zur Insel. Jetzt, bei Niedrigwasser, war er deutlich zu sehen. Er stand auf und umarmte Prasamaccus.

»Wie seid ihr hergekommen?«

»Ich habe Cormac gebracht.«

»Wo ist er?«

»Neben dem König.«

»Gütiger Christus!« flüsterte Culain. »Doch nicht tot?«

»Aber nahe dran. Wie Uther. Nur ein schwächer werdender Stein läßt sein Herz noch schlagen.«

Prasamaccus stellte Oleg vor, der noch einmal das

Drama schilderte, in dem Anduine den Tod fand. Culain sank auf die Erde und starrte nach Osten. Der Brigant legte Culain die Hand auf die Schulter. »Es war nicht deine Schuld, Lanzenlord. Du bist nicht verantwortlich dafür.«

»Ich weiß – und trotzdem hätte ich sie vielleicht retten können.«

»Manche Dinge gehen selbst über deine Kräfte. Wenigstens sind Uther und sein Sohn noch am Leben.«

»Aber wie lange noch?«

Darauf wußte Prasamaccus keine Antwort.

»Es gibt noch andere Dinge, um die wir uns kümmern müssen«, sagte Oleg leise und deutete nach Osten, wo man einen großen Trupp Bewaffneter sehen konnte, die sich rasch dem Hügel näherten.

»Goten!« rief Prasamaccus. »Was wollen sie hier?«

»Sie sind hier, um den König zu töten«, antwortete Culain, erhob sich geschmeidig und griff nach seinem silbernen Stab. Er drehte ihn in der Mitte und brachte so zwei Kurzschwerter zum Vorschein, dann machte er kehrt und rannte zum Damm. Auf halbem Weg bergab drehte er sich um und rief Prasamaccus zu:

»Versteck dich, Mann! Das ist kein Platz für einen Krüppel.«

»Er hat recht«, meinte Oleg, »wenn er es auch nicht so unverblümt hätte sagen müssen. Da unten gibt es ein Gebüsch.«

»Und was ist mit dir?«

»Ich schulde Cormac mein Leben. Wenn diese Männer vorhaben, den König umzubringen, zweifle ich nicht daran, daß sie auch den Jungen abschlachten.« Ohne ein weiteres Wort rannte er den Hügel hinab zu dem schlammigen Damm. Er war nur anderthalb Meter breit, und man konnte leicht fehltreten. Vorsichtig ging Oleg etwa zehn Meter weit, bis er bei Culain anlangte.

»Willkommen«, sagte Culain. »Ich beglückwünsche

dich zu deinem Mut – wenn auch nicht zu deiner Weisheit.«

»Wir können diese Brücke nicht halten«, sagte Oleg. »Ihre Überzahl wird uns zurückdrängen, und sobald wir auf festem Boden sind, werden sie uns überwältigen.«

»Dann wäre jetzt ein außerordentlich guter Zeitpunkt, um sich eine andere Strategie zu überlegen«, bemerkte der Lanzenlord, als die Goten am Ende des Dammes ihre Pferde zügelten.

»Ich wollte nur ein bißchen Konversation machen«, erklärte Oleg. »Hast du etwas dagegen, wenn ich die rechte Seite nehme?«

Culain lächelte und schüttelte den Kopf. Oleg machte vorsichtig einen Schritt nach rechts, während die Goten abstiegen und einige von ihnen den Damm betraten.

»Sie scheinen keine Bogenschützen dabeizuhaben«, sagte Oleg. Ein Pfeil durchschnitt die Luft, und Culains Schwert fegte ihn kurz vor Olegs Brust zur Seite.

Ein zweiter folgte, dann ein dritter. Culain duckte sich unter dem einen, dann blockte er den anderen mit seinem Schwert ab.

»Du bist sehr gut«, meinte Oleg. »Vielleicht kannst du mir den Trick ja eines Tages beibringen.«

Die Goten griffen an, ehe Culain antworten konnte. Sie konnten nur zu zweit nebeneinander kommen. Culain rückte vor, blockte einen weit ausholenden Hieb ab und schlitzte dem ersten Mann den Bauch auf. Oleg duckte sich unter einem wilden Streich und hämmerte dem anderen Krieger seine Faust gegen das Kinn, so daß er bewußtlos ins Wasser fiel, wo er unterging wie ein Stein, hinabgezogen von seiner schweren Rüstung.

Culains Schwerter waren schimmernde Bögen aus Silberstahl, mit denen er ein furchtbares, tödliches Netz unter den anrückenden Kriegern webte. An seiner Seite focht Oleg Hammerhand mit allen Tricks, die er aufbieten konnte. Doch trotzdem wurden die beiden Männer unausweichlich zur Insel gedrängt.

Die Goten fielen vorübergehend zurück, und Culain ruhte sich schwer atmend einen Moment aus. Blut rann ihm aus einem flachen Schnitt an der Schläfe und einer tieferen Wunde in der Schulter. Oleg hatte Wunden an Oberschenkel und Seite davongetragen. Doch noch waren sie auf den Beinen.

Vom Hügel her konnte Prasamaccus nur mit trauriger Bewunderung zusehen, wie die beiden Männer dem Unmöglichen trotzten. Die Sonne ging prachtvoll hinter ihnen unter, das Wasser schimmerte in der Dämmerung tiefrot. Wieder griffen die Goten an und trafen auf Mut und kalten Stahl.

Culain glitt aus, und ein Schwert durchstieß seine Seite, doch seine eigene Klinge fuhr dem Feind in die Lende, und der Mann schrie auf und wich zurück. Culain krabbelte auf die Füße, blockte einen weiteren Hieb ab und stieß seinem Angreifer das zweite Schwert in die Kehle. Oleg Hammerhand war tödlich verwundet. Eine Lunge war durchstochen, Blut sprudelte schäumend über seinen Bart, aus seinem Bauch ragte eine Schwertklinge, deren Besitzer durch eine instinktive Riposte gestorben war.

Doch mit lautem Gebrüll vor Wut und Enttäuschung stürzte sich Oleg erneut auf die Reihen der Goten, und sein großes Gewicht riß die Männer von den Füßen. Von allen Seiten stachen Schwerter auf ihn ein, und noch im Sterben hieb er seine Faust einem Mann so heftig ins Genick, daß es auf der Stelle brach. Als er fiel, stürzte sich Culain in den Kampf, und seine Schwerter brachten Tod. Entsetzt wichen die Goten erneut zurück.

Prasamaccus schloß die Augen, Tränen strömten ihm über die Wangen. Er konnte es nicht ertragen, den Tod des Lanzenlords mit anzusehen, aber er fand auch nicht den Mut, sich abzuwenden. Dann hörte er von rechts ein Geräusch: marschierende Männer. Prasamaccus zog sein Jagdmesser und humpelte ihnen in den

Weg, bereit zu sterben. Der erste Mann, den er sah, war Gwalchmai, an seiner Seite Severinus Albinus. Hinter ihnen kamen die Überlebenden von Uthers Neunter Legion – grauhaarige Veteranen, deren Blütezeit lange vergangen war, aber die immer noch etwas von Adlern an sich hatten. Gwalchmai rannte ihm entgegen.

»Was ist hier los, mein Freund?«

»Culain versucht, den Damm zu halten. Die Goten wollen den Körper des Königs.«

»Die Neunte zu mir!« rief Severinus, während sein Gladius schon aus der Bronzescheide schoß. Mit einem Aufschrei scharten sich die achtzig Männer um ihn und nahmen ihre Positionen ein, als ob die Jahre des Ruhestands nichts weiter gewesen wären als ein Sommernachtstraum.

»Keilformation!« brüllte Albinus, und die Soldaten an den äußeren Kanten fielen zurück und formierten sich so zu der legendären Speerspitze. »Im Gleichschritt – marsch!« Der Keil bewegte sich auf das offene Gelände vor dem Damm zu, wo die große Masse der Goten noch auf ihre Gelegenheit wartete, auf den schlammigen Damm zu gelangen. Die feindlichen Krieger sahen die näher kommende Truppe und starrten sie ungläubig an. Manche lächelten sogar beim Anblick der grauhaarigen Veteranen, doch ihr Lächeln schwand, als die eisernen Schwerter in ihre Reihen hieben, während sich der Keil auf den Damm selbst stürzte.

Ein riesiger Gote warf sich auf Albinus, mußte aber feststellen, daß sein wilder Hieb geschickt abgewehrt wurde und ein Gladius in seinen Hals drang. »Hörner!« rief Albinus Die Veteranen zogen ihre Linie zu den gefürchteten Stierhörnern auseinander und bildeten einen Halbkreis um die entsetzten Goten. Sie zogen sich ungeordnet zurück und versuchten, sich auf höherem Gelände neu zu gruppieren. »Auf sie!« brüllte Albinus, und die Männer in der Mitte der Reihe griffen an. Das war zuviel für die Goten, sie verließen ihre

Position und rannten davon. Auf dem Damm sah Culain, der aus einem Dutzend Wunden blutete, wie seine Gegner lieber ins Wasser sprangen, als sich den Veteranen der Neunten zu stellen. Trotz ihrer Bemühungen, das Ufer zu erreichen, wurden viele vom Gewicht ihrer Rüstung unter Wasser gezogen. Culain fiel auf die Knie, eine furchtbare Müdigkeit überwältigte ihn.

Seine Schwerter entglitten seinen Händen.

Gwalchmai lief zu ihm und fing ihn auf, als er gerade ins Wasser zu fallen drohte.

»Haltet den Damm. Sie kommen wieder«, flüsterte Culain.

»Ich bringe dich zur Insel, sie werden dich heilen.«

Gwalchmais kräftige Arme hoben ihn hoch, und der alte Canti-Krieger stapfte mühsam über den Damm bis zu ein paar Frauen, die die Schlacht beobachteten.

»Helft mir!« bat er, und sie kamen zögernd näher und nahmen ihm seine Last ab. Gemeinsam trugen sie den Sterbenden in die runde Halle.

Laitha sah sie kommen. Ihr Gesicht war ausdruckslos, als sie ihn auf den Mosaikboden legten und ihm einen zusammengerollten Umhang unter den Kopf legten.

»Rette ihn«, sagte Gwalchmai. Eine Frau öffnete Culains Tunika, betrachtete die schrecklichen Wunden und schloß sie wieder. »Magie! Benutzt eure Magie!«

»Er ist jenseits aller Zauberkunst«, sagte eine andere Frau leise. »Laß ihn in Frieden gehen.«

Prasamaccus kam zu ihnen und kniete neben Culain nieder.

»Du und Oleg, ihr habt einunddreißig von ihnen getötet. Ihr wart großartig«, sagte er. »Und Albinus läßt seine Männer den Damm bewachen, andere patrouillieren den See. Es kommen jeden Tag mehr, wir werden den König und seinen Sohn beschützen.«

Culain schlug die Augen auf. »Gian?«

»Sie ist nicht hier«, antwortete Prasamaccus.

»Sag ihr ...« Blut sprudelte aus seinen zerrissenen Lungen.

»Culain? Lieber Gott! Culain?«

»Er ist tot, mein Freund«, sagte Gwalchmai.

Prasamaccus schloß die toten Augen und stand erschöpft auf. In der Tür sah er Laitha stehen. Ihre Augen waren weit aufgerissen.

»Er hat nach dir gerufen«, sagte er anklagend. »Und du konntest ihm nicht einmal das gewähren. Wo ist deine Seele, Gian? Du trägst die Gewänder einer Christin. Wo ist deine Liebe?«

Ohne ein Wort drehte sie sich um und war fort.

Lekky, der Karyl die Haare gewaschen und den dünnen Körper geschrubbt hatte, saß auf einem Pferd und betrachtete von großer Höhe die Landschaft ringsum. Hinter ihr saß ihr Vater, der größte und stärkste Mann der Welt. Nichts konnte ihr jetzt mehr geschehen. Sie wünschte, ihr Vater hätte die Sprache des Volkes nicht vergessen, aber auch so war sein Lächeln wie die Morgensonne, und seine Hände waren sanft und sehr zärtlich.

Sie warf einen Blick auf ihre neue Tunika aus grauer Wolle, eingefaßt mit schwarzem Band. Sie war warm und weich, genau wie die kleinen Schaffellstiefel, die Karyl ihr geschenkt hatte. Sie hatte niemals Fußbekleidung irgendwelcher Art getragen, und das Gefühl war angenehmer, als sie sich je hätte träumen lassen, wenn sie mit ihren Zehen an der weichen Wolle spielte. Ihr Vater tippte ihr auf die Schulter und deutete zum Himmel.

Schwäne flogen dort in V-Formation, die langen Hälse gerade gestreckt wie Pfeile.

Das Pferd, das Asta ihnen gegeben hatte, war eine langsame ältere Stute mit einer Schulterhöhe von 1,60 m und durchgesessenem Rücken. Aber Lekky hatte noch nie ein Pferd geritten, und für sie war es ein Streitroß von unendlicher Kraft, das jedem Schlachtroß der Goten davonrennen konnte.

Sie machten Rast für eine Mahlzeit, als die Sonne am höchsten stand, und Lekky rannte in ihren neuen Stiefeln über die Lichtung, ohne sich Sorgen um spitze Steine unter ihren Füßen machen zu müssen. Und ihr Vater spielte ein albernes Spiel, deutete auf offensichtliche Gegenstände wie die Bäume und den Himmel und Wurzeln und gab ihnen seltsame Namen. Sie waren leicht zu merken, und es schien ihn zu freuen, wenn sie sie behielt.

Am Nachmittag, kurz bevor es Abend wurde, sah sie in der Ferne Goten, die ihnen auf der Straße entgegenkamen. Vater lenkte die Stute in den Wald, und sie stiegen ab, bis die Goten vorüber waren. Aber sie hatte keine Angst, es waren nicht einmal zwanzig, und sie wußte, Vater könnte sie alle töten.

Später lagerten sie in einer flachen Höhle, und er wickelte sie in Decken und saß bei ihr, sang ihr Lieder in seiner seltsamen, melodiösen Sprache vor. Er war kein guter Sänger – nicht wie der alte Snorri – aber sie lag friedlich im Schein des Feuers, bis ihr schließlich die Augen zufielen und sie in einen traumlosen Schlaf hinüberglitt.

Galead blieb noch lange Zeit sitzen und betrachtete sie. Ihr Gesicht war oval und hübsch. Eines Tages würde sie eine Schönheit sein, und die Burschen würden meilenweit kommen, um ihr den Hof zu machen, vor allem, wenn sie die Angewohnheit beibehielt, den Kopf zu neigen und wissend zu lächeln, so wie sie es getan hatte, als er versuchte, ihr die Grundlagen seiner Sprache beizubringen.

Sein Lächeln schwand. »Was denkst du dir nur, du Idiot?« fragte er sich. Das Land lag im Krieg, und selbst, wenn durch irgendein Wunder die Goten zurückgeschlagen wurden, würden sich die Sachsen erheben oder die Jüten oder die Angeln oder irgendeiner der zahlreichen Stämme. Welche Chance würde Lekky haben, ein friedliches Leben zu führen?

Er legte sich neben sie, bedeckte das Feuer und barg Lekkys Kopf in seinem Arm. Der Schlaf kam schnell, aber mit ihm die Träume …

Er sah eine riesige Gestalt, die sich vor den Sternen abzeichnete, Wolken wirbelten um ihre Knie. Der Kopf war furchteinflößend, mit Augen aus Feuer und Zähnen aus scharfem Eisen, und eine Hand griff langsam nach einem großen Schwert, das mit der Klinge nach unten am Himmel schwebte. Auf der anderen Seite des Schwertes, von ihm abgewandt, war eine schöne Frau: Dann erschien über dem Bild ein funkelnder, rasender Stern wie eine große Silbermünze, der durch den Himmel eilte. Der riesige Krieger schrak vor dem Stern zurück, und das Schwert schien zu schrumpfen. Das Bild wechselte, und er sah den Blutkönig, nackt und allein im Hof von Eboracum. Als die Unwesen aus dem gähnenden Tunnel strömten, schleuderte er sein Schwert in die Luft und rief ein einziges Wort.

Darauf fand sich Galead in einem terrassenförmig angelegten Garten wieder, in dem das Gefühl von Frieden und Ruhe vollkommen war. Er wußte, wer da sein würde.

»Willkommen«, begrüßte ihn Pendarric.

»Hier könnte ich für immer bleiben«, sagte Galead, und Pendarric lächelte.

»Ich freue mich, daß du die Harmonie spürst. Was hast du gelernt, junger Ritter?«

»Nur wenig, das ich nicht schon wußte. Was ist aus dem alten Mann geworden, Caterix?«

»Er fand seine Freunde und ist in Sicherheit.«

»Und der Räuber?«

»Ist zurückgekehrt in den Wald.«

»Um erneut zu töten?«

»Mag sein, aber das schmälert die Tat nicht. Du bist auf dem Weg zur Kristallinsel?«

»Ja.«

»Uther ist dort.«

»Am Leben?«

»Das steht noch nicht fest. Du mußt die Herrin Morgana finden und ihr sagen, daß sie noch einmal dem Rat Pendarrics folgen soll. Verstehst du, was deine Träume dir sagen wollen?«

»Nein, außer daß der Riese Wotan ist und das Schwert Uthers Schwert ist.«

»Der Stern ist ein Komet, der einmal im Leben eines jeden Menschen über den Himmel zieht. Er besteht aus

Sipstrassi, und wenn er näher kommt, zieht er alle Magie wieder an sich. Vor langer Zeit stürzte ein Stück dieses Kometen auf unsere Welt und schuf die Magie. Jetzt, wo er wieder vorbeizieht, wird er einiges von dieser Magie wieder an sich ziehen. Es wird einen Augenblick geben, Galead – und du wirst merken, wenn es soweit ist – wenn das Schicksal der Welten im Gleichgewicht hängt. Wenn dieser Augenblick kommt, bitte den Schwertträger, dir seine Klinge zu geben. Halte sie hoch und wünsche dir, was immer du willst.«

»Warum kannst du dich nie deutlich ausdrücken? Ist das für dich alles nur ein Spiel?«

Pendarric schüttelte den Kopf. »Glaubst du nicht, ich würde dir mit Freuden die Weisheit geben, um der Welt zu helfen? Aber das ist nicht die Art und Weise, wie das Mysterium weitergegeben wird. Das war es nie. Für jeden Menschen ist das Leben eine Reise zu Wissen und den Antworten auf die ewigen Fragen: Wer bin ich? Warum bin ich hier? Wenn ich dir sage, geh zu einem bestimmten Ort und sprich ein Wort der Macht, was hast du dann gelernt, außer daß Pendarric ein Zauberer ist? Aber wenn ich dir sage, geh zu einem bestimmten Ort und sage, was in deinem Herzen ist, und das erweist sich als Wort der Macht, dann hast du etwas viel Größeres gelernt. Dann bist du in den Kreis der Mysterien getreten und kannst fortschreiten zu ihrer Mitte. Caterix hat das verstanden, als er dem Räuber half, obwohl sein Herz ihn drängte, den Mann sterben zu lassen. Vielleicht wirst auch du verstehen.«

»Und wenn nicht?«

»Dann wird das Böse triumphieren, und die Welt wird dieselbe bleiben.«

»Warum muß ich dafür verantwortlich sein?«

»Weil du derjenige bist, der am wenigsten die Fähigkeit hat, damit umzugehen. Du hast eine weite Reise hinter dir, Prinz Ursus – von dem habgierigen, lüsternen Prinzen zum Ritter Galead, der ein Kind rettet. Setze deine Reise fort.«

Galead erwachte kurz nach Tagesanbruch. Lekky schlief noch, und er bereitete einen Topf mit heißem Haferbrei zu, gesüßt mit Honig aus den Vorräten, die Karyl ihnen mitgegeben hatte. Nach dem Frühstück sattelte er die Stute, und sie brachen nach Nordwesten auf.

Im Laufe des Vormittags kamen sie in ein Wäldchen. Dort sah er sich einem Dutzend Reitern gegenüber, die alle die gehörnten Helme der Goten trugen. Er zügelte sein Pferd und starrte die Männer mit den kalten Augen an, während Lekky sich zitternd vor Angst an ihn drückte.

Der Anführer ritt nach vorn und sprach ihn auf sächsisch an.

»Ich bin aus Gallien«, antwortete Ursus in der Sprache der Sicambrier. Der Mann wirkte überrascht.

»Du bist weit weg von zu Hause«, sagte er. Die anderen Reiter kamen näher, die Schwerter in den Händen.

Galead wappnete sich dafür, Lekky aus dem Sattel zu werfen und bis zum letzten zu kämpfen.

»Allerdings. Ihr aber auch.«

»Wer ist das Kind?«

»Eine Waise. Ihr Dorf wurde zerstört, ihre Mutter erschlagen.«

»So ist der Krieg«, sagte der Mann achselzuckend. Er kam noch näher. Lekky hatte die Augen vor Entsetzen weit aufgerissen, als er sich zu ihr beugte, und Galead spannte sich, seine Hand tastete nach dem Schwert.

»Wie heißt du, Kleine?« fragte der Reiter auf sächsisch.

»Lekky.«

»Hab keine Angst.«

»Ich habe keine Angst«, sagte sie. »Mein Vater ist der größte Krieger und wird euch alle töten, wenn ihr nicht aus dem Weg geht.«

»Dann sollten wir wohl besser gehen«, sagte er lächelnd. Er richtete sich im Sattel auf und wandte sich wieder an Galead.

»Ein tapferes Mädchen«, sagte er, ins Sicambrische fallend. »Sie gefällt mir. Warum sagt sie, du seist ihr Vater?«

»Weil ich jetzt diese Ehre habe.«

»Ich bin selber Sachse«, sagte der Mann, »also weiß ich, was für eine Ehre das ist. Sei gut zu ihr.«

Mit einer Armbewegung führte der Mann die Reiter an dem erstaunten Galead vorbei und setzte seinen Weg fort. Die Goten ritten ein paar hundert Meter weiter, dann hielt der Anführer an und drehte sich nach dem einsamen Reiter um.

»Warum haben wir ihn nicht getötet?« fragte sein Stellvertreter. »Er war kein Sachse.«

Der Anführer zuckte die Achseln. »Weiß der Himmel! Ich habe dieses verfluchte Land vor sieben Jahren verlassen und geschworen, nie wieder zurückzukommen. Ich hatte eine schwangere Frau hier. Und ich habe immer daran gedacht, sie zu suchen – und meinen Sohn. Ich dachte gerade an sie, als der Reiter auftauchte, er hat mich in einem schwachen Moment erwischt.«

»Wir könnten doch zurückreiten und ihn töten?«

»Nein, laßt ihn gehen. Mir gefiel das Kind.«

Wotan führte Anduine durch ein Labyrinth von Gängen zu einer Reihe von Räumen tief im Herzen der Festung. Mitten im Hauptraum stand ein dunkler, runder Tisch, auf dem ein Schädel lag. Ein Reifen, offenbar aus Silber, war in die Stirn eingelassen. Er zog einen Stuhl dicht an den Tisch heran.

»Setz dich!« befahl er und legte eine Hand auf den Schädel, die andere auf Anduines Kopf. Sie fühlte, wie eine große Schläfrigkeit sie übermannte, und in einem Augenblick der Panik kämpfte sie dagegen an, doch das Bedürfnis zu schlafen war überwältigend, und sie versank darin.

Wotan schloß die Augen ...

… und öffnete sie in seinem Zelt vor Vindocladia, weniger als einen Tagesmarsch vom Großen Kreis in Sorviodunum entfernt.

»Tsurai!« rief er. Sofort öffnete sich die Zeltklappe, und sein Adjutant trat ein, die dunklen Züge gespannt vor Angst. Wotan lächelte.

»Hol das Mädchen Rhiannon.«

»Jawohl, Herr.«

Minuten später schoben zwei Männer das Mädchen ins Zelt, in dem Wotan jetzt auf dem hölzernen Thron saß. Er entließ die Wachen und betrachtete ihr Gesicht, als sie vor ihm kniete.

»Du hast meine Wachen zu dem Verräter Oleg geführt«, sagte er, »aber du bist entkommen?«

»Ja, Herr.«

»Und seine Gefährten wurden getötet?«

Sie nickte dumpf. Sie hatte das Glitzern in seinen Augen gesehen und das kalte Zischen seiner Worte gehört.

»Aber du hast die Namen dieser Gefährten nicht genannt.«

»Es waren keine Verräter, Herr, einfach Britannier.«

»Du lügst!« zischte er. »Einer davon war die Prinzessin aus Raetien.«

Rhiannon stand ungeschickt auf, um verzweifelt diesen brennenden Augen zu entkommen. Er hob die Hand, und als sie den Eingang zum Zelt erreichte, spürte sie eine betäubende Kraft um ihre Taille, die sie zurückzog.

»Du hättest mich nicht anlügen sollen, meine Hübsche«, flüsterte er, während sie vor seinen Füßen zu Boden geworfen wurde. Seine Hand berührte ihre Schläfe, und ihr fielen die Augen zu.

Er hob den schlafenden Körper auf und legte ihn auf die Seidenlaken des Bettes hinter dem Thron. Er bedeckte ihr Gesicht mit den Händen, seine Augen schlossen sich vor Konzentration. Als er sie wieder aufschlug und seine Hände wegnahm, hatten Rhiannons

Züge der ovalen Schönheit Platz gemacht, die Anduine gewesen war. Er holte tief Luft, sammelte sich für den Ruf, dann legte er seine Daumen sanft auf die Augen der schlafenden Frau. Ein schaudernder Atemzug füllte ihre Lungen, ihre Hände zuckten.

Er trat zurück. »Wach auf, Anduine«, sagte er.

Sie setzte sich auf und blinzelte, dann stand sie vom Bett auf, ging zur Zeltklappe und starrte in stiller Verwunderung in den Himmel. Als sie sich umdrehte, standen in ihren Augen Tränen.

»Wie hast du das gemacht?« fragte sie.

»Ich bin ein Gott«, antwortete er.

Tief in den Abgründen der Leere schlug auch Rhiannon die Augen auf ...

Und ihre Schreie waren erbarmungswürdig.

Galead und Lekky erreichten den See bei Sonnenuntergang, zwei Tage nachdem die Veteranen der Neunten den Damm gesichert hatten, der jetzt unter Wasser stand, da die Flut ihren Höchststand erreicht hatte. Wie es die Art der Römer war, hatten sie ein provisorisches Fort auf der Lichtung errichtet. Sie hatten Erdwälle aufgeworfen, auf denen Krieger der tödlichsten Kampftruppe patrouillierten, die je in die Schlacht gezogen war.

Galead wurde am Eingang von zwei Wachposten aufgehalten, von denen einer ging, um Severinus Albinus zu holen. Der General war Ursus zweimal begegnet, hatte jedoch nie den blonden Krieger gesehen, zu dem der Merowinger geworden war. Galead stieg vom Pferd und erklärte, daß er mit Victorinus in Gallien gewesen war. Dann führte man ihn in ein hölzernes Gebäude und befahl ihm, auf Gwalchmai zu warten. Lekky bekam etwas Suppe, und Galead setzte sich neben sie an den roh gezimmerten Tisch. Nach einer Stunde kamen Gwalchmai und Prasamaccus. Lekky schlief auf Galeads Schoß, ihr Kopf ruhte an seiner Brust.

»Wer sagst du, bist du?« fragte der große Cantier.

»Ich war Ursus, doch der König benutzte seine Macht, um mein Gesicht zu verändern – damit man mich nicht als einen merowingischen Adligen erkannte. Jetzt heiße ich Galead. Ich wurde mit Victorinus geschickt.«

»Und wo ist er?«

»Er fürchtete Verrat und bat mich, allein zu reisen. Ich glaube, er ist tot.«

»Und woher sollen wir wissen, daß du kein Verräter bist?«

»Gar nicht«, sagte er schlicht. »Und ich nehme euch eure Zweifel auch nicht übel. Ein Mann erschien mir und trug mir auf, zur Insel zu kommen. Er sagte, ich solle die Frau aufsuchen, die hier herrscht. Ich denke, es ist wichtig, daß ich sie wenigstens sehe, ihr könnt mich ja bewachen lassen.«

»Wer war dieser Mann?« fragte Gwalchmai.

»Er sagte, er hieße Pendarric.«

»Wie sah er aus?« fragte Prasamaccus.

»Goldblonde Haare, etwa dreißig Jahre alt, vielleicht etwas älter.«

»Und was solltest du zu der Dame sagen?« fragte der Brigant weiter.

»Ich sollte sie drängen, noch einmal dem Rate Pendarrics zu folgen.«

»Weißt du, was das bedeutet?«

»Nein.«

Prasamaccus setzte sich, und die beiden Britannier fragten Galead ausführlich über seine Reise aus und die Anweisungen, die er von Uther erhalten hatte. Endlich zufriedengestellt, führten sie ihn zu einem flachen Boot, und Galead setzte sich in den Bug und spürte, wie der Frieden der Insel ihn überkam. Lekky schlief noch immer in seinen Armen.

In einer von Bäumen beschatteten Bucht zogen sie das Boot auf den Strand und wanderten zur Siedlung hinauf. Galead sah, daß sie als großer Kreis aus zwölf

Hütten gebaut war, die einen Ring um eine runde Halle bildeten. Das ganze war von einer hölzernen Palisade umgeben – aber weniger als Befestigung denn als hoher Zaun. Ein paar Frauen in dunklen Gewändern gingen über die Lichtung, ohne die Neuankömmlinge zu beachten, die zu einer Hütte an der Westseite des Rings gingen. Drinnen fanden sie Teppiche und Decken, irdene Becher und ein kleines Eisenbecken, in dem Kohlen glühten. Galead legte Lekky nieder und deckte sie zu.

»Dein Schwert«, sagte Gwalchmai, als Galead sich aufrichtete. Er zog es und reichte es dem Cantier mit dem Griff voran. Dann durchsuchte Prasamaccus Galead schnell und geschickt nach versteckten Waffen.

»Jetzt darfst du den König sehen«, erklärte Prasamaccus.

Die drei Männer gingen zu der Halle, und Galead betrachtete schweigend die beiden Körper, die Seite an Seite auf dem runden Tisch lagen.

Drei Frauen saßen in der Nähe, die Köpfe im Gebet gesenkt. Galead wandte sich an Prasamaccus.

»Können wir denn gar nichts tun?«

Der Brigant schüttelte den Kopf. Die Tür ging auf, und Laitha trat ein. Prasamaccus und Gwalchmai verbeugten sich. Sie ging zu Galead.

»Noch ein Wanderer«, sagte sie. »Und was willst du?«

»Bist du die Herrin der Insel?«.

»Ich bin Morgana.«

Er teilte ihr Pendarrics Botschaft mit und sah, wie sie lächelte. »Nun«, sagte sie, »das ist einfach, denn er hat mir einst befohlen, meine Hand hoch in die Luft zu strecken und zu packen, was ich dort fände.« Sie hob einen schlanken Arm, machte eine Faust und zog sie wieder herab, um sie Galead unter die Nase zu halten. Ihre Finger öffneten sich. »Da! Nichts. Hast du noch eine andere Botschaft?«

»Nein, Herrin.«

»Dann geh zurück zu deinem kleinen Krieg«, fauchte sie. Er sah ihr nach und bemerkte, daß sie die beiden Körper keines Blickes gewürdigt hatte.

»Ich verstehe nicht«, sagte er.

Prasamaccus kam zu ihm. »Vor einem Vierteljahrhundert, in einer Welt, die nicht die hiesige war, stand sie auf einem Hügel und hob den Arm. Ihre Hand schien zu verschwinden, und als sie sie zurückzog, hielt sie das Schwert der Macht. Damit rettete sie Uther und die Neunte Legion aus der Leere und brachte den Niedergang der Hexenkönigin zuwege. Und Uther gewann das Königreich seines Vaters zurück.«

»Dann ist sie die Königin?«

»Das ist sie.«

»Pendarric hat sich geirrt, wie es scheint. Wer ist der junge Krieger neben dem König?«

»Sein Sohn, Cormac. Hältst du etwas von Gebeten?«

»Ich lerne es allmählich.«

»Hier ist ein guter Platz zum Üben«, sagte der Brigant und senkte den Kopf.

Lekky erwachte in der Hütte, es war dunkel, und der Wind raschelte in dem Reetdach über ihr.

»Vader?« Angst kroch in ihr Herz, das letzte, an das sie sich erinnerte, war die Suppe, die der Soldat ihr gegeben hatte. Sie warf die Decke zurück und lief nach draußen, aber es war niemand zu sehen, sie war allein. »Vader?« rief sie wieder, ihre Stimme begann zu zittern. Tränen rannen ihr über die Wangen, und sie lief auf die Lichtung, auf der plötzlich eine hohe Gestalt in Weiß vor ihr auftauchte, wie ein Geist der Dunkelheit.

Lekky schrie auf und wich zurück, doch die Frau kniete vor ihr nieder. »Hab keine Angst«, sagte sie. Sie sprach mit starkem sächsischem Akzent, doch ihre Stimme verriet Wärme. »Hier kann dir nichts geschehen. Wer bist du?«

»Ich heiße Lekky. Wo ist mein Vater?«

»Laß uns erst einmal hineingehen, damit wir aus der Kälte kommen.« Sie streckte die Hand aus, und Lekky nahm sie und ließ sich in eine andere Hütte führen, in der ein warmes Feuer in einem eisernen Becken brannte. »Möchtest du etwas Milch?« Lekky nickte, und die Frau goß ihr etwas in einen irdenen Becher.

»Und nun, wer ist dein Vater?«

Lekky beschrieb ihn in wunderbar strahlenden Begriffen.

»Er ist bei Freunden und wird bald zu dir kommen. Wie kommt es, daß ein kleines Mädchen wie du mit solch einem Krieger zusammen reitet? Wo ist deine Mutter?«

Lekky wandte sich ab, sie preßte die Lippen zusammen, ihre Augen füllten sich mit Tränen. Morgana ergriff ihre Hand. »Was ist geschehen?«

Das Kind schluckte und schüttelte den Kopf. Morgana schloß die Augen und strich dem Kind über das blonde Haar. Mit Hilfe der Kraft der Mysterien verband sie sich mit dem Kind und sah die Räuber, das Morden und das Entsetzen. Sie sah auch Galead.

Sie zog das Kind an sich, nahm es in den Arm und küßte es auf die Stirn. »Es ist alles gut. Hier kann dir nichts geschehen, und dein Vater ist bald wieder bei dir.«

»Wir bleiben immer zusammen«, sagte Lekky strahlend. »Und wenn ich groß bin, heirate ich ihn.«

Morgana lächelte. »Kleine Mädchen heiraten ihre Väter nicht.«

»Warum nicht?«

»Weil … wenn du erwachsen bist, ist er schon sehr alt, und du wirst dir einen jüngeren Mann wünschen.«

»Es ist mir egal, wie alt er ist.«

»Ja«, wisperte Morgana, »das war es mir auch.«

»Hast du einen Mann?«

»Nein … ja. Aber ich war wie du, Lekky. Ich lebte in einem Dorf, und es wurde … überfallen. Ein Mann hat auch mich gerettet, und er hat mich aufgezogen und mir viele Dinge beigebracht. Und ...« Ihre Stimme versagte, ihr Blick verschwamm.

»Sei nicht traurig.«

Morgana lächelte gezwungen. »Wir müssen dafür sorgen, daß du wieder ins Bett kommst, sonst kommt dein Vater zurück in die Hütte und macht sich Sorgen.«

»Hast du ihn geheiratet?«

»Gewissermaßen. Genau wie du, habe ich ihn geliebt wie ein Kind. Aber ich wurde nie erwachsen, und er wurde nie alt. Jetzt bringe ich dich nach Hause.«

»Bleibst du bei mir?«

»Natürlich.« Hand in Hand gingen sie zu der Hütte zurück. Das Feuer war fast ausgegangen, und Morgana legte Holz nach und schüttelte die Aschenpfanne aus, damit Luft an die Flammen kam. Lekky kuschelte sich in ihre Decke.

»Kennst du ein paar Geschichten?«

»Meine Geschichten sind alle wahr«, sagte Morgana und setzte sich neben sie, »und das bedeutet, daß sie traurig sind. Aber als ich jung war, fand ich eines Tages ein Rehkitz im Wald. Es hatte sich ein Bein gebrochen. Mein ... Vater wollte es töten, aber er sah, daß ich darüber sehr unglücklich war, also richtete er das Bein und schiente es. Dann trug er das Kitz nach Hause. Wochenlang fütterte ich das Kitz, und eines Tages nahmen wir die Schienen ab und sahen zu, wie es lief. Lange Zeit lebte das Kitz in der Nähe unserer Hütte, bis es zu einem starken Bock herangewachsen war. Dann ging er davon in die Berge, wo er ganz sicher der Prinz aller Hirsche wurde. Von jener Zeit an hat er mich immer Gian Avur gerufen, Kitz des Waldes.«

»Wo ist er jetzt?«

»Er ... ist fortgegangen.«

»Kommt er wieder?«

»Nein, Lekky. Schlaf jetzt. Ich bleibe hier, bis dein Vater zurückkommt.«

Morgana saß still neben dem Kohlenbecken, die Arme um die Knie geschlungen, und in ihrer Erinnerung spielten sich die Ereignisse ihrer Jugend noch einmal ab. Sie hatte Culain auf genau dieselbe Art geliebt, wie Lekky Galead liebte, mit der schlichten, alles verzehrenden Leidenschaft des Kindes, dessen Ritter gekommen war, um es mit sich zu nehmen. Und jetzt wußte sie, daß es nicht allein Culains Schuld gewesen war. Er hatte viele Jahre geopfert, um sie aufzuziehen, und hatte sich immer ehrenhaft verhalten. Aber von dem Augenblick an, in dem er in Camulodunum angekommen war, hatte sie alle List angewandt, um seine Einsamkeit zu durchdringen. Sie war es gewesen, die ihn dazu gebracht hatte, seinen Freund zu verraten. Doch Culain hatte ihr nie Vorwürfe gemacht, sondern alle Schuld auf sich genommen.

Was hatte er damals gesagt an jenem Tage auf dem Hügel? ›Der Fetzen Schuld‹ zu ihren Füßen. Nun, sie hatte ihn aufgehoben und in ihr Herz geschlossen.

»Es tut mir leid, Culain«, flüsterte sie. »Es tut mir leid.«

Aber jetzt war er tot und konnte sie nicht mehr hören.

Und ihre Tränen schmolzen die Jahre der Bitterkeit.

Goroien trat in den Audienzsaal. Sie trug eine glänzende Silberrüstung und hatte zwei Kurzschwerter um ihre schlanken Hüften geschnallt. Cormac, Maedhlyn und die römisch-britannischen Krieger standen auf.

»Ich werde dir helfen, Cormac«, sagte sie. »Gleich kommt Gilgamesch und wird euch sagen, daß die Armee der Hexenkönigin abmarschbereit ist.«

Cormac verbeugte sich tief. »Ich danke dir, Herrin.«

Die Königin sagte nichts und verließ den Saal, ohne sich noch einmal umzublicken.

»Was hast du zu ihr gesagt?« fragte Maedhlyn.

Cormac wischte die Frage beiseite. »Wie können wir sicher sein, daß Wotan sich nicht in der Festung aufhält? Du hast gesagt, die Männer dort nennen sich die

Loyalen, aber gegenüber etwas, das sie noch nie gesehen haben, werden sie wohl kaum loyal sein.«

»Sehr schlau, Prinz Cormac«, sagte der Zauberer.

»Laß doch die hohlen Komplimente«, fauchte Cormac. »Beantworte lieber die Frage.«

»Wir können uns zwar nicht sicher sein, aber wir wissen, daß er in der Welt des Fleisches lebt, und das wird den Großteil seiner Zeit in Anspruch nehmen. Wir alle haben beide Welten gesehen. Für welche würdest du dich entscheiden, Cormac?«

»Ich will Goroien gegenüber ehrlich spielen«, sagte Cormac, ohne die Frage zu beachten, »und das bedeutet, daß ich wissen muß, was du vorhast. Du warst wunderbar hilfreich, Maedhlyn. Du warst da, als ich in diesem verlorenen Land ankam ... als ob du mich erwartet hättest. Und dieser Unsinn mit der Münze – du hast genau gewußt, daß ich nicht tot war.«

»Ja«, gab Maedhlyn zu, »das stimmt, aber meine Loyalität galt Uther – ihn zurückzubringen.«

»Das stimmt nicht. Nicht einmal annähernd«, widersprach der Prinz. Inzwischen hörten Victorinus und die anderen Britannier gespannt zu, und Maedhlyn wurde zusehends nervöser. »Zauberer, du willst deinen Körper zurück. Und das kannst du nur erreichen, wenn wir Wotans Seele haben.«

»Natürlich möchte ich zum Fleisch zurückkehren. Wer würde das nicht? Aber macht mich das zum Verräter?«

»Nein. Aber wenn Uther frei ist und in die Welt zurückkehrt, wird er versuchen, Wotan zu töten. Und das würde dich für immer hierher verdammen, nicht wahr?«

»Du machst aus einer Mücke einen Elefanten.«

»Wirklich? Du wolltest nicht mit uns zu Goroien kommen, du hast dich gegen einen Angriff auf die Festung ausgesprochen.«

»Um unsere Seelen zu retten!«

»Ach ja?«

Maedhlyn stand auf, seine hellen Augen musterten die Gruppe. »Seit zwei Jahrhunderten, Cormac, helfe ich den Menschen deines Blutes. Was du da andeutest, ist beschämend. Du glaubst, ich sei ein Diener Wotans? Als Uther in Gefahr war, gelang es mir, dieser Welt kurz zu entkommen und ihn zu warnen. Er lebt nur deswegen noch immer, weil es ihm gelang, das Schwert der Macht zu verstecken. Ich bin kein Verräter und war es auch nie.«

»Wenn du mit uns kommen willst, Maedhlyn, dann mußt du mich davon überzeugen.«

»Du hast recht, ich wußte, daß du nicht tot warst. Manchmal kann ich die Leere durchbrechen und einen Blick auf die Welt des Fleisches erhaschen. Ich sah, wie du in den Kaledonischen Bergen fielst, und ich sah auch, wie der riesige Mann dich in die Hütte trug und dich aufs Bett legte. Du trugst einen Sipstrassi, und dessen Macht wurde von deinem Gefährten unwissentlich ausgelöst. Er bat ihn, dich am Leben zu halten. Das tat er – und tut es immer noch. Aber ich wußte, daß du auf der Schwelle des Todes standest und ging zum Tor, um auf dich zu warten. Und ja, ich will in die Welt zurückkehren, aber ich würde nicht Uthers Leben opfern, um dieses Ziel zu erreichen. Mehr kann ich dazu nicht sagen.«

Cormac wandte sich an Victorinus. »Du kennst diesen Mann, also entscheide du«, sagte er.

Victorinus zögerte, sein Blick war fest auf Maedhlyn gerichtet. »Er trieb immer sein eigenes Spiel, aber er hat recht, wenn er sagt, er hat nichts von einem Verräter. Ich sage, wir nehmen ihn mit uns.«

»Also schön«, sagte Cormac, »aber paß gut auf ihn auf.«

Die Tür ging auf, und Gilgamesch trat ein. Er trug eine Ritterrüstung in Schwarz und Silber, und wieder bedeckte ein dunkler Helm sein Gesicht. Er ging auf Cormac zu, und als sich ihre Blicke trafen, spürte Cormac seinen Haß wie einen Hieb.

»Die Armee ist versammelt, und wir sind bereit zum Abmarsch.«

Cormac lächelte. »Dir gefällt diese Situation wohl nicht, oder?«

»Was mir gefällt, spielt keine Rolle. Folgt mir.« Er machte auf dem Absatz kehrt und marschierte aus dem Saal.

Vor dem Eingang zum Berg war eine riesige Horde von Männern und Schattenwesen versammelt, Wesen mit roten Augen und scharfen Zähnen, Ungeheuer mit ledernen Schwingen, geschuppte Männer mit bleichen Gesichtern und grausamen Augen.

»Mutter des Mithras!« flüsterte Victorinus. »Und das sollen unsere Verbündeten sein?«

Goroien stand in der Mitte der Horde, umgeben von einer Schar riesiger Hunde mit feurigen Augen.

»Komm, Prinz Cormac!« rief sie. »Marschiere mit Athene, der Göttin des Krieges!«

Die Festung dräute wie ein schwarzes Grabmal über der Landschaft der Leere, eine große Festung mit einem einzigen Turm, der vier zinnengekrönte Brustwehren trug. In die Festung führte ein Tor, das geformt war wie das Maul eines Dämons, umrahmt von eisernen Zähnen.

Riesige Hunde sprangen um die Festung herum, manche groß wie Ponys, aber von Molechs Armee war nichts zu sehen.

»Mir gefällt dieses Tor nicht«, sagte Victorinus, der neben Cormac mitten in der Schattenhorde stand.

»Das sollte es auch besser nicht«, sagte Goroien. »Die Zähne schnappen zu.«

»Gibt es einen Mechanismus, der sie betätigt?« fragte Cormac.

»Ja«, antwortete Maedhlyn. »Molech hat das hier auf der Grundlage eines Mechanismus gebaut, den ich für ihn in Babel schuf, hinter dem Tor befindet sich eine Reihe von Rädern und Hebeln.«

»Dann muß einer von uns über die Mauer klettern«, erklärte Cormac.

»Nein«, widersprach Goroien. »Klettern wird nicht nötig sein.« Sie hob die Hand und rief etwas in einer Sprache, die die Britannier nicht verstanden, und die Wesen in ihrer Nähe machten Platz für eine Gruppe hochgewachsener Männer – mit elfenbeinblasser Haut und dunklen Flügeln, die ihren Schultern entsprossen. »Sie werden euch auf die Wehrgänge tragen.«

»Meinst du, sie wissen, daß wir hier sind?« wisperte einer der Britannier.

»Sie wissen es«, antwortete Goroien.

»Dann wollen wir keine Zeit verschwenden«, sagte Cormac. Goroien warf den Kopf zurück, und aus ihrer Kehle drang ein hohes, schauriges Heulen. Ihre eigenen

Hunde sprangen los, hetzten über die dunkle Ebene. Aus der Festung kam Antwortgeheul, und Molechs Tiere rannten ihnen entgegen.

»Wenn ihr das Tor nicht offenhalten könnt, sind wir verloren«, erklärte Goroien Cormac, und der Prinz nickte. Geflügelte Wesen mit kalten Augen bewegten sich hinter den Britanniern und schlangen ihnen ihre langen Arme um die Brust. Dunkle Flügel breiteten sich aus, und Cormac spürte, wie er in den Armen des Wesens hing, als es sich in die Luft erhob. Schwindel überfiel ihn, und das Schlagen der Flügel klang in seinen Ohren wie ein Gewittersturm. Sie stiegen hoch über die Festung, und jetzt konnte Cormac die gerüsteten Krieger von Molechs Loyalen-Armee sehen, die die Brustwehren bemannten. Pfeile flogen zu ihm hinauf und sanken zurück, während das geflügelte Wesen über ihre Reichweite emporstieg. Wieder und wieder ließ sich das Wesen in die Reichweite der Pfeile sinken, um immer wieder hochzusteigen, wenn die Pfeile abgeschossen wurden. Cormac sah, daß die anderen Flügelwesen dieselbe Taktik verfolgten.

Dann, ohne Vorwarnung, ließen sie sich gleichzeitig fallen, und Cormac hörte, wie einige der Britannier aufschrien, als die Festung auf sie zuraste. Die Bogenschützen auf den Mauern ließen ihre letzten Pfeile los, ohne etwas zu treffen, Männer stoben auseinander, als die Wesen sich zerstreuten und wild mit den Flügeln schlugen, um ihren Sturz abzubremsen. Cormac spürte, wie die Arme um ihn ihren Griff lockerten, als er noch gut drei Meter über den Wehrgängen war. Er wappnete sich und zog die Knie an, und so war er bereit, als das Wesen ihn losließ. Er landete leichtfüßig, das Schwert glitt in seine Hand. Ringsum sammelten sich die anderen Britannier, und neben ihm erschien Gilgamesch in seiner dunklen Rüstung.

Die geflügelten Träger flogen ab, und für einen Augenblick rührte sich nichts auf den Wehrgängen. Dann, als sie sahen, wie wenige ihre Angreifer waren, griffen die Loyalen an. Mit einem wilden Aufschrei sprang Gilgamesch ihnen entgegen, seine Schwerter ein verschwommener Fleck, der sich in ihre Reihen bohrte. Cormac und die Britannier eilten ihm zu Hilfe, und die Schlacht begann. Es gab keine Verwundeten oder Toten, die die Kämpfer behinderten. Tödliche Wunden ließen die Opfer fallen … und verschwinden. Kein Blut, keine Schmerzensschreie, keine heraushängenden Gedärme, auf denen andere ausrutschen und fallen konnten.

Victorinus kämpfte wie immer, kühl, alle Sinne geschärft – ihm entging nichts. Er sah mit Bewunderung das unglaubliche Können von Gilgamesch dem Krieger, der zu schweben schien, ohne daß man seine Schnelligkeit wahrnahm. Wie Victorinus wußte, war dies das Kennzeichen von Größe im Nahkampf: die Fähigkeit, sich Raum zu verschaffen, in dem man denken und sich bewegen konnte. Neben ihm hackte und hieb Cormac in wilder Wut, seine Leidenschaft und seine Tollkühnheit erreichten dasselbe wie der anmutigere Gilgamesch; Krieger fielen vor ihm wie Blätter im Herbstwind. Langsam wurden die Loyalen auf dem schmalen Wehrgang zurückgedrängt.

Draußen auf der Ebene hatte die Schattenhorde das Tor erreicht – und die Zähne schnappten zu. Wieder schickte Goroien die Schattenwesen aus, die die Verteidiger auf den Wehrgängen attackierten, im Sturzflug auf sie hinabschossen, kalte Messer in ungeschützte Kehlen stießen.

Cormac erledigte einen Gegner, dann sprang er auf die Brüstung und hastete oberhalb der Schattenhorde, die dreißig Meter unter ihm war, die Mauer entlang. Ein Verteidiger schlug nach ihm, und er fegte die Klinge beiseite, fing sich aber so ungeschickt, daß er über die Brüstung hinauslehnte. Er fand sein Gleichgewicht wieder und lief weiter, kletterte an der Außenmauer des Torturms hoch und über die Brüstung auf einen zweiten Wehrgang. Dort waren zwei mit Bögen bewaffnete Krieger postiert. Cormac warf sich zur Seite, als ein Pfeil an ihm vorbeizischte. Die Bogenschützen ließen die Bögen fallen, zogen kurze, gekrümmte Schwerter und warfen sich wie ein Mann auf ihn. Er parierte den ersten Stoß und landete einen Hieb gegen den Hals des einen, doch der zweite traf Cormac, so daß er auf den Steinboden stürzte. Das Schwert entfiel seinen Fingern. Verzweifelt versuchte er aufzustehen, aber ein Krummschwert berührte seinen Hals.

»Bist du bereit zu sterben?« flüsterte der Mann.

Ein Messer erschien in der Kehle des Kriegers, und er verschwand, während Gilgamesch leichtfüßig von der Brüstung zu Cormac hinuntersprang. »Idiot!« zischte Gilgamesch.

Cormac hob sein Schwert auf und sah sich um. Ein Treppenschacht führte zum Tor, und er begann, die Treppe hinunterzusteigen. Unterhalb der Brustwehr war ein Raum, und – wie Maedhlyn gesagt hatte – war er angefüllt mit ineinandergreifenden Rädern und Hebeln. Drei Männer saßen an dem Mechanismus. Gilgamesch berührte Cormacs Schulter und ging lautlos voran. Die Männer sahen ihn, zogen ihre Schwerter …

… und starben.

»Du bist sehr gut«, sagte Cormac.

»Das hat mir gerade noch gefehlt«, erwiderte Gilgamesch. »Lob von einem Bauern! Wie funktioniert dieser Mechanismus?«

Cormac betrachtete die ineinandergreifenden Zahnräder, suchte das Offensichtliche – und fand es. »Ich würde sagen, so«, erklärte er und deutete auf den dunklen Handgriff, der aus dem kleinsten Zahnrad ragte. Er packte ihn mit beiden Händen und drehte ihn langsam von rechts nach links.

»Woher weißt du, daß das die richtige Richtung ist?« fragte Gilgamesch.

»In die andere Richtung bewegt es sich nicht«, antwortete Cormac mit einem Lächeln. »Gibt dir das nicht zu denken?«

Gilgamesch grunzte und rannte zu einer zweiten Tür.

»Sobald sie sehen, wie die Zähne hochgehen, werden sie sich schneller hier einfinden als Fliegen auf totem Fleisch.«

Noch während er sprach, konnten sie dröhnende Schritte auf der Treppe hören. Cormac drehte den Griff, so schnell er konnte, seine Muskeln schwollen an und schmerzten. Die Tür sprang auf, und ein paar Männer drängten herein. Gilgamesch erledigte sie rasch, doch immer mehr zwangen ihn zurück.

Schließlich erreichte Cormac den Punkt, an dem sich das Zahnrad nicht mehr drehen ließ. Er nahm ein zu Boden gefallenes Schwert, rammte es in den Mechanismus und stieß es zwischen die Zähne von zwei größeren Rädern. Dann eilte er dem belagerten Gilgamesch zu Hilfe, und gemeinsam boten sie den Feinden Einhalt.

Von unten hörten sie das Klirren von Schwertern. Die Loyalen kämpften jetzt verzweifelt, denn sie spürten, daß ihr Verhängnis herannahte. Schattenwesen erschienen hinter ihnen auf den Stufen, und das beendete die Schlacht.

Cormac drängte sich an den Kreaturen Goroiens vorbei und bahnte sich einen Weg hinunter zum Tortunnel. Innerhalb der Mauern herrschte Chaos. Er sah Goroien, die verzweifelt gegen drei Krieger kämpfte und rannte an ihre Seite. Mit seinem Schwert zertrümmerte er den Schädel des Mannes links von ihr. Goroien wirbelte auf dem Absatz herum und stieß einem Angreifer eine Klinge in den Bauch, während sie gleichzeitig einen weitausholenden Hieb des zweiten abwehrte. Cormac tötete ihn mit einem Stoß in den Bauch.

Überall wichen die Loyalen zurück. Victorinus und die acht überlebenden Britannier liefen zu Cormac.

»Der König!« rief Victorinus. »Wir müssen ihn finden.«

Cormac dachte an nichts anderes als an Anduine, aber er nickte, und die Gruppe erkämpfte sich ihren Weg in den Hauptturm, wo sie sich in einem langgestreckten Saal wiederfanden. Männer und Frauen flohen an ihnen vorbei, verzweifelt auf der Suche nach einem Versteck. Einer von ihnen rannte zu Cormac und packte seinen Arm. Er schüttelte ihn ab, doch dann erkannte er Rhiannon.

»Was machst du denn hier?« fragte er und zog sie aus dem Getümmel. Die Britannier bildeten einen Schwertkreis um sie herum.

»Wotan hat mich hergeschickt«, schluchzte sie. »Bitte hilf mir!«

»Hast du Anduine gesehen?«

»Nein. Einer der Wächter sagte, Wotan hätte sie mit zurück auf die Welt genommen.«

»Zurück? Das verstehe ich nicht.«

»Es ist das Versprechen, das er seinen Loyalen gibt. Er hat eine Möglichkeit, ihnen das Leben zurückzugeben.«

Cormacs Herz sank, und eine furchtbare Wut begann in ihm zu wachsen. Was mußte er denn noch tun? Er hatte die Grenzen des Todes überschritten, nur um festzustellen, daß das Schicksal ihm selbst hier noch Streiche spielte.

»Der König!« drängte Victorinus.

»Führe uns zu den Verliesen!« befahl Cormac Rhiannon, und das blonde Mädchen nickte und ging voran durch den Saal zu einer breiten Treppe. Sie folgten ihr hinunter in einen engen, fackelerhellten Tunnel voller gespenstischer Schatten.

Plötzlich schoß eine klauenbewehrte Hand vor und schloß sich um Rhiannons Hals. Es knackte grauenhaft, und das Mädchen verschwand. Cormac warf sich nach vorn, und ein Untier mit dem Kopf eines Wolfes wurde sichtbar, das vor Wut brüllte. Cormac rammte ihm sein Schwert tief in den Bauch, und es war nicht mehr zu sehen.

Entlang des ganzen Tunnels standen die Kerkertüren offen, bis auf eine ganz am Ende. Cormac hob den Riegel hoch und zog die Tür auf. Drinnen bot sich ihnen ein entsetzlicher Anblick: Ein Mann, von Ratten bedeckt, die an seinem Fleisch zerrten. Mit dem Schwert zerschlug Cormac die Ketten aus Feuer, die ihn banden, der Mann sackte zu Boden, und die Ratten flohen, als die Britannier näher kamen. Das Fleisch des Mannes heilte augenblicklich, aber seine Augen blickten leer, Speichel rann ihm aus dem offenen Mund.

»Er hat den Verstand verloren«, sagte Cormac.

»Wer könnte ihm das verübeln?« zischte Victorinus, während er den Mann mit größter Sanftheit aufrichtete.

»Weiß nicht«, sagte Uther. »Weiß nicht.«

»Du bist unter Freunden, Majestät«, flüsterte Victorinus. »Unter Freunden.«

»Weiß nicht.«

Langsam führten sie ihn durch den Tunnel hinauf in den Thronsaal, wo Goroien jetzt saß. Gilgamesch stand neben ihr. Der Saal war dicht gefüllt mit Schattenwesen, die eine Gasse für die kleine Gruppe der Britannier und den nackten Mann in ihrer Mitte freimachten.

Goroien erhob sich vom Thron und ging Uther langsam entgegen, bis sie vor ihm stand und in seine leeren Augen blickte.

»Es gab einmal eine Zeit, da wäre ich glücklich gewesen, ihn so zu sehen«, sagte sie, »aber jetzt nicht mehr. Er war ein mächtiger Mann und ein würdiger Feind. Als ich noch ein Kind war, sagte mein Vater immer: ›Mögen die Götter uns starke Feinde geben. Denn nur sie allein erhalten uns mächtig.‹ Uther war der stärkste meiner Feinde.« Sie wandte sich an Cormac und sah den Kummer in seinen Augen. »Und was ist mit deiner Dame?«

»Wotan ... Molech ... hat sie mit zurück auf die Welt genommen.«

»Dann mußt du dorthin zurückkehren, Cormac.«

Er lachte, doch darin lag kein Humor. Er breitete die Hände aus. »Und wie soll ich das machen?« Sie sah auf ihn hinunter, und ihre Augen wurden groß.

»Wie du es auch machst, es muß schnell geschehen«, sagte sie und deutete auf seine rechte Hand. Ein dunkler Schatten war dort zu sehen, rund und nahezu durchscheinend. Noch.

»Was ist das?« fragte er.

»Die schwarze Münze, und sobald sie fest ist, gibt es kein Zurück mehr.«

Maedhlyn wartete in Molechs Privatgemächern mit einem schlanken Dolch in der Hand. Ein Licht flammte über dem Schädel mit dem Silberreif auf, und die Gestalt eines Mannes formte sich in der Luft. Als sie sich verfestigte, trat Maedhlyn hinter sie, um ihr den Dolch in den Rücken zu stoßen. Erstaunlich schnell fuhr der Mann herum, seine kräftige Hand schloß sich eisern um Maedhlyns Handgelenk.

»Beinahe, Maedhlyn«, zischte Wotan, entwand den Dolch seinen Fingern und stieß den weißbärtigen Zauberer von sich. Wotan ging zur Tür, trat in den Korridor hinaus, kam zurück und schloß die Tür hinter sich.

»So«, sagte er, »ein Reich geht unter. Gut gemacht, Oberzauberer!«

»Töte mich!« flehte Maedhlyn. »Ich halte das nicht länger aus.«

Wotan lachte. »Laß mir ein bißchen Zeit. Du hast mich vor zweitausend Jahren hergeschickt, und jetzt bist du an der Reihe, die unvorstellbaren Wunder der Leere zu genießen: das Essen ohne jeden Geschmack, Frauen, aber keine Liebe, Wein, aber kein Vergnügen. Und wenn du allzu müde wirst, kannst du dir jederzeit das Leben nehmen.«

»Bring mich zurück. Ich will dir dienen.«

»Das hast du mir bereits versprochen. Du sagtest, daß der Bursche Cormac vielleicht etwas über den Verbleib des Schwertes wüßte. Aber er wußte nichts.«

»Ich könnte es noch immer finden. Sie haben den König gerettet, und er vertraut mir.«

»Du wirst feststellen, daß von deinem König nicht viel

übrig ist, es sei denn, ich unterschätze die vielen Talente der Begleiter, bei denen ich ihn zurückließ.«

»Bitte, Molech …«

»Lebwohl, Maedhlyn. Ich werde Pendarric deine Grüße ausrichten.«

Wotans Gestalt schimmerte auf und war fort. Maedhlyn starrte noch eine Weile auf den Schädel mit dem Silberreifen, dann nahm er ihn und ging zum Thronsaal.

Er kniete vor Goroien nieder. »Hier, meine Königin, ist ein Geschenk, das kostbarer ist als Welten. Es ist der Geistzwilling desjenigen, den Molech im Leben hat. Damit kannst du die Welt oben erreichen und dich selbst – und andere – ins Fleisch zurückholen.«

Goroien nahm den Schädel, dann warf sie ihn Gilgamesch zu. »Zerstöre ihn!« befahl sie.

»Aber, Mutter!«

»Zerstöre ihn!«

»Nein!« kreischte Maedhlyn auf, als Gilgamesch den Schädel auf den steinernen Fußboden schmetterte, wo er in tausend Splitter zerbarst. Der glühende Silberreif rollte über den Fußboden, und Maedhlyn stolperte ihm nach, doch Rauch begann aus dem Reifen aufzusteigen, und er verschwand. Der Zauberer fiel auf die Knie. »Warum?« rief er.

»Weil es vorbei ist, Maedhlyn«, antwortete sie. »Wir hatten Tausende Jahre des Lebens, und was haben wir daraus gemacht? Wir haben die Menschheit auf den Weg zum Wahnsinn gebracht. Ich will das Leben nicht mehr. Ich wünsche mir keine Titel mehr. Die Hexenkönigin ist tot, und das wird sie auch bleiben.« Sie ging zu Gilgamesch und legte ihm die Hand auf die Schultern. »Es ist Zeit, Abschied zu nehmen, mein Liebster. Ich habe beschlossen, der Straße zu folgen, um zu sehen, wohin sie führt. Ich bitte dich nur noch um eines.«

»Was immer du willst.«

»Bringe Cormac und den König über den Dunklen Fluß.«

»Das werde ich.«

»Lebwohl, Gilgamesch.«

»Lebwohl, Mutter.« Er beugte sich zu ihr, küßte sie auf die Stirn, dann trat er von der Empore herunter und ging zu Cormac. »Verabschiede dich von deinen Freunden. Du gehst nach Hause, Bauer.«

»Wir reisen mit dir«, sagte Victorinus.

»Nein«, erklärte Cormac und nahm seine Hand im Kriegergriff. »Vor euch liegt eure eigene Reise – mögen eure Götter mit euch sein.«

Victorinus verbeugte sich und ging zu Maedhlyn. »Komm mit uns«, sagte er. »Vielleicht hatte Albain recht ... und es gibt *doch* ein Paradies.«

»Nein!« lehnte Maedhlyn ab und wich zurück. »Ich werde auf die Welt zurückkehren. Das werde ich!« Er machte kehrt, stolperte aus dem Saal und hinaus in die Leere.

Cormac verbeugte sich vor Goroien. »Ich danke dir, Herrin. Mehr bleibt mir nicht zu sagen.« Sie antwortete nicht, und er nahm den König bei der Hand und führte Uther aus der Halle, der hohen Gestalt Gilgameschs in ihrer Rüstung hinterher.

Während der langen Reise sagte Gilgamesch kein Wort. Sein Blick war in die Ferne gerichtet, seine Gedanken blieben verborgen. Cormacs Befürchtungen wuchsen mit der Münze, die inzwischen schon eine dunkle und nahezu feste Form in seiner Hand angenommen hatte.

Endlich erreichten sie den Fluß und sahen die Barke, die an dem zerfallenen Kai wartete. Das Wesen darauf erhob sich, als es Cormac sah, die roten Augen glitzerten in finsterem Triumph.

Gilgamesch trat mit ausgestrecktem Schwert zu der Barke. Das Wesen schien zu lächeln und breitete die Arme aus, um so seine Brust darzubieten; das Schwert stieß zu, und es verschwand. Cormac half dem König auf das Boot, dann kletterte er neben Gilgamesch hinein.

»Warum hat es nicht gekämpft?«

Gilgamesch nahm seinen Helm ab und warf ihn ins Wasser. Dann legte er die Rüstung ab und schleuderte sie von sich. Er nahm die Stange und stakte die Barke zur anderen Seite des Flusses, wo er sie ans Ufer lenkte.

Wieder half Cormac Uther. Vor ihnen lag die Höhle, und Cormac drehte sich noch einmal um. »Kommst du mit uns?«

Gilgamesch lachte leise. »Mit euch kommen? Der Fährmann kann sein Schiff nicht verlassen.«

»Das verstehe ich nicht.«

»Eines Tages wirst du es verstehen, Bauer. Es muß immer einen Fährmann geben. Aber wir werden uns wiedersehen.« Er wandte sich ab und stakte das Boot in die Schatten davon.

Cormac nahm den König bei der Hand und kletterte zur Höhle empor. Hoch oben leuchtete immer noch das Licht, wie ein weit entferntes Lagerfeuer.

Langsam gingen die beiden Männer darauf zu.

Als Cormac erwachte, verspürte er einen nagenden Schmerz in seinem Rücken und eine qualvolle Leere im Magen. Er stöhnte und hörte eine Frauenstimme sagen: »Gelobt sei Gott!« Er lag auf einer harten Unterlage und versuchte sich zu bewegen, aber seine Glieder waren steif und verkrampft. Über seinem Kopf sah er eine Reihe von hohen Balken, die ein Strohdach trugen. Das Gesicht einer Frau erschien über ihm, eine ältere Frau mit freundlichen Augen, die ihn anlächelte.

»Still liegenbleiben, junger Mann.« Er ignorierte den Rat und richtete sich auf. Sie stützte seinen Arm und rieb seinen Rücken, als er sich über den Schmerz beklagte. Neben ihm lag der Blutkönig in voller Rüstung, sein rotes Haar war gewachsen, und an den Wurzeln und den Schläfen war es weiß.

»Lebt er?« fragte Cormac und tastete nach der Hand des Königs.

»Er lebt«, antwortete sie. »Beruhige dich.«

»Beruhigen? Wir sind geradewegs aus der Hölle gekommen, Weib.« Die Tür ging auf, und eine Gestalt in Weiß trat ein. Cormacs Augen flammten auf, als er in ihr die Frau aus der Höhle des Sol Invictus erkannte – die Mutter, die ihr Kind verlassen hatte.

Seine Mutter.

Gefühle überwältigen ihn, und jedes kämpfte um Vorherrschaft: Wut, Verwunderung, Liebe, Kummer. Ihr Gesicht war noch immer schön, und in ihren Augen standen Tränen.

Sie streckte die Arme nach ihm aus, und er ging zu ihr und zog sie an sich.

»Mein Sohn«, flüsterte sie. »Mein Sohn.«

»Ich habe ihn zurückgebracht«, sagte Cormac. »Aber er schläft noch immer.«

Sanft entzog sie sich seiner Umarmung und hob die Hand, um ihm die bärtige Wange zu streicheln. »Wir unterhalten uns bald. Es gibt so viel zu sagen … zu erklären.«

»Du mußt mir nichts erklären. Ich weiß, was in der Höhle geschah – und davor. Es tut mir leid, daß das Leben dir solchen Kummer gebracht hat.«

»Das Leben bringt uns gar nichts«, erwiderte sie. »Letzten Endes wählen wir unsere Wege, und wenn sie in die Irre führen, tragen wir die Schuld. Und doch bedaure ich manches, ich bedaure es schrecklich. Ich sah dich nicht aufwachsen, wir haben dieses Wunder nicht gemeinsam erlebt.«

Er lächelte. »Aber ich sah es trotzdem.«

Uther stöhnte leise, und Laitha drehte sich zu ihm um, doch Cormac nahm ihren Arm. »Etwas solltest du wissen«, sagte er. »Sein Verstand ist verloren, sie haben ihn auf eine Art und Weise gefoltert, von der ich nicht sprechen will.«

Laitha ging zum König, als dieser die Augen aufschlug. Tränen traten ihm in die Augen und rannen ihm in die Haare.

»Weiß nicht«, sagte er.

Sie nahm sein Gesicht in beide Hände. »Du mußt

nichts wissen, Liebster. Ich bin da, Laitha ist da.« Seine Augen fielen zu, und er schlief wieder ein.

Cormac spürte einen kühlen Hauch im Rücken und hörte, wie einige Männer näher kamen. Er blickte sich um und sah einen jungen Ritter mit kurzgeschnittenem blondem Haar sowie zwei alte Männer. Einer war groß, das lange weiße Haar war nach der Art der südlichen Stämme geflochten, der andere war dünn und schmächtig und hinkte beim Gehen merklich. Die drei blieben stehen und verbeugten sich vor Cormac.

»Willkommen zurück«, sagte der Mann mit dem geflochtenen Haar. »Ich bin Gwalchmai, und das hier sind Prasamaccus und Ursus, der sich Galead nennt.«

»Cormac Daemonsson.«

Prasamaccus schüttelte den Kopf. »Du bist der Sohn Uthers, des Hochkönigs von Britannien. Und unsere Hoffnung für die Zukunft.«

»Bürdet mir nicht eure Hoffnungen auf«, erklärte er. »Wenn dies hier vorbei ist, kehre ich in die Kaledonischen Berge zurück. Hier gibt es nichts für mich.«

»Aber du wurdest geboren, um König zu werden«, sagte Gwalchmai, »und es gibt keinen anderen Erben.«

Cormac lächelte. »Ich wurde in einer Höhle geboren und aufgezogen von einem einarmigen Sachsen, der mehr Adel hatte als irgendeiner, den ich seitdem kennengelernt habe. Mir scheint, daß ein König gewisse Fähigkeiten braucht – und das nicht nur im Krieg. Ich besitze diese Fähigkeiten nicht und, mehr noch, ich wünsche sie mir auch gar nicht. Ich habe nicht den Wunsch, über das Leben von anderen zu herrschen. Ich will nicht der Erbe des Blutkönigs sein. Ich habe Menschen getötet und Dämonen erschlagen, ich habe Seelen in die Finsternis geschickt und bin durch die Leere gegangen. Es ist genug.«

Gwalchmai wollte noch weitere Einwände erheben, aber Prasamaccus hob die Hand.

»Du mußt dir immer selbst treu bleiben, Prinz Cormac. Du hast die Leere erwähnt. Erzähl uns vom König.«

»Ich brachte ihn zurück – was immer es auch Gutes bringen mag.«

»Was soll das heißen?« fuhr Gwalchmai auf.

»Sein Verstand …«

»Genug!« mischte sich Laitha ein. »Der König wird zurückkehren. Du hast ihn gesehen, Cormac, wie er von keinem Menschen gesehen werden möchte. Aber du kennst ihn nicht so wie ich, er ist ein Mann von eiserner Stärke. Ihr anderen verlaßt uns. Cormac, ich habe für dich eine Hütte vorbereiten lassen, dort findest du etwas zu essen. Galead wird dich hinführen. Überanstrenge dich nicht, deine Wunden heilen zwar schnell, aber dein Körper wird noch eine Zeitlang schwach sein. Und jetzt geht, alle.«

Stundenlang saß Laitha neben dem König, strich ihm über die Stirn oder hielt seine Hand. Frauen kamen und entzündeten Kerzen, aber sie beachtete sie nicht, und als sie das sorgenzerfurchte Gesicht und das ergrauende Haar betrachtete, sah sie wieder den Jungen Thuro vor sich, der in die Berge geflohen war, um den Mördern zu entkommen, die seinen Vater getötet hatten. Er war ein sensibler Knabe, der nicht wußte, wie man Feuer macht oder ein Schwert hält. In jenen weit zurückliegenden Tagen der Unschuld war er sanft und freundlich und liebevoll gewesen.

Aber die Welt hatte ihn verändert, hatte das Eisen und das Feuer zutage gefördert und den Blutkönig der Legende geboren, hatte ihn gelehrt zu kämpfen und zu töten und, am schlimmsten, zu hassen.

Und welche Närrin war sie gewesen. Dieser junge Mann hatte sie mit aller Leidenschaft geliebt, und sie hatte ihn wegen eines Kindertraums zurückgewiesen. Wenn es ein Ereignis in ihrem Leben gäbe, das sie ändern könnte, wäre es die Nacht in Pinrae, als der junge Uther zu ihr gekommen war und sie sich unter den zwei Monden geliebt hatten. Ihre Gefühle waren himmelwärts gestürmt, ihr Körper hatte sich lebendiger gefühlt als je zuvor in ihrer Jugend, und während ihr Blut hämmerte und ihr Körper in der Ekstase des Augenblicks erzitterte, hatte sie Culains Namen geflüstert. Ihr Flüstern war wie ein Pfeil aus Eis in Uthers Herz gedrungen, um dort für immer stecken zu bleiben. Und doch – obwohl sie es damals noch nicht wußte – war es nicht der Gedanke an Culain gewesen, der sie in solch atemberaubende Höhen getragen hatte, sondern Uthers Liebe.

Und *sie* hatte sie zerstört. Nein, erkannte sie, nicht zerstört – sondern verändert ... vergiftet mit dem Stachel der Eifersucht.

Culain hatte einmal denselben Pfeil auf sie abgeschossen, als sie zusammen in einer Hütte in der Nähe des Königinnenpalastes in Camulodunum geschlafen hatten. Er hatte sich im Schlaf bewegt, und sie hatte ihn geküßt.

»Bist du da, Liebste?« hatte er verschlafen gemurmelt.

»Ich bin hier«, hatte sie geantwortet.

»Laß mich nie allein, Goroien.«

Oh, wie weh das getan hatte! Wie sie ihn in diesem Augenblick hätte schlagen mögen, ihm sein schönes Gesicht zerkratzen. Und war es nicht jener eine Augenblick gewesen, der es ihr später in Raetien erlaubt hatte ihn zurückzuweisen, ihn fortzuschicken? War es nicht jener geflüsterte Pfeil gewesen, der sie auf dem Hügel so grausam hatte sein lassen?

Uther regte sich neben ihr. Wieder schlug er die Augen auf, und er flüsterte die beiden Worte wieder und wieder.

»Was versuchst du mir zu sagen?« fragte sie, aber seine Augen sahen sie nicht, und sie wußte, er konnte sie nicht hören. Sie hörte Schritte hinter sich, und Galeads Schatten fiel auf den König.

»Cormac schläft«, sagte Galead. »Darf ich mich zu dir setzen?«

»Ja. Geht es Lekky gut?«

»Ja, Herrin. Sie hat den Nachmittag mit zweien deiner Frauen damit zugebracht, seltsame Wesen auf einen flachen Stein zu zeichnen, und dabei jede Menge Kohle verbraucht. Jetzt schläft sie neben Cormac. Erholt sich der König?«

»Er sagt immer wieder ›Weiß nicht‹. Was ist es bloß, das er nicht weiß?«

»Sie folterten ihn, um das Schwert zu finden, und ich nehme an, er weiß nicht, wo es ist. Wenn er es wüßte, hätte er es ihnen gesagt.«

»Und doch muß er es wissen«, meinte sie, »denn er hat es fortgeschickt.«

»Ich sah seinen letzten Kampf im Traum. Er warf die Klinge hoch und schrie einen Namen.«

»Wessen Namen?«

»Deinen, Herrin.«

»Meinen? Wo ist dann das Schwert?«

»Ich habe viel darüber nachgedacht«, erklärte er, »und ich glaube, daß ich vielleicht die Antwort gefunden habe. Uther konnte das Schwert nicht zu dir geschickt haben, denn er hielt dich für tot. Als Pendarric mir erschien, sprach er – wie mir schien – in Rätseln, aber tatsächlich waren seine Worte klar genug. Er sprach von Gut und Böse, und ich dachte, er meinte Wotan. Er sagte, ich sollte den wahren Feind finden, und dann würde ich wissen, wie ich ihn bekämpfen könnte.«

»Und wer ist der wahre Feind?«

»Haß ist der Feind. Als ich sah, wie die Goten das sächsische Dorf zerstörten, haßte ich sie. Und es schien eine solch geringe Sache, Lekky zu finden und sie mit zu nehmen. Aber weil ich sie hergebracht habe, konnte sie dir begegnen, und wie du mir letzte Nacht erzählt hast, konntest du dich selbst nur ihretwegen ohne Bitterkeit sehen. Und jetzt bist du, wie es bestimmt ist, hier mit dem Mann, den du liebst. Und das ist der Schlüssel.«

»Jetzt sprichst du in Pendarrics Rätseln.«

»Nein, Herrin. Uther schickte sein Schwert nicht zu einer toten Laitha. Er schickte es seiner Liebe mit dem Gedanken, daß es sie niemals erreichen und deshalb kein Feind es je finden könnte.«

»Was willst du damit sagen?«

»Es wartet, Herrin. Es konnte nicht zu Morgana von der Insel kommen, nur zu der Frau, die die Liebe des Königs besitzt.«

Die Königin holte tief Luft und streckte ihren Arm in die Luft, die Hand offen. Ein brennendes Licht bildete sich darum und badete den Raum in Echos aus Feuer. Galead beschirmte seine Augen, als die Helligkeit zunahm, von den Fenstern und der Tür hinauf durch ein Loch in dem Strohdach strömte – ein gerader Strahl goldenen Lichts, der bis zu den Wolken reichte.

In seiner Hütte sah Prasamaccus das Glühen vor der Tür, und er hörte die Rufe der Schwestern, die sich vor dem Runden Saal versammelt hatten. Er stolperte hinaus in die Nacht und sah, wie der Saal in Flammenstrahlen bebte. Er fürchtete um das Leben des Königs und hinkte dem Licht entgegen, den Arm schützend vor die Augen gelegt. Gwalchmai und Cormac schlossen sich ihm an.

Auf dem Damm standen die Männer der Neunten in ehrfürchtigem Schweigen, als sich das Licht ausbreitete und die Kristallinsel in Gold tauchte.

Siebzig Kilometer entfernt, in Vindocladia, beobachteten auch die Goten das Phänomen, und Wotan selbst kam aus seinem Zelt und starrte von seinem einsamen Hügel aus auf das brennende Licht, das den Himmel zerriß.

Im Runden Saal, geblendet von der Helligkeit, griff Laitha nach oben und spürte, wie sich ihre Finger um den Griff des großen Schwertes krümmten. Langsam zog sie es herab, und das Licht verblaßte. An der Tür fielen Prasamaccus und Gwalchmai auf die Knie.

»Er schickte es zu seiner Liebe«, flüsterte Laitha. Tränen strömten ihr über die Wangen, als sie das Schwert neben den König legte und seine Hand um den Griff schloß. »Ich habe das Schwert, jetzt muß ich den Mann suchen«, sagte sie. »Bleib ein bißchen bei mir, Galead.« Ihr Kopf sank nach vorn, ihre Augen schlossen sich, als ihr Geist in eine Traumlandschaft mit hohen Bäumen und stolzen Bergen flog. An einem See saß ein junger Bursche mit hellem Haar und sanftem Gesicht.

»Thuro«, sagte sie, und der Junge sah auf und lächelte sie an.

»Ich hoffte, du würdest kommen«, sagte er. »Es ist schön hier, ich möchte nie hier weg.«

Sie setzte sich neben ihn und nahm seine Hand. »Ich liebe dich«, sagte sie. »Das habe ich immer getan.«

»Niemand kann herkommen. Ich lasse sie nicht.«

»Und auf was hoffst du?« fragte sie den Knaben.

»Ich wollte nie König sein. Ich will einfach nur allein sein – mit dir.«

»Wollen wir schwimmen?« fragte sie.

»Ja, gern«, antwortete er, stand auf und zog seine Tunika aus. Als er nackt ins Wasser lief und untertauchte, stand sie auf und ließ das einfache Kleid, das sie trug, von den Schultern gleiten. Ihr Körper war jung, und sie starrte ihr Spiegelbild im Wasser an. Keine Falten, keine Jahre des Schmerzes und der Enttäuschung hatten ihre Spuren in ihrer jungfräulichen Schönheit hinterlassen.

Das Wasser war kühl, und sie schwamm zu Thuro, der sich auf dem Rücken treiben ließ und zu dem unglaublich blauen Himmel hinaufstarrte.

»Willst du für immer mit mir hier bleiben?« fragte er und stand in dem flachen Wasser auf.

»Wenn du es willst.«

»Das tue ich. Mehr als alles andere.«

»Dann will ich es auch.«

Sie wateten zurück ans Ufer und setzten sich in den warmen Sonnenschein. Er berührte ihre Schulter, und als sie näher rückte, glitten seine Finger hinab zu den Kurven ihrer Brüste. Er wurde rot. Sie rückte noch näher, schlang einen Arm um seinen Hals und zog seinen Kopf zu sich heran. Sie hob ihr Gesicht und küßte ihn zärtlich, sanft. Jetzt streifte seine Hand frei über ihren Körper. Er legte sie ins Gras und glitt auf sie, dann drang er in sie ein, während sie die Beine um seine Hüften schlang.

Laitha schwebte auf dem Rhythmus der Lust, und sie

fühlte, wie dieser Rhythmus schneller und heftiger wurde.

»Thuro! Thuro! Thuro!« stöhnte sie. Sie küßte seinen Mund und seine Wangen, spürte den Bart, der dort wuchs. Ihre Hände streichelten den breiten Rücken des Mannes, der auf ihr lag, liebkoste die Muskeln und die vielen Narben.

»Uther!«

»Ich bin hier, Liebste«, sagte er, küßte sie sanft und legte sich neben sie. »Du hast mich gefunden.«

»Verzeih mir«, bat sie.

»Du beschämst mich«, erklärte er. »Ich habe dich mit Mißachtung behandelt und habe dich und Culain zueinander gedrängt. Und dein ganzer Schmerz und dein Unglück, sie tun mir leid.«

»Vergibst du mir trotzdem?« fragte sie.

»Ja. Du bist meine Frau. Und ich liebe dich jetzt, wie ich dich immer geliebt habe.«

»Willst du noch immer hierbleiben?«

Er lächelte traurig. »Was geschieht dort drüben?«

»Wotans Armee nähert sich Sorviodunum – und das Schwert kam zu mir.«

»Zu dir?« sagte er erstaunt. »Dann ist dies kein Traum? Du lebst?«

»Ich lebe und warte auf dich.«

»Erzähl mir alles.« Schlicht und ohne Ausschmückung erzählte sie ihm, wie Culain seinen Körper gerettet hatte, wie Uthers Sohn durch die Hölle gegangen war, um seine Seele zu retten. Sie sprach auch von den schrecklichen Siegen, die die Goten errungen hatten und schließlich vom Zusammenrufen der Neunten.

»Dann habe ich dort also keine Armee?«

»Nein.«

»Aber ich habe das Schwert – und meine Frau und meinen Sohn.«

»Ja, Herr.«

»Das ist mehr als genug. Bring mich nach Hause.«

18. KAPITEL

Prasamaccus, Gwalchmai, Cormac und Galead warteten am Fuß des Hügels, denn der König war schon kurz nach dem Aufwachen dorthin gegangen und ihrem Blick entschwunden. Laitha hatte ihnen befohlen, auf seine Rückkehr zu warten, und jetzt saßen die Männer seit zwei Stunden im hellen Sonnenschein bei Brot und Wein. Severinus Albinus ließ sich ein Stück entfernt von der Gruppe nieder und starrte nach Südwesten.

»Wo ist er?« fragte Gwalchmai plötzlich und stand auf.

»Ruhig bleiben«, sagte Prasamaccus.

»Er ist zurückgekehrt von den Toten, aber jetzt haben wir ihn schon wieder verloren. Wie kann ich da ruhig bleiben? Ich kenne ihn. Was er auch tut, bringt unweigerlich ein Risiko mit sich.«

Als der Nachmittag in den Abend überging, kam Laitha zu ihnen. »Er möchte dich sehen«, sagte sie zu Cormac.

»Allein?«

»Ja. Du und ich, wir unterhalten uns ein bißchen später.«

Cormac stapfte den gewundenen Pfad entlang, ohne zu wissen, was er sagen sollte, wenn er auf der Kuppe ankam. Dieser Mann war sein Vater, doch er hatte ihn nie gekannt außer als hirnlose, verstörte Kreatur, die er aus der Leere gerettet hatte. Würde der Mann ihn umarmen? Er hoffte nicht.

Als er die Kuppe erreichte, sah er Uther in voller Rüstung neben dem runden Turm sitzen. Das große Schwert lag neben ihm. Der König sah hoch, stand auf, und Cormac spürte, wie sein Herz schneller schlug, denn dies war kein gebrochener Mann, dies war der Blutkönig, und er trug seine Macht wie einen Mantel um seine breiten Schultern. Die Augen waren blau und kühl wie der Winterwind, die Haltung die eines geborenen Kriegers.

»Was willst du von mir, Cormac?« fragte er. Seine Stimme war tief und volltönend.

»Nur das, was du mir immer gegeben hast«, antwortete Cormac. »Nichts.«

»Ich wußte nichts von dir, mein Junge.«

»Aber du hättest es gewußt, hättest du nicht meine Mutter gehetzt, so daß sie in die Höhle floh.«

»Die Vergangenheit ist tot«, sagte Uther müde. »Deine Mutter und ich sind wieder vereint.«

»Das freut mich für euch.«

»Warum hast du dein Leben riskiert, um mich zu retten?«

Cormac lachte leise. »Ich tat es nicht für dich, Uther. Ich suchte die Frau, die ich liebe. Aber nur du warst dort, und vielleicht rief mich die Stimme des Blutes. Ich weiß es nicht. Aber ich will nichts von dir oder deinem Königreich – oder was davon übrig ist. Ich will nur Anduine, und dann hörst du nichts mehr von mir.«

»Das sind harte Worte, mein Sohn. Aber ich will nicht über dein Urteil streiten. Ich weiß, daß ich Fehler gemacht habe, und niemand kann den Schmerz nehmen – oder mehren. Ich wäre froh, wenn du ein bißchen Zeit mit mir verbringen könntest, damit ich dich kennenlernen und stolz auf dich sein kann. Aber wenn du einen anderen Weg wählst, so sei es. Willst du mir die Hand schütteln, von Mann zu Mann, und meinen Dank annehmen?«

»Das will ich«, antwortete Cormac.

Cormac wanderte hügelabwärts zu den anderen, leichteren Herzens, als er den Hügel erklommen hatte.

Gwalchmai und Prasamaccus wurden als nächste gerufen, anschließend Severinus Albinus.

Der Legionär verbeugte sich vor dem König. »Ich hatte vorgehabt, meinen Ruhestand zu genießen«, sagte er vorwurfsvoll.

»Dann hättest du den Ruf nicht beachten sollen«, meinte der König.

Albinus zuckte die Achseln. »Das Leben war ohne dich langweilig«, sagte der Römer.

Uther nickte, und die beiden Männer lächelten, und jeder ergriff die Hand des anderen. »Ich wünschte, ich könnte mich auf andere ebenso verlassen wie auf dich«, sagte der König.

»Was jetzt, Uther? Ich habe dreihundert alte Männer, die den Damm bewachen. Den letzten Informationen zufolge sind da über zwölftausend Goten. Greifen wir sie an? Warten wir ab?«

»Wir überziehen sie mit Schwert und Feuer.«

»Schön. Das sollte uns einen prächtigen Platz in der Geschichte sichern.«

»Willst du dieses letzte Mal mit mir kommen?«

Albinus grinste. »Warum nicht? Ich kann ja nirgendwo anders hin.«

»Dann bereite die Männer vor, denn wir werden reisen, wie wir es schon einmal taten.«

»Damals waren wir fast fünftausend, Majestät. Und wir waren jung und tollkühn.«

»Glaubst du etwa, zwölftausend Goten sind ein Gegner für die legendäre Neunte?« spöttelte Uther grinsend.

»Ich finde, ich hätte in Calcaria bleiben sollen.«

»Wir werden nicht allein sein, alter Freund. Ich bin weit gereist, und ich kann euch einen Tag voller Überraschungen versprechen.«

»Daran zweifle ich nicht, Majestät. Und ich bin kein Narr, ich weiß, wohin du gehen mußtest, und ich bin überrascht, daß sie dich lebend davonkommen ließen.«

Uther grinste. »Das Leben ist ein großes Spiel, Albinus, und sollte auch so behandelt werden.« Sein Lächeln schwand, und seine Augen verloren den Humor. »Aber ich habe Versprechen gegeben, die andere vielleicht bereuen werden.«

Albinus zuckte die Achseln. »Was du auch getan

hast, ich stehe zu dir. Aber ich bin auch alt und bereit für ein Leben in Ruhe. Ich habe einen unehrlichen Diener in Calcaria, der jetzt schon um meinen Tod betet. Ich möchte ihm gern eine Enttäuschung bereiten.«

»Das wirst du auch vielleicht.«

Galead war der letzte, der gerufen wurde, und die Sonne ging schon unter, als er zum König kam.

»Du hast dich verändert, Ursus. Möchtest du gern dein altes Gesicht wiederhaben?«

»Nein, Herr. Es würde Lekky verwirren, und ich bin zufrieden als Galead.«

»Du hast das Schwert gefunden. Wie kann ich dir das entlohnen?«

Galead lächelte. »Ich brauche keine Entlohnung.«

»Wo wir gerade von Schwertern sprechen, ich sehe, daß du keine Waffen mehr trägst«, stellte Uther fest.

»Nein, ich werde nie wieder Waffen tragen. Ich hatte gehofft, einen kleinen Hof zu finden, auf dem ich Pferde züchten kann. Lekky hätte ein Pony haben können. Aber ...« Er breitete die Hände aus.

»Gib die Hoffnung nicht auf, Galead. Wir sind noch nicht am Ende.«

»Wo willst du eine Armee hernehmen?«

»Komm mit mir und finde es heraus.«

»Ich wäre dir nicht von Nutzen. Ich werde kein Krieger mehr sein.«

»Komm trotzdem. Die guten Schwestern werden sich um Lekky kümmern.«

»Ich habe meinen Appetit auf Blut und Tod verloren. Ich hasse die Goten nicht, und ich habe auch nicht den Wunsch zu sehen, wie sie getötet werden.«

»Ich brauche dich, Galead. Und laß dein Schwert hier, zur rechten Zeit wird ein anderes seinen Platz einnehmen.«

»Hast du mit Pendarric gesprochen?«

»Das brauche ich nicht. Ich bin der König, und ich weiß, was kommen wird.«

Als letzte kam Laitha zu ihm auf den Hügel, und sie

standen Arm in Arm und betrachteten die Schlafenden Riesen im hellen Mondschein.

»Sag mir, daß du wiederkommen wirst«, bat sie.

»Ich komme wieder.«

»Hast du das Schwert benutzt, um Wotans Macht zu erkunden?«

»Ja – und ich habe die Zukunft gesehen. Sie ist nicht ganz schlecht, obwohl auch harte Zeiten vor uns liegen. Was auch immer morgen geschieht, das Reich ist am Ende. Wir haben hart gekämpft, um es am Leben zu halten, wie eine Kerze im Sturmwind. Aber keine Kerze brennt ewig.«

»Bist du traurig?«

»Ein bißchen, denn ich habe mein Leben Britannien gewidmet. Aber die Männer, die nach mir kommen, sind starke, gute, fürsorgliche Männer. Das Land wird sie empfangen, denn sie werden das Land lieben. Mein Reich wird nicht für lange untergehen.«

»Und was ist mit dir, Uther? Wohin gehst du?«

»Ich werde bei dir sein. Immer…«

»Oh, mein Gott! Du gehst …«

»Sag es nicht«, flüsterte er und legte ihr einen Finger auf die Lippen. »Ich komme morgen zurück zur Insel. Du wirst auf diesem Hügel stehen, und du wirst mein Boot sehen. Und von diesem Augenblick an werden wir nie mehr getrennt sein, auch wenn die Welt in Feuer endet und die Sterne aus der Erinnerung verschwinden.«

»Ich werde auf dich warten«, sagte sie und versuchte zu lächeln …

Doch die Tränen kamen trotzdem.

Wotan ritt an der Spitze seiner Armee, zehntausend Kämpfer, die nur Siege gekostet hatten, seit er zu ihnen gestoßen war. Die Sachsen waren während der Nacht desertiert, aber er brauchte sie auch nicht. Vor ihnen lag der Große Kreis von Sorviodunum, und Wotan erinnerte sich an die Tage seiner Errichtung und an das Mysterium, das in seinen Abmessungen enthalten war.

»Ich komme, Pendarric«, flüsterte er in den Wind. Und Freude durchströmte ihn.

Langsam zog die Armee über die Ebene.

Plötzlich zuckte ein Lichtblitz über dem Kreis auf, und Wotan zügelte sein Pferd. Sonnenstrahlen glitzerten auf Rüstungen, und er sah ein paar hundert römische Soldaten, die rings um die Steine standen. Dann schritt ein hochgewachsener Mann aus dem Kreis und stellte sich vor den Goten auf. Auf dem Kopf trug er einen geflügelten Helm, und in den Händen hielt er das Große Schwert von Cunobelin.

Wotan gab seinem Pferd die Sporen und galoppierte vorwärts.

»Du bist stärker, als ich dachte«, sagte er. »Mein Kompliment zu deinem Entkommen.« Seine hellen Augen musterten die Krieger. »Ich habe immer geglaubt, daß man Veteranen aufgrund ihrer Erfahrung und Stärke bei einer Belagerung nicht besiegen kann. Aber das hier …? Das ist schon fast komisch.«

»Sieh mal nach rechts, du arroganter Hurensohn«, sagte Uther, hob das Schwert von Cunobelin und deutete damit nach Norden. Weiße Blitze sprangen aus dem höchsten Hügel, die Luft ringsum schimmerte. Aus dem Nichts kam Geminus Cato an der Spitze seiner Legion. Hinter den disziplinierten britannischen Reihen strömten Tausende von Briganten in Kriegskutschen aus Bronze und Eisen.

»Und nach links«, zischte der König, und Wotan fuhr im Sattel herum. Wieder schimmerte die Luft, teilte sich, und dreißigtausend sächsische Krieger, angeführt von Asta mit dem gegabelten Bart, marschierten los und formierten sich zur Schlachtreihe. Männer mit grimmigem Blick und langschäftigen Äxten warteten schweigend auf den Befehl, ihre Rache an den Goten zu nehmen.

»Wo bleibt dein Lächeln jetzt?« fragte der Blutkönig.

Die Goten, jetzt sechs zu eins unterlegen, zogen sich in einen riesigen Schildring zurück, und Wotan zuckte die Achseln.

»Glaubst du etwa, du hast gewonnen? Glaubst du, jene dort wären alle, die ich rufen kann?«

Er nahm den Helm ab, und Uther sah, wie es unter der Haut seiner Stirn zu glühen begann, ein pulsierendes rotes Licht, das leuchtete wie eine verborgene Krone.

Der Himmel verdunkelte sich, und in den Wolken konnte der König eine dämonische Armee aus klauenbewehrten Wesen erkennen – sie kreisten und stießen nieder und zerrten an einer unsichtbaren Barriere.

Ohne Vorwarnung scheute Wotans Pferd vor dem König – Schuppen erschienen auf seinen Flanken, der Kopf wurde lang und keilförmig, Feuer schoß aus seinem Maul. Schon als das Biest stieg, hob Uther sein Schwert und lenkte damit das Feuer ab, so daß es das Gras zu seinen Füßen versengte. Die Klinge fuhr zischend durch den geschuppten Hals, und das Wesen lag sich windend im Gras. Wotan sprang herab und zog blitzschnell sein Schwert.

»So sollte es sein«, sagte er. »Zwei Könige entscheiden über das Schicksal einer Welt!«

Ihre Schwerter prallten aufeinander. Wotan war ein Krieger von ungeheurer Kraft und Selbstvertrauen und seit seiner Wiedererweckung im Zweikampf unbesiegt. Aber auch Uther war ein Mann von großer Stärke, und er war von Culain lach Feragh ausgebildet worden, dem größten Krieger seines Zeitalters. Der Kampf war ausgeglichen, die Schwerter zischten und sangen, und die Zuschauer bewunderten das Können der Kämpfer. Zeit hatte keine Bedeutung, denn keiner der beiden ermüdete. Auch gab es kein Anzeichen von Überlegenheit, während der Kampf weiterging. Nur die Dämonen regten sich, versuchten die unsichtbare Barriere zu durchbrechen, während die Krieger aller Armeen schweigend den Ausgang des Kampfes abwarteten.

Uther stieß Wotan in die Seite, doch eine wilde Riposte schlitzte ihm den Schenkel auf. Inzwischen bluteten beide Männer aus vielen Wunden, und der Kampf verlangsamte sich. Uther taumelte, als Wotan ihm sein Schwert unter die Rippen stieß. Für einen kurzen Augenblick funkelten Wotans Augen triumphierend – doch der König bog sich zurück, und das große Schwert von Cunobelin holte in einem weiten Bogen aus. Wotan, dessen eigene Klinge noch in Uthers Körper steckte, konnte nur noch schreien, als die Klinge seine Schädeldecke zertrümmerte, die Sipstrassi-Krone durchschlug und seinen Kopf zu rotgesprenkelten Scherben zerschmetterte.

Der König der Goten taumelte, rief die Macht des Sipstrassi an, doch Uther rollte sich auf die Knie und warf sich auf den Feind. Er stieß Wotan sein Schwert in den Bauch und zerschnitt ihm das Herz. Wotan stürzte, sein Körper zuckte, und mit einem einzigen Hieb schlug Uther ihm den Kopf von den Schultern. Doch noch immer glühte der Sipstrassi auf dem Schädel, und über den Köpfen der Armee gab die Barriere allmählich nach. Uther versuchte das Schwert zu heben, doch seine Kräfte ließen nach.

Ein Schatten fiel über ihn, als er im Gras kniete.

»Gib mir dein Schwert, mein König«, sagte Galead.

Uther gab es ihm und sank nach vorn, so daß er neben seinem Feind lag, als Galead die Klinge hoch über den Kopf hob.

»Hinfort!« rief er, und ein großer Wind erhob sich, die Wolken ballten sich zusammen, Blitze zuckten über den Himmel. Ein Lichtstrahl schoß aus dem Schwert und zerteilte die Wolken.

Die Dämonen verschwanden.

Hoch am Himmel erschien ein schimmerndes Licht, wie eine Silbermünze mit einem Feuerschweif. Galead sah, wie der Stein in dem Schwert schimmerte und heller wurde. Dies war der Komet, von dem Pendarric gesprochen hatte, der reisende Stern, der die Magie der

Sipstrassi an sich ziehen konnte ... und dann wußte Galead, was er sich wünschen mußte.

»Nimm alles!« schrie er. »Alles!«

Der Himmel zerriß wie ein Vorhang, und der Komet schien anzuschwellen. Er kam näher und näher, riesig und rund wie der Hammer der Götter, die herabsteigen, um die Erde zu vernichten. Männer warfen sich zu Boden und bedeckten ihre Köpfe. Galead spürte den Sog des Kometen – er zog die Macht aus dem Schwert, die Magie aus dem Stein und nahm sein eigenes Leben. Seine Stärke welkte dahin, seine Arme wurden dünn und knochig, doch er hielt die Klinge weiter hoch über den Kopf.

So plötzlich wie er gekommen war, war der Komet auch wieder fort, und ein großes Schweigen legte sich über das Feld. Cormac und Prasamaccus rannten zum König, ohne den gebrochenen, alten Mann zu beachten, der im Gras lag und dessen knochige Hand immer noch das Schwert von Cunobelin umklammerte.

Aus dem Großen Kreis kam ein Lichtstrahl, und Pendarric trat heraus. Er kniete neben Galead nieder und berührte seine Stirn mit einem Stein, und wieder floß die Jugend in seine Adern.

»Du hast die Worte der Macht gefunden«, sagte Pendarric.

»Ist das Böse fort?«

»Auf eurem Planeten gibt es keine Sipstrassi mehr. Vielleicht noch tief unter dem Meer, aber nirgendwo, wo es Menschen in tausend Jahren aufspüren können. Du hast es geschafft, Galead. Du hast die Herrschaft der Magie beendet.«

»Aber du hast noch immer einen Stein.«

»Ich komme aus dem Feragh, mein Freund. Dort konnte man den Kometen nicht sehen.«

»Der König!« sagte Galead und versuchte aufzustehen.

»Warte. Komm erst wieder zu Kräften.« Pendarric ging zu Uther hinüber. Die Wunden des Königs waren schwer, und Blut strömte aus der verletzten Seite. Prasamaccus tat sein bestes, um den Blutfluß zu stoppen, während Gwalchmai und Severinus Albinus den Körper stützten. Dicht neben ihm stand Cormac.

Pendarric kniete neben dem König nieder und wollte den Stein an seine Seite legen.

»Nein!« wisperte Uther. »Hier endet es. Hol die Anführer der Sachsen und der Goten zu mir, Prasamaccus. Rasch!«

»Ich kann dich retten, Uther«, sagte Pendarric.

»Wozu?« Blut besudelte den Bart des Königs, und sein Gesicht war tödlich blaß. »Ich könnte nichts geringeres werden als ich bin. Ich könnte nicht auf einem Bauernhof leben. Ich liebe sie, Pendarric, das habe ich immer getan. Aber ich könnte nie einfach nur ein Mann sein. Verstehst du das? Wenn ich bleibe, bedeutet das, gegen die Sachsen und die Briganten und die Jüten zu kämpfen – zu versuchen, die Kerze noch ein bißchen länger brennen zu lassen.«

»Ich weiß«, sagte Pendarric traurig.

Prasamaccus kehrte mit einem großen, blonden Goten zurück, der vor dem König niederkniete.

»Wie heißt du?«

»Alaric«, antwortete der Mann.

»Möchtest du leben, Alaric?«

»Natürlich«, antwortete der Krieger gewandt.

»Dann lege deine Waffen nieder, und ich verspreche dir, daß man dich zu deinen Schiffen zurückkehren läßt.«

»Warum solltest du das tun?«

»Ich bin das Blut und den Tod leid. Es ist deine Wahl, Alaric: leben oder sterben. Entscheide dich jetzt.«

»Wir wollen leben.«

»Eine gute Wahl. Severinus, sorge dafür, daß meine Befehle beachtet werden, es soll kein weiteres Blutvergießen mehr geben. Wo ist Asta?«

»Ich bin hier, Blutkönig«, sagte Asta und kauerte sich vor den sterbenden Monarchen.

»Und ich werde das Versprechen halten, das ich dir gestern gegeben habe. Ich gebe dir das Land Südsachsen, über das du herrschen und regieren sollst. Dies sage ich hier vor Zeugen.«

»Nicht als Vasall?«

»Nein, als König, der nur seinem eigenen Volk verantwortlich ist.«

»Ich nehme an. Aber das mag die Kriege zwischen deinem und meinem Volk nicht beenden.«

»Kein Mensch kann Kriege verhindern«, sagte Uther. »Sorge dafür, daß die Goten ihre Schiffe erreichen.«

»Ist das ein Befehl, Blutkönig?«

»Es ist eine Bitte, eine Bitte von der Art, wie sie ein König einem anderen stellen mag.«

»Dann gewähre ich sie dir. Aber du solltest deine Wunden behandeln lassen.«

Uther hob seine blutverschmierte Hand, und Asta nahm sie im Kriegergriff, Handgelenk um Handgelenk. Dann stand er auf und ging zurück zu seiner Truppe.

»Bringt mich zur Insel«, bat Uther. »Dort wartet jemand auf mich.«

Mit großer Vorsicht hoben die Männer den König hoch und trugen ihn zurück in den Großen Kreis, wo sie ihn auf den Altar legten. Pendarric stand daneben, und der König rief Cormac zu sich. »Wir hatten keine Zeit, uns kennenzulernen, mein Sohn. Aber denk nicht mit Bitterkeit an mich. Alle Männer machen Fehler, und die meisten büßen dafür.«

»Keine Bitterkeit, Uther. Nur Stolz … und Bedauern.«

Der König lächelte. »Galead«, flüsterte er. Seine Stimme wurde schwächer.

»Ich bin hier, Herr.«

»Wenn wir durch das Tor kommen, wirst du ein Boot sehen. Bring mich dorthin und fahre zu der Insel. Dort wird eine Frau warten, die weiß, daß ich gelogen habe. Sag ihr, daß meine letzten Gedanken ihr galten.« Uther sank auf den Stein.

Pendarric trat rasch heran, hob seinen Arm, und der König und Galead verschwanden.

Prasamaccus schrie vor Kummer auf und stolperte davon. Gwalchmai verharrte mit starrer Miene und trockenen Augen.

»Er wird zurückkommen. Ich weiß es ... wenn unsere Not groß ist.«

Niemand sagte etwas. Dann legte Severinus Albinus seine Hand auf Gwalchmais Schulter.

»Ich kenne nicht alle eure keltischen Überzeugungen«, sagte er, »aber auch ich glaube, daß es einen Platz für Männer wie Uther gibt und daß er nicht sterben wird.«

Gwalchmai drehte sich um, um etwas zu sagen, aber er konnte die Tränen nicht mehr zurückhalten. Er nickte steif, ging ein paar Schritte und blieb neben dem Altar stehen, den Blick zum Himmel gewandt.

Cormac stand in der Nähe, sein Herz war schwer. Er hatte Uther nicht wirklich gekannt, aber er war Blut von seinem Blut, und er war stolz. Als er sich umdrehte, sah er eine junge Frau, die mit wehenden Haaren über das Schlachtfeld lief.

»Anduine!« schrie er. »Anduine!«

Und sie hörte ihn.

EPILOG

Goroien nahm ihren silbernen Helm ab und legte ihn auf den Thron, daneben die Handschuhe und die Brustplatte. Ihre Schwerter behielt sie. Dann ging sie hinunter in den Saal, durch die schweigenden Reihen der Schattenwesen und hinaus auf die Ebene vor der Festung.

Sie konnte das graue Band der Straße sehen, das sich in die Ferne wand, und darauf stand eine verhüllte Gestalt. Langsam ging sie zu dem Mann mit der Kapuze, eine Hand auf dem Griff ihres silbernen Schwertes.

»Bist du ein Diener Molechs?« fragte sie.

»Ich bin niemandes Diener, Goroien, außer vielleicht deiner.« Er zog die Kapuze ab, und sie rang nach Luft und verbarg ihr Gesicht in den Händen.

»Sieh mich nicht an, Culain. Du siehst nur Verfall.«

Zärtlich umfaßte er ihre Hände und blickte auf ihre ungetrübte Schönheit.

»Ich sehe nichts von Verfall. Du bist so schön wie an dem Tag, an dem ich dich zum erstenmal sah.«

Sie warf einen Blick auf ihre Hände und sah, daß er die Wahrheit sprach.

»Kannst du mich noch lieben, nach allem, was ich dir angetan habe?« fragte sie. Er lächelte und führte ihre Hand an die Lippen.

»Niemand weiß, wohin die Straße führt«, sagte sie. »Glaubst du, es gibt ein Paradies?«

»Ich glaube, wir haben es bereits gefunden.«

ENDE

ÜBER DEN AUTOR

David Gemmell wurde 1948 in London geboren. Er lebt als Schriftsteller mit seiner Frau und zwei Kindern in Hastings, East Sussex.

Last Sword of Power – der Nachfolgeband von Ghost King – ist sein xter Roman neben Waylander, Legende und Der Schattenprinz, die zusammen die Drenai-Saga bilden, sowie Wolf in Shadow.

Abgeschieden von der übrigen Welt, umschlossen von Meer und Bergen, liegt Elderland, die Heimat des friedfertigen Ffolks. Das Ffolk ist stolz auf seine Geschichte und hortet im großen Museum zu Aldswick viele seltsame und kuriose Dinge aus der Vergangenheit. Doch als die düsteren Schatten dieser Vergangenheit sich auf das Land legen und eine Gefahr heraufzieht, die alle schon längst gebannt geglaubt, treten Geheimnisse zutage, von denen niemand etwas ahnte. Nun muß sich das Ffolk bewähren. Das Schicksal des ganzen Imperiums lastet auf einer kleinen Gruppe treuer Freunde, die zu einer abenteuerlichen Reise aufbrechen, welche sie an die Grenzen der Welt führen wird, zum Anfang und zum Ende der Zeit ...

ISBN 3-404-20333-X

BASTEI LÜBBE